每一场大火后

都有蝴蝶幸存

烈火浇愁

LIEHUO JIAOCHOU

烈火浇愁

Priest 著

廣東旅游出版社
GUANGDONG TRAVEL & TOURISM PRESS
中国·广州

在岩浆的浪尖上，
有烧不完的余烬。

LIEHUO JIAOCHOU

烈火浇愁

目录

万念俱灰时，
有人能给你热一尊暖炉吗？

逢年过节、宫宴散尽时……
除了满墙风灯与寒鸦，
有人能同你分一壶残酒吗？

你这一生，身陷重围时，
有人能让你交付后背吗？

行至末路时，
有人能让你托妻托孤吗？

那是很久……很久以前
的事了。
谁知这一生
这么短、又这么长。

LIEHUO JIAOCHOU

楔子

大齐启正二十一年，霜降。

一队骑士在官道上纵马狂奔，人和马都已经风尘仆仆。忽然，打头的年轻骑士喝道："界碑到了！"

只见不远处竖着一座石碑，丈余高，上面一行龙飞凤舞的血字，戾气逼人，写道：赤渊，生灵止步，擅入者挫骨扬灰。

石碑前，一个中年武将带着一队卫兵迎候着他们，卫兵披甲执锐，一字排开，齐刷刷地跪下："参见太子殿下。"

"吁——"

打头的年轻骑士从马背上跳下来，马没停稳，他脚下一个趔趄，迎候的武将忙上前扶住："殿下小心。"

"无碍。"年轻人一摆手，问道，"我小……皇父呢？"

他话音未落，便听不远处有人唤他的小名："小彤儿，过来。"

年轻的储君循声望去，出声的是个身着玄衣的男人，背对众人，独立于"擅入者死"界碑的那一头。太子瞥了一眼界碑上的血字，未犹豫，便初生牛犊不怕虎地闯过界碑，来到那玄衣男子跟前跪下："儿臣……"

玄衣男人伸手虚托："稳当点，不必。"

这男人言语行动稳重和缓，举手投足间自有渊岳气度，从背影上看，该是有些年纪了，可一转过头来，却露出一张毫无风霜痕迹的青年面容，有几分诡异的违和感。

单看这张脸，任谁也想不到他就是已经在位二十一年的启正皇帝——盛潇。

他生着剑眉，眉峰不显，斜飞入鬓，眼角走势却微微下垂，很有几分温柔多情的意思，是一副俊秀端正的好相貌。

太子站好，又低低地唤了一声："小叔。"

原来这太子并非启正皇帝亲生，盛潇无后，过继了兄长的遗孤，将侄儿立为储君。这启正皇帝天性疏离冷淡，不喜与人亲近，因此明面上，太子依礼唤其为"皇父"，私下两人却依旧是以叔侄相称。

盛潇对太子道："陪我在界碑这头走走，怕不怕？"

太子道："不怕！听说小叔年轻时候，平赤渊、镇妖邪、斩百万鬼兵，复我山河，我纵然不及您百之一二，也不敢轻言畏惧，堕您威名。"

"什么威名？凶名吧。"盛潇不怎么在意地一笑，往前走去，"你听见了吗？"

太子凝神侧耳，听了半晌，天地寂寂，只闻风声，便茫然道："儿臣什么都没听见。"

启正皇帝微笑起来："是啊，什么都没有了。"

太子愣了愣，忽然想起年幼时听过的传说——据说赤渊火海里封着百万战死的怨魂，怨气冲天，因此大峡谷烈风终年不止，人站在界碑外，能听见那边传来的惨叫与哭号。但此时，他平安无事地在界碑处溜达，四下很安静，除了闷热难忍，并没有觉出哪里可怕。

太子心想："民间传说，果然是以讹传讹，夸大其词的多。"

进了界碑内，往前走不过百米，人已经能感觉到扑面而来的热浪。此时已是深秋，太子身上只穿了单薄的夹衣，却已经给热汗浸透了，汗珠顺着额角往下淌，他偷偷看了自己的叔叔一眼，忍着没擦。

启正皇帝名声不怎么样，那些江湖艺人编派他是个喜怒无常的疯子。他们说他出生在父兄的血泊里，生而不祥。

他们还说，他杀母、弑师、焚书、禁言、蓄佞、穷兵黩武、残害忠良。可在年轻的太子心里，这是他唯一的亲人。

不管发生什么事，这个男人永远是温和平静的，从未见他疾言厉色、衣冠不整过。太子从小就仰望他，如今，十八岁的储君已经能拉开最重的弓，监国也做得有板有眼，却仍然像小时候那样，目光下意识地追着他的背影。

两人越过界碑一里有余，盛潇停下了，这里已经开始充斥着硫黄味，太子有些喘不过气来了。

“今年就止步于此吧，再往前，火气要伤人了。”

太子不明所以：“今年？”

“嗯，今年，”盛潇回手抽出了太子的佩剑，佩剑上刻有护身符咒，被赤渊的炽烈之风扫过，剑身上的符咒就泛了红，盛潇将佩剑往地上一插，“这是我要交代你的头一件事，也是最要紧的事，我同赤渊纠缠了一辈子，总算有点结果。要是我估计得差不多，这把剑每年可以前推五里，用不了十年，赤渊的火就该彻底灭了，届时烈风消散、剑抵崖边，你可以着‘清平司’派人常驻。”

太子一怔，隐约从他的话里听出了点别的意思：“小……皇父，您……”

盛潇淡淡地说道：“朕将传位于你。”

太子“扑通”一声跪下了。

其实太子心里有一点准备，这一年间，启正帝两次出巡，弹压四方，同时让太子监国，逐渐放手内政，有条不紊地给后人铺路。

可是真到了这一天，年轻的储君还是慌张得不知如何是好。

“该教你的，我已经教过了。”盛潇不看他，自顾自地说道，“至于其他……章博与孔昱二人可用，赵宽还在狱中，是冤枉的，你把他放出来，再给赵家平反，他以后会好好给你卖命。子不言父过，将来你不方便说我坏话，就把杨东当祸国佞幸推出来，那小子不是什么好东西，这些年吃得脑满肠肥，是我给你养的年货。”

太子深深地伏在地上：“皇父春秋鼎盛……”

盛潇脸上浮起一点笑意：“怎么，你是打算让我干到垂垂老矣还是入土为安啊？你叔操心半辈子了，心疼心疼我吧——禅位的诏书，章博和冯春手里各有一份，老冯是你父亲生前的至交，会护着你的，不要怕。”

太子的眼圈红了。

盛潇负手而立，望着赤渊的方向，忽然问道：“还记得你亲生父母是怎么死的吗？”

“儿臣一日不敢或忘。”

“那就好。”盛潇点头，“你长大了，知道自己的路怎么走。走吧，赤渊将灭，毕竟还有余温，此地久留伤身。”

“那您……”

“我多留几日，”盛潇摆摆手，没有多说，只道，“国不可无君，京城事务繁杂，快回去吧。”

启正帝说一不二，太子不敢违抗皇命，只得一步三回头地走了。回到界碑时，他忍不住回头看了一眼，见盛潇在佩剑前席地而坐。

那一瞬间，太子心里忽然无端生出一点诀别的感觉，随即他一甩头，又觉得自己是被热得发昏了。他跪在界碑前，一丝不苟地朝玄衣男子的背影行了礼，便连夜赶回京，奔赴自己的命运去了。

打发了太子，盛潇又命禁卫回官驿待命，只有一个贴身的侍卫留了下来。

夜幕低垂，那侍卫来到盛潇身后，见左右无人，便跪下来蜷起身体，盔甲从他身上脱落，片刻后，衣袍落地，里面竟然钻出了一只巴掌大的小鸟，凑近盛潇身边。

“对了，”盛潇屈指挠了挠它的脖子，从那小鸟颈间钩出一根极细的金丝，“差点把你给忘了。”

金丝上流转着复杂的铭文，像长在鸟脖子上的。盛潇轻轻一捻，金丝便倏地在他指尖碎了。随即，小鸟猛地仰起头，身体忽然长大十倍有余，双翼倏地展开，它引颈长啸，南方夜空中星云搅动——这居然是一只年幼的毕方！

盛潇站了起来：“以后你不用再监视我，也不必再受我驱使了，咱俩可都自由了。”

毕方迟疑着上前一步，怯生生地叼住他的衣角。

男人侧头看了它一眼，小毕方对上他的目光，不由得瑟缩了一下，拘谨地松了喙。

盛潇摘下自己的头冠，歪歪扭扭地扣在了鸟头上，又将印玺、扳指、玉佩等物一一除下。最后，他从颈间解下个玉雕的人形挂坠，看了一眼，便随手掷在一边。那玉雕不知是什么要紧东西，小毕方羽毛当场一奓，慌张地追过去，小心地将玉雕衔在嘴里，再一看，那男人已经披头散发地走远了——

朝着赤渊。

小毕方焦急地叫了一声，再顾不上那玉雕挂坠，拍着翅膀追去。赤渊地裂千里，地下滚着暴烈的地火岩浆，两岸寸草不生。临近赤渊崖边百米，毕方的翅羽上突然着起了黑火，它惨叫一声，翻滚到地上，差点变成烤鸡，再不能上前。

盛潇却已经一步一步地行至崖边，他的袍袖和长靴都已经焦煳了。男人脸上面具一般的沉静裂开，竟隐约透出快意与疯狂来。

还是凡人好。

凡人一生只有转瞬，苦也几十年、乐也几十年，躯壳能体会到的痛苦总是有限的，往往还没感觉到疼，人已经解脱了。

他嘛，可能就得受点罪了。

小毕方发出一声凄厉的尖鸣，盛潇纵身跃入火海。

扑面而来的热风如火，卷过的皮肉很快被烧成了焦炭，从发肤开始，一层一层地烧，血管在身体里爆裂，炸穿了焦煳的皮肉，他的血沸腾了，周身经脉尽数断绝，他咳出一口灰，也不知道是心是肺。

紧接着，身体撞进了地火岩浆中，岩浆表面有硬壳，但他的肉体实在太结实了，从万丈高崖上砸下来，居然没碎，撞断的脊梁骨打了个对折，磕破了岩浆的壳。火焰高高地扬起，旌旗似的，熔金化玉的地火遂开了个口，一口将他吞了下去。

至此，他依旧没有死。

假如一个人能活生生地体验一回挫骨扬灰，那么尘世中种种所谓“刻骨铭心”，想必也都成了浮在石头上的灰吧。

他一生的来龙去脉、喜怒悲欢，都随融化的神志一起，被大火熬干炼化了。

那一天，赤渊里一直回荡着笑声。

直到那怎么也烧不完的残肢缓缓下沉，被惊动的岩浆恢复平静。

齐武帝盛潇，平帝幼子。

平帝为妖族所害，战死赤渊，及生，潇代立为帝。少时坎坷颠沛，年二十三，斩妖王于永安城下，改年号启正，复国平疆、功比五帝、残虐嗜戮、颠倒纲常。享国二十一年，自戕于赤渊地火下，尸骨无存。

文帝立。又十年，地火灭，赤渊平。文帝削界碑，立武帝陵。

沧海桑田，千秋过后，赤渊的灰烬上长出了茫茫林海。

赤渊大峡谷的原始森林成了国家5A级景区。

嗡——

大地深处无端悸动，接着，传来模糊的、让人不安的呓语，越来越鼓噪，被某种未知的仪式卷着，钢针似的扎进他混沌的识海。

什么……声音？

何人胆敢造次喧哗？

“我愿奉舍一切……”

“以身为媒……以身为媒……”

“九幽泉下，上古神魔……”

“魔……”

他的意识被那些吵闹的杂音惊动，一时有些茫然。

没等他完全恢复神志，知觉就本能地背叛了意志，他沉寂了几千年的感官骤然苏醒，开始贪婪地伸出触角，向外扩张，吮吸着周遭每一个鲜活的细节。

这让外界嘈杂的世界不由分说地向他涌来，顺着他的六感冲进了识海——泥的触感、土的腥气，风声、落叶声、脚步声、人声……

“到底是什么人扰朕安眠？”失控感勾起了他心头戾气，他一时暴怒，识海深处浮起不祥的黑云，随着他的心意凝出利爪，朝着那胆敢惊扰他的声音反噬过去，“好大的胆子！”

可就在这时，在混乱和烦躁中，他刚复苏的感官忽然捕捉到了一丝微弱但熟悉的气息，清风一样掠过，他那风雷涌动的识海蓦地一清，几千年没跳过的心无端震颤。

那是……什么？

他的杀意倏地散了。

可是不等他捕捉到，那气息就又消失了。

等等，不要……不要走。

他想不起来自己是谁，也不知道自己在什么地方，只是近乎本能地想留住那缥缈而过的气息，再不理会耳边其他杂音。他拼命地挣扎起来，下一刻，识海巨震，他感觉到了身体，接着，耳边传来“啪嚓”一声脆响，风掠过他的额头，他猛地睁开眼，被阔别已久的阳光晃出了眼泪，然后发现自己躺在一口棺材的碎渣里，怀里插着一簇细弱的火红鸟羽……羽绒。

不知在地下埋了多少年，已经熬干了，靠一点不知出处的微弱灵性维持着不腐，见风即散，他才伸手抓住，那一点小小的羽绒就在他掌中化作了一把浮尘，烟消云散了。

他蜷了一下手指，注视着自己空荡荡的掌心。好半晌，他略微仰头，眯眼望向半空中起伏的尘嚣。

“人间……”他想，“我这是诈尸了吗？”

卷一

每一场大火后，都有蝼蚁幸存——题记。

第一章

首都永安城郊，西山自然保护区。

两场秋雨过去，山坡上的红叶就掉得差不多了，这会儿游人寥寥，此间只有庙里寂寞的暮鼓声。尽管天已经很凉了，这一路上山，宣玑还是出了一身热汗，前头带路的肖主任走路太快，脚底下就跟滚着俩风火轮似的，溜得他脚不沾地，就这么滚到了山顶小庙的后门。

肖主任去开门，宣玑终于喘了口气，叉着腰贫嘴道："我说肖主任，咱们现在好歹也是领导干部了，能不能稍微稳重一点？我这一路提心吊胆的，生怕您一步迈不好劈叉。"

"少废话，我一会儿还有别的事呢，"肖主任开了门，不耐烦地朝他一挥手，"速度点！"

"肖主任"大名叫肖征，三十啷当岁，正装穿得一丝不苟，眉目锋利，像个不好惹的小白脸。他步履匆匆地拾级而上，顺着小庙的员工通道，带着宣玑直奔"游客止步"的后院。后院没人，就一口老井，肖主任摸出钱夹，把里头夹着的工作证朝井口一晃："以后上班要带好证件，进出都得刷卡。"

话音刚落，就听井里传来"叮"的一声轻响，紧接着，老井周围的青石地砖缓缓地往两边分开，露出条供一人通过的地道。

肖主任一低头钻了进去，宣玑连忙跟上，两人七拐八拐地在里头走了百十来米，地道到了头，是一排往地上走的石阶。沿石阶回到地面，宣玑发现自己已经身在一片密林中，还不等他看清，周围就起了浓雾，能见度迅速降到了一米以内。然后一道白光从林间射出来，在两人身上扫过，有个机械音说："身份验证，请稍候——叮，验证通过。肖主任，晚上好，欢迎新同事。请二位小心脚下，扶稳站好。"

宣玑："啊？扶哪儿？"

说话间，他脚下的地面忽然动了起来，他没防备，往后仰了一下才堪堪站稳。只见密林间的地面变成了一个巨大的"传送带"，载着两人在迷宫一样的浓雾里飞快穿行，藏在浓雾后的植物影影绰绰地，化作残影，晃得人眼花缭乱，大概五六分钟，"传送带"缓缓减速，停了下来。

肖征："到了。"

浓雾散尽，宣玑仰头望向面前恢宏的建筑，好一会儿，才缓缓吐出口气："排面啊！"

那是一座高得不真实的大楼，上层直入云端，楼门口两排卫兵站岗，气派的正门上挂着国徽国旗，地面铺着汉白玉砖，砖上有一条神气活现的金龙。中间悬着块大牌子，写着：异常现象与特殊物种管理防控总局。

这里就是传说中的"异控局"，属于最神秘的"有关部门"之一，是宣玑的新工作单位。他脑海里很快浮出员工手册里的简介——"异控局的职责是监控、识别、处理各种非自然事件，全境范围内的异常能量运动，维护秩序，保卫社会繁荣稳定。"

类似于"吸血蝙蝠非法入境""城市内河出现不明漩涡""三头水怪事件"，等等，都归这个部门管。

除此之外，异控局还是唯一一个"特殊能力者"自治的官方机构。

根据第六次人口普查结果（异控局内部数据），大约有二十万分之一的人口属于"特殊能力者"，简称"特能人"。

为什么会有这样的人？官方资料里给出的科学解释是，这可能是因为少数当代智人在进化过程中，对待男女关系问题不太严肃，给子孙后代遗留了一些非人类的血，保留了部分特殊基因。当然，这种理论很难验证，因为特能人群的能力属性种类繁多，严格来看，几乎每个特能人都是孤例，很难获得足够的样本数据。

至于民间传说，那就有趣多了：传说古时候，人族和妖族百年战乱，战出了累世血仇，妖人混血留下的半妖两边不靠，姥姥不疼舅舅不爱，只好自己抱团取暖，后来投奔了齐武帝麾下。齐武帝借助他们的力量，打死了妖王，天下太平之后就遵承诺设了“清平司”，给这些半妖容身之所。清平司就是异控局的前身，如今的特能人就是当年的混血半妖的后代——当然，稍微有点常识的就知道，这种说法纯属无稽之谈，因为历史上清平司这个部门早在七百多年前就被取缔了，异控局是近代才成立的，八竿子也打不着。

其实所谓“特能人”，也绝没那么“特”，实际上，大多数的特能人如果不经特殊训练，跟普通人也差不了多少，最多就是耳聪目明一点、直觉敏锐一点，有一些对日常生活基本没帮助的微小特异功能。

异控局每年招人都是定向的，不面向全体公民，只从特能人以及“出于一些原因，曾经参与异常能量事件，并入档”的普通人中选。

宣玑两条都满足——他是特能人，又是异控局的老朋友。

肖主任这人十分高贵冷艳，能亲自出来接宣玑，可见交情之深。

几年前，他还是肖队长的时候，欠过宣玑一个人情。那回肖队带人去逮捕一群非法入境的吸血蝙蝠，低估了蝙蝠们的智力，反被蝙蝠骗进了一个冷库里，差点冻挺了。刚逛完夜市的宣玑趿着拖鞋正好路过，坐旁边围观了一会儿，其间津津有味地吃完了两斤小龙虾，完事他一抹嘴，打了个指响，召唤出一颗大火球，现场烧了道红烧蝙蝠[1]……还燎没了肖队半边英俊的眉毛。

从此，宣玑算是与异控局结下了不解的孽缘，因为这一手神秘莫测的纵

① 红烧蝙蝠不可食用。

火技术，他上过异控局的重点观察名单。后来因为履历干净、遵纪守法，看不出来有什么问题，局里又放松了对他的监控，并试图招揽。可惜那时候宣玑还在上大学，满脑子都是“出任 CEO，迎娶白富美，走上人生巅峰”的幻觉，想都没想就拒绝了，自认潇洒地给人回了一句“原谅我一生放荡不羁爱自由”。

然后社会给他上了一课。

毕业以后，宣玑很快发现自己对赚钱的兴趣远远小于花钱，发愤图强之心总被吃喝玩乐中途扼杀，磨砺多年，最大的成就就是接受了自己没什么出息的事实。他主业是在一家小公司当销售，偶尔玩直播，实在穷得没办法，就给一些乱七八糟的营销号供稿，是一头“钱不留手”的落魄“社畜”。

因为行业洗牌，他们公司从年初开始就半死不活，苟延残喘数月，呜呼哀哉去也，宣玑也成了失业青年，经常收他稿的营销号又因为搞“封建迷信”惨遭举报，可谓屋漏偏逢连夜雨。房租还得交，信用卡还得还，他爱自由爱得穷困潦倒，终于在社会的捶打下，与“自由”成了一对怨偶，得出了结论：工作还是得稳定。于是他买书报班，准备考公务员。

就在这时，刚刚升官的老朋友肖主任给他发了个招聘通知。

宣玑本来是宁可在路边抠脚要饭，也不肯加入异控局的，光是外勤的军事化管理他就受不了。不过这份招聘通知不同，它主要是招后勤人员的。

异控局的后勤和外勤完全不同，里面八成以上的工作人员都是普通人，除了得遵守保密条例外，他们就跟普通公务员差不多。宣玑一琢磨，普通公务员面向全社会招考，千军万马抢一个职位，还得跟一帮学霸竞争，异控局的“公务员”受报考条件限制，竞争压力约等于没有，那不是很好?

宣玑鸡贼地跟肖主任打听了哪个职位报名的最少，完事把行测书一扔，就来投奔异控局了。

他报考的是“善后科”，参加了一轮笔试一轮面试。据说该岗位信息挂出来以后，连他在内，全国有六位角逐者有意参加选拔。其中，三位因超龄、不会上网、重要信息填写有误等，报考没成功，剩下两位一个缺考，一个面试中不知怎的跟考官吵了起来，不符合该职位“性格随和”的要求。

就这样，一团和气的宣玑蹚过了两关，兵不血刃地“斩”了五将，面试时刚说完自我介绍，就被考官拍板录取了。

第一天来报到，宣玑看什么都新鲜。一踏上门口的汉白玉砖，金龙就动了，地砖微震，接着，遥远又肃穆的龙吟声响起，龙身上金鳞闪烁，威严又优美地从他们脚下游开，让出路，盘上了楼前的一根石柱。

“龙是指路的，总部有一些对外的行政窗口，特能登记办证什么的。外来访客拿的是临时证件，指路金龙会根据证件类型给你规划最优路线，”肖征领着宣玑从金龙盘踞的石柱旁边的门进去，“员工通道在这边。”

宣玑一低头，揉眼似的用拇指往自己眼皮上一抹，他视野里就浮起了一本打开的“书”，半透明，不影响视线。“书”一角上写着“千妖图鉴”，宣玑的视线聚焦在哪儿，书页上就会浮起小字，告诉他看见的东西是什么，一般只显示名称，有时候也会带详细说明。

宣玑一生下来，眼里就有这本“书”，可能是种与生俱来的特能。它拿不出来，除了翻阅，也不能进行别的操作，出处不详，作者不详……作者看起来还没什么文化的样子——宣玑年轻时候外语不好，上大学考四级，曾经试图用它作弊，打开《千妖图鉴》盯住试卷，不料这玩意好像还不如他自己认识的字多，对着试卷犹豫半天，最后给他幽幽地飘出了“番邦话”仨字。

它像个蹩脚的游戏外挂，大部分时间都在说废话。比如这会儿，宣玑身在“玄学总部”的异控局大厅，本想打开图鉴，看看这里都有什么他不了解的神奇物种，随着他的目光扫过大厅人群，《千妖图鉴》的书页上只会干巴巴地往外蹦“人”字。

“废话，”宣玑腹诽，“我不知道这些叫‘人’？”

图鉴仿佛与他心意相通，“人”字随即消失，然后“中二”十足地喷出俩字：凡人。

宣玑：“……”

愤然关了鸡肋图鉴，宣玑的视野干净了，他放眼往大厅望去——从左往右，大厅里总共有六个分区，分区大牌子上分别写着“金属系”“植物系”“冰水系”“雷火系”“精神或力量系”以及“特种及其他”。

其中，“植物系”和“精神或力量系”区域人山人海，访客排队排得拐弯，为了维持秩序，得拉排队绳。“金属系”区域有六七个访客，剩下“冰水系”“雷火系”和“特种及其他”区域则基本没人，工作人员闲得犯困。“雷火系”的对外服务窗口干脆就没开，被隔壁“植物系”喊去帮忙了。

“哎，老肖老肖，”宣玑拽住肖征，用下巴尖一点分区上挂的分区牌，“这什么意思？”

“说话就说话，少动手动脚的。”肖征拍开他的爪子，“什么‘什么意思’？”

“那个分区——”

肖征莫名其妙地看了他一眼：“分区？就按照六大谱系分的，怎么了？”

宣玑好奇心旺盛：“什么叫‘六大谱系’？”

肖征和宣玑是多年的老朋友了，平时磕牙拌嘴、互相埋汰，也算有过命的交情，但宣玑从来没跟他透露过自己的来历，至今，肖征也只能隐隐猜测，宣玑可能来自某个隐秘的民间特能组织。作为罕见的“雷火系”，宣玑对法阵和符咒精通得不可思议，知道很多别人闻所未闻的东西。

但很奇怪，他有时候却又会在一些“众所周知”的问题上缺乏常识。

“特能人按照力量和属性不同，分成六大谱系，”肖征简短地说，“是近代国际上的主流分类法，每个谱系的界定条件分区牌底下都写了，你认字吧？自己看去。”

宣玑兴致勃勃地越过员工通道的玻璃窗，观察他们是怎么给特能人划定品种的。

离他最近的分区是“金属系”，只见两米见方的大牌子底下写着——

“具备以下两个条件中任意一条者，可被认为具有金属系特能。

“一、对任意一种或多种金属有超过普通人的感应能力，‘感应能力’包括但不限于精确感知金属的位置、体量、成分配比、锻造工艺、金属表面自由电子分布等；

“二、能够在无接触情况下对金属施加影响，包括但不限于改变金属空间位置，改变金属长度及形状，剥夺或移动金属中自由电子、改变自由电子分布情况等。”

“所以‘金属系’就是指能感应金属，控制金属，”宣玑说，“那能把自己身体一部分变成金属的人呢？不算金属系吗？”

“没听说过，”肖征翻了个白眼，“你多大人了，少看点变形金刚。”

宣玑眨眨眼，又问：“那同时有好几种属性的呢？比如又能喷火又能控制金属，还会飞——”

“那不归我们管，组织关系可能属于马戏团。”肖征感觉他在胡说八道，耐心告罄，懒得理他了，快步走到员工通道尽头的行政前台，敲了敲前台桌子，问：“工号 3–1101，名字是‘宣玑’，卡做好了吗？”

“已经准备好了，”前台接待员是个长得挺招人喜欢的圆脸姑娘，大概是听见了他俩方才的对话，她笑眯眯地对宣玑说：“特能人六大谱系里，除了‘特殊及其他’一系，其他基本是对应我国传统‘五行’理论的，五行里讲‘金木水火土’相生相克嘛，所以虽然也有同时具备多种属性特能人，但‘金属’和‘雷火’这种明显相克的属性，是不大可能出现在一个人身上的。”

宣玑听了前台姑娘的话，有几分迟疑地“哦”了一声，若有所思地嘀咕了一句：“还有这种说法。”

“过来签字领卡，办入职。”肖征冲宣玑一招手。

宣玑不再琢磨特能谱系的事，美滋滋地上前接过笔，看也没看，就在一堆合同和知情书上唰唰地签了名：“我这是不是也算有编制了，以后给户口吗？能在永安市区买房吗？”

“有，给，能，”肖征冷酷地回答，“但你有钱吗？”

宣玑：“……”

“你这种老油条，不用参加培训，直接入职就行。部门和岗位职责员工手册上都写了，回去自己好好看看。你前任因为一些特殊事情，没法当面跟你交接工作，部门办公室在地上三十六层，”肖征朝前台姑娘一点头，像个没有感情的快递员，把宣玑“送货到点”，他感觉自己功德圆满，仁至义尽，“你的部门都通知到了，有人接你，自己上去。”

日理万机的肖主任说完，不给宣玑贫嘴的机会，转身就走了，宣玑还没来得及喊住他抱怨人情冷漠，就见前台姑娘站起来，脆生生地说：“肖主任慢走——宣主任好，欢迎加入咱们异控局。”

宣玑一愣：“你叫我什么？”

“主任呀。”前台姑娘把他的新工作证递过来，只见一寸照片下注明了他的职位：宣玑，善后科，代理行动负责人，代理科室主任。

宣玑把那小卡片翻来覆去地看了好几遍，有点茫然：“善后科……主任？我？姑娘，你这卡印错了吧？”

前台姑娘回答：“没错，宣主任，我收到的文件上就是这么写的。”

宣玑震惊了：“贵……咱局里这么不拘一格吗？”

没过试用期的实习生直接提拔成科室主任？这单位也太草率了，是不是有点不靠谱？

“您太谦虚啦。”前台姑娘捂着嘴笑了起来，“平时我们能多跟肖主任说句话都得自己高兴半天，您可是他亲自接引的，一定是个特别了不起的特能人。”

这位姑娘居然是老肖的“迷妹”，宣玑虽然幸逢当面吹捧，但被捧得颇不是滋味……感觉借了肖主任的光，像个靠裙带关系空降的衙内小舅子。

“我们这些后勤部门里特能人很少的，只要是特能，都给精英骨干待遇，本来就是科室主任备选嘛。正好善后科原来的巩主任生了急病，刚办病退，空出个位置，听肖主任的意思，您以前还是咱们局的顾问，肯定又有经验又有能力，让您直接来接管善后科不奇怪啊。”前台一边说，一边领着他往里走，“您跟我来。”

“虽然……但是……”宣玑微微皱眉，狐疑地想，“还有这种好事？”

他买彩票最高中过五块钱，没吃过天上掉下来的馅饼，突然尝了这口鲜，却吃不惯，总觉得牙碜。

对了，宣玑突然想起来，他看了招聘启事，在朋友圈留言问老肖“哪个岗位最好考”的时候，肖征居然没有当场“怼”个“厕所试吃员”，而是在沉默了一会儿后，正正经经地回了个“善后科”给他。

等等，肖征是故意的？

可是为什么？听说过骗财骗色，骗人来当官是什么道理？

宣玑百思不得其解，穿过行政大厅，走到异控局大楼内部，只见电梯前的空地中有一棵巨大的枯树，不知什么品种，树干直径百十来米，上面枯藤环绕，从下往上看，一眼望不到头。

因为视觉效果太过震撼，所以它看起来几乎带了点神性。

宣玑看着那树，心里无端一悸。旁边前台姑娘回过头来说：“这是‘地基树’，先有的这树，后来才建的总部大楼，壮观吧？我带您在周围逛逛？”

宣玑抹了抹眼，透过《千妖图鉴》去看，却发现书页间一片空白，好一会儿，图鉴上吭吭哧哧地浮出了四个字：枯藤朽木。

宣玑眼角乱跳——这个废物！

这时，他裤兜里的手机突然振起来，“嗡嗡嗡”一连三条信息。

“善后科紧急任务，来三十六层！

“别磨蹭！

“速度！！”

宣玑：“……”

肖征不光人如龙卷风，连他发出来的信息都让人喘不上气来。

“没来之前，老肖骗我说善后科是边缘组、没竞争、光吃饭、不干活儿，结果还没报到呢，先来任务——不用，姑娘，我不逛了，老肖催命呢，电梯在那边是吧？您忙去吧，我自己上去，谢谢啊。”宣玑跟领路的前台姑娘打了声招呼，转身往电梯间走去，顺便给肖主任回了一条语音。

“大猪蹄子。”

第二章

三十六层的电梯门一打开，宣玑的眼就被晃了一下——整个这一层居然是半开放式的，朝南一排大落地窗，中间夹着道玻璃门，能俯瞰整个首都。

外面是个悬在三十六层的露台，从楼体上延伸出去，宣玑一眼扫过，那露台上有十多种复杂的“法阵”。一层摞一层的“法阵”把露台空间扩展到极致，那上面除了直升机停机坪，居然还放得下飞机跑道。

宣玑本以为自己在人间游手好闲多年，吃过见过，没什么见识好长了，一时间，却还是被这伟大的人工镇住了。他被刺眼的阳光晃得有点晕，还没找到善后科办公室在哪儿，旁边就有另一扇电梯门打开，肖征带着几个人从里面冲出来。

看见宣玑乡巴佬似的傻站在电梯间门口，肖飓风就迅雷不及掩耳地刮过来，卷了他就走：“你们部门飞机已经准备好了，你带队，二十分钟后起飞，过来，边走边说。”

宣玑：“……”

什么玩意就准备好了？怎么就他带队？他自己办公室的门都没摸着，就被塞上飞机要出差，等等，这部门居然有自己的飞机？

玻璃门打开，露天停机坪上的风劈头盖脸地横扫进来，把所有人的脑袋都刮成了“光轮 2000”，唯有肖主任满脑袋发胶在狂风中岿然不动，发型稳如泰山。他扭头把一沓文件塞进宣玑怀里，沉声说：“赤渊出事了。”

宣玑听见“赤渊”俩字，正忙着给自己拢出个背头的手一顿，眼睛像是被哪里的反光刺了一下，倏地眯细了：“什么？”

肖征知道他常识偏科，以为他不知道赤渊是什么地方，就飞快地解释说："就是那个赤渊大峡谷，不过我们说的'赤渊'不是指峡谷景区——景区只是峡谷外围，峡谷腹地大片的原始森林都没开发，也不对外开放。"

宣玑带着几分迟疑，"嗯"了一声："大峡谷怎么了？"

"赤渊大峡谷是我们密切监控的高危区域之一，峡谷腹地有个巨大的未知能量场，以我们现在的技术没法深入，更不用说仔细研究了。因为这个能量场，那边异常能量事件频发，原始森林里还有不少失传的古法阵与铭文遗迹，看都看不懂，至今能破译解读的不到十分之一，局里有研究院的专家猜测，大峡谷里可能封印着一些非常危险的东西。"

宣玑张了张嘴，好像想对"非常危险的东西"发表什么见解，肖征却没容他说，匆匆地把宣玑和另外几个善后科的人领上了一架小飞机。肖征随便找了个位置坐了，把随身的平板电脑摊开："这回的事，我长话短说。黄金周假期里，赤渊大峡谷有几棵古树突然变异，这些变异树能在森林里移动，四处捕猎。安全起见，当地分局的同事跟景区管理方沟通了一下，让他们以'地质灾害'为由，暂停接待游客，没想到有一小撮作死爱好者，越不让进越要进，逃票溜进去'探险'还搞直播，正好赶上变异树暴动，这是景区监控拍到的——"

他说着，打开平板电脑上的一个视频文件，视频的镜头晃得厉害，信号也不太稳，好像在地震。震了片刻，忽然，一道阴影掠过画面中间，动作奇快，像条捕猎的巨蟒。它张牙舞爪地贴地滑行，撞上镜头前不远的一棵古木，顺势立刻缠了上去。

只见被"蟒蛇"缠住的古木迅速干瘪下来，好像被吸走了生命力，短短几十秒，已经成了一堆枯枝。

直到这时，宣玑才看清，那"巨蟒"是一截大树的根须。

这条骇人的根须吃饱喝足，又膀大腰圆了一圈，接着，它从古木残渣上爬了下来，耀武扬威似的晃了几下，猛地朝镜头砸来，画面倏地黑了下去，镜头碎了。

宣玑皱起眉，拇指飞快地在几根手指关节上掐了几下——最近没有日食，没有月食，没有流星雨，隔壁火星正踏踏实实地顺行公转，压根儿没在

"留"点，天象无异常，皇历上不是"阴时阴月"，也并非"逢魔时刻"，好好地，为什么会有树群变异？

"保守估计，这回有七八棵变异植物，拍到的树根应该是其中一棵变异云杉身上的，它们迅速向外扩张，捕猎沿途所有生物——不单是植物，我们的人在里面找到好几具大型哺乳动物的尸体了。"肖征打断他的思路，"听说有人被困以后，当地分局立刻紧急组织了救援队。现在人都救出来了，也是他们几个命大，当时误打误撞地躲进了一个天然山洞，不过不确定他们看见了多少。善后科这回的工作重点，就是这几个人。"

飞机上的几个善后人员异口同声："明白。"

唯有宣玑还没能适应自己的岗位，茫然地问："你刚才不是说人已经救出来了吗？"

"是啊，"旁边一位善后科的工作人员说，"所以该咱们善后科出场了。咱的工作不就是处理人身财产损失、商议赔偿事宜、安抚被卷入其中的普通群众、避免异能事件传出去造成社会恐慌吗？"

宣玑："……"

对哦，他现在的主业是收尸、赔钱、辟谣以及向群众宣传科学价值观。

"我以前专业也不太对口，刚来没经验，见笑。"宣玑打了个"哈哈"，转身去求助初次见面的部门同事，"谁给指导一下，按照惯例，咱们一般应该怎么处理这种情况？"

这一转身，他看清了身后这几位。

除了他，善后科总共来了三个人，两女一男。方才出声的是个颇有资历的大姐，五十来岁，戴了副老花镜，一头时髦靓丽的"泰迪卷"，穿着件死亡芭比粉的针织开衫，领口露着一排秋衣的蕾丝小花边，怪精致的。

旁边男同事比这位大姐还精致，西装革履，皮鞋锃光瓦亮，尽管发际线感人，却还是认真地打了发胶，镂空的头帘整齐地固定在天灵盖上，老远一看，仿佛顶了一排条形码。

还有个年轻姑娘，胖乎乎的，不知道是怕热还是怕生人，额头上挂着一层薄汗，见新老大回头看她，整个人都紧张得锈住了，差点把裤缝抠得当场开线。

宣玑忽然一阵心累，因为得凭借一己之力，单枪匹马地挑起部门的平均颜值，他觉得好生疲惫。

“主任好，我叫毕春生。比您大几岁，您叫我老毕就行。”戴老花镜的大姐率先开了口，“您放心，咱们都有基本的办公流程——先挨个找人谈话，没什么事的糊弄……那什么，安抚一下，心理创伤比较严重的，偶尔也会用一点‘小道具’，都不复杂，您一看就会。最后注意检查一下他们手机电脑什么的，尤其是能联网的东西，别在网上留下痕迹，这事您让倩如去，就那个小姑娘，叫平倩如，她们年轻人，电脑玩得可溜了，咱们办公室打印机坏了都找她修。”

原来抠裤缝的那位叫“平倩如”，姑娘本人就跟裤缝一样内向，骤然被点名，吓了一跳，见不得人似的把头一垂，冲宣玑亮出了个白净的发旋。

宣玑本想讲两句，被这位默哀的脑袋一顶，撞得忘了词，只好咂吧了一下嘴，挤出个和蔼可亲的微笑。

“还有件事，你们需要重点关注，”肖征看了一下表，打断了他们部门内部的破冰仪式，“我们接到报案的时候，说被困游客一共有五个人，搜救队一开始探测到的生命活动也显示山洞里有五个人，但不知道为什么，最后捞出来的有六位，莫名其妙多出一个。”

几位善后科人士被肖主任这蹩脚鬼故事讲得面面相觑。

“被困的本来就是两拨人，逃命的时候恰好碰上的，都以为多出来的这个人是跟对方一起的，所以当时谁都没注意。其中一拨人闯景区是为了拍视频，当时设备没关，全程录了下来。”肖征继续说，“我们排查完录像之后，发现里面所有拍到这个人的镜头，影像都是糊的，也就是说，从头到尾，只录到了他的声音。”

他说着，点开了电脑里的另一段视频。视频里，镜头一角的男人好像融化在了光里，只能看见一个曝光过度的模糊轮廓。

轮廓说："我啊，朝九晚六的日子过腻了，出来随便逛逛。"

虽然只有声音，但能感觉到说话的人似乎在笑，语气不徐不疾，嗓音温润亲切，让人一听就忍不住心生好感。

毕春生想了想："当时正在逃命，这个人好像……是太镇定了。"

肖征摇摇头："不，不对劲的地方在这里。"他说着，又放了其他几段音频。

第一段是个清脆的女声，听起来年纪不大，女孩似乎是对着镜头说话："好，我们已经进来了，先带着大家在这边随便逛逛。"

第二段是个声线很浑厚的男声："旅游嘛，就是从你过腻了的地方到别人过腻了的地方去，现在节假日出来还堵车，我看啊，还不如躺沙发上看别人跑腿。今天我们负责旅，带你们的眼珠游，老铁们要是看得高兴了，别忘了双击好评啊。"

第三段是另外一个嗓音有点沙哑的男人："我啊，其实也不算辛苦，各有各的难处呗，朝九晚六的日子不辛苦吗？也辛苦，我们起码还自由呢。"

肖征说："有三个人遇险之前在直播，这是他们跟观众聊天的录音，放在整句话里可能听不出来，我给你们……"

"听出来了。"宣玑蹭了蹭自己的下巴，"这个神秘人物是从别人说过的话里截了词，重新拼了一句话出来。"

毕春生的老花镜从鼻梁上滑了下来："您是说他学别人说话吗？"

"不单是学。"肖征先是把年轻女人说的"随便逛逛"四个字单独剪了出来，紧接着又放了那个神秘男人说的"随便逛逛"，这几个字放在话里不明显，一秒就掠过耳朵，可这样单独截取之后对比，却把人听出了一身鸡皮疙瘩。

"语速、语气、停顿、重音，完全是一样的。就像是对同一段音频做了变声处理，这人不是模仿别人说话，是完全复制。"肖征抬起头，"一个词或许是巧合，但我们经过比对发现，这个神秘男人说的每一个字，都是从别人话里'复制'的。"

我啊……

朝九晚六的日子……

过腻了……

出来……

随便逛逛……

“重点关注这个人，时间差不多，你们该出发了。”肖征说到这儿，看了宣玑一眼，“回来之前吱一声，以后算正经同事了，一起吃个饭。”

关于把自己坑进善后科这件事，老肖这是准备给他个解释了。

宣玑笑眯眯地涮了他一句：“你请啊？这就差点意思了吧，肖主任，怎么那么抠门呢？请客还不把我们一部门的人都请了。”

毕春生和那位“聪明绝顶”的男同事都是老人精，立刻跟着领导出演起哄架秧子的角色，表示要“打土豪，分田地”。

“别拿食堂糊弄我们，要请就请我们去平时吃不起的地儿，来，吃饭之前先干活。”宣玑把诡异的视频拷到自己手机里，“对了，这‘马赛克’叫什么？”

“哦……他自称‘盛灵渊’。”

第三章

从总部到赤渊大峡谷，飞行时间大概是两个半小时。宣玑作为一个当代赤贫，有生以来就坐过一次头等舱，还是因为机票超卖，航空公司补偿的免费升舱。此时他身在部门专机上，一个人占一张能平躺的大沙发，闭眼一靠，听引擎“隆隆”响，简直有种自己已经实现“一个亿小目标”的错觉。

头一次享受专机出行的出差待遇，宣玑不想表现得太没见过世面，于是偷偷观察起同事们坐专机的姿势。

只见毕春生大姐早准备好了打发时间的道具——从随身的大包里摸出了一卷海藻绿的毛线，拉开阵仗，就上下翻飞地织了起来，几根毛衣针舞动得出神入化，凡胎肉眼都捕捉不到行针轨迹，毛衣大体已经成了形，就差两条袖子。

头顶“条形码”的大哥等飞稳之后，就迫不及待地跑到了卫生间旁的小镜子面前，拿出一罐护发啫喱，开始对自己的发型进行精益求精的保养，弄得机舱内一片芬芳。

姑娘平倩如比较消停，自己缩在个角落里，不言不语地从兜里掏零食吃。宣玑怀疑她兜里可能有个“乾坤袋”，能随身携带半个沃尔玛，一袋接着一袋地往外掏，垃圾桶都被包装袋撑吐了，她还没有偃旗息鼓的意思。

见另两位都忙着，于是宣玑率先找毕春生搭了话。他知道突然空降个不知哪儿来的小青年当领导，老资历们心里不会完全没想法，所以把姿态放得比较低：“好长时间没见过别人手工织毛衣了，您的手可真巧，这是给孩子织的？”

“给我们家老头的，”毕春生态度挺友善，倒是看不出对他有什么意见，“人家年轻人现在都自己在外面买，看不起老妈打的，嫌土呢！”

宣玑凭着以前当销售忽悠客户的三寸不烂之舌，顺着话头，三言两语地问明白了毕大姐的家庭关系——三世同堂，跟老伴一起奉养老母亲，有个儿子，大学刚毕业，还没离家独居。他先不动声色地把毕大姐的“朴素审美”赞赏了一番，又故意淡化自己的职位，聊自己离家千里，一个人在大城市打拼，天天跟父母报喜不报忧，云云。

他把毕春生聊得母爱泛滥，看他的眼神都变了：“可不是，年轻人自己在外地多不容易！唉，您还是南方人，老家在哪儿啊？永安冬天太难熬了吧？正好，我这回线买多了，等我打完毛衣，还够给您织顶帽子——喜欢什么款式的？”

“不不不……不用，这哪好意思？”宣玑胆战心惊地看了一眼那卷“环保色”的毛线，发现自己卖惨过了头，连忙往回收，“我不怕冷，我老家离咱们今天出差去的地方不远，鬼地方冬天连暖气也没有，御寒全靠抖。”

毕春生的视线从老花镜上沿探出来，看了他一眼：“赤渊？”

“不是赤渊市，旁边县城的，离着有几十公里吧。”宣玑不怎么在意似的随口回答，随后话音一转，他又问，“咱们部门每次出差都是这么急的事吗？”

“那倒不至于，今天是意外。一般情况下，外勤们都挺注意避开普通人的，毕竟有普通人卷进来，他们才是最害怕的，‘十五人红线’嘛——您知道外勤的‘十五人红线’是什么意思吧？”

宣玑以前和异控局外勤打过交道，又跟肖征比较熟，倒是知道这条规定。

普通人在异能事件里是非常脆弱的，为了防止外勤们动起手来忘形、罔顾公共安全，异控局做出了一刀切的严苛规定：排除主观故意和操作违规等重大恶劣渎职行为之后，不管是不是冤枉，只要外勤们执行任务时造成了普通人死亡——路人开车经过，老远看见外勤围殴怪兽，吓得撞电线杆出车祸的也算——死一个人，在场每个外勤就会被扣去一分，行动负责人扣双倍。

每个外勤有十五分，一旦十五分都扣完，就会被吊销工作证、严肃处分。停职审查算最轻的，万一被查出一点失职嫌疑，还可能被追究刑责，就算不判刑，以后也没有什么前途可言了。

这就是所谓的“十五人红线”，所以外勤们出任务的时候，第一件事就是想尽一切办法“清场”。

毕春生接着说：“他们清场工作做得彻底，咱们涉及普通人的工作就少好多，平时咱部门干得最多的事，其实是赔礼道歉。外勤们出任务的时候不注意，砸座大桥啊、炸一段路啊，炸完他们拍屁股走了，咱们得四处奔波，给人道歉，商量赔偿修复方案什么的。”

宣玑听完有点明白了，他这是从销售岗转成了客服岗。

“别的还好，一提钱就麻烦，经济问题扯皮起来没完没了的，”毕春生说着，往宣玑跟前一凑，压低了声音，“咱部门之前的领导，就那巩主任，没到退休年龄就回家了，说是‘病退’，其实就是‘有事’了，局里现在正查他呢。”

宣玑：“……”

万万没想到，这深宫老嬷一般的琐碎岗位，居然还有廉政风险！

“除了出差，咱们平时还得注意舆情，”毕春生织完一圈，把毛线抽出一截，熟练地缠在小拇指上，一心二用地对宣玑说，“几个流量大的志怪论坛和公众号，都在咱们关注下，一旦发现热门话题，要第一时间弄清楚到底是有人瞎编的还是真有问题，发现疑似异常事件，要尽快把问题转给安全部门。这事是老罗管的，他手下几个小孩倒班，二十四小时筛查信息。”

"是我，领导，我就是老罗，我叫罗翠翠。"一身芬芳的"条形码"兄凑过来，一开口，香风扑面，花草香里还混杂着点薄荷味。

宣玑抽了抽鼻子，感觉这是一条清新的条形码。

"条形码"罗翠翠说："您别看咱管的这个事不大，可是得谨慎呢——万一没事，您给报个有事，让人家外勤白跑一趟，回来不得骂咱们吗？那都是祖宗，咱惹不起。"

宣玑问："那万一有情况漏报了，问题不是更严重？"

"那倒不会，哪那么多异能事件啊？咱们这儿真正需要出动外勤的，基本是从公安那边转过来的案子。网上胡说八道和自己吓自己的多，您看看——"罗翠翠说着，把手机递过来，打开一个论坛给宣玑看。

只见被顶到最上面的帖子是"求助：我觉得我儿子不再是我儿子了"。

"都是这种画风的。咱们呢，就是不求有功，但求无过，以前巩主任在任的时候，天天跟我们强调，说咱部门是负责平事的，自己绝对不能找事，干什么都得记着这个原则。"罗翠翠说到这儿，可能觉得自己话多了，有在新领导面前倚老卖老之嫌，于是又连忙掉转话头拍马屁，"不过巩主任也是个和稀泥的，现在……唉，不提他。我看您就不一样了，您这样的青年才俊，一看就很有能力，还让咱们肖主任这么看重，您肯定不是普通人吧？您是哪个谱系的特能？"

宣玑脸上笑容一顿，撩起眼皮看了罗翠翠一眼："您猜呢？"

他长了一双非典型的凤眼，一笑就弯，笑起来里头像憋着一汪坏水，时常让人误以为是笑眼，这会儿不说不笑地看过来，罗翠翠才发现他眼皮很薄，眼珠颜色略浅，微微上翘的眼尾悬着一颗不明显的小痣，笑意落下，说不出的妖异感就浮了出来。

罗翠翠一激灵，被他这一眼扫得无端起了战栗，没等他反应过来，就见宣玑又吊儿郎当地往后一仰，有点油滑地冲他挤了挤眼。方才那种刀锋似的妖气荡然无存，仿佛只是角度造成的错觉，他又成了庸常满身的一介凡俗："哥，您看我哪儿不普通？当偶像派够不够？"

罗翠翠虽然头发不多，但很机灵，觉得这位新上司水有点深，遂不敢再试探，尿遁了。

宣玑打发了他，用手机连了飞机上的 Wi-Fi，刷网页测试网速，顺手翻出老罗刚才给他看的论坛，点进了那个神神道道的置顶帖。

发帖人语无伦次，说话三纸无驴，本人看着比较像中邪的。宣玑看了半天，才从乱七八糟的描述里看出发帖人想说什么，大意是：楼主家里有个四六不着的熊孩子，以前整天抽烟逃学泡网吧，最近突然不明原因地重新做人了，不单开始老实上学，月考还混进了班级中游，惊喜太大，当妈的一时难以置信，于是胡思乱想，怀疑自己儿子中了什么邪。

再一看底下回复，一水儿都是“戒网瘾学校的托儿滚”，再一刷，帖没了，可能是被人举报了。

他又翻了翻论坛里的其他帖，果然，就像老罗说的，没什么正事，除了个别妄想症患者和在线写小说的，剩下的都是标题党，起个耸人听闻的题目，里头能聊起来的仍是三大“流量宝”——家长里短、男女关系、明星八卦。

宣玑翻了一会儿，有点无聊，看得眼睛很累，视线有点模糊。旁边老罗和毕大姐正凑在一起商量去境外炒房的事。宣玑作为一个月光卡奴，这么高端洋气的话题也插不上嘴，于是戴上耳机，屏蔽了这二位布局东南亚的金融大鳄，闭目养神。

可能是专机座椅太舒服，也可能是飞机的震动助眠，这么一合眼，他居然睡着了，而且又做了个梦。

宣玑梦见自己在一座古色古香的小楼里，木梁结构，可能是个驿站之类的地方，房间不大，隐约能听见楼下喧嚣的人声。

一个人背对着他，斜倚在窗边，正朝窗外望。

那人长身玉立，玄衣如鸦羽。

这个梦宣玑不是第一次做，从他有记忆以来，这个背影就三不五时地于午夜来访，宣玑不知道他是谁，也从未见过这人正脸。梦里，他一靠近那人一米之内，就会立刻惊醒过来，对方像是什么不能触碰的禁忌。

“你也来感受专机啦？”宣玑因为梦得勤，单方面地拿这位梦里客当老朋友，保持着一米的安全距离，他熟稔地跟那背影闲聊，“怎么样，我新换这工作有范儿吧？”

背影不回答，就像往常一样，不言不动，似乎是一尊精美的雕像。在这个梦里，除了宣玑本人，一切都是布景，他在里面撒泼也好，打滚也好，都是独角戏。

“虽然可能是个有排面的麻烦，”宣玑往后退了两步，顺势坐在旁边的木桌上，喋喋不休地跟“老朋友”嘀咕，“前任善后科长不明原因‘病退’，肖征藏藏掖掖，唔……不应该只是经济问题，普通的贪污受贿不会连部门内部都不透风声，老肖也不会绕着弯地把我找来，对吧？还有，赤渊什么情况？怎么好端端的，突然有树群作乱？而且我居然一点感觉也没有……”

他说到这儿，忽然住了嘴，睁大了眼睛。窗口忽然吹来一阵小风，微风掠起窗口那背影的衣角，那人袍袖簌簌地动了起来。这一动，雕像似的男人仿佛忽然“活”了，宣玑心里陡然一悸，好像一脚踩进了另一个次元里，这是梦里从没发生过的！

然后那背对他的人一声叹息，竟然缓缓地转过了身……

“领导！”

宣玑一哆嗦，从座椅上弹了起来，险些被罗翠翠嘴上闪闪发光的润唇膏闪瞎眼。

罗翠翠在飞机的噪声里冲着他的耳朵叫唤：“快醒醒，咱们马上要落地啦！”

他们降落在赤渊附近的时候，天已经亮了。赤渊分局正满山遍野地围堵变异树，忙得灰头土脸，也没工夫搭理他们这帮搞后勤的，派了个姓李的实习生开车来接。

几个非法游客被安排在赤渊市第一医院，医院地势比较高，在停车场里投出视线，能眺望到大峡谷的群山。这会儿，天阴沉沉的，水雾迷离，尽管车里开了空调除湿，一路过来，衣服还是潮乎乎的，直往人身上粘。平倩如的头发爹成了钢丝球，下了车，她就顶花带刺地一路走一路撸。忽然，一阵风吹过来，倩如扒拉头发的手一顿，疑惑地耸了耸鼻子，悄悄问旁边的毕春生：“毕姐，你闻见什么味了吗？”

宣玑耳音极灵，隔着几步远，回头插嘴：“什么味？”

平倩如让他吓了一跳，像上课时突然被老师点了名，下意识地立正：“就、就是庙里的那种……烧香……香烛的味。”

她顿了顿，觑了一眼宣玑的表情，又像蚊子似的“嗡”了一句：“风吹过来的，好像还有点腥。”

风是从赤渊大峡谷方向吹来的，宣玑顺着小姑娘的目光回头看了一眼，那些遥远的群山在他视野里突然黑了一下，像是文了一圈鬼气森森的虚影。宣玑暗惊，脚步微滞，捏了捏眉心，再一看，青山依旧、雾霭茫茫，又毫无异状了，好像刚才只是他花了眼。

领路的实习生小李问：“领导，怎么了？”

宣玑摇摇头，收回目光，示意他带路，心里盘算着等解决了工作，他要去大峡谷里看一看。

他们这回的目标——几个被困游客或多或少地挂了彩，一个个臊眉耷眼的，据说等出了院，还得被公安局领走接受行政处罚。这几位身上的证件、手机都被扣下了，统一由平倩如检查，以防里面拍到不宜对外公布的东西。

毕春生主动包揽了谈话工作，宣玑初来乍到，没有贸然对同事工作指手画脚，安静地在旁边观察了一会儿她的工作流程，发现毕春生和目标的谈话很有意思。

宣玑以前的工作就是跟人打交道，虽说有点不求上进，但沟通技巧之类的基本功多少做过一点，在他看来，毕春生其实不能算精通“话术”，她虽然态度热情，但有点自来熟，部分肢体语言明显越过了社交距离，显得很没分寸，她的话要是换别人说，很容易就会引起目标的警惕不安。可奇怪的是，被她拉住说话的人都跟被下了药似的，自然而然地就会跟她攀谈起来。话过三巡，毕春生开始盘问目标在大峡谷经历了什么。

就听一个断了腿的女孩回忆："当时好像有大蟒蛇追着我们跑，那条蛇特别诡异，是土色的，跟披了身树皮似的，吓死我了！"

毕春生笑眯眯地说："你看见的所谓'蛇'，应该是原来缠在大树上的藤，地震把大树震倒了，树藤乱甩，看着跟会动似的，不可能是真蛇，景区里哪儿来的大蟒蛇？"

"不是，"被她纠正的女孩有点困惑，试图争辩，但说话语气明显弱了，好像突然不确定起来，"我觉得应该不是甩出来的树藤，它跑得很快，就是在追我们，而且……"

毕春生盯着她的眼睛，心平气和地重复道："不，那就是树藤。"

宣玑感觉毕春生这差不多是抬杠了，碰见个暴脾气，能跟她戗起来。可那女孩的表情却越来越迟疑，语气也越来越弱。她俩就这样车轱辘似的来回两三遍，女孩居然就像被洗脑了，完全接受了毕春生的说法，再有人问，她也不再提"土色蟒蛇"和"被追杀"之类的话了，仿佛失忆。

宣玑有些意外地问旁边的罗翠翠："毕大姐是特能？她是那个……你们怎么分的谱系来着？"

"对，她是'力量及精神系'特能，偏'精神'方面，"罗翠翠骄傲地挺起胸脯，"咱们后勤部门没几个特能，都在这儿了。"

宣玑忍不住打量他："哦，失敬，这么说您也是？"

"我不行，差远了，我的特能一点也不实用，"罗翠翠得意地"谦虚"道，"我是六大谱系里的'植物系'，特能是部分肢体可以变成植物，手指和脚趾有植物特点。"

宣玑继续虚心求教："植物特点是指？"

"哎呀，就是不停地长，要是不及时修剪，一年能顶破好多双鞋！"

宣玑："……"

罗兄还是应该找个医院治治他这"特能"。

领路的实习生小李没忍住，乐了，然后可能自己也觉得不太礼貌，忙干咳一声岔开话题，对宣玑说："第六个获救人员身上没有伤，所以我们临时给安排在家属休息室里了，就在前边。"

宣玑才刚顺着他的手指一抬眼，也不知怎么那么巧，楼道里的灯闪了一下，突然灭了。与此同时，他指间一凉，右手食指上冒出了一枚戒指，戒面是块鸡血红的石头，米粒大，没有一点杂色。

宣玑心里一跳，趁没人注意，他把右手藏进了外衣兜里。

这枚戒指跟《千妖图鉴》一样，也是他从胎里带来的，一直严丝合缝地"长"在他手指上，摘不下来。它比《千妖图鉴》还迷，既没显过灵，也没作过妖，像额外的头发和指甲，不痛不痒，也不知道有什么用。

除了款式土了点，宣玑对它也没什么意见，因为这戒指平时可以隐形，不叫不出来，可以权当不存在。

赤渊树群无端暴乱，梦里的"石头人"突然转身，隐形戒指不经他允许自己出现……

宣玑心里微沉，这一天发生的异象未免太多了。

"灯泡炸了。"领路的实习生嘀咕了一句，无知无觉地往前走，边走边说，"这个人……唔……有点怪，您等会儿看看就知道了。"

医院已经被异控局隔离了，家属休息室里只有一个人。

一个男人坐在塑料椅子上，背对着半掩的门，正聚精会神地盯着墙上的电视看广告。

他的腰背笔挺，但并不紧绷，坐姿像是受过专门的体态训练，光一个背影，就有说不出的赏心悦目。最引人注目的是，他留着一头过腰的长发，异常浓密丰盈，用一根发绳简单在后颈一束，足有小孩手臂那么粗。

宣玑看见那人的瞬间，眼前忽然一花，继戒指之后，《千妖图鉴》也自动弹出了，像是有什么话要说。可是宣玑等了好一阵，书页间却一片空白。

“这是他交的证件。”小李从一个档案袋里掏出一张身份证，“没手机，他说手机丢了。”

罗翠翠的目光在那人的头发上停留片刻，爱怜地摸了摸自己头上的“条形码”，嘀咕道：“现在连小伙子都开始戴假发了，肯定是因为空气污染。领导，我去跟他聊几句？”

“等等。”宣玑抬手拦住了他，只见那张“身份证”在他手里变成了一片枯叶，随即“呼”的一下烧着了。

突然跳起来的火苗把小李和罗翠翠都吓了一跳。

这时，原本只开了条门缝的家属休息室门“吱呀”一声，绕着哑声长叹的门轴转开了，阴冷腐烂的潮气从里面涌出来，让人无端想起拥着白骨的残棺朽木。墙上的电视忽然黑屏，倒映出一双眼睛，透过镜子似的黑屏，对上宣玑戒备的目光……

那双鬼魅般的眼睛里浮起了笑意。

第四章

黑屏的电视上电火花“啪”地一闪，重新有了画面，正好播到一个夏令营广告，一群孩子在操场上嬉戏打闹，本来是非常轻松愉快的场面，可不知道是信号不好还是怎的，电视上的影像卡顿得厉害，孩子们的嬉笑声断断续续，突然诡异了起来。

哈……哈……

电视上的小女孩闹得太欢，表情失控，刚好停在一个不知是哭是笑的狰狞表情上，张大的嘴里还少了颗门牙。

罗翠翠腿一软，踉跄着后退，踢翻了一个铁皮垃圾桶，“当啷”一下，金属撞击声传出去老远，弯弯绕绕的楼道里起了回音。

小李这才反应过来，直眉瞪眼地对那长发男人说：“你怎么回事？喂，你是个特能人吧？用精神系特能做假证，真当别人看不出来吗？”

休息室里的长发男人被他一嗓子惊动，缓缓地回过头来。宣玑抬手按住小李的胸口，猛地把这个有点虎的小伙子往身后一搡，几乎同时，原本坐在休息室里的男人突然消失在原位，电光石火间，宣玑抬右手挡在自己颈前，指缝间银光一闪，“叮”的一声——

那神秘的长发男人从休息室瞬移到了门口，逼到宣玑跟前，一只惨白如古玉的手直指宣玑喉咙，宣玑手指间夹着一枚硬币，刚好架住了对方的手。

硬币和手指相撞，宣玑有种磕到了石头的错觉，然后他看清了那张近在咫尺的脸。

那人双眉上扬，眼角微垂，如刀刻的眉骨带着拒人千里的冷意，眼却是一双“情人眼”，目如幽潭，顾盼温情脉脉。

一瞬间，宣玑忽然有种难以言喻的熟悉感，耳边一声轻响，他右手上的戒面石竟然裂了条缝！

这戒指火烧不坏，酸溶不化，能防弹、能挡刀，跟着他小半辈子，什么地方都去过，他一直觉得等将来自己身死化灰，这戒指能变个舍利什么的。

它居然被这么轻轻一碰震裂了！

原本鲜艳的鸡血石像是失去了生命力，从裂缝开始，隐隐泛起了铁锈色，彻骨的凉意顺着戴戒指的手指迅速蔓延，周身的血像是要凝成冰。出于自我保护本能，宣玑手里的硬币炸开，一层薄薄的金属色覆在他的手上，掌心蹿出一簇小火苗，咬向对方的手指。那长发男人灵巧地缩回手，原本只有豆大的小火苗却瞬间膨胀了数倍，火龙似的卷上了他的手臂。

长发男子轻轻“哎”了一声，半条胳膊都被点着了，他却不慌不忙地一翻手腕，将那“火龙”抓住，一拖一拽间，燎着了他衣袖的火就像被抓住七寸的蛇，无措地蜷缩成了一小团，被他攥进了掌心。他手指上连一点灰都没沾，掌心的皮肤被火焰映出了一点暖色，唯有衣服现了原形。他上身黑色的冲锋衣从袖口开始“融化”，布料变成了一堆枯枝败叶，杂乱无章地缠在他苍白瘦削的手腕上。

长发男人把火苗攥灭，低头伸手一拂，露出半截小臂的衣服就又恢复了原状。

他这一身衣服也都是照着隔壁那几位抄的，连人家冲锋衣上的破口都原封不动地照搬过来，只是很巧妙地换了颜色和细节，一眼看不出撞衫，但仔细看，他身上所有用到的颜色都取自那几个被困游客中的男性，连针脚线头都没有“超纲”。

长发男人客客气气地冲宣玑颔首，用一种奇怪的腔调开了口：“惭愧，衣不遮体。”

那不是普通话，也不像什么地方的方言，宣玑略吃了一惊，长发男人以为他没听懂，像有些苦恼似的，回头看了一眼挂在墙上的电视，切换成了蹩脚的普通话：“我的衣服是……”

后面那个词应该是不常用词汇，可能电视和那几个被困游客都没说过，因此他顿了顿：“树……唔……”

宣玑：“障眼法。”

男人和颜悦色地颔首微笑，像主人似的，客气地冲宣玑做了个“请”的手势：“你明白就好，请进，坐。”

宣玑的视线没离开那长发男子，手背在身后，朝实习生小李和罗翠翠摆了摆，示意他们不要跟进来，自己顺手带上了家属休息室的门。

这男人方才说的是古语，宣玑以前接触过不少老物件，其中有一些有灵性，能说几句话，他从小听得多了，能混个耳熟。

根据他不太专业的推断，这长发男子方才脱口而出的，有点像三千多年前、九州大混战时期的“雅言”。不过他也不确定，因为历史上语言的演变时快时慢，有时候一场动荡，三五十年的光景，流行的官话就能面目全非，有时候跨越好几个朝代，人们的口音也没什么变化。而且古代人也是南腔北调，说的不见得都是他们那时的“官话”。

唯一能肯定的是，当代社会里是没人这么说话了。

这人……姑且算“人”，到底是从哪个深山老林里爬出来的？

这时，宣玑眼睛里死机了半天的《千妖图鉴》终于从卡顿状态里恢复了，书页轻轻地晃了晃，一行犹犹豫豫的小字在他视野里出现，还有点抖，在长发男子身边标注：通心草人偶。

宣玑一愣，紧接着，标注消失，《千妖图鉴》给了他更详细的注解：通心草乃是替身咒法，将通心咒刻于人偶上，主人可于数里之外驱使人偶，其行、卧、言、语皆如真人，六感与主人通。人偶可为木雕，可为泥塑，需破咒才可见其原身。

宣玑恍然大悟——原来这位不是真人，难怪发量这么感天动地。

随着他的视线聚焦在长发男人……偶身上，《千妖图鉴》又给出了贴心小注：此偶乃千年灵玉所雕。

宣玑：“……”

千年灵玉雕的……男模那么高的一尊人偶，雕工精致到这种地步！

这怕不得值一座四合院？

“四合院”的五官俊朗非常，但不知道上面覆了什么邪术，盯着看一会儿，宣玑就觉得胸闷难耐，喘不上气来。他定了定神，把目光下移到对方肩颈，客气地问：“您好，职责所在，需要询问一下您是何方神圣，另外您派这么贵重的一个‘使者’到我们赤渊地区，请问有什么是我们能协助您的？”

“四合院”眨眨眼，没吭声，用一种“这猫叫得挺好”的眼神看着他。

哦，用词太绕，以这位的普通话水平，他没听懂。

宣玑无奈，只好换了个简单粗暴的说法：“就是问你从哪儿来，有什么事——说你自己的话就行，我能听个大概。”

“四合院”姿态很松弛地靠在墙上，抬起手，轻轻地嗅了嗅方才和宣玑撞了一下的手指，慢条斯理地反问：“小妖，你血脉纯正，混在人堆里干什么？”

“四合院”说话时，几绺散落下来的长发垂在肩上，声音和缓又温柔，可能是因为普通话听着吃力，宣玑余光瞥见，那人眼神专注异常，乃至于带上了说不清道不明的宠爱意味，不像个“正经院”。

“几个意思？”宣玑警惕地想，“现在的‘手办’风气这么败坏，上来就搞色诱？”

“不好意思，现在是我在问你。”宣玑说，“你报的‘盛灵渊’是真名还是假名？”

“不记得了。”

“你真身在哪儿？”

“四合院”不知道是没听懂这句还是不想回答，微微一歪头，笑而不语。

“你从哪儿来？”

“地下。”

“地下？”宣玑不知道这是字面意思，还是有什么特殊指代，只觉怪瘆得慌的，于是追问，“‘地下’是什么意思？”

“我自地下一口薄棺中醒来，”自称盛灵渊的“四合院”说，“棺椁已烂，想必生前家境贫寒。”

从棺材里爬出来……

宣玑无意中扫到对方的脸，又开始心律不齐，不敢再看。他俩交流起来很困难，互相都是连猜带蒙，如果没理解错，这位似乎是个老物件，听口音，“死”了有些年头了，那这算什么？诈尸？

宣玑：“棺材里‘醒来’的是你真身，还是你这四……通心草人偶？”

盛灵渊不知道是理解有偏差，还是故意避而不答，只说：“我是被人强行唤醒的，外面好生吵闹。”

“谁？为什么要唤醒你？”

“那人言语癫狂，口音闻所未闻，我当时神志不大清明，没听明白。”盛灵渊若有所思的目光一直在宣玑身上转，慢条斯理地说，“出棺后，正好遇上外面那几位朋友，因衣冠不整，不便现身相见，便只是暗中跟了他们片刻，不料恰逢树妖作祟，我见那几位一无所觉，便只好仿着他们的模样，幻化了衣衫，将他们引入山洞。”

宣玑隐约觉得这人有点不对劲，微微眯起眼，把手指间的硬币转出了花样：“那几个人说的话，你就能听懂了？”

“不甚，但一些言语有迹可循，那几位朋友又对我不太设防，观其神色，多少能猜出一些他们的意思，我恐言多必失，便只学了他们的口气，说了些猜得出意思的寒暄之语，所幸当时慌乱，也未曾露出马脚。倒是那个法器，”盛灵渊一指电视，电视这会儿不卡了，正在播一部有字幕的电视剧，“此中人口齿清晰伶俐，下面字字句句都有标识，是幼儿习字用的吗？”

“你认识简体字？”

“简体字，”盛灵渊很感兴趣地把这词学了一遍，发音语气都与宣玑说的如出一辙，模仿能力有点让人毛骨悚然，他笑盈盈地回答，“逐字逐句自然不行，不过有人有景，依照字形，猜个五成倒也不难。”

这人往那儿一站，可能因为是灵玉身，一身气度也温润如玉，叫人一看就忍不住心生好感。

“被人从棺材里强行唤醒，一点起床气也没有，灌了一耳朵鸟语，半句没听懂。衣服还都是树叶现编的草裙，就忙着出手救人，这是什么人间活雷锋？”宣玑心说，“我简直都快信了。”

宣玑突然发现这个“盛灵渊”哪里不对劲了——是语气。

除了个别问题被有意无意地跳过，此人有问必答，答得又详尽又有耐心，语气放松，内容却很发散，就像排长队时随口和旁边的陌生人闲话，打发时间用的那种。

假如他真的被埋了几千年，刚从地下爬出来，满眼都是看不懂的人、满耳都是听不懂的话，他第一时间难道不应该是去找始作俑者？就算找不到唤醒他的人，他也应该试图了解这是什么时代，然后搜索熟悉的东西——而不是优哉游哉地坐在医院看电视，跟陌生人不着边际地聊天！

他在打发什么时间？

被关在门外的小李可能觉得事情有点不对，叫来了守在医院的一支外勤小队。这时，接到通知的外勤小队到了家属休息室门口，敲门问："宣主任，需要帮忙吗？什么情况？"

循声，盛灵渊本能地往门口看了一眼，就在他扭脸的瞬间，宣玑指尖的硬币倏地弹了起来，射向他眉心，硬币上赫然是一排指甲刻出来的咒文。

《千妖图鉴》说，通心草人偶的"灵"在眉心，可以理解成是人偶的"CPU"，用"破咒"击打它的眉心，它就会失去行动能力，继而露出真身和刻在身上的通心咒文，只要找到那些原始咒文，就可以用"反咒"追踪到人偶的主人。宣玑这万年鸡肋的"小抄本"终于有用了一回，上面详细记载了"破咒"和"反咒"都长什么样，虽然看不懂，但他会照着画。

你到底是什么东西？别藏在人偶后面！

盛灵渊反应极快，一抬手挡住了那硬币，就在他张开五指去抓那硬币的瞬间，硬币在半空中炸开，火苗喷出去一米多远，将他半个人都卷了进去，在盛灵渊身后的白墙上烙下好几排"破咒"咒文，玉雕的人不怕火烧，束发的草绳却一下被燎断，他一头长发倏地散开，枯叶幻化的假衣服也现了原形，可他居然并没有裸奔。里面还有一层！

只见那一堆障眼法做的假衣服被火舌舔了个干净，露出里面一条白底的长袍，长袍上，鲜血描画的图腾几乎成型，骇人的血腥气扑面而来。那男人原本鲜活的皮肉上露出石头般的质地，白中泛青，嘴唇上一点嫣红颜色像是涂上去的，温情脉脉的笑容骤然诡异起来。

等等，《千妖图鉴》上不是说，人偶被打中就不动了吗？通心咒文呢？

源代码呢?

他身上那血淋淋的图腾是什么?

盛灵渊叹了口气，轻描淡写地挥灭了缠在身上的火苗，缓缓地站直了：“小东西，还挺机灵，破咒画得不错，谁教你的？”

最后一个字话音落下，长发男子已经闪电般地欺到了宣玑跟前。宣玑手里的硬币边缘锋利如刀，架住对方抓过来的手，一眨眼的光景，两人过了七八招，硬币乱飞，家属休息室里黑烟没来得及散开，金石碰撞声响作一团。

几枚硬币从宣玑袖子里抖落，围着盛灵渊脚边乱转，宣玑隔空伸手往下一压，那几枚硬币陡然嵌进了大理石的地板，瞬间连成了一个阵法，半空中“哗啦”一声脆响，“无中生有”了几条着火的铁索，咆哮着将那长发男子缠在了中间。

杀千刀的《千妖图鉴》没顾上关，宣玑再一看，那些“通心草人偶”注解像阳光下的露水，蒸发得连痕迹都没剩下，书页间缓缓浮出两个血字——

人魔。

第五章

什么“被强行唤醒”“从地下一口棺材里来”“说一口字正腔圆的古风方言”……听着像千年老僵诈尸，但“诈尸”其实不可怕，因为人死如灯灭，那些“炼尸”“赶尸”的原理跟提线木偶差不多。尸体都是在外力的操控牵引下动作的，本身的神经系统已经烂光了，不会再有任何想法。防腐工作有一点做不好，尸身上的胳膊、腿、心、肝、肺之类，一边走一边掉都是常有的事，除了吓唬人，战斗力基本可以忽略不计。

怕就怕棺材里放的不是尸体。

因为除了正常的入土为安，古人封印一些不好的东西时，也会以棺椁为器，所谓“唤醒他的声音言语癫狂”，很可能是某种咒语或者祷词。

有人在用禁术召魔！

怪不得天象太平，赤渊异动，原来是人祸。宣玑心里骂了句脏话，他早该想到的，都是《千妖图鉴》这坑货，用什么“通心草人偶”误导他！它到底是哪边的？

门外的外勤听见动静不对，立刻就要直接闯进来。

宣玑蓦地抬手，隔空一掌打在门上，刚把门推开一条缝的外勤被他直接拍了出去，一个火焰色的“止”字一闪，融进了门板，“止”字迅速朝四壁蔓延，眨眼工夫，家属休息室很快被火光围了起来，与外界隔开了。

被拦在外面的外勤小队同时被弹开，没看见他徒手画符的过程，只感受到了符咒的能量，骇然地面面相觑：这是什么符咒？为什么一个后勤会随身带这么霸道的符咒？

这是违规的！

要知道，以“符咒”和“法阵”学的复杂程度，一两年的培训根本连个皮毛也学不来，所以没有被纳入常规外勤训练项目里。符咒都是定期由异控局研究院借助仪器批量制作，作为一种武器，像子弹一样给各部门外勤配额发放，因为这东西保管不当会很危险，所以连外勤们持有符咒都必须有执照，局里明令禁止非战斗人员接触符咒！

实习生小李手忙脚乱地捡回自己摔掉了一地的下巴，扭头问罗翠翠：“你们善后科怎么敢公然违规……哎，人呢？”

罗翠翠虽说大小也是个“特能”，但一直在后勤部门过着“讲文明讲礼貌”的和平日子，这会儿生怕引火烧身，眼看气氛不对，早已经迈开小碎步，躲到了楼道拐角，听问，才小心翼翼地探出头，隔着老远造谣道：“我们这老大新来的，那个……可能是关系户！”

家属休息室只有十来平方米，几条铁链上的火苗如怒龙，将天花板都熏得漆黑一片，按理说三五分钟就能把这屋预热成烤箱，可是一股阴冷潮湿的气息却不知从哪里蔓延过来，居然强势地压过了火焰的热度，水汽不断地被加热，家属休息室的四壁就像“回南天”一样，渗出水珠来。

宣玑用铁链困着那神秘的长发男人，自己却被这股阴冷的水汽压得喘不过气来，一时也不知道是谁困住了谁。

大大小小的水珠在墙上滚过，留下湿漉漉的痕迹，渐渐连在一起，形成了成排的文字，那不是世界上现存的任何一种通用语言，宣玑余光瞥见，后脊梁骨蹿起无法言喻的凉意。

《千妖图鉴》的纸页簌簌地抖动起来，片刻后，它吞吞吐吐地咳出了一行注解：阴沉祭。

门口，外勤小队的负责人越众上前：“宣主任，到底出什么事了？我是……”

“别自我介绍了，”屋里传来宣玑有些失真的声音，“把这医院……医院十公里辐射范围内所有人都转移，立刻！把你们能用的人都调过来，还有……报总部！”

小队长半句话没说完，就被他劈头盖脸地砸了一串命令，一头雾水，心说：“您哪位啊？”

外勤向来不太看得起后勤，毕竟职能部门自古高人一等。而且后勤基本都是普通人，即使有特能，能沦落到跟普通人一个阵营的，想必也都是些没用的奇葩。虽然善后科是总部派来的，行政上属于上级领导，但当地外勤打心眼里没把他们当回事，跟古代将军对太监监军的态度差不多——希望他们好吃好喝，别没事找事。

这位宣主任，光天化日之下非法持符，不单添乱，上嘴唇一碰下嘴唇，还莫名其妙地给他们安排起了工作。

真把自己当棵菜了！

小队长一边不动声色地研究门上的封条符咒，一边耐着性子说：“领导，转移居民不是小事，交通、物资、经济损失都是问题，更别提会给老百姓造成多大恐慌了，别说是我，咱们分局长来了也做不了主。再说，咱们的人现在基本在大峡谷里，变异树还没清理干净呢，是真的腾不出手来……”

宣玑顾不上讲究礼貌了，再次打断他：“罗翠翠，给肖主任打电话，告诉他变异树只是添头，赤渊动荡的主因很可能是‘阴沉祭’！”

小队长自觉已经算有城府，还是被他堵得脸色一绿：“宣主任，赤渊问题是什么原因，我们有专门的专家团队评估，请您不要凭主观臆断误导组织！”

罗翠翠屁颠屁颠地探出个头：“领导，肖主任问什么叫‘阴沉祭’！”

宣玑心说：“我问谁去？”

那《千妖图鉴》跟挤牙膏似的，“阴沉祭”仨字下面本该有注解的地方空白一片，也不知道一本破书到底能有什么难言之隐。显然这会儿靠它是靠不住了，宣玑能感觉到恶毒的水汽在贴着他的骨头缝往里钻，铁链上的火苗被阴冷的氛围压得越来越微弱，强行掰开因为打战咬在一起的牙关，他匆忙往外扔了句话：“善用搜索引擎！”

这话是“说者别无选择，听者特别扎心”——分局的小队长认为他在指桑骂槐，气得掉头就走，原地后转，他又想起什么，觉得不妥，转头问小李：“你刚才说，里面那个……就那长头发的，是个混进赤渊不怀好意的特能人？”

小李连忙说：“动机现在还不清楚，不敢说是不是坏……”

小队长暴躁道：“我管你好人坏人，你就说是不是特能！”

“哎……是、是特能，好像还是精神……”

“是特能就行了。”小队长冷冷地“嘿”了一声，抬手一挥，带着自己的小弟们鱼贯而出，不管这不知好歹的“擦屁股科长”了。

甭管好人坏人，反正特能人的人头不占“十五人红线”的死亡名额，爱死不死，死也白死。

罗翠翠迈着小碎步奔将出来：“您别走啊……哎，这……我们领导不是那意思，肖主任还没说话呢……哎呀！”

肖征可能是去查资料了，在电话里让他等着，没了声音，罗翠翠手足无措地追着浩浩荡荡离开的外勤们跑了几步，回头看那阴森森的家属休息室，又不敢走，举着电话，他愁断了肝肠："这都什么暴脾气啊！"

盛灵渊被架在火上烤，却仍颇有兴致地侧耳听他们说话，火舌裹身，他连头发丝都纹丝不动，还觉得挺暖和似的，苍白的脸上被火光映出了血色，和颜悦色地对宣玑说："妖族和人族历代血仇，即便妖族败落，也是远避世人，退隐山林，你这纯血的小妖又是怎么回事？怎么自己一个人往人堆里扎？是在家受了什么委屈叛族，还是做错事被族人流放了？"

宣玑后脊梁骨上的冷汗冻成了冰珠，顺着后背往下滚，嘴唇冻得发青，嘴上不肯认输："大爷，我们现在都是一家了，您念的是哪辈子老皇历？你才叛族被流放！"

捆在那魔头身上的铁锁链绷紧到极致，"咯咯"作响起来，他袍子上的图腾开始往下渗血，墙上的水渍跟着陡然深了一个色号。

"小妖，再不放开我，小心受伤哦。"他话音没落，宣玑的发梢和衣角刹那间挂上了冰碴，门上的"止"字倏地分崩离析。那些血渍透过家属休息室的墙直接渗到了另一边，凄厉的阴风横扫出去，玻璃全碎，风挤过门窗时发出尖锐的呼哨，仿佛夹着一声垂死的惨叫。没来得及走远的外勤们被碎玻璃碴扫了个正着，罗翠翠领口龇出了一截绿萝的嫩芽，顺着他的脖子盘旋而上，自欺欺人地展开叶子，蒙住了他的眼。

就在这时，肖征恰好发了视频电话过来，罗翠翠慌乱之间碰到了接通键，把这一幕原原本本地传到了千里之外的异控局总部。

肖征瞳孔蓦地收缩，扭头飞快地吩咐旁边的工作人员："联系赤渊分局局长，立刻加派人手，转移医院里所有人，现场听宣玑的——老罗，让你主任坚持一会儿——叫古籍修复科来人！"

罗翠翠被绿萝叶片障着目，五迷三道地面壁学舌："宣、宣宣主任，肖、肖肖说……"

他的声音被"哗啦"一声铁链乱撞的动静盖过去了，原来的铁链上的火苗消失殆尽，像被抽干了似的，变回毫无光泽的硬币，崩得到处乱飞，其中一枚擦着罗翠翠的头顶钉进了他身后的墙壁里，擦掉了他两根珍贵的秀发。

罗翠翠蒙了一秒之后才反应过来，腿一软，当场“五体投地”，在地板上扑腾起各种泳姿，手脚并用地往外“游”去。

盛灵渊脱困的瞬间，已经掠出了家属休息室。

傲慢的分局外勤们总算发现宣玑不是拿他们逗闷子，然而浓重的血腥味已经裹着寒意直冲鼻腔，再要动作已经来不及了。外勤们惊悚地发现，那从休息室里飞出来的白影仿佛瘟疫，冰冷黏稠的水汽从破窗里呼啸进来，往所有活物身上沾，他们的身体好像速冻鱼，眨眼的工夫，连关节都冻僵了，一动不能动，细小的冰碴像疽毒似的爬上人的皮肤，那可怕的白影已经逼至眼前！

盛灵渊伸出一根手指，勾起了离他最近的小李的下巴，小李的眼睛几乎脱眶，就见那面无表情的魔头打量他片刻，随即笑了，朝他呵出了一口黑雾。小李不知道那黑气是什么，心里却本能地生出极度的恐惧，那恐惧激发了他的求生本能，他拼命后退，竟把背后的冰碴撞裂了一条缝。

然而，蝼蚁就算抵死挣扎，也挣不出清风半两，那缝隙很快又被冰碴冻住，眼看黑雾化作了一只狰狞的兽头，就要将他一口吞下。

就在这时，一团火球流星似的砸了过来，擦着小李的鼻尖撞散了那团黑气。

小李身上的薄冰从鼻尖开始融化，瞬间让他恢复了行动能力，小李一屁股坐在地上，蹬着腿往后缩，差点尿出来。

那火球有生命似的绕过他，在地板上滚出了一条灿烂的火线，撞在一干外勤身上再弹开，落汤鸡似的外勤们从冰雕状态里解脱出来。这支外勤小队的小队长虽然自以为是，却颇有本事，恢复自由后，他第一时间掏出一把枪，朝那大魔头连开数枪。

那是异控局外勤专门对付各种“妖魔鬼怪”的“秘银枪”，里面的秘银子弹会自动绕开没有异常能量反应的人和物，追着高能的目标跑。一时间楼道里银光乱窜，银光过处，一声轻笑响起来，是被宠爱的孩子调皮捣蛋时招来的无奈又纵容的笑，这小队长是个女儿都上中学了的中年大汉，听见这笑声，刹那间恍惚了一下，他忽然好像回到了自己的襁褓时光，又脆弱又委屈，只想跟人撒一场娇。

他就这么一眨眼的工夫失神，一团黑雾凝成的爪已经抓住了小队长持枪的手腕，小队长只觉得一阵酸麻从手腕上蔓延出去，紧接着半个身体都没了知觉，秘银枪脱手掉在地上，而那黑雾顺着他的胳膊往上爬，直指他咽喉！

“闪开！”

一团火光卷了上来，“呼”的一下燎着了小队长的胳膊，然而那火只以黑雾为燃料，并不烧衣服，也不烫人，黑雾转眼被烧了个干干净净，与火光一起消失。

外勤小队长就地一滚，捞回秘银枪，惊疑不定地看向宣玑：“你……您居然是雷火系？”

雷火系这种攻击性极强的特能特别罕见，即便是在外勤安全部里，也是万中无一，几乎所有的雷火系都在总局三大特种精英部队里——前特种部队“雷霆”的指挥官、现任异控局总调度长肖征就是个雷火系——地方分局可能一辈子都没见过一个活的“雷火”！

让一个雷火系的高手搞擦屁股善后工作，总部人事科有什么毛病吗？

宣玑：“开枪，别停！”

小队长回过神来，他身后的外勤们这会儿也总算是反应过来了，训练有素地各自站位，配合着用秘银子弹狙击大魔头。

大魔头大概没见过秘银子弹，有些顾忌，在密密麻麻的银光前迟疑了一下，眼看秘银子弹雨点似的落在他身上，就算是尊石像也能给打成筛子，那大魔头身上却倏地浮起一层黑雾，将秘银子弹全部扫开。

就在这时，宣玑伸手凭空一抓，嵌进墙壁、地板里的硬币就都乳燕投林似的飞回他手心，每一枚硬币上都画着一张表情夸张的卡通人脸，或哭或笑、或嗔或喜，排成一排，“滴溜溜”地在他掌心里旋转，像一排微缩的众生相。然后那些硬币突然变形。抽长成了好几条铁锁链，一端牵在宣玑手里，另一端像毒蛇似的飞出去，趁那魔头分神，钩住他的四肢，牢牢地把他缠缚其中。

外勤们再次集体目瞪口呆——这是什么？这怪物到底是雷火系还是金属系？

避雷针成精吗？

说好的雷火和金属相克，绝对不能共存呢？！

不过“避雷针”本人看着也不轻松，他眉梢、头发上结了一层细霜，扯着铁链的双手哆嗦得像是随时要脱力：“快去疏散医院附近人口，快点！”

一个外勤犹豫了一下：“您……”

“别磨蹭！”

那外勤还要说什么，被小队长一把按住肩。小队长收了傲慢之心，经验和眼力是在的，他已经看出来，这个“善后科主任”至少是个有资格进入特种部队的高手，这种水平的战斗，闲杂人等留下不是义气，是碍事。

小队长深深地看了宣玑一眼：“兄弟记住了，立刻报总部请求最近的特种部队支援——全体！分头清场，疏散十公里！走！”

异控局里，当晚古籍修复科值夜班的正好是科长王博士。

王博士戴一副圆片小眼镜，佝偻着腰，身体还在边着小碎步往总调度室赶路，脑袋已经率先被伸出二里地的脖子送到了肖征案前。据说此人生于四百多年前，特殊能力倒也没别的，就是老不死，退休了三十多次，又被返聘回了异控局，现在专门搞神秘古籍及术法研究。他老人家博闻强识，学贯古今，是个活百科……就是上了年纪，干什么都慢，跟他沟通起来得有点耐心。

“阴沉祭啊……可不得了啊！‘祭’可是禁术，闹不好要死人嘞。”王博士老旦似的开了腔，文绉绉的，一唱三叹，听得肖征想狂按快进。

“‘祭’乃‘恶契’，上可求邪神降世，屠戮苍生，下可求恶鬼附体，报仇雪恨。就是那些邪神恶鬼什么的哪是好求的？帮你办事，必要百倍求报啊！肖主任你问得挺巧，前一阵，我们刚做了个‘祭’的专题，档案保存在哪儿来着……哎……”

肖征：“存档日期？”

“哦……就是上礼拜嘛，几号来着？”

肖征一把薅起他的电脑，大步往档案室里冲，后边拖着根蹦蹦跳跳的电源线。

古籍修复科的档案室里恒温恒湿，不见光，里面有成排的水晶柜，柜里封闭着各种古籍原件，柜门上一个小屏幕，能调阅研究员们的注解，肖征一声令下，十多个研究员替他翻箱倒柜查资料，很快翻到了“祭”的专题柜。

“所谓祭，您可以理解成是一种买卖合同，一场祭里有四要素，‘祭品’‘祭主’‘媒介’和‘祭文’，”一个研究员对肖征说，“祭品就是‘甲方’支付的‘费用’；‘祭主’是收费办事的‘乙方’——一般都不是什么好东西，有学者认为，只有‘魔’才能作为祭主，响应‘祭’；‘媒介’是‘通魔’之物，您可以理解成是买卖双方的沟通途径，最后，‘祭文’就相当于是这场交易的契约书。相传这是一种写不出来的文字，一旦被写出来，就意味着祭已经生效，甲乙双方都不能反悔，祭文上列的祭品一定要到位，祭主必须履约，否则会遭到祭的反噬。”

肖征追问：“具体说说阴沉祭。”

“阴沉祭是‘祭’的一种，相传这种‘祭’的祭主很特殊，是被封印的魔物。阴沉祭能撬动封印，因此又叫‘召魔祭’。‘媒介’则必须是献祭人本身，”研究员说，“可想而知，不管成不成，发起阴沉祭的献祭人都不会有什么好下场，是一种孤注一掷的‘自杀式袭击’。”

肖征：“什么鬼？‘魔物’是指什么？”

“我们的资料很少，古籍上说，魔可以‘永生不死，法力无边’，只能封印，或者等它自然消散，不能用外力杀灭。按照这个描述，当代学界普遍认同，所谓‘魔’，其实是某种混沌有害的异常能量。”

肖征听得一头雾水：“一团能量怎么做买卖，怎么履约？”

“抱歉，主任，这不清楚，毕竟‘魔’也好，‘祭’也好，都只是古籍中的传说，甚至可能只是古人的奇幻想象——不过……有一本残破的古籍中提到过‘人魔’，我们推断，魔这种特殊的异常能量，很可能可以具化到某个特定的人身上，这个人可以支配这种异常强大的能量……或者被这种能量支配，成为真实存在的魔物。”

对了，赤渊医院里那个来路不明的神秘男子……肖征眼角一跳：“关于人魔，我们这儿能查到什么资料？”

“人魔形同天灾，”研究员点开一份电子扫描版的文件，只见上面拓了一幅壁画，用细致到有些血腥的笔触描绘了洪水、地震、瘟疫与战争场面。画面上铺满了形态各异的尸体，而每一个人间炼狱似的场景中，都有一个格格不入的白衣人，没有正脸，似乎只是某种恐怖的象征，“您看这个白衣人，在洪水的场景里，他在上游把手伸进水里搅动；战争场景里，两个人互相用刀剑捅穿了对方的身体，这个白衣人手里拿着个杯子，从刀尖上接血喝——暗示这些大灾难都和他有关。您注意到了吗？这幅画里除了这个白衣人，剩下的全是尸体。这画就叫《人魔》。”

肖征：“……”

完了，宣玑怕是要凉。

宣玑不但凉，还是透心凉，他双手已经被冰碴冻住了，像戴了一副流光溢彩的水晶手套。

盛灵渊——那人魔低头，目光掠过自己身上的血色图腾，懒得费力气挣动，似笑非笑的神色像老猫看着爪下小鸟。小鸟越是挣扎，他就越觉得有趣，凉飕飕地劝道：“小妖，你天生合我眼缘，我一见你就觉得喜欢，不欲伤你，快退下吧。”

宣玑从来不觉得自己是个“花痴”，可是对方那句“我一见你就觉得喜欢”撞进耳膜里，他无端心生异样，忽然有种被偏爱的飘飘然，心跳疾了两拍，撑着铁锁链的手指差点软了。

好在这时，死机半天的《千妖图鉴》回了魂，在“人魔”下面飘出一行注释：魔通六欲，擅噬人心。

宣玑激灵一下，眼神清明过来——这魔头居然搞色诱，臭不要脸！

“啧，”魔头颇为遗憾地摇摇头，“年纪不大，心志倒坚，哄你松手是为你好。不妨告诉你，此乃‘千人生祭’，祭文将成，现在只差最后一口活牲，你不去找那始作俑者，与我纠缠不休做什么？”

“怕你咬人。”宣玑冷笑一声，透过《千妖图鉴》，去看墙上的阴沉祭文。

《千妖图鉴》这马后炮这回总算赶上了一回，书页间缓缓浮出阴沉祭文的译文，宣玑一目十行地扫过译文，心念一动，手机自动从他兜里飞了出来，飘到他耳边，接通了肖征电话。

半声铃没响完，肖征秒接：“喂，你还……”

“凑合活着，你先听我说，”宣玑的舌头可能也有特能，把普通话说出了五倍速，快得走了调，非得能逐字听写华文 rap（说唱音乐）的水平才能明白，“这篇阴沉祭文我看懂了，上面列的祭品是‘千人活祭’，阴沉祭必须在一个月相之内完成，‘朔日子时之交’献祭第一个活牲，下一个‘朔日子时之交’献祭最后一个，没记错的话，今天就是朔日！”

盛灵渊没听懂他这一口“鸟语花香”的 rap，却对手机产生了极大的兴趣，目不转睛地盯着看。

“活牲必须死于非命，”寒意透过口鼻渗入了宣玑的肺腑，乃至于他的气息都不连贯起来，“一个月……唔……一月之内，一千个人非正常死亡，不可能无声无息……”

“联系公安部门，查最近一个月的非自然死亡案件，”肖征飞快地吩咐旁边的外勤，又问，“你现在还好吧，能坚持多久？”

“一点也不好，”宣玑狠狠地咬住了打战的牙关，“为什么不给我大南方供暖气？！”

第六章

此时已经过了傍晚七点，距离“子夜之交”仅剩不到五个小时。

仲秋十月，天一日短似一日，这会儿外面的路灯已经亮了，潮气也越来越浓重，整个赤渊大峡谷都被吞进了茫茫的迷雾里，微弱的人造灯光在浓雾里挣扎着，像若隐若现的萤火。

如果有人有心，会发现整个赤渊地区安静得不正常，鸦雀无声，连聒噪的秋虫都伏在泥土里，一动也不敢动。

“肖主任，数据调来了，但这个可能没法查。”

“什……”

“是这样，您给的条件太泛泛了，全国每年非自然死亡人口有几百万，光自杀的就二三十万人，永安市区每年认不出是谁的无主尸体就有一千多具。就算所谓‘千人活牲’是准确数字，如果这一千个死者分散到各地，从统计数据上根本看不出有什么问题，这还没算失踪的。如果干这事的凶手偷偷杀人，尸体藏一个月也不难，公安局那边可能都没接到报案！”

情况紧急，肖征已经来不及追问为什么宣玑一个大好青年会对冷门的古邪术这么了解，转头问电话那头的宣玑：“‘活牲’有地域限制吗？”

“没有，”宣玑的声音开始有点失真，他那边像是起了风，锋利的气流刮着手机听筒，把信号和他的声音一起搅得七零八落，“有……祭文就行……只要祭文写对了，别说全国范……你去南极杀人献祭也有效力……不用签证，刷信用卡一样。但……”

“但”后面是什么，信号被干扰，听不清了。

肖征问这话的时候开了免提，宣玑这一句话激起了千层浪。

“那不成世界范围了？肖主任，这不行，更是大海捞针了。”负责外联的后勤部门第一个跳出来拖后腿，“再说，咱们调档得有依据和手续啊，人家公安系统也是有保密要求的，这个……光听这么一位同事说，是不是……”

“肖主任，”行政部门专门跑来添乱，“黄局打电话问到底怎么回事，让你过去给他做个简报！”

赤渊分局那边，非但不买账，还明目张胆甩锅，接线的工作人员回头汇报：“肖主任，赤渊分局前线负责人回复，大峡谷里还有三棵变异树没找着，他想跟您确认一下，您的意思是不是让他们把那堆怪物放着不管，就这么撤回来？到时候造成的损失怎么算？”

总部的外勤安全部则一推六二五：“肖主任，赤渊地区附近调集外勤增援可能有点问题，各地分局的人员外派需要总局外勤安全部盖章，他们才能动。您看，您是不是先跟安全部的宋主任打声招呼？欸？宋主任这阵是不是休年假呢？”

最开始把“祭”讲出花来的古修科研究员感觉到风向不对，变脸变得飞快：“那个……肖主任，关于‘阴沉祭’和‘魔’什么的，那都是一些没影的传说，缺少支持性资料，争议一直很大的。我们古籍修复科只管修复古籍，对真实性可不做保证啊，不能作为行动依据的，您还是慎重……慎重点吧。”

各路英雄像蛤蟆开会似的，七嘴八舌地在肖征耳边大呱特呱，场面一时混乱得无以复加，全来掣肘，没有一个配合他的。

肖主任也不知道有多天怒人怨，混成了个毫无人缘的“狗不理”。这是因为什么呢？说来话长——今年夏天，异控局总局一把手退休，接替他的黄局长是个外来“空降”不说，还是个普通人。

让一个普通人来当异控局长，管一帮飞天遁地的特能，这不是瞎扯淡吗？说里头没有猫腻谁也不信。至今，新局长上任将近一个季度了，别说管理，根本不被那些傲慢的特能人接受。为此，总部特设了个新部门，叫“总调度台”，里面的人都是从以前的一线外勤里抽调的，作为普通人局长和特能人之间的沟通桥梁。总调度台的行政级别比其他部门高半级，紧急情况下，可以临时跳过其他职能部门，统筹资源、直接下命令，这样一来，总调度台的负责人肖征，就成了异控局里的“一人之下，万人之上”。

肖征以前是三大精英外勤部队之一“雷霆”的负责人，哪儿危险去哪儿，他所有的东西都是拿实打实的军功换的，那时人人都佩服，连为人处世不够圆融的毛病都能被鼓吹成“高手本色”。

可是被黄局这么一“提拔”，等于是把他从“镇国将军”提拔成了“东厂大总管”。

于是一夜之间，肖征就得罪了除特种部队以外的整个外勤安全部。

有人说他是让官迷了心窍，为了往上爬，脸都不要，居然给个普通人当座下走狗。还有人说他鼻孔朝天接雨水，目下无尘假清高，小人得志的臭德行没眼看。

大家都是成年人，虽然背后嘀嘀咕咕，但平时表面上还都客客气气的，只是别遇到事。一遇到事，清算的机会就来了，人们闻着味过来，你一言我一语的，非得把“众叛亲离”四个字文他脸上不可。

而屋漏偏逢连夜雨，就在这时，“咔嗒”一声，电话里传来忙音，宣玑那边的联系突然断了。

宣玑所在的医院楼道已经变成了一台大冰箱，他手机不耐低温，话说到一半，黑屏了。

“不聊了？”盛灵渊对这热热闹闹的“传话小盒”非常感兴趣，虽然宣玑刻意加快语速、含糊语音，他一个字也没懂，可还是听得津津有味，见不响了，就问，“聊出章程了？”

当代科技的面子不能丢，宣玑一边在心里骂娘，一边若无其事地让手机飞回他胸口内袋，试图用体温让这玩意再苟活一会儿。医院楼道的门窗俱裂，不知哪一层的电视还开着，此时能隐约听见楼道里电视的声音，《新闻联播》的结尾曲响起——这意味着至少已经七点半了。

医院里的人被迅速搬上了各种救护车、公务车，楼下人声嘈杂，这一层却安静得落针可闻，只有僵持的宣玑和大魔头两个活物。宣玑站在窗边，余光往楼下扫了一眼，医院里有些病号是不好动的，外勤们效率再高，也得花一点时间，他得尽量拖延。

眨掉睫毛上的霜，宣玑脑子转得飞快，缓缓挤出一个笑容。

“这位……咳，前辈，您看，这还没到子夜之交呢，您初来乍到，也没什么急事是吧？要不咱俩聊聊？”

异控局总局里，肖征被围在一帮人中间，头顶着无数双看热闹的眼，他生起气来不上脸，越怒脸色越白，嘴唇抿成了一条线。

“那个肖主任，”行政科的试探着举起电话，“黄局……”

肖征抬头看了他一眼，那行政科员只觉他眼睛里仿佛有霹雳闪过，吓了一跳，手机没拿住，脱手滑落。

肖征在众人意味不明的目光下，伸手接住了行政的手机，按下免提，定了定神：“局长，我是肖征，我根据自己十二年的一线外勤经历，判断这是一次重大紧急事件，如果您相信我，请给我授权，等处理完毕，我第一时间给您简报，出了任何问题，我承担一切责任。”

电话里的黄局沉默，周遭众人也跟着沉默，方才沸反盈天的总调度室死寂下来。

这时，又一阵电话铃声突兀地响起来，工作人员上前接起，因为四下太安静，他不自觉地放低了音量：“总局调度室，请讲……什么？呃……好，我立刻转达。”

接电话的工作人员放下电话：“赤渊分局负责人又打来电话，说情况有变，他们留在赤渊医院的一支外勤小队紧急汇报，赤渊异常能量的源头疑似在赤渊医院。分局请求增援，以及……肖主任下一步指示。”

“可增援要安全部宋主任……”

“那也不一定，增援这不是来了嘛。”一个听着不太正经的声音从总调度室门口传来，来人是个看着顶多二十出头的大男孩，穿着件深灰色的制服，领口上绣着“风神”俩字。他脖子上挂着一块秒表，打扮得像个体育老师，娃娃脸上唇红齿白的。见众人目光看过来，少年咧嘴一笑，脚后跟一并，“‘风神’特种部队第一支队张昭，问各位领导晚上好——我们老大……不是，我们老总今天正好在外地，听说赤渊需要支援，立刻发了授权传真，让我转交给肖主任，顺便跟您汇报，距离赤渊最近的风神小队已经在路上了。”

肖征的“娘家”——异控局三大特种部队，“风神”“雷霆”“暴雨”，简称“风雷雨”，虽然名义上归总局外勤安全部统一调配，但自主性很高。

尤其是其中的“风神”。

全境范围内，但凡有处理不了的异常能量事件，都会汇总到风神这里。

这支特种部队机动性最强，常年在各地出差，因此有点“将在外君令有所不受”的意思。支队长以上，都能在认为有必要的情况下，直接忽略上级意见，自主行动。

没想到兄弟部队居然肯公然站在他这边，肖征张了张嘴，一时竟不知道该说什么。

张昭走进来，笑眯眯地扫过神色各异的脸，把一封打印文件交给肖征，后退半步敬礼：“肖主任，我们老大说，您是咱们‘风雷雨’出去的，别人不支持您的工作，咱们还能往后退吗？等您指示！”

电话里沉默的黄局终于出了声：“赤渊的事情，小肖，你代表我全权处理。”

肖征轻轻一咬牙关，给了张昭一个尽在不言中的眼神，一秒也不耽搁：“想办法联系到善后科宣玑，他在第一线，刚才电话断线了。”

第一线的宣玑正厚着脸皮和大魔头套近乎。

“我觉得像您这种阴沉祭才能请出来的排面……呃，‘排面’就是尊贵不凡，大、大有来历的意思。”宣玑试图模仿大魔头的口音和腔调，可惜这古代方言如外语，他会听不会说，又没有大魔头那逆天的复读功能，模仿得怪腔怪调的。

盛灵渊虽然被铁链捆着，但姿态很舒展，脸上笑意加深了一些，没吭声，看着面前变脸如翻书的小妖表演。

宣玑脸皮厚，跑调跑到了南极洲，依旧很敢放开喉咙长篇大论：“在我们这种市场经济时代，解决问题一般有很多种途径，一言不合就搞邪术的，一般都是些脑子有坑的傻……咳，妄人。您响应这种人的召唤，不跌份儿……不觉得有失身份吗？”

“阴沉祭乃是沟通天地之术，我既然被此人唤醒，必有与他相通之处，否则，他的血也流不到我棺材里。”盛灵渊不紧不慢地说，“何况什么身份不身份的，都是生前虚名，我早记不得了。”

“那也确实是，”难缠的客户宣玑见多了，话音一转，他又面不改色地吹捧道，“俗人给您安的身份当然不重要，记不记得都不要紧，但您这谈吐气度不是在这儿摆着吗？我又不瞎。”

“哦？如此有气度吗？”盛灵渊突然往前一凑，捆着他的铁锁链蓦地绷紧，发出清越的碰撞声，黑色的阴沉祭文蓦地从他领口爬出来，顺着颈子一路蔓延到脸上，黑白分明，那张清俊的脸瞬间阴森起来。

正好，这时已经跑出去的罗翠翠临时接到肖征的电话，奉命来给宣玑送手机，好不容易鼓足勇气跑到楼梯口，老远见此情此景，他两腿一软，“扑通”一声跪下了。

盛灵渊看也没看他，轻描淡写地一摆手：“免礼平身——祭文既能令我重回人世，自然也对我有约束，我好不容易重见天日，又何必坏自己的事呢？不过是凡人一个愿望，举手之劳罢了。”

宣玑眼角一跳。

盛灵渊笑了起来，柔声说：“戌时快过半了吧。”

“领、领……”罗翠翠哆嗦不出一句整话来，满口“零零零”，死活不敢过来，最后他急中生智，离着八丈远，把手机放在地板上，奋力往前一推，滑到宣玑脚边，“肖、肖主任！我在这儿帮不上忙，还影响您发挥，奉命撤退了！”

完事，这㞞货掉头就要跑，被宣玑一根锁链钩住脚踝，摔了个大马趴：“你等等。”

罗翠翠眼泪都下来了：“领导，我我我我们植物系易燃，上不了前线，您您您把我当个屁放了吧！”

“什么情况？我刚才还以为你殉职了……手机冻死机……我真服了！回来我给你买一箱新的！”肖征举着手机，一边在电话里骂宣玑，一边大步闯进会议室。

“肖主任，各地负责人都已经就位了。”

肖征一点头，又对宣玑说：“把你看到的‘阴沉祭’祭文拍下来，越全越好，我让人对照着图片去查，如果是献祭，祭品身上肯定要有祭文，就像写信要贴邮票地址一样，对不对？”

“聪明，”因为罗翠翠扔手机扔太远，宣玑这会儿说话只能靠吼，“罗翠翠，临阵脱逃前麻烦干点人事！把墙上的字拍下来给肖征——老肖你听我说，召唤出来这魔头是一次性的，不是长期契约……”

盛灵渊听懂了“一次”和“不是长期”俩词，微微一眯眼——这小鬼居然套他的话，好大的胆子。

宣玑语速飞快：“邪术之所以是邪术，就是这么搞的人通常没有好下场，费这么大劲招来个只能替自己办一件事的大魔头，根据我的经验，十有八九是复仇，而且是走投无路、孤注一掷，背后主导人很可能势单力薄。阴沉祭也不是街边小贩变的戏法，你们安全部这帮外勤‘精英’听都没听说过，这人不但能操作，还能在三十天之内神不知鬼不觉地弄死一千个人，这么牛，要弄死谁不容易，需要绕这么大一个圈？他的目标会是什么？”

肖征倏地一眯眼：“被严密保护的重要人士或者某种不可撼动的势力。”

既然能操作阴沉祭，就算本身不是特能人，也一定跟特能人牵扯非常深，一定知道异控局的“特能法庭”，假如这个人是势单力薄地对抗某种罪大恶极的民间势力，那么他完全可以来报案，可是没有……那么，很可能他知道自己无法获得官方支持。要么操纵阴沉祭的这个人是个特能通缉犯，要么……

两人同时沉默了一秒，之后几乎异口同声。

肖征：“他的目标和我们有关。”

宣玑：“没准阴沉祭针对的就是贵局。”

肖征：“我立刻叫人分析汇总近年来案卷记录。”

宣玑：“大魔头在这儿，今天就是阴沉祭截止日期，召唤人一定也在附近，查赤渊大峡谷附近的监控。”

赤渊大峡谷附近监控几乎没有死角。

大峡谷位置敏感，此地游客又多，因此异控局异常谨慎，联手了当地公安机关，规定周围大小旅馆、旅游包车，全部由旅游局统一管理，不允许私人承包，所有入内游客都必须凭身份证才能买票入内，查起来不难。

八点半，赤渊分局迅清查景区附近所有旅馆，并把半年内登记过的所有游客信息全部提交到总局数据库，跟过往案卷档案库一一对比。

九点一刻，罗翠翠丢过来的手机也没电了，宣玑和总局的联系再一次中断，医院大楼里再次一片死寂，宣玑几乎只能听见自己越来越粗的喘息声和水汽快速结冰的“咔嚓”声，他垂下眼，双肩微晃，像是已经不堪重负。就在这时，又一阵乱七八糟的脚步声在寂静的楼道里响起，宣玑一顿，保持住原来的姿势。

“领导……咳咳咳咳……”跑上来的居然是那个“恐人症”的小姑娘平倩如。

医院里阴凉的水汽仿佛已经要漫出来，老远吸进一口，像是有把冰冷的小刀从嗓子眼一直刮到了肺里。离宣玑他们还有十多米，平倩如就喘不上气来了，再也无法靠近——不知道她是什么特能，反正以这肺活量来看，她非但没有战斗力，连学校体测都未必能及格。

宣玑手里捆着魔头的铁锁链上的火已经相当微弱了，几次三番几乎要被冻灭，随即又摇摇晃晃地站起来。他已经是强弩之末，勉力支撑，就是不肯松手，大魔头在等子夜之交，也不着急，耐心十足地逗着眼前的小妖玩。

他俩所在的地方几乎已经冻成了冰库，在平倩如看来，宣玑身上覆着厚厚的冰，人又一动不动，似乎已经成了座冰雕，于是带着哭腔喊：“呜……他们搜到了一个……一个论坛帖，刚发没多会儿就删了……宣主任您说句话行吗？我害怕……”

“这样惨烈做什么？”盛灵渊颇为无奈地对宣玑说，“我看你年纪不大，要换作寻常小妖，这会儿怕是还没开灵智，你不但化形完全，还一眼看不出真身，想必是天生灵物。你们妖族内乱之前，先天灵物就几乎销声匿迹了，有一个算一个，都是宝贝，折了可惜，听话，快走吧。”

宣玑用力动了动麻木的嘴角，皮笑肉不笑地挤出俩字回平倩如：“句话。”

平倩如：“……”

宣玑深吸了一口气，一字一顿地说：“别号，还有气呢，什么帖？念。”

平倩如哽咽道：“哦……求助：我觉得我儿子不是我儿子了。”

第七章

宣玑觉得有点耳熟，随即反应过来，这帖子他在飞机上翻到过，扫了一眼，没来得及刷出后续，就找不着了。

平倩如天生一把细声细气的嫩嗓子，怕他听不见，一边顶着难以忍受的阴冷气息往前蹭，一边“咩咩”地抖着把帖子念了一遍，又说：“后来楼主回了一次，但刚放上去没多久，帖就被删掉了。回复的大概内容是说，她是个失败的妈，孩子什么都不跟她说，她只能趁小孩上学偷翻他的东西。这段时间，她儿子的日记本上一直有几个奇怪的符号，一开始只是圆珠笔涂鸦，她看见了，没往心里去，可是最近，那些符号越来越密集，昨天居然是蘸着血画的，画了满本。小孩的行为举止也越来越奇怪，她还拍了那些图片的照片……我……嘶……”

平倩如尝出了血腥味，鼻子底下一热，她伸手一摸，才发现自己流了两行鼻血，冰冷的潮气刮破了她口鼻的黏膜，她实在是走不动了，跪在地上，把笔记本电脑用力一推，电脑顺着光滑的地板滑到了宣玑背后。

还没等宣玑回头看清，盛灵渊已经先一步出了声。

他轻轻地，叹息似的念出了祭文，然后感叹了一声：“啊，这倒有趣。”

“什么？”平倩如没听懂他在说什么，可是耳边一掠过这个声音，她就像遭遇了天敌的小动物，本能地战栗起来，“他、他这是出声了吗？他还会说话？是聊天还是咒我呢？”

“告诉老肖，”宣玑撬开自己的牙关，“魔头说，那血字祭文写的是‘救命’。”

肖征听了这个转述，汗毛竖起一片：“找到这个男孩，让当地分局立刻把人控制起来，不管用什么方法！快！”

如果所谓“千人活祭”不是概数，按“一千个人”计算，要在一个月相周期内献祭这么多人，平均一天得杀三十多位，屠宰场都未必有这个效率。

被献祭的“活牲”必须死于非命，幕后凶手不太可能守着一个地方作案，这毕竟不是个小数字。短时间内，同一个地区非正常失踪死亡人数激增，一定会引起当地各种安全部门的注意，而且祭品活牲一定死得很隐蔽，看起来要无限接近于正常死亡，或者事故、自杀等不太引人怀疑的死法。

最有可行性的就是诅咒、投毒或者寄生。

操作方式太多了，比如凶手可以守在一个交通枢纽，如火车站、国际机场等地方随机“下料”，被害人神不知鬼不觉地被挂上死亡倒计时牌，坐上交通工具前往世界各地，再神不知鬼不觉地死在那儿。或者干脆通过某种方法操纵被献祭的活牲，这样不但可以控制活牲的死亡时间和死亡方式，还能让他们在死前充当爪牙，向更多、更大范围的受害者下手。

性情大变的男孩、不受控制写下的阴沉祭文，以及用带血的祭文求救……怎么看怎么像被控制后的“祭品”，微弱的个人意志仍在垂死挣扎！

“叫档案科、研究院、古修科、特能医疗中心来人！”肖征咆哮道，“给我列示已知所有能控制别人言行的邪术！”

“肖主任，投毒的可能性可以基本排除，现存已知毒素有能让人产生幻觉、易被暗示的，但长时间操纵被害人，还能控制被害人写下这么多未知文字，我们没听说过。”

“诅咒恐怕也很难，有几种冷门符咒可以控制小动物，但人的神经系统太复杂了，古修科翻阅了两千年以内所有文献资料，没能找到相关记录。”

“报告，肖主任，精神系特种外勤训练中心回话说，精神系在战斗中主要是辅助作用，要用特能完全操纵其他人，得是最拔尖的精英才行，但即使是最强的精神系，也必须在操纵期间跟目标保持密切接触，长时间或者远程操纵都不可能，而且整个过程相当耗精力，很可能目标没死，凶手自己已经先脑出血了。”

“领导稍等，档案库正在调阅所有和‘寄生’有关的案卷——”

“锁定了发帖人的位置！”

九点三十五分，异控局通过网络锁定了那个古怪发帖人的身份和位置，经查，发帖人是个单亲母亲，有个正在念初二的男孩，家住东川市郊区。

当地分局的外勤们全体出动。

“肖主任，已知具有寄生能力的危险物种一共十三种，大部分是变异植物，但这些植物通常不具有思考能力，寄生后很快会吸干宿主，再在宿主死亡后寻找下一个目标。唯一一种基本符合您描述的寄生生物，是一种蝴蝶……”

“我查到了！”与此同时，平倩如不愧是善后科第一“技术宅”，凭借着一台平板电脑，哆哆嗦嗦地展示了她强大的搜索能力，用内网账号先一步把异控局的档案库翻了个底朝天，“是一种蝴蝶，学名叫‘镜花水月蝶’，它的虫卵很像芝麻，如果被人误食，就会进入人体，二十四小时内发育成熟，寄生后通过一种特殊的分泌物控制人的神经系统。

“蝴蝶一旦寄生成功，会完全隐形，无法用技术手段检测，但如果对被感染者的大脑进行 fMRI（功能性核磁共振成像）扫描，会发现其杏仁核[①]活动明显增强，其他证据也表明，被感染者的大脑仍有自己的意识，但产生的神经冲动已经无法传导到相关效应器官。镜花水月蝶并没有自己的智慧，但它具有高度模仿能力，善于以被感染者周围的人做模板，操纵人体做‘正常的事’，在被感染者脑死亡后，蝴蝶完全取代被感染者的大脑，并能以这一身

① 杏仁核——人脑中边缘神经系统的一部分，与情绪产生识别有关，也会影响记忆。

份长时间存活、繁殖，甚至几十年不被周围人觉察——那……这不就是相当于是说，眼睁睁地看着自己的身体被别的东西控制了？”

被寄生的人什么都知道，相当于是被“囚禁”在自己的肉体里，被迫旁观，什么都做不了。

而比这种无能为力的慢性死亡更让人绝望的，是周围没有人察觉到。

因为大部分的人每天都做着和昨天一样的事，有意无意地重复着昨天说过的话，他们处在学校、公司、社会里，那些朝夕相处的亲朋好友一点也没注意到身边这具皮囊躯壳有什么问题，毫不走心地跟一只心怀不轨的蝴蝶聊几句口水话，来了又走。假如真的是这种蝴蝶，那么一千个牺牲的活祭里，居然只有一位母亲感觉到了异状——而她还是个对儿子充满控制欲的病态奇葩!

十点。

东川市，十几辆低调的黑色越野车包围了一座普通的居民楼，外勤们鱼贯而出，兵分几路上楼。

楼上一户普通人家里，焦虑的母亲抱着笔记本电脑坐在客厅，正病急乱投医地在网上搜一些所谓“大师”的联系方式，她的网上购物车里堆满了带有“开光”“辟邪”字眼的东西。那让她毛骨悚然的儿子正在自己的卧室里，门没有关严，透过门缝可以看见他的背影——他正塞着耳机，一边玩手机一边写作业，和“正常”的少年没什么不同。

母亲神经质地握紧了自己的手，双肩缩紧，所有人都说她儿子最近懂事了，“正常”了，可她就是不安，那种无法描述的恐惧感，是只有把一部分生命寄生在孩子身上……歇斯底里的母亲才能明白的。

这时，她家门铃响了，母亲手一哆嗦：“谁、谁啊？”

“您好，看一下您家水表，昨天物业通知过了。”

“哦……来了。”

女人心里嘀咕了一声，她没看见通知，不过也可能是最近心事太重，疏忽了。她起身开门，门口却不是一个人，女人被那一水穿灰制服的外勤吓傻了，下意识地要把门甩上。一个“灰制服”眼疾手快地别住门框，另一个则抬手按住女人的喉咙，冲她做了个“嘘”的手势。女人只觉得按住自己喉咙的手指冰凉，她惊恐地后退一步，捂住了脖子，发现自己出不了声了！

“灰制服”们像猫似的钻进屋里，脚下无声无息，可屋里戴耳机的“男孩”却仿佛背后生耳，在他们闯进来的瞬间，他头也不回，跳起来就跑。

“目标要跳窗！”

女人张大嘴，无声地尖叫起来——这是八楼！

转瞬间，那“男孩”已经从窗口一跃而下，背后有什么东西一闪——仿佛一对巨大的蝴蝶翅膀，半透明，闪着若隐若现的磷光，朝夜空飞去。

下一刻，一道旋风平地“无中生有”，横扫过来，当头罩住这只大“蝴蝶”，楼顶埋伏的三个“灰制服”一跃而下，从空中拉出一张大网，严严实实地把他兜在中间！

十点一刻。

“报告，肖主任，我们已经控制住目标！男孩，十四岁，经检查，确认是镜花水月蝶感染者，请总局指示下一步行动！”

肖征没来得及说话，一个工作人员忽然急匆匆地跑进来，附在他耳边说：“肖主任，有个紧急情况需要跟您汇报。”

“说。”

“是这样，方才从档案库调阅镜花水月蝶相关信息的时候，发现地下十二层‘危险物品存档中心’里，镜花水月蝶蝴蝶卵的数量和库存对不上……少、少了一罐。”

肖征难以置信地抬起头：“你再说一遍？”

“地下十二层有大法阵保护，没有异状，也没有闯入痕迹，档案库那边也说不清怎么会少一罐……”

“危险物品存档中心存的都是一级危险物，按规定，每天必须清点核对，档案库干什么吃的？这是玩忽职守罪！”

肖征的脸色实在太难看，工作人员咽了口唾沫，没敢吭声。

“档案库相关人员全给我隔离，这事过了挨个审查！”这会儿没有算账的闲工夫，肖征冷冷地从牙缝里挤出一句话，勉强压住火气，“给我接现场善后科。”

“领导，”赤渊医院里，平倩如举着电话问宣玑，“肖主任联系，问你知不知道镜花水月蝶的破解办法？”

“镜花水月蝶……”盛灵渊学着小姑娘的语气，把这个词用普通话重复了一遍，随后瞄见倩如平板电脑上的图，他随即又幸灾乐祸地笑起来，“哦，是‘人面蝶’啊，不妙，人面蝶可不好对付。”

宣玑余光扫过镜花水月蝶的图像，这次《千妖图鉴》反应还算及时，提示道：人面蝶一旦察觉外力入侵，会跟宿主玉石俱焚。此蝶不耐寒，遇冷即休。

宣玑：“低温！”

“那用你废话！”肖征的声音从手机扩音器里飞出来，“低温手术首先要让蝴蝶失去活性，这过程至少得一天，你看看几点了，我去哪儿给你偷一天？”

“这倒也不是没办法，我来教你们一招，”盛灵渊可能听懂了几句，悠然地开口插话，可能是因为祭文将成，他苍白的眼角和唇缝里浮起了血色，然而那一点血色非但没给他添上几分活气，反倒像白纸上抹了一层朱砂，红得惊心动魄，更骇人了，“最后一个祭品须死于子夜之交，倘若死错了时辰，施咒人可就麻烦了。祭品既然已经落到你们手里，你们救人不得，在子夜之交以前杀了他还不简单吗？”

肖征：“谁在说话？那个阴沉祭召唤的魔头吗？他说什么？”

“他说，”宣玑撩起眼皮，漂亮的凤眼被水汽浸得雾蒙蒙的，瞳孔里却仿佛有火光，“只要你在‘子夜之交’前抓到施咒人。”

“肖主任，被蝴蝶寄生的男孩开始画祭文的时间是十六天之前，前推一天应该就是感染时间。那天他在网吧里黑白颠倒地混了一天，我们刚刚拿到了网吧的监控记录，发现了这个人！”

肖征迅速走到视频前，只见视频模糊的截图上，有一个叼着烟的小胡子：“这人是……”

“对，就在我们刚刚从赤渊里营救出来的那些人中间，还是个领队！”

平倩如从电话里听到这段，忽然一把捂住嘴：“他们被转移到县医院了……糟了，毕大姐！毕大姐跟他们在一起！”

盛灵渊意味不明地看了倩如一眼，随后偏头望向窗外的浓雾，弯起眼角：“还有一刻，小妖，再提醒你一句，一刻之后，再喜欢你，我可也不手下留情了。”

宣玑先是一愣，心说这不是才十点多嘛，怎么会……他突然一激灵——不对，“子夜之交”是夜里十二点这个概念，是受近代西洋历法影响，古代的“子时”是从十一点开始的！

第八章

宣玑的第一反应是：“胖丫头，出去，通知楼下外勤。”

平倩如朴实地回答：“肖主任应该都通知过了，现在赤渊外勤由总局直接指挥，您放心。”

宣玑：“……”

还有不到十五分钟，万一肖征跟他的废物外勤们没抓住施咒人，这里就是直面大魔头的第一线，他俩相当于是守着一枚炸弹。宣玑方才那话的重点是“出去”，不是“通知”。为了防止“你快走”“不，我不能丢下你”之类的狗血对话发生，特意给她安排个任务做借口，为的是让她有借口临阵脱逃。

但凡这丫头机灵一点，就应该知道这会儿该就坡下驴赶紧跑。

可这胖丫头一点也不开窍，丝毫没领会领导的良苦用心，还在为跟嫌疑人在一起的毕春生忧心忡忡，半带自我安慰地絮絮叨叨：“毕大姐参加工作快三十年了，还是安全部的外勤退居二线的，嗯，她经验丰富，肯定会没事的！稳住，我们能赢。”

宣玑："……"

当代青年算是让游戏毁了！

"我是让你出去！"情急之下，宣玑顾不上迂回委婉了，"别在我这儿碍手碍脚！"

平倩如："主……"

"闭嘴，快走！这是命令！"

平倩如被他吼得有点委屈，也有点害怕，"社恐"青年不敢反驳上司，一低头，她抱起自己的平板电脑，拐弯下了楼梯。窗外浓得发白的雾涌进破口的窗户，粘在窗棂上的碎玻璃簌簌地发着抖，"扑棱棱"地响着，掩住了倩如的脚步声。

而这时，几个非法闯入赤渊大峡谷的"驴友"，正在一辆中巴车上。当地分局的外勤实习生小李撤离后，就开始帮忙疏散医院里的人，和毕春生一起，正护送着这几位去最近的县医院安置点，还需要再留院观察一宿，才能确定他们的记忆都消干净了。

司机开车很稳，小李在副驾驶上昏昏欲睡，接到电话的时候眼还没睁开。

伤员们在后车厢里睡得东倒西歪，毕春生大姐倒是精力旺盛，还在打毛衣，她最后一条袖子已经在收口，即将大功告成。

小李迷迷瞪瞪地在自己脸上揉搓了一把，揉开眼，瞄了一眼来电显示："喂，队长啊，呃……我们快到县医院安置点了，马上就……"

电话里的外勤小队长打断他："小李，安静地听我说。"

小李闭了嘴，把耳朵贴近话筒，片刻后，他整个人激灵一下，醒得不能再醒了。

这时，一道对向来的车与他们擦肩而过，车灯扫了过来，年轻的外勤实习生端着电话，僵硬地瞄了一眼后视镜。他在惨白的车灯里对上了一双眼睛——后车厢里，留着一把小胡子男领队不知什么时候醒了，一双三白眼正朝他看过来，而小胡子旁边的毕春生还毫无察觉地数着毛线上的编织扣。

小李的冷汗"唰"地下来了。

电话里，小队长感觉到了实习生的紧张，压低了声音说："不要露出马脚，正常往前走，县医院安置点已经通知到了，咱们的人就埋伏在门口，别慌，别打草惊蛇。"

小李咬了一下自己的舌尖，试图若无其事："知道了队长，你放心吧。"

可惜外勤培训里不教演技，小李一出场就演砸了，他声音紧绷、语调浮夸，说到最后，居然还破了音！

糟了！

这时，毕春生忽然抬起头，淡淡地看了他一眼，很慈祥地问："小李着凉了吧？"

小李还没出实习期，刚开始工作，先是差点跟大魔头亲密接触，紧接着又被迫跟穷凶极恶的嫌疑人共处一车，也不知道是走了什么狗屎运。他小腿肚子开始转筋，朝毕春生露出了一个比哭还难看的笑脸。

"啧，你看看，我说什么来着？刚才就让你关车窗，不听！吹感冒了不是？你们现在这帮孩子啊，不听老人言，吃亏在眼前！"毕春生像老妈妈似的，喋喋不休地数落他，"一会儿啊，送完这几个人，你就赶紧回家去吧——我说，咱们离安置点还有多远哪？"

毕春生一边说，一边不动声色地撩起眼皮，透过后视镜，与小李交换了一个眼色。

她看出不对劲了！

小李的心先"扑通"一下落回到了肚子里。

"啊，马上！"小李清了清嗓子，同时说给电话里的小队长听，"还有一个路口，我已经能看见那栋楼了。"

"就差几针了，"毕春生"啧"了一声，脸上看不出一点端倪，一边慢悠悠地收毛线，一边推醒那几个"驴友"，"都醒醒，快到了啊。"

然后她又从兜里摸出一袋湿纸巾，分给几个人："快擦把脸，醒醒吨，别吹风感冒了。"

十点五十二分，车子缓缓开过路口，驶进了安置点，小李望眼欲穿地看着门口守在那的几个便衣外勤，手心的汗让他几乎捏不住手机。

“下车慢点，”毕春生站起来，先抓住了断腿的年轻女孩，把行动最不方便的推了出去，“让受伤比较重的先走，小李，搭把手，扶人家一把。”

小李浑身的肌肉绷得发疼，紧紧地咬着牙关，接过那女孩，像抢人一样把她拉了出来。

“哎，”断腿的女孩被他拽了个趔趄，“你轻点！干什么呀？！”

“轻点，”毕春生的目光从花镜后面射出来，意味深长地对小李说，“不慌。”

接着，她又忙忙碌碌地把其他几个人扶下车，不知是有意还是无意，一直挡着那小胡子。同时，小李余光瞥见，接待安置点的便衣外勤开始朝这边靠近。

毕春生将最后一个人推下车，这才好像刚发现那小胡子：“哎，这怎么还有一位？快下来吧。”

一边说，她一边要跳下车来，似乎是要给小胡子让地方。

外勤们已经动了——

不知怎的，那小胡子突然感觉到了什么，他蓦地面露凶光，在毕春生往下跳的瞬间，他抓住了她的后脖颈子，活活将瘦小的中年女人提了起来，拖上车，死死扣住她的脖子。

“别过来！”

“不许动！”

毕春生的花镜被撞飞了，被迫踮脚仰头。小胡子表情狰狞，裸露的脖子、脸上开始浮现大片的祭文，此时是十点五十六分。

他把毕春生整个人拎起来，挡住了自己的头颈要害，只露出一只疯狂的眼睛。

双方僵持住了。

“我掐死她……掐死她！你们试……试试！”小胡子口齿不清，两腮的肌肉乱跳，像是癫痫发作，他拖着毕春生往车里缩，毕春生艰难地张了张嘴，想说什么，那小胡子却猛地一掰她的脖子，卡住了她的气管。毕春生呼吸不畅，脸一下憋红了，离地的双脚奋力挣动。

小胡子嘶声咆哮：“我知道你的特能是什么，闭、闭嘴！”

“狙击手呢？”

“不行，找不到角度，人质把他挡住了！”

小李急道：“秘银子弹不是能闪避普通人吗？”

“闪避什么！你没看出那后勤的女同志也是特能吗？秘银分不清他俩！”

十点五十六分五十九秒……五十七分。

秒针每往前蹭一秒，都像在催命。

五十七分十秒、五十七分二十秒——

“肖主任，现场负责人请示您，是否……”

肖征的双眉沉甸甸地压在眼眶上。

“是否……呃……是否……”请示命令的外勤结巴了好几次，没能把这句话说出口，但是所有人都听得明白——是否决定牺牲一个退居二线的普通职工，打断这场丧心病狂的阴沉祭。

异控局总局大楼灯火通明，会议室，所有的目光再次聚焦在肖征身上，与此同时，线上，各地分局负责人都在等他的命令。

他们都想让他来顾全这个“大局”，但也都会兔死狐悲。

十点五十八分五十秒——

"肖主任，还有一分钟！"

肖征终于避无可避。

虽然阴沉祭的目标未知，人魔的破坏性有多大，古修科也给不出一个靠谱的说法；虽然"千人活祭"是否真的杀了一千人存疑，那些骇人听闻的传说与壁画的真实性有待商榷……但十四岁的镜花水月蝶感染者是真的，那男孩的大脑已经被蝴蝶控制，如果不解决施咒人，一分钟之后，他会在整个异控局的注视下成为祭品。

"在尽可能保证人质安全的情况下，"肖征觉得自己的声音很冷，他不知道是话冷还是心冷，"立刻击毙嫌疑人，不惜一切代价。"

赤渊医院里，盛灵渊像是嗅到了子夜将至的空气，微微抬起头，扫了一眼暗淡的天际，忽然问宣玑："你是清平司的？"

"清平司七百多年前就没了。"宣玑心里一动，反问，"你……知道清平司？你不是说连自己是谁都忘了吗？"

盛灵渊的神色一瞬间有些恍惚，他的目光从迷离的雾气中发散出去，像是在追寻着一些很渺茫的回忆，这让他看起来有了点人气。不过那点人气比较稀薄，眨眨眼就散了，随后，他又懒洋洋地笑道："依稀有些印象，看见你们，心里忽然浮起这么个词来——你是自小被人养大的吧，否则你这样的先天灵物，为何会为凡人卖命？"

"什么先天后天，早都没落了，"宣玑语焉不详地回了一句，似乎是默认了"先天灵物"和"被人养大"的说法，随后又问，"你一会儿说'凡人'，一会儿又说'你们妖族'，所以你是什么？不是人也不是妖——神仙吗？"

"孩子话，"大魔头被他逗乐了，"世上哪儿来的神仙？"

宣玑："……"

万万没想到，这大魔头居然还是个无神论者。

“神明不过人的寄托而已。”盛灵渊顿了顿，过了好一会儿，又轻声说，“我吗？我大概是人的妄念吧……生前事太久远了，不记得了。”

他说到这儿，长在脸上似的笑容褪去，冷冷的厌倦一闪而过，像是忽然意兴阑珊：“罢了。”

宣玑感觉到了什么，瞳孔轻轻一缩，紧接着，捆在大魔头身上的锁链全部崩碎，金属碎片像子弹似的弹向四面八方，宣玑被惯性往后搡了一大步，撞碎了身后结的冰凌。

盛灵渊朝窗户一抬手，医院的半面墙应声而碎，他伸手拂开烟尘，就要从窗口出去。身后厉风袭来，盛灵渊头也不回地一摆手，几枚砸向他的硬币集体诡异地转了个弯，与他擦肩而过。

十点五十九分。

肖征的命令在脱口而出的瞬间，就被传达到第一线，手握秘银的狙击手双肩一沉，实习生小李难以置信地睁大了眼睛，好像能靠瞪眼让这冷酷的命令良心受到谴责。

就在这时，毕春生挣扎的双手突然勾起两根手指，冲在场外勤打了个隐晦的手势。

“等等！毕大姐打暗号说目标已经中招。”

五十九分二十秒，原本惊恐地躲在外勤身后的断腿女孩突然晃了两下，随后一头栽倒在地，很快，其他几个“驴友”也跟她一样，接二连三地倒下，人事不省。

小李睁大了眼睛——对了，下车之前，毕春生递给过他们一包湿纸巾！

赤渊医院的宣玑一皱眉，抬手伸向自己后背，就在这时，“刺啦”一声，半空中浮起一串电火花，一张巨大的电网兜头朝盛灵渊罩了下来，电光与他周身缭绕的黑雾相撞，焦煳味四溢，盛灵渊被拦了一下，轻飘飘地落在了一扇碎得差不多的残窗上，七八条穿深灰色制服的影子亮了相，无死角地封住了魔头上下左右所有去路，每个灰制服领口都有“风神”的字样。

特种部队的增援到了！

宣玑伸向自己身后的手一顿，抹了一把后颈上沾的水，又把手放了下来。

“风神二，谷月汐。”增援的外勤小队的领队的是个女的，眉清目秀，五官长得挺端正，就是眼皮稍微有点往下耷拉，看着丧丧的，有点没精神。

她肩头架着个火箭炮筒占据了对面楼的制高点，朝宣玑喊了一嗓子：“里面那位是善后科宣主任吗？没事吧？”

宣玑：“多谢，健在，全须全尾！”

“风神”不愧是异控局的王牌。

宣玑总共回答了八个字，就这八个字的工夫，这支风神小队已经组织了三拨进攻——先是医院楼下的爬山虎藤暴起，像针线似的“缝”上了被魔头打穿的墙，顷刻间织就了一张密密麻麻的大网。盛灵渊周身的黑雾变成了一把大镰刀的形状，一刀豁开了半尺多厚的藤条。而同时，铺天盖地的秘银子弹也到了，魔头虽然不怕“秘银”，却也被雨点似的子弹晃了一下眼，略一偏头，谷队趁机一炮轰了出去。

那炮筒里打出来的不是火药，而是个水球，水球里裹着个微缩的“彭罗斯三角[①]”。

一打出来，水球就碎成了无数水珠，分散着附在密密麻麻的秘银子弹上，被魔头身上的黑雾弹得到处都是。随着那些小水珠散开，宣玑眼前的一砖一石都开始飞快扭曲，他立刻意识到那是个能折叠空间的法阵，不由得暗叫一声“聪明”——这魔头高攻高防，几乎完全免疫物理攻击，只有这种扭曲空间的法阵对症！

① 彭罗斯三角：数学上的一种“不可能物体”。由三个长方体拼成的三角，其中每两个长方体的夹角均为直角。

此时已经是十点五十九分三十秒。

安置点那边，小胡子也明显踉跄了一下，看似毫无回手之力的毕春生猛地把自己蜷缩起来，狠狠地往后一撞。

小胡子痛苦地闷哼一声，一把薅起毕春生的头发，两人在狭小的空间里扭打起来。

毕春生嘶哑地大喝一声："你没力气了！"

随着她的话音，小胡子的手下意识地一松，随后他嘶吼一声，五官已经扭曲得不像人，挣命一般地扼住了毕春生的喉咙，此时距离子夜之交只剩十秒！

十、九、八……

来不及了！

就在这时，那货车突然启动，只见一个不知什么时候绕到车头的外勤猛地拽住一个车轮，这是个力量系的特能，他脖子上青筋暴跳，大叫一声，几吨重的中巴车被他一只手拽着，剧烈地抖动了一下。

本来就是强弩之末的小胡子骤然失去平衡。

五、四……

最后关头，小胡子一把撑住车门，垂死挣扎。

他用尽最后的力气，把毕春生举了起来！

二……

就在这时，一根毛衣针凭空飞了起来，狠狠地扎进了小胡子的脉门，小胡子惨叫起来。

一！

一道银光倏地撕破夜空，毕春生落在地上，顺势滚开，咳得喘不上气来——小胡子眉心镶着一颗闪着银光的子弹。

子时到了！

那银色子弹瞬间炸开，小胡子整个身体被灼眼的银光吞没。

赤渊医院，盛灵渊疾速往外掠去，人影一闪，已经到了谷队长藏身的对面楼高处，然而已经晚了，他在与谷队长只差毫厘的时候，莫名退回了原点。

法阵把局部空间折叠成了更高的维度，无限循环、无限延伸，将大魔头扣在了里面。

一时间，所有声音都消失了。

直到一个声音打破了异控局总部的死寂。

“肖主任，那孩子活着，生命体征稳定，准备送进低温室手术。”

肖征整个人都晃了一下。

赶上了，阴沉祭被及时打断了！

现场，小李脚一软——他的特能一直很鸡肋，只能隔空移动一些很小的物件，虽说是外勤，却只能凑合着在地方干点辅助工作。

方才那根飞起来的毛衣针是他有生以来第一次成功攻击别人，紧张得大汗淋漓，整个人都脱了力。

毕春生那一口气还没倒过来，伏在地上说不出话，远远地冲他比了个拇指。

赤渊医院里，一个“风神”的外勤在十一点整时举起了电子表。

虽然成功捕获了魔头，但谷队的目光却停留在盛灵渊身上，她的表情疑惑中带了点凝重，像是从魔头身上看见了什么不解的东西。

宣玑一口气还没松，就听见楼梯间拐角处突然传来平倩如细细的声音：

“宣主任！安置点传来消息，我们成功击毙施咒者了！”

宣玑一个踉跄：“你怎么还没走！不是说让你别在这儿碍手碍脚了吗？”

平倩如茫然地说：“可……可你在这儿，让我去哪儿啊，宣主任？连老罗都在楼底下待命呢。”

宣玑：“你个……”

不知为什么，宣玑总觉得她这句话有什么地方让他觉得不对劲，然而不等他细想，一股没来由的危机感突然闪过他心头。

下一刻，他听见了一声轻笑。

与此同时，谷队骇然变色：“全体后撤！”

只见空间折叠的法阵中，魔头盛灵渊身上染血的白袍瞬间爬满了祭文，密密麻麻的祭文让他看起来就像身披玄衣。

连空气都仿佛颤抖了起来。

医院大楼顶，一个巨大的黑色旋涡从空中升起，卷走了所有若隐若现的星辰，浓云罩顶，电闪雷鸣。目力所及之处，所有路灯仿佛被狂风卷过的蜡烛，大片大片沉寂下去，大峡谷里蛰伏的飞鸟忍无可忍，成群地朝空中疯狂逃窜。

盛灵渊低低地笑了起来，远远地偏头看了宣玑一眼：“本想放你一条生路，好不懂事。”

话音没落，扣住他的法阵竟然隐约现了形，整个法阵空间内所有的东西都扭曲变形，像是搅作一团的橡皮泥，一声玻璃碎裂声，那空间坍塌了！

紧接着，浓重的黑雾瞬间在赤渊医院里弥散开，它吞噬所有的光、所有的生命——草坪、绿植甚至墙上刚露头的蜗牛，全部悄无声息地淹没在那黑雾里，迅速腐朽枯萎。

“人魔”等同于洪水、瘟疫、战争……

人魔降世如天灾。

医院外围守着的本地外勤也好，王牌特种部队也好，在这样的力量面前，忽然都成了手无寸铁的蝼蚁。

蝼蚁们在巨大的恐惧下夺命狂奔，奇异地，一股离奇的味道钻进了宣玑快要冻裂的鼻腔，伴着让人战栗的杀机一起，那味道闻起来竟然清洁、温暖又华贵。

让人联想起雪夜里，温暖如春的宫殿。

第九章

密集的闪电接连落在永安西山，其中几道直接劈到了异控局总局大楼上，被避雷针和避雷法阵消化，窗外晃得一片惨白，片刻后雷声接踵而至，大厅里先是回荡起沉闷的“隆隆”声，地砖微颤，紧接着，雷声突然震耳欲聋地炸开，像一声压抑许久的怒吼。

原本趴在门口地砖上的迎宾金龙吓得游到了墙角，像大壁虎似的贴在墙壁上，一动不敢动。

“什么情况，突发雷暴？”

“西山脚下有避雷大阵，不应该……”

“等等，那是……那是什么？”

又一道刺眼的闪电刮过，电光过处，总局大楼里所有的人与物仿佛都成了曝光过度的剪影，等人们艰难地适应了强光，发现四壁上有什么东西在动。

“血……是血吗？”

疑似是血的浓稠液体顺着墙往下流，走势诡异，渐渐让人看出，它好像在勾勒什么图形……不，字迹。那血字迅速朝四面八方蔓延，一股腐烂的腥味弥散得到处都是，不知道是谁喃喃地说了一句：“祭文，这……这好像是那个阴沉祭文……”

“可是最后一个祭品没死啊，我们不是及时击毙嫌疑人，解救受害者了吗？那个阴沉祭不是已经被打断了吗？”

“确定是阴沉祭文吗，不会跟刚才那个不是一回事吧？会不会有两场阴沉祭？”

“别管是不是同一场了，这祭文为什么会出现在总局大楼里？！”

“肖主任，”调度室的一个工作人员闯进会议室，“不光是咱们这儿，各地分局都在汇报类似的情况！哎……王博士，危险等级没评估呢，您老在这儿干什么？”

混乱中，古修科行动迟缓的王博士不知什么时候挪了出来，颤颤巍巍地来到了墙根下，几乎要把脸贴在那些血字上。闻声，他转过头来，本来就又大又凸出的眼球被老花镜放大得有些吓人，像只专门报丧的老蜻蜓。

“血字祭文，”王博士神神道道地哑声说，“这是血字祭文啊！”

“什么？”

“肖主任，阴沉祭已经成功了！千人活牲献上，血字大成，施咒者唤出了传说中的‘人魔’，人魔已经降世，于子夜之交拿回全盛之力，今夜他必须履约。这……这血字出现的地方，就是人魔的目标！”

肖征愣了一瞬，瞳孔骤缩：“宣玑！”

谷队眼睁睁地看着宣玑首当其冲，被黑雾完全地吞了下去，根本来不及有什么情绪，因为马上就轮到了她自己。

死亡的味道转瞬就抵在了她后心，谷队几乎能清晰地感觉到自己的血飞快地凉下去，脑子里不由自主地飞快闪过自己的生平……

就在这时，她耳边听到一声类似划火柴的声音，“刺啦”——

一团小火苗从死寂一片的黑雾里冒出来，火光箭似的，顷刻穿透了黑雾，谷队落地狼狈地滚开，冷冽的空气一下冲进她的喉咙，她蓦地回头，瞳孔被一道剑光刺得狠狠一缩。

只见被死气吞下去的宣玑居然没死，他抬起的眼睛里，瞳孔外圈有一圈火焰色的光，眉心露出个图腾似的火红纹路，裹在他身上的冰霜直接升华。宣玑手持一把重剑，剑身约莫两个巴掌宽，剑身上绘着火焰纹，一剑劈开了人魔的浓雾，火光掠向四方，骤然破开死域。

恍惚间，谷队长以为自己看见了传说中的上古神魔。

医院上空凝聚的黑云中，一道惊天动地的闪电劈开了浓雾，照亮了半边的天，盛灵渊猝不及防，仓促间只得用双手夹住重剑——他两袖的阴沉祭文仿佛碰到了天敌，飞快地消散，露出袍袖的苍白底色来。

宣玑猛地将重剑往下一压，压着那魔头撞进了医院大楼里，直接从三层撞穿两层地板，连魔头再石板一起，砸进了一楼门诊大厅。

他使剑风格大开大合，嚣张得不可一世，与他本人平时的圆滑和气大相径庭，哪还有方才对峙苦战时“咬牙硬撑”的鹌鹑样。

“南明守火人第三十六代族长，本来不想在凡人面前露本命剑，不是有意藏藏掖掖，”宣玑借着下压之力将重剑往前逼了两寸，火光几乎扫到盛灵渊的脸上，他笑了，“不好意思啊，前辈。”

“刺啦”一声，那重剑竟微微灼伤了盛灵渊水火不侵的双手。

魔头脸上沉静的温润裂开，目光阴鸷：“放肆！”

盛灵渊脚下腾起黑雾，在半空中凝出了一个兽头，咆哮一声，一口朝宣玑咬了下来。

宣玑不躲不闪，看也不看头顶的獠牙，重剑上火焰暴涨，直指盛灵渊咽喉，这回谁也没有手下留情，两人这是两败俱伤的打法，仿佛在对赌谁先宰了谁。

杀机凛冽的黑雾已经扫到了宣玑的头发，宣玑的重剑碰到了魔头的领口——

就在这时，宣玑手上隐形的戒指突然现了形，不等他看清，红光一闪，那起了道裂纹的戒面宝石突然炸碎，无数崩裂的小碎片喷出，像一道绯红的霞光。

宣玑只觉得胸口一阵尖锐的疼痛，那一刻，他好像被看不见的利刃穿心而过，连哼都没哼出声，眼前一黑，他手脚直接脱力，直接跪倒——这回是真跪了，再没有一点表演成分。

与此同时，黑雾凝出的兽头也痛苦地号叫一声，在空中被打散，盛灵渊被什么猛地撞了一下似的，踉跄着连退了五六步，掌心沾上了宝石碎碴的地方被烫得一片焦黑。

一时间，他俩一站一跪，谁也没吭声，各自惊疑，同时有了某种奇怪的感觉，就像他们两人之间存在着某种隐秘又无法违拗的联系。

好一会儿，盛灵渊才按住自己颤抖不休的伤手，抬起袖子掩住了一声咳嗽，脸上的血色越发稀薄。

然后他深深地看了宣玑一眼，纵身从身后的窗口掠出，人影一闪，已经不见了踪迹。

宣玑没追——实在是追不动了，这回真不是装的。

他半身不遂地撑着重剑，试了三次都没站起来，最后半跪在地上蜷了半天，一口气才顺过来，低头一看，手上的戒指不隐形了，就剩个寒酸的戒托和指环，轻轻一扒拉，指环从手指上溜了下来，这仿佛是他手指一部分的戒指就这么莫名其妙地掉了。

好像潜伏在他身上多年，就为了临阵倒戈坑他一下。

宣玑又狼狈又莫名其妙："什么情况？阴沉祭到底招来个什么东西？我们家祖上的债主吗？"

可被蝴蝶寄生的祭品没死啊，施咒人也已经被击毙……

宣玑突然一顿——除非那个小胡子领队根本不是施咒者！

对了，那几个非法闯入赤渊的游客是在变异树暴动之后才闯进大峡谷的，据说还是魔头顺手把他们捞出来的，魔头见过那个小胡子！

如果小胡子是施咒者，在契约没有成立之前，一定会跟召唤出来的魔头保持安全距离——因为谁也不知道会召出个什么东西，魔物这玩意向来喜怒无常，契约没完全成，他被祭文吵醒，万一起床气发作，在祭成之前宰了施咒人也不是不可能的。

还有那个被镜花水月蝶感染的男孩，为什么他的身体被蝴蝶占了，却能用祭文求救？直接喊出来不行吗？写字不行吗？

退一万步说，就算出于某种他们不明白的原理，成为祭品后，那男孩既不能控制自己的身体大喊大叫，也不能自由地写字，只能用祭文和外界交流——那他为什么会选择在自己的日记本上写求救信息呢？

日记不是只给自己看的东西吗，写在那玩意上，还求个头的救！

从头到尾，都是有人在一步一步地误导他们！

换种思路想，假如没有人知道阴沉祭的事，施咒者当然可以神不知鬼不觉地完成“千人活祭”，但是因为召唤出来的人魔比较随机，被阴沉祭惊动后，魔头不一定愿意配合施咒人低调的愿望，而一旦魔头出世动静太大，不幸打草惊蛇，被异控局发现，外勤们在信息不足的情况下，一定会先试着搜索祭文符号，一脚踩进那人布置的陷阱——那感染镜花水月蝶的倒霉孩子就是一道“防火墙”，把他们引向错误的嫌疑人。

小胡子本人才是最后一个祭品！

看热闹的魔头也早知道他们被误导了！

施咒者需要保证小胡子正好死在子夜之交的时间点上，因此当时一定在抓捕现场，近距离接触到目标。而且这个人的特能非常特别，可以让别人……甚至被镜花水月蝶感染的活死人乖乖听话，按她事先编好的剧本演。

宣玑突然明白，他方才听见胖丫头说的一句话不对劲在哪儿，胖丫头平倩如原话是“可你在这儿，让我去哪儿啊，宣主任？连老罗都在楼底下待命呢”——善后科的三个人都是跟着他出来的，当医院里的分局外勤们各种兵荒马乱的时候，每个人的第一反应都应该是跟紧自己的直属上司，等待指示。

这是自然而然的反应。

胖丫头一直苟在门口，连吓得发芽的老罗都在楼下转圈待命，可是有一个人为什么一直没出现？

她明知道他们这次的任务重点是这个盛灵渊，到了医院却连看都没有看一眼，立刻就投入“紧张”的工作里，之后自作主张护送那几个非法游客转移，走之前甚至没过来跟新上司打声招呼——这是职场大忌，稍微懂事一点的实习生也干不出来。

不是她情商低，不怕得罪上司，是她知道宣玑在和魔头对峙，怕和魔头提前碰面，会露出马脚！

毕、春、生！

“宣主任！”这时，身后传来“嘤”的一声，罗翠翠从医院取药处的碎玻璃窗后面露出个头来，先战战兢兢地往四下看了一眼，确定魔头真走了，这才四脚并用地爬了出来。

他四肢挂满了绿萝茎叶，跑动间仿佛一盆造型前卫的盆景，扶起宣玑。

宣玑一把抓住他：“毕春生在哪儿？”

“毕姐？她不是跟着去县医院安置点了吗？”

“给我导航个具体位置，快！”

“哦……哦。”罗翠翠连忙翻出手机，用导航软件搜到安置点位置，“这里——您找她吗？那我想办法调一辆车？”

“来不及了。”宣玑一把抢过他的手机，伸手一抓，导航上规划路线的地图被他“抓”到了半空中。

罗翠翠从来没见过这样的特能，张大嘴傻愣愣地仰头看着。

宣玑提起重剑，在半空中飞快地画了道符，火星飞溅，罗翠翠“妈耶”一声。下一刻，他被宣玑带了出去，周围飞快地闪过无数街区，老罗紧紧地抓着宣玑的胳膊，听见手机导航发出快进磁带一样的声音，整个人被一团火球滚着，在极度惊恐中脑子一片空白，竟都忘了尖叫。

一口气没来得及吐出来，就听手机导航卡出一句：“……已到达您的目的地，持续为您导航。”

罗翠翠两眼一翻，晕过去了。

此时，安置点的外勤们刚刚击毙小胡子，还没来得及收拾现场，就见当空一团火球冲了过来，吓得连忙严阵以待。

宣玑一手提着重剑，一手提着老罗，从火光中大步走出来。

“善后科负责人。”宣玑挥开火星，把罗翠翠和自己的工作证一起扔给在场的负责人，“毕春生呢？”

“哦，是宣主任啊，您放心，毕大姐没事，她刚才……哎，人呢？”

毕春生不知什么时候不见了。

“我放心个屁！”宣玑抬手弹出一枚硬币，那硬币脱手而出的瞬间就变成了一个小火轮，顺着地面滚了出去，火轮所经处，在石头地面上烧出了一片阴沉祭文。

他只来得及撂下一句“逮捕毕春生”，人已经追了出去。

第十章

“逮谁？”

肖征接到罗翠翠电话，沉默了足足五秒，然后他忍无可忍，怒了。从他说出“不惜一切代价击毙嫌疑人”的命令时，“毕春生”差不多就成了他的创伤源。

罗翠翠一通匪夷所思的电话打进来，说宣玑怀疑毕春生有问题，精准地刺激了肖主任的神经，因此他把巨大的压力一股脑地发作了出来：“你再说一遍——我先把那姓宣的临时工逮回来！不是，老罗，他刚来不知道，你说话也这么不负责任吗？毕春生是什么履历？人家大半辈子出生入死，荣立三等功之后，因伤退居二线，她加入外勤队伍的时候，那临时工出生了吗？”

“我就是转述，您别冲我发火啊。”罗翠翠委屈得叶都蔫了，裹着一条不知道谁给他的小毯子，窝在外勤车的后备厢上，吸了吸鼻涕，瓮声瓮气地接着说，“我们领导让我这么说，我就这么学给您。肖主任，不瞒您说，我现在连北在哪边都找不着，干了这么多年善后，也没碰上过这事……唉，能不能请组织把我调到再后方一点的岗位啊，去年体检我就有点心律不齐，我……喂喂喂？肖主任？唉……”

肖征不等他叨叨完，已经挂了电话。

此时已经是后半夜了，异控局总局大楼灯火通明，外勤们差不多把所有的净化设备都请出来了，对着墙上的血字一通乱喷，血字转眼被卷走了大半，然而不等众人松口气，又有新的血迹从墙上流下来。

肖征把手机扔在一边，双手撑在会议室的桌上，深深地低下头。

没来由的，他突然想起了他见老局长的最后一面。

上一任的老局长，是异控局成立之初的几大元老之一，今年上半年刚离休，当时已经是九十岁高龄，为工作奉献了一辈子。离开岗位，他像是突然没什么活头了，本来硬朗的身体突然垮了，没几天就一病不起，一个月以后与世长辞。

因为是刚离任不久，人虽走，茶还没来得及凉，当时局里各部门负责人都去探望过，但都没见着人，老局长最后只放了肖征一个人进去。

肖征至今记得那间病房——地板、四壁，甚至天花板上，画满了普通人看不见的古老秘术法阵，密密麻麻的，他一进去就被压得差点跪下，感觉好像有无数双眼睛一帧一帧地翻阅着他生平，要扒出他最细微的恶念，拉出来审判。

他在一身如芒在背的冷汗中，看见老局长吃力地睁开眼，对他说了几句话。

第一句是："局里要出大乱子。"

第二句是："老黄是我打报告调来的，局里需要他，他是普通人，立足不易，所以我把你留给他，我知道你还是干净的。"

最后一句老人家含在喉咙里，肖征凑到他嘴边才听清，老局长反复说了几遍："善后科的水太深了。"

这几句话究竟是什么意思，肖征没来得及问，就像他至今也不知道老局长为什么会选中他——老局长说完了这几句遗言，就闭了眼，再也没醒过来。

而这之后不久，他们就收到了一封匿名举报信，举报原善后科科长巩成功贪污受贿，巩成功索贿受贿的前因后果，信里一带而过，说得很含糊，但他收款方式、账户、洗钱过程却交代得明明白白，还不等局里调查，巩成功就突然陷入昏迷，招来了一大帮专家会诊，至今查不出原因。

正好那时候宣玑开玩笑问他哪个职位好考，肖征鬼使神差地回了他"善后科"三个字。

善后科水深……

“肖主任？”

肖征回过神来，用力闭了闭眼，沉声吩咐：“帮我调一下善后科毕春生的档案。”

姓宣的怕不是颗人形扫把星，哪儿有他哪儿就不太平，临时派他出去维个稳，他“稳”得快把总局炸上天了，这等人才干什么后勤，从事敌后破坏工作多好！

“毕春生，1963 年生于永安，护校毕业后，在北城二院从事护士工作，1985 年结婚，1987 年育有一子，此前并未表现出特能素质。

“1988 年，我局因看管不慎，两条羁押待处理的变异蟒逃脱，逃窜时撞上了一辆行驶中的火车，当时车上有两千多位乘客，危在旦夕，幸亏当年的外勤负责人……哦，就是老局长，反应及时，控制住了局面，有惊无险地救下了那一车的人。

“当时我们对外发的声明是说‘火车脱轨’，毕春生的父母、丈夫和儿子都在那辆火车上，听见这则新闻的时候，正在医院值班的毕春生情绪激动，出现了特能反应，被总局监控网络捕捉到。

“后经培训、政审合格后，1989 年 9 月，她被吸纳进我局安全部，因为一直感激异控局救了她的家人，所以这么多年来，她工作努力上进，表现也很突出——荣立三等功一次，连续七年获得‘杰出外勤’，去年才因为伤病，打申请转到后勤部门。”

肖征：“没了？”

“没了，主任，毕春生同志的履历就是这样。”

肖征越听越觉得宣玑是胡说八道，这毕春生的故事简直可以写入总局的官方宣传册——家人被英雄救下，心存感激，从此被激励着走上英雄的路，最后自己变成了英雄。

从小爱走向大爱，从“为小家”变成“为大家”，还有比这更正能量的吗？

“肖主任，这个……赤渊分局那边的同志问，要配合宣主任吗？”

肖征没好气道：“配什么配，你们配得上那货吗？”

“呃……”这是什么意思？是同意还是不同意？

“派一队紧急调查员，去毕春生家里，我立刻去申请搜查证。”肖征运了口气，“要是家属有意见，就说特殊……特殊时期，请毕姐和家属理解一下，这事要严格保密，事关老英雄的名誉，谁也不许往外说——如果宣玑错了，我亲自押着这临时工给她磕头。”

“肖主任，”这时，另一个调查员小跑过来，凑到肖征耳边，“追查到那罐遗失的蝶卵了……借一步说话。”

调查员把肖征拉到一边，见不得人似的悄声说：“主任，这事有点蹊跷啊，那罐蝴蝶卵是三十年前丢的，遗失的时候留下过记录，可是后来不知怎么销了。”

肖征一愣——三十年前，这会不会太早了？

而且三十年前丢的蝴蝶卵，现在才出事，那之前嫌疑人留着它干吗去了？放家里观赏吗？

“你刚才说这事留下过记录，是怎么回事？”

“镜花水月蝶是一级危险物，您知道的，当时清点库存的时候发现丢了一罐，档案科那边紧张得不行，盘点之后立刻就上报了——那会儿咱们还没有电子数据库，都是纸质档案，可是后来蝴蝶卵没找着，记录却莫名其妙地不见了，档案里只剩下一张消除记录的字条……善后科原负责人巩成功签的，老局长批准了。”

肖征脑子里“嗡”的一声，手心冷汗如冰，他抬头望向那不断往外冒血字的四壁，只觉得整座大楼被巨大的阴影盖着，苍白的灯光下人影浮动，像是藏着许多魑魅。

“先别声张，让我……让我想想。”

县医院安置点，空气里腐烂的血腥气与大魔头身上阴沉祭的味道如出一辙，几乎有些呛人——那是阴沉祭施咒人的味道。宣玑弹出去的硬币循着阴沉祭的气息滚动着，他急匆匆地和罗翠翠交代完，就开始追着硬币跑。

后面一帮外勤对他“风风火火”的出场方式印象太深刻了，本能地跟上了他，一帮人追着硬币来到了县医院里的住院大楼下，那硬币撞在楼体上，像炮仗似的带着一屁股火花往天上蹿，众外勤随着宣玑一起抬起头，目光追着烟花看到了楼顶——

五层的住院楼顶上站着一个人。

带着火光的硬币像个小灯笼，飞到楼顶后，就悬在距离毕春生五六米远的地方，照亮了她的脸，人们看见她脸上爬满的祭文，她像是罪大恶极，受了黥刑，马上要发配边关。

居然真的是毕春生。

“我以为他们会让我接巩成功的班，没想到等来了个‘空降’，”毕春生一拢头发，她说话声音分明不高，可是从楼顶一字一句地传下来，居然就像在人耳边响起似的，“听说小道消息的时候，我就知道这个空降肯定有来历，本想赶在你来之前了却了这桩事，没想到千算万算，居然还是差一天……可能都是天意吧。”

宣玑拄着重剑抬头：“‘天意’这种话一般都是输家说吧？毕姐，您怎么抢我台词？”

毕春生的头发在混浊的夜风中起伏，粉色的毛衣在暗夜中鲜亮得有些触目惊心。她依旧是那个样子，头发烫着最显发量的“泰迪卷”，脸上星星点点的，都是泛黄的色斑，是被岁月磋磨得狼狈不堪的痕迹。她整个人完完全全就是在诠释社会对“大妈”的刻板印象，让人联想起广场舞、彩纱巾、催婚……还有不合时宜的大嗓门。

可奇怪的是，当她身披祭文，冷冷地立在夜风之巅时，她就似乎和那些庸常的描述划清界限了。可能那些浑似没有灵魂的配角，只有血淋淋地撕裂自己时，才会让人惊讶地注意到，那道具一般的皮囊里也是悲欢俱全的吧。

这时宣玑余光捕捉到了什么，他定睛一看，只见跟着他过来的几个外勤行动了——派了一小撮人，顺着背光一侧的楼体徒手爬了上去，准备从毕春生后面偷袭。

宣玑简直头皮发麻，这帮蠢货！毕春生干了快三十年外勤了，能不知道外勤那点套路？

这时，几个外勤已经踏上楼顶，各自掏出武器对准了毕春生。

“别动！”

“手放到我们能看到的地方！不许说话！”

宣玑喝道：“回来！别靠近她！”

可惜，那几位跑去送人头的外勤没听见——毕春生这个“精神系”的特能就是声音，那几个外勤可能是怕被她临阵忽悠瘸了，都戴了隔音耳罩。

宣玑：“……”

这主意是哪个天才儿童出的？绝了！

下一刻，几个冲上去的外勤突然各自僵住不动了，原来楼顶已经爬满了阴沉祭文，因为太密，显得漆黑一片，一眼看不出来。那几个活蹦乱跳的外勤一落到楼顶，就仿佛落到了蛋盆里的胖耗子，立刻被游动的祭文缠上，周围的气温瞬间降了十来摄氏度，接近冰点。接着，以毕春生为中心，眼熟的浓雾开始往周围弥漫，宣玑心里一沉。

果然，下一刻，一个长发男子从雾气中缓缓踱出来，颇为好奇地东张西望一番，这乡下魔头赞叹道：“此地街道宽阔，院墙巍峨，是国都吗？京城的清平司怎么就这么几个人？”

毕春生蓦地回头，渐渐的，她脸上浮现出狂热的神色，像呓语似的喃喃道：“是真的，居然是真的！”

盛灵渊闻声转过视线，饶有兴致地端详了她片刻，嘀咕了一声：“啊……是人烛，难怪。”

因为口音比较复古，所以在场众人只有宣玑能听懂了他的话：“人烛？”

盛灵渊朝他飞了一眼，没回答，随后他对着毕春生，切换成了现学现卖的普通话，温声问：“是你叫醒我的吗？好好的，怎么会变成这样？谁欺负你了？”

他说话本来就和缓，普通话又是仓促从电视和环境里死记硬背的，很不熟练，边想边说，词和词之间就有少许迟疑，无端又多了几分慎重感，让人觉得自己似乎是被他珍重着一样。

毕春生仿佛被他一句话勾起了一辈子的委屈，眼圈倏地红了。

“没关系，”盛灵渊冲她笑了笑，“你有话就说，我在这儿，你想说多久都行，不会有人打扰。”

“毕春生，”宣玑冷冷地提醒道，“如果我是你，我会更小心一点，你叫出来的这位可不是给人实现愿望的天使。”

“那就不用您操心了，”毕春生转向他，压下了脸上一闪而过的脆弱，冷笑道，“我跟他之间的契约已经成立，现在一手交了钱，一手还没交货，他在还清债务前，不会动我的，否则会遭到祭文千倍反噬。”

盛灵渊负手而立，神色淡淡的，像是没听懂她在说什么。

这时，总局里，肖征避开众人，来到了局长办公室。

黄局是听说赤渊出事，匆忙从家里赶来的。和外勤出身的老局长不同，普通人到底不方便，平时主持行政工作还能靠经验对付，一到兵荒马乱的时候，他都看不懂那帮特能在干什么。

“我正要找你，”黄局站了起来，“现在外面什么情况？”

肖征没有回答，回手带上门，他轻声说：“我等会儿和您解释，黄局，我这儿有一张搜查证，申请调查现退居二线的前外勤毕春生的家，想请您批准。”

“毕春生？是咱们的人？”黄局现在只认识几个部门里管事的，一边接过文件，一边茫然地问，“哪个部门的？到底怎么回事？”

肖征缓缓抬起头：“跟三十年前总局失窃的一罐镜花水月蝶卵有关。”

黄局倏地一顿。

“局长，”肖征沉声说，“是老局长亲自打报告，调您过来接替他，这件事您知道吗？”

黄局沉默了片刻，先低头在搜查证上签了字，推给肖征，才叹了口气：“我这位子，接得心惊胆战，本来想在爆雷之前最大限度地妥善处理，没想到这么快就……”

肖征：“原善后科主任巩成功被举报的原因，这事您也知道？”

黄局挥挥手，示意他坐下，点了根烟：“唉……这从哪儿说起呢？小肖，你是外勤出身，你们都很痛恨‘十五人红线’吧？”

“安全部外勤第一原则，就是普通人保护原则，”屋顶的毕春生轻轻地说，“‘特能人绝不能伤害除嫌疑人外的普通人，除主观故意、失职等原因外造成普通人伤亡的，现场外勤每人扣一分，负责人罚扣双倍，十五分封顶’工作手册第一页，宣主任，您工作手册还没来得及看吧？那我给您普及一下，一旦外勤在任务中出现重大问题，或是十五分被扣光，善后科是要第一时间出评估报告的。”

宣玑一皱眉，一时没明白她背异控局的规章制度干什么。

毕春生脸上浮起一个凄厉的微笑：“三十年前，两条变异蟒出逃，当时的行动负责人追捕过程中一时疏忽，让变异蟒在逃窜中撞上了一列火车，火车正好开到大桥上，被变异蟒卷着摔到了江里。变异蟒趁机吞噬生人的生命力疗伤，结果车上两千多人，幸存者不到十分之一。”

“不可能！”一个挣掉了耳罩的外勤大声说，“总局打从设立那天开始，就没出过这么大的事故！死两千多人的事故，新闻不可能瞒得住！”

“是啊，”毕春生轻轻地说，“那你说，那些死人都去哪儿了呢？肖主任查到那罐蝴蝶卵的去向了吗？”

第十一章

第二拨赶到的外勤接到肖征指示后匆忙赶到，还没站稳，就被当头砸了这么一出，三观排着队地崩裂。

一时间，在场所有人鸦雀无声，被冰冷的雾气舔舐得不寒而栗。

四下起了风，成片的雷云开始在天上聚集，不祥的电光焦躁地在黑云中流窜着，遥远的雷声断断续续地嘟囔着，像隐秘而短促的诅咒。

只有盛灵渊低垂着眉眼，事不关己似的，看上去倒像是名画上的神魔，对人间一切的光怪陆离见怪不怪。

宣玑一边留神着毕春生，一边还得注意她身后那定时炸弹一样的长头发"危险物"，可能是刚才戒指炸裂的后遗症，这会儿他一看见盛灵渊，心口就跟卡了根尖刺似的，喘气都疼，疼得坐立不安。

他低估了异控局的危险程度，满打满算，他接手这破后勤工作还不到二十四小时，工作证都没焐热，内心已经沧桑得不想干了。

"我们来讲道理，毕姐，"宣玑小心地抽了口气，勉强忽略仿佛漏了个窟窿的心肺，认真地跟毕春生掰扯，"假设你说的是真的，三十年前真的出过这么一场重大事故，而当时的负责人为了推卸责任，瞒报了事故死亡人数，用的手段是偷镜花水月虫卵，让虫卵寄生到死人身体里，用死者原有的身份活下去——那这事你是怎么知道的？你是亲历者吗？如果不是，谁告诉你的，你有证据吗？"

他说到这儿，余光往大魔头身上瞟了一眼，见那大魔头听完自己的话，优美的长眉一仰，露出个"原来如此"的神色——闹了半天，方才毕春生说的那段规章制度里书面语太多，这位压根没听懂。

"什么事儿，"宣玑心里更沧桑了，"这是把我当'译者注'了吗？"

"我怎么知道的？"毕春生用怜悯的目光看了他一眼，"宣主任，你该不会以为这是孤例吧？"

"网上有句话怎么传的？你在家里发现第一只蟑螂的时候，你家说不定已经有一两万只蟑螂了[①]。"异控局总部，幽静的局长办公室里，黄局的声

① 蟑螂没有那么多。

音像午夜时分的水滴声，一下一下地，砸得人心惊胆战，“如果是头一回干，谁敢一次往上千具尸体里放蝴蝶卵？小肖，你应该也能想到吧？其实早在三十年前，这就已经是很多人秘而不宣‘常规’做法了……唉，‘十五人红线’是为了公共安全，初衷是好的，可凡事有两面性，它也会绑住咱们外勤同志的手脚，因为一旦被扣分，就是‘团队连坐’，你那些生死过命的战友里，可能不止一位已经逼近红线极值，分快扣光了，碰到极端情况，一些外勤宁可自己以命换命，也不想连累战友被扣分。近年来咱们外勤特工牺牲的案例中，超过一半都跟这条规定有关系，你就是外勤出身，这你都明白。”

肖征说不出话来。

外勤们中间流传着很详细的“职业攻略”，每个刚加入外勤队伍的实习生，都会试图从前辈那里取经，打听谁手下的外勤队员扣分最少，谁风格激进，跟着他的队员都是“消耗品”。外勤特工最后能走到什么样的高度，除了个人能力，最后拼的都是谁扣分少——有人甚至总结过这里面的“玄学”规律，工作前两年绝不能被扣分，凡是这个头没开好的外勤，后续职业生涯不会太顺。

“十五人红线”是每个一线外勤脚下的薄冰、颈间的绳索、太阳穴上的紧箍。

“所以外勤中有一些人，他们遇到棘手事件，伤亡情况过线的时候，就会去找巩成功‘想办法’。”黄局看着肖征木然的脸，继续说，“也就是用那个蝴蝶卵，最后死人‘没死’，外勤有惊无险，受害人家属感恩戴德，善后科一条锦被盖过，皆大欢喜。”

肖征艰难地找回了自己的舌头：“都有谁……”

“我不知道，异控局成立至今，各部门水都太深了，我还没找到头绪。但……安全部里你能想到的一些，唔，德高望重的老领导，大部分是知道这件事的，就算不为自己，有时候为了保护一些好苗子……”黄局深深地看了肖征一眼，后面的话没往下说。

肖征先是没反应过来，随后狠狠一震，浑身的血都像是给冻住了。

他是个万中无一的“雷火系”，又是雷火系里罕见的“纯雷电”特能。当代特能谱系和传统上的“五行”理论有点像，“水克火”，通常来说，雷火系对上冰水系会比较吃亏，但纯雷电系的除外。肖征一进异控局，就是天之骄子待遇，实习期就直接进了特种部队，一路走来顺风顺水，连运气都比别人好——十几年前线外勤，从基层队员到雷霆的指挥官，大大小小无数战役打下来，伴随着数不清的战功，只扣过三分，堪称一大奇迹。

这真的是运气好吗？

还是一路有人在暗地里给他保驾护航？

老局长临终时那句“我知道你还是干净的”，到底是在夸他守规矩，还是“局内人”对着蒙在鼓里的被保护人发出的叹息？

他真的……干净吗？

这时，他的电话响了——奉命前往毕春生家的调查小队已经到目的地了，问他搜查证的进度。

黄局让他用办公室的传真机把搜查证传了过去，听调查员汇报：“毕春生一家跟她父母同住，她老父亲前不久没了，老母亲身体还算硬朗。她爱人以前是个中学老师，已经退休了，为了给孩子多攒点首付钱，现在在外面开补习班。两口子有个独生子，未婚，刚毕业，在争取留校……黄局，肖主任，我们到她家门口了。”

黄局插话：“打断一下，我有个问题，如果一个人被镜花水月蝶寄生，本人已经死了，是个蝴蝶操纵的行尸走肉，咱们有没有什么办法能检查出来？”

“很难，黄局，是这样的，咱们的仪器目前只能在感染者没有完全脑死亡之前，通过大脑活动与身体反应不一致检测出寄生。要是人已经脑死亡了，蝴蝶就会彻底占据感染者的神经系统，跟他融为一体。这么说吧，就像这人长出了一套新的神经系统，咱们仪器没办法的。除非……”

“什么？”

“呃……那什么，打开看看。”

人的性格、三观、习惯本身就是随时间不断变化的，“你变了”这仨字在各种文艺作品中是高频词汇，可见“长恨人心不如水，等闲平地起波澜”是平常事，这后面跟的往往是狗血虐心剧情，而不是“砸开脑壳看看”。

肖征听到这儿，心里“咯噔”一下，突然有种不祥的预感。

赤渊。宣玑盯着毕春生，忽然发现那些缭绕在楼顶的浓雾并不全是从大魔头身上弥散出来的，还有一小部分是从毕春生身上冒出来的！

她的轮廓几乎模糊在雾气里了，像是要化在其中似的。原本有些暗沉泛黄的肤色不知什么时候开始变得惨白，呈现出像蜡像一般的质地。

“人烛”是什么？

她真的杀了一千个人吗？怎么杀的？这一千个人是什么身份，为什么会死得无声无息？

“八年前，我所在的外勤小组奉命去抓一个使用邪术的嫌疑人，当时那个嫌疑人藏在一个人口密度很大的小区里，怕波及无辜群众，我跟我的搭档很仔细地做了诱捕计划。没想到还是出了意外，就在嫌疑人快上钩的时候，我们外勤组一个小孩太紧张，不知怎的露了马脚，打草惊蛇。嫌疑人察觉不对，逃进了小区花园里，他手上少说有几十条人命，知道自己被抓住就是个死，发现自己被包围跑不了了，就狗急跳墙直接自爆，我们根本来不及清场，小花园里死了八个人。那回我搭档是负责人，我是副手，这责任我俩谁也跑不了，我搭档要被扣双倍分，更是直接穿透了红线，当时我脑子里一片空白……我搭档跟我说别害怕，他来想办法。

“那时我才第一次知道，原来那些只有军功，从无过失的‘英雄’，还有这种操作。用蝴蝶寄生在死人的身体里，就可以当作什么都没发生……我一辈子也忘不了我搭档安慰我说‘这种情况不算少见’时的表情。

“你们知道我当时什么感觉吗？我没有因为躲过一劫庆幸，也没因为亏心睡不着觉。我……我害怕。这种情况不算少见……那到底有多少‘幸存者’已经不是人了？我全家都是‘幸存者’啊！他们……他们到底是真的，还是镜花水月的一个……一个……

“从那天开始，我就跟神经病一样疑神疑鬼，家人随便跟我说句话，我都会拼命地想，他以前是不是这样的，说话是不是这个语气，他是不是已经悄悄变了，而我还没注意。我儿子从学校回家，点了一道他以前不怎么爱吃的菜，我能因为这点小事失眠半个月。”

在场的人无不毛骨悚然，因为毕春生的特能就是“语言”。同样的话，哪怕是无稽之谈，从她嘴里说出来，别人都会倾向于无条件地相信。此时她三言两语，周围的人们几乎都被她的话带到了那种恐怖绝望的境地里。

宣玑忽然皱了皱眉，毕春生对别人说的话有这么大的催眠功能，那么……对她自己呢？当她心里难以抑制地反复纠结一个念头时，她的精神系特能会不会加剧她的偏执和错乱？

“八年，我这八年快被自己的想法逼疯了……我既想知道答案，又不敢知道，有机会伤退二线的时候，我本能地选了善后科……呵，进了善后科又能怎么样？巩成功老奸巨猾，在局里势力盘根错节，还能被我查出什么吗？

“我越来越焦躁，越来越……直到前不久，巩成功突然被调查，不见人影，我的怀疑彻底落到了实处，然后……我爸在这个节骨眼上去世了。”毕春生凹陷的两眼突然淌下了血泪，她脸上的皮肉开始变形垮塌，像融化的蜡像，“八十七，长寿，心衰没的，死时候一点罪没受，亲朋好友都羡慕，说是喜丧，我呢？我跟个行尸走肉似的把他们都送走，然后……然后我终于忍不住，半夜溜回去，在火化之前剖开了我父亲的颅骨，我看见……我看见……”

老人颅骨被打开的一瞬间，她所有的噩梦都成了真。

原来三十年来，与她朝夕共处的家人，真的只是几具蝴蝶操纵的傀儡。

“我为什么要看？我为什么要看！”毕春生哽咽不出，发出一声刺耳的嘶吼，野兽垂死惨叫似的。

“嘘——”盛灵渊俯下身，轻轻捧起她变形的脸，擦掉她眼角的血迹，叹道，“可怜。”

然后他换回了自己那口古老的雅音，轻声对宣玑说：“人烛啊，就是阴沉祭之媒，可沟通天地间至恶至阴之物，须舍人身、断人性、绝情绝义、抛却所有，以凡人之身堕魔。小妖，你知道‘所有’是什么意思吗？”

宣玑一愣。

这时，一个外勤跑过来，把手机递给他：“肖主任找您。”

“我们……刚刚派人搜查了毕春生的家。”电话里，肖征的声音听起来分外艰涩，“找到……找到了三具尸体，毕春生的母亲、丈夫和儿子，死者的头……头都是被打开的。”

宣玑睁大了眼睛，盛灵渊透过浓雾，远远地对上了他的目光，那魔头的眼睛冰冷无情，却又是近乎慈悲的。

一时间，所有人都没出声，只有毕春生不似人声的嘶吼在雾气里散不开，越来越浓郁，一个年轻的外勤被那尖锐的声音刺得头昏脑涨，忍不住扶着墙呕了出来。

长久的沉默后，宣玑忽然举着手机问：“她的亲人，真的全部被镜花水月蝶寄生了吗？”

肖征：“不是。”

宣玑觉得胃里像沉了块冰冷的石头。

“我们在她丈夫的大脑里发现了镜花水月蝶寄生过的痕迹，但她母亲和儿子没有，他们是正常人，是当年真正的……”肖征停顿了一下，“幸存者。”

“杀光他们，”五官融化到看不出人样的毕春生呓语似的，死死地抓住了盛灵渊的衣角，“我要你杀光他们！”

第十二章

楼顶卷起了狂风，黑气缭绕的祭文一串一串地飞了起来，像枷锁一样缠住盛灵渊。

与此同时，酝酿许久的雷云终于发作，一道凄厉的霹雳撕破夜空，直接砸在住院大楼上，人们或惊或恐的面孔都在一片惨白中曝光过度，仿佛阴曹路上魂幡掩映的壁画。

不过片刻光景，毕春生脸上的血肉已经融化殆尽，萎缩得只剩一层皮，松松垮垮地蒙在嶙峋的头骨上。

她半跪在地上，像传说中绝望的饿殍。

盛灵渊不笑了，弯腰抚过她的发顶，他问："你想让我杀光谁？那些用'人面蝶'李代桃僵的？杀光他们，你能解恨吗？"

毕春生的嘴唇盖不住牙了，两排牙齿"咯咯"地打着战。

盛灵渊又问："那么把那些明知内情，却缄默不语的也一并陪葬，你能解恨吗？"

毕春生的眼睛里冒出鬼火似的光，手指绞紧了他的衣摆。

"还是不够，对不对？"盛灵渊叹了口气，枯槁的细小发卷从他手指间弹开，"该拿你如何是好呢？"

"我要……真相大白……"毕春生的声音像是骨头缝里擦出来的动静，"我要他们给我一个说法……"

盛灵渊颔首："理所应当。"

"不，说法不够，我还要……还要他们尝到我千百倍的痛苦……"

"嗯，"盛灵渊点头，"也不难，还有吗？"

她每说一句话，就有一行祭文加诸在盛灵渊身上，盛灵渊一直听得十分仔细，几乎有种屏息凝神式的珍重感。

然而这时，毕春生艰难地吐出了最后几个字："我还要……赤渊……"

盛灵渊忽然脸色微变，缓缓地抬起眼："嗯？"

这似乎只是那魔头普通话听力不太好，偶然听见个不常见词的自然疑惑，宣玑却突然被自己的直觉刺了一下，那一个"嗯"无端让他心惊肉跳。说时迟那时快，宣玑手里重剑一戳地面，借力腾空，纵身踩到了三层楼伸出的窗台上，继而脚尖在窗台上用力一蹬，蹿上了楼顶，落到了那几个被困住的外勤旁边。

楼顶地面上的祭文就朝他涌过来，宣玑一剑斩向地面，重剑上的火光瞬间将祭文逼退了一米见方，几个外勤也短暂地恢复自由。

“我要……赤渊的火重新烧起来……”毕春生沉浸在自己的世界里，絮絮地说，地面的祭文陡然变成了血红色，打着卷地收成一束，钻进了盛灵渊的脊梁骨，“我……”

宣玑扭头冲傻站在一边的外勤们喝道：“别愣着！快撤！”

几个外勤下意识地服从命令，应声拽紧了身上的保护装置，从楼顶跳了下去，脚才刚离地，毕春生整个人狠狠一抽，暴虐的狂风从盛灵渊脚下升起，咆哮着卷向四面八方。

扑上去的宣玑只来得及抓住盛灵渊的衣袖……他自己也不知道为什么要做这个动作。

那截袖子随即撕裂，宣玑被狂风扫了出去，他猛地把重剑楔进楼顶水泥里，双手死死地握住剑柄，就地变成了一面迎风招展的旗。

只见盛灵渊那温柔抚摩毕春生发顶的五指陡然收缩，毫无征兆地插进了她的头骨里。

毕春生一枚眼珠被压得脱眶而出，头顶的血像泉水似的汩汩而出。因为太震惊，她脸上一片空白。

盛灵渊直起腰，低垂着视线，居高临下地与伏在地上的女人对视：“不行。”

黑夜血字的阴沉祭已成，作为“祭主”的魔头当场撕毁祭文“合约”，嚣张反杀施咒人，这不知道是不是有史以来头一遭，连祭文都凝固了一瞬。紧接着，祭文暴怒，从他身上浮起来，化作利刃反噬。

魔头那石雕一般刀枪不入的身体瞬间被割得血肉模糊，而他脸上笑意竟不减。

“等等！”宣玑下意识地开口，“不……”

一口刀子似的厉风刮碎了他的话音，楼顶的浓雾里泛起让人作呕的血腥味，唯有五指嵌进人骨里发出的“咯吱”声分外令人惊心。

“朕平生最忌束缚。”

狂风卷起了盛灵渊的长发，他身上疯狂的祭文像是要将他活活凌迟，那皮囊先是皮开肉绽，紧接着，血肉又被层层片下，露出底下的经脉与白骨……而他仿佛没有知觉，露出枯骨的手仍结结实实地钉在毕春生的天灵盖里，一寸一寸地往下沉。

血雾喷在宣玑和他的剑身上，人与剑都避无可避。

那魔头朝宣玑略微歪头，原本俊秀的脸已经面目全非，仅剩的斑驳皮肉盖不住白骨，可宣玑却能感觉出他竟还在笑。暴露在外的锁骨钩着衣服上的碎布料，他那肩背竟然还是挺直舒展的，堪称风度翩翩！

那被祭文千刀万剐的分明是个噩梦似的魔头，本该皆大欢喜，宣玑却不知为什么看不了此情此景，闭了眼。

那魔头一字一顿地说："尔等偏来触此逆鳞。"

毕春生神色惊恐，艰难地从嗓子眼里挤出几个字："你不怕……挫骨……扬灰吗？"

"呵。"

毕春生的声音尖成了蚊呓："你不怕……魂飞……魄……"

盛灵渊笑了起来，宣玑毛骨悚然，眉心火焰色的纹路不由自主地冒了出来，听到那魔头说："那可是求之不得。"

话音没落，楼顶"轰"的一声炸开，半座楼都被掀了起来，把宣玑连人再剑一起掀了出去，纵声大笑的白骨分崩离析，那一刹那，宣玑好像听见上千人同时在他耳边发出垂死的惨叫。他一时失聪，来不及多想，本能地从楼顶滚下，落地时捡起了一个跑得慢的外勤，把人拼命地朝远处扔去。

就这么眨眼的耽搁，惊雷瓢泼似的落了下来，慢了一步的宣玑被吞进了电光里。

整个赤渊地区，三个城市、十七个县区大面积停电。

八十一道雷同时劈在一个地方，周围所有的植物都着了火，浓烟与火舌一路扩散，人声、车声……全被湮灭在愤怒的"天谴"中，特能人也好、普通人也好，俱是洪水中随波逐流的泥沙蝼蚁，拼尽全力地挣扎逃命，天地仿佛颠倒过几轮。

不知过了多久，震怒的雷鸣才略微平息下来，不等人们过载的视力和听觉恢复，天幕便漏了，一场大雨倾盆落下。

火灭了。

楼顶上，疯狂的女人与她召唤来的、更疯狂的魔头已经一起化成了飞灰，连一点痕迹都没有留下。

住院大楼几乎成了一片狼藉废墟，除了宣玑，已经没有别的活物。

只见宣玑半跪在地上，后背冒出一双巨大的火焰色羽翼，把人合在中间。雷暴过去，羽翼闪了闪，旋即化为光点，消失了。

染血的重剑“当啷”一声摔地，宣玑眼前一黑，一头栽了下去。

宣玑醒过来的时候，已经在医院里了。

他龇牙咧嘴地爬起来，感觉浑身上下哪儿都不对劲，骨头好像被拆开重装了一次……脖子还装歪了。

他拔了手上的针头，一边努力把脖子正回来，一边回忆之前发生了什么事，同时总觉得自己身上怪怪的，好像少了点什么东西。

少了什么东西？

钱包？

不是，他那钱包跟装饰也差不多，不该有这么大的存在感。

那是手机？

哦对，手机在赤渊医院里被大魔头冻得当场“去世”了，但愿局里能给他报销。

没手机固然别扭，但……这种奇怪的感觉似乎也不是损失区区一部手机能造成的。宣玑不自在地动了动肩背，他总觉得一觉醒来，全身的骨头都轻了几斤，身上飘飘的，不踏实。

就在这时，病房门开了，肖征手里拎着个一米来长的大布包，走了进来。

宣玑“咔吧”一下把脖子正回了原位，手重了，脖筋疼得发木：“嘶！”

肖征把布包扔在他病床上，单人病床“嘎吱”一声惨叫，差点被那玩意砸塌了。

“吁——你个不肖子孙！”宣玑连忙躲开，“这什么玩意？”

“你的东西。”

宣玑掀开布包，赫然看见，包里居然是他的那柄剑，剑身上血迹斑斑的，也没人给他擦擦。宣玑愣了愣，扭扭脖子，忽然明白自己为什么有那种小腚飘轻的错觉了——他脊梁骨空了！

这剑是他的本命剑，长在他脊梁骨里的，每次应他召唤才出，杀敌后自己会“归鞘”入脊，这剑性情相当孤僻，好似不愿意被闲杂人等看见似的……可为什么这次它没回到他后背里？

“按规定，异能物品要向局里报备的，小东西就算了，你这玩意也太扎眼了，”肖主任拉过一把椅子，往上一摊，他在总部忙了一宿儿，天不亮又直接飞过来，用力揉了揉脸，肖征筋疲力尽地说，“不过昨天兵荒马乱的，估计也没人注意。”

宣玑把剑裹好，问：“怎么样了？”

“现在阴沉祭文都消失了，我们没找到毕春生的尸骨。”

“有伤亡吗？”

“赤渊这边现场外勤重伤了六个，其他都是轻伤，没死人是不幸中的万幸。”

“楼塌的时候有个小孩离得比较近，我把他扔出去了，人没事吧？”

“嗯，他以为你舍己救他牺牲了，崩溃得不行，打了一针镇定才放倒，在你隔壁病房躺着。”

“不好，”宣玑嘬了一下牙花子，“等他醒了我得躲他远点，省得他见本人英俊潇洒，非得以身相许。”

肖征直眉愣眼地看着他，木着脸没笑，也没拿白眼翻他这句不合时宜的贫嘴，从怀里摸出烟盒，烦躁地摩挲了两把，又想起医院不让抽烟，便坐立不安地塞了回去。

宣玑察言观色，不开玩笑了，一抬手，一枚硬币从他掌心飞了出去，在单人的病房门上画了个“止”字，又伸长胳膊推开了病床边的窗户：“没人进来，抽吧——老肖，你没事吧？”

肖征往宣玑怀里扔了盒烟，这两位素质奇差，各自在病房里吞云吐雾起来，屋里瞬间升腾起满满的人间愁苦。

“被我们射杀的季清晨——就是那个小胡子——是个普通人，”肖征说，“因为感染蝴蝶，表现出一些异常能量特征，所以他躲不开秘银子弹。昨天他虽然已经被蝴蝶完全控制，但本人还活着，真正的死因是被子弹击中。”

宣玑张了张嘴——因判断失误造成普通人死亡，这事弄不好是严重渎职。

“扣了我两分……没什么，扣完我还有十分，我以后又不出外勤，估计直接指挥战斗的机会也不多，够用了。”肖征倦意很浓地摆摆手，“最讽刺的是，我昨天在全弄错了的情况下，忍着煎熬下令‘牺牲’毕春生，确保在子夜之交前击毙季清晨，居然阴差阳错地成了‘最大限度降低损失’的正确命令，成了条免责理由……再加上镜花水月蝶这事曝光，显得其他事都不算事了，所以只是留职查看。”

肖征像是跟什么较劲似的，皱着眉狠吸了两口，烟纸轻轻地“吱吱”作响，然后他吐出了一口杂乱无章的白烟，继续说：“如果有普通人目击异能事件，我们要消去目击者的记忆，一般是用仪器和药，不过或多或少都有点伤害。毕春生以前做外勤的时候，出任务的时候救下普通人，从来不让善后科上，都是用自己的特能改记忆。她的精神系特能比仪器温和很多，就是花时间，麻烦……但她可能不嫌麻烦吧。我觉得这些不是她分内的活，反而是她最喜欢干的。”

这是她的信仰，是她曾经一切坚守的意义。

宣玑盘腿坐在病床上，叼着烟没吭声，单是听。他把病床床头上一束鲜花扒了，窸窸窣窣地用塑料包装纸折了个简易烟灰缸，扔到两人中间。

“那些被她救过的人，修改好了记忆，后来都跟她保持了长期的联系。毕春生专门给这些人做了一个通信录，那个通信录……那个……”

肖征努力了几次，没能把后面的话说出来，宣玑弹掉烟灰，淡淡地开口打断他：“通信录上的人，都已经成了被蝴蝶操控的行尸走肉了，是吗？”

肖征沉郁的情绪被他用公事公办的语气掐断，不由得顿了顿。

“不难猜，”宣玑有些事不关己地耸耸肩，“她把蝴蝶卵传播出去的？”

“她把掺了蝴蝶卵的食物当礼物寄出去，然后发语音，嘱咐对方说东西保质期短，要尽快吃，语音里掺着她的特能，那些人都是被她的特能修改过记忆的，又信任她，格外容易受暗示，即使是本来不爱吃的东西，听见这条语音，也会立刻打开尝一尝。等这些人彻底被蝴蝶感染，失去对身体的控制力后，她就会给他们打电话，告诉他们真相。”

诸多幻象破灭，受害人明白过来，自己是无缘无故被最信任的人杀害的。

由此产生的极大怨愤，都会成为阴沉祭的养料。

宣玑想起毕春生那张五官渐次融化的空白面孔：“她这种语言特能，是不是对镜花水月蝶也有作用？”

“是，人有自己的情绪和本能，如果目标本身很防备、有敌意，就会影响精神系特能的效果，但镜花水月蝶没有‘想法’，也没有情绪，它只是根据外部信息来操控宿主的身体，比人类更容易受精神系的特能影响。古修科甚至认为，镜花水月蝶可能最早就是某些不怀好意的精神系的工具。”

宣玑叹了口气：“难怪她能控制那男孩用阴沉祭文写字。”

肖征沉默了片刻，接着说：“我们找到她家人尸体的时候，尸体都静悄悄地躺在自己的床上，身体已经腐烂了，墙上、地上都是血迹写的祭文，祭文掩过了尸臭，邻居都没发现。她爱人因为被蝴蝶寄生过，尸体没有烂……可能是他的头被劈开的时候，凶手太激动了，毛衣都被撕开了一角。”

宣玑叼着烟，含糊地问：“那毛衣是海藻绿色的吗？”

肖征没听清：“什么？”

宣玑有些疲倦地摇摇头。

“她儿子和母亲都在各自的房间里，身上盖着被子，她爱人的尸体在主卧，旁边还有躺过的痕迹。从那时候……也可能从八年前开始，她就疯了。”

八年来，她活在惴惴不安的噩梦里，每时每刻都在怀疑身边的亲人是虚假的行尸走肉。直到她在父亲的尸体上发现寄生的蝴蝶。

噩梦成了真，她大概就再也没法分清幻觉和真实了。生死相托的战友原来都是幕后黑手，那么她曾经决定为之奋斗终身的东西，岂不是一场荒谬的骗局吗？

当她疯狂之下敲开了所有亲人的头颅，却发现她母亲和儿子没有被寄生的时候，又是什么感受呢？

这地下火狱，到底可有多少层啊？要掉到哪一层，声音才能被徘徊在地下的恶鬼听见呢？

好一会儿，两人都没出声，直到各自的烟都烧到了底，宣玑才又想起了什么，问："那个被蝴蝶寄生的小孩呢？活着吗？"

"嗯，低温手术成功了，过一阵应该就能恢复正常吧。取出来的蝴蝶我们隔离了，"肖征说，"不过这事瞒不住了，异控局成立以来最大的丑闻……可能这就是她的目的。黄局已经被上面叫走了，到现在都还没回来。"

宣玑："那小男孩和最后一个祭品也是毕春生救过的人吗？"

"不是，"肖征摇摇头，"这两人以前跟毕春生、异控局都没什么交集，互相也不认识，唯一的共同点就是都是东川人，可毕春生也从来没去过东川，所以这事真还挺奇怪的，调查组正在深挖他们俩的社会关系，另外，寄生的蝴蝶是哪儿来的，毕春生又是怎么知道阴沉祭这种邪术的……这些目前都不清楚。"

宣玑捻灭了烟，掀起眼皮："我本来以为毕春生是因为她的特能才选择退到善后科，其实不是，对吗，老肖？"

肖征一震。

"这也不难猜。"宣玑上挑的眼皮上勾出一双冷淡的双眼皮折痕，像百无聊赖似的，他把不小心抖落的烟灰一片一片地捏起来，丢在塑料纸折的"烟灰缸"里，动作很缓，话也说得很慢，"合谋用镜花水月蝶操纵死亡率的，应该就是善后科里我的那位前任吧？"

肖征没吭声，默认了。

"你知道善后科水深，又苦于插不进手，所以千方百计地弄来我这条外来'鲶鱼'，想借机撞破善后科的生态。我这人怕麻烦怕得要命，要是事先让我知道这是个'钱少事多满地雷'的岗位，我肯定早背着一身卡债跑回老家了，所以你只字未提，打算先把我骗来再说……老肖啊，烟尘过眼、知己无人，我一个无依无靠的漂泊青年，这么多年统共没几个朋友，你就这么坑我，你对得起我吗？太伤人心了吧。”

肖征哑口无言，对上宣玑的目光。

宣玑的眼睛依旧笑盈盈的，可是仔细看，那满满的笑意却只是累赘地挂在一双卧蚕上，他的眼睛长得年轻而明亮，却因为挂的笑太沉，带了点奇异的疲惫感。那一瞬间，肖征忽然发现宣玑这个人就像他的笑容——诚意到位，毫无灵魂，四海之内皆兄弟，他和兄弟不交心。

宣玑平时随和得很，脾气棱角都收敛在资深“社畜”的分寸下，好像没什么原则底线，直到肖征被他露出来的疏离刺了一下，才发现他拒人千里的边界。

“我……我实在是没有什么人能信了。”肖征有些狼狈地说，“我甚至怀疑自己的履历上也有‘蝴蝶的阴影’……”

宣玑笑了笑，心说：“还用得着怀疑吗？”

要是大家都混得很惨，只有个别人运气很好的样子，那里面大概率是有问题的。

肖征算是真正意义上的“天之骄子”，他家境优越，更难得的是家庭和睦，没有什么狗屁倒灶的“豪门恩怨”，又是独生子，从小万千宠爱于一身，家人知道他的特殊后，非但不把他当怪胎，反而以他为荣。肖征十八岁就正式进入异控局，一边念本科，一边在安全部参训，毕业以后直接进了“三特”之一的雷霆，升官如乘风，到如今，这青年才俊已经进入了特能人官方组织的权力核心……

然后他三观碎成了渣。

“得了，肖天骄，人在江湖飘，哪能不挨刀？就你没挨过，也该给你补上了。你这个级别，‘留职查看’基本就是高高举起轻轻放下，没事的，”宣玑说，“至于那什么蝴蝶的事，你以前既然完全不知情，以后也不用想太多，人嘛，难得糊涂，这些薛定谔的真相不要太纠结——毕春生还不是前车之鉴吗？”

人的命运和历史一样，也属于“二级混沌系统”，是因果交缠的。假如毕春生不反复疑神疑鬼那些事，她就不会被自己的精神系特能闹成半疯，当然也不会亵渎尸体打开她父亲的颅骨。她会以英雄的身份光荣退休，去跳广场舞、去旅游，逢年过节回局里给小青年们讲讲课。她的丈夫虽然已经是三十年前留下的虚影，但母亲和儿子至少是活人。

浮生若幻，人也好，蝴蝶也好，谁还能比谁真实到哪儿去？

肖征没听进去这不咸不淡的安慰，他的声音压在喉咙里：“我不明白，归根到底，为什么会有‘十五人红线’这种吃人的规定？”

凭什么特能人就在这个社会上见不得光？凭什么他们就得以保护普通人为第一原则？

凭什么遇到危险的时候，特能人就是要被牺牲被舍弃的？

特能人比谁低人一等吗？特能人的命合该打折贱卖吗？

宣玑目光扫过自己空荡荡的右手食指，原来有戒指的地方现在只剩下一道白圈，他没打断肖征宣泄，手很巧地把塑料烟灰缸变了个形，将烟灰和烟蒂裹在中间，外圈折了朵怪模怪样的花，抬手别在肖主任的外套上，这才说：“永安西山是自然保护区。”

肖征一呆：“什么……”

“往南二十里，也就是总局邻居，就是西山野生动物保护中心，‘保护中心’四周有护栏，野生动物要是老老实实地在里面‘被保护’，就是有吃有喝的‘人类好朋友’，要是挣脱约束在外面乱跑，那……不好意思了，‘朋友’，轻则放倒、重则击毙。”宣玑从病床上下来，半身不遂似的活动了一下，俯身夹起他的重剑，往病房门口晃去，“异控局就是保护中心，‘十五人红线’就是谁也不能跨过的护栏之一，征啊，你老大不小的一个人，怎么连这都不明白？所以我一条伪装成流浪犬的野狼，真是只想随便混口剩饭吃，实在不想跟你们瞎掺和。”

肖征以为他要当场撂挑子跑路，倏地站了起来：“等等，你去哪儿？”

“吁——淡定，我暂时没打算辞职，那阴沉祭召出的魔头可能和我家有点渊源，我回趟老家查点资料去，请假一周哈，肖主任。”宣玑一只手拉开病房门，想起了什么，回头对肖征说，“记得赔我手机，还有，坑了我，得加钱。”

第十三章

雷暴过后，赤渊大峡谷上笼罩着充足的臭氧，随着阴沉祭的消散，几棵搅和得大峡谷鸡飞狗跳的变异树也无疾而终，像生命力透支似的，它们就地化作了几卷枯枝败叶，落花随了流水去。异控局还不敢放松，几支外勤小队仍在大峡谷里来回转着巡逻——这是宣玑从高处看见的，他人在半空。

宣玑后背上那对在五雷轰动中保护过他的翅膀完全展开，翅展七八米，蜷起来足有一人高。不过虽然庞大，却不显得太沉重，翅膀上面每一根翅羽都是火焰凝结的，随风而动，炽热的火将他周围的空气烤得滚烫，折叠了光影，看起来有种虚幻的轻盈感，像朵海市蜃楼里招摇而过的火烧云。

反正赤渊上空不过飞机，连异控局的专机都得停在北边近百公里外，他也不怕被人看见。

宣玑自称“放荡不羁爱自由”，是个“野生”的特能人，其实那是骗人的。

特能人再边缘也是“人”，但他不是。

他说不好自己是个什么，所以阴沉祭召出来的魔头叫他“小妖”，他也没什么意见。

他没有年幼过，也不会衰老，一出生就是这副面孔，似乎永远也不变样。他拿装了《千妖图鉴》的眼看众生，能看见众生的“门纲目科属种”，唯独照镜子看自己时，白雾凝成的纸页里，总是一片没来没去的空白，上面孤零零的一行字：南明守火人。

至于“守火人”是什么品种，是人是妖，是进口的还是本地土特产……那没用的《千妖图鉴》一问三不知。

十年前，他出山入世，正盯着壮观的盘山公路找不着北时，听见一声不祥的巨响，循声飞过去，他碰上了一起车祸——汽车爆胎，司机处理不当，从盘山路上翻了下去，宣玑赶在车爆炸前，把里面的人扒了出来。

车上是一对父子，开车的是父亲，宣玑给他度了口气，后座的孩子没系安全带，来不及抢救，当场就死了。周围是荒山野岭，宣玑初来乍到，也不知道找谁救人，于是想起个秘法，叫“听尸”。“听尸”就是在人刚刚咽气的一两分钟内，把一根翅羽塞进尸体的耳朵里，翅羽化作一团火光钻进尸体脑中，他可以听见一部分死者生前的记忆，不过听见多少、听见什么内容，取决于死者意识消散前在想什么。

一般死于事故的人，临死前会在极大恐惧中本能想求救，宣玑想碰碰运气，看能不能从中找到怎么求救的线索。不料那少年可能是翻车时撞头撞“寸”了劲，人一下就过去了，自己都没反应过来，临死，他意识里只有一些漫无边际的日常琐事。

宣玑一边茫然地给昏迷的父亲续命，一边半懂不懂地听了夭折少年苦苦留恋的人间事。

那少年刚考上大学，出事故时，正要去外地的学校报到。

家、学校，对未来的憧憬，与暗恋的女孩天各一方的惆怅，那些鲜活的青春一股脑地灌进了宣玑的耳朵，又在极短时间内，随着尸体渐渐变凉，风流云散。

这时，昏迷的父亲短暂地睁了一下眼，因为失血过多，他在幻觉中把宣玑错认成了自己的孩子，紧紧地攥住宣玑的手，含含糊糊地，反复念叨了几遍“不怕”，攥了宣玑一手的血。

又黏又温热，像蛛网，把初入人世的宣玑卷到了红尘里。

宣玑按照那父亲颠三倒四的指导，连猜带蒙地翻出父子俩身上的手机，鼓捣了半天，居然瞎猫碰上死耗子，成功报了警。

然后他安葬了少年的尸体，自己则用了一点小障眼法，取代了那少年的身份——不用完全改头换面，只是照着少年的打扮改改服饰气质，然后混淆人们的感官，认识原主的人会觉得他以前就长这样。

“宣”是原主的姓，他一听就喜欢，于是保留了。

“玑”是他弄懂了当代户籍制度以后，自己去公安局改的，因为他的身份超过了十八岁，过程还挺麻烦——虽然麻烦，可还是非改不可，因为“玑”是他的本名，不知谁起的，与生俱来。古人讲“名与命通”，近现代心理学也认为名字和潜意识有关，他觉得自己就该叫这个。

高中毕业正好是人生重大转折，尤其是去外地上大学的青少年，一学期下来，性格和生活习惯往往变化很大，亲朋好友也不会太在意。于是顺理成章地，“宣玑”有了身份，成了个有来龙去脉的“人”，异控局那帮调查员至今也没看出他的履历有什么问题。

宣玑从高空掠过赤渊大峡谷，径直飞到了异控局也不敢深入的峡谷腹地，一头扎进了密林深处。下落时，他的翅膀带下了几片树叶，叶片飘飘悠悠的，不等落地，地面突然蹿起一团黑火，鲜亮的落叶瞬间化灰。

这里安静得诡异，透过《千妖图鉴》，能看见半空、地面甚至凝固在树丛上的蛛网上……全是古老的法阵，层层叠叠，杀意逼人。

宣玑穿过遮天蔽日的大树冠，落了地，收起翅膀，穿上衬衫，他一边系着贝母扣，一边往里走，每一步都正好踏在法阵的空隙里，轻车熟路地穿过步步惊心的法阵丛。

顺着一条时断时续的小溪，他来到了一座横在赤渊深处的山脚下。宣玑默念了句什么，随后一道火光从他掌中升起，倏地没入地面。接着，大地震动起来，峡谷深处传来一声叹息，仿佛是结界打开了，原本落针可闻的林中忽然喧闹起来，无数私语似的鸟声虫鸣响起，像蛇一样的藤条垂下来，讨好地在宣玑身边蹭着，古木群缓缓移动着位置，片刻，让出了一条通道。

穿过古树让出的通道，视野陡然敞亮，那是一条百丈宽的大峡谷，草木丰润，溪流淙淙，两侧险峰如削，谷中有一座庞大的……古城。

这里就是“生灵止步，擅入者挫骨扬灰”的赤渊大峡谷。

这里是他出生的地方。

那峡谷中的古城就像火山灰下的庞贝、深海中的亚特兰蒂斯，透着死气，里面空无一人。

古城正中央是一棵通体漆黑的石雕巨树，高百余米，一枝一叶，逼真极了，像是能在微风中簌簌而鸣似的。石树南边是整个山谷中地势最高的地方，矗立着一座大殿，坐北朝南，两翼各辅一座神庙，刻着巨大的火焰形图腾，那图腾与宣玑眉心的徽纹如出一辙。

以大殿和神庙为首，山谷中大大小小的院落俨然，廊桥雕栏犹在，石碑壁画依稀。

像一具凝固在那里的标本。

宣玑一踏入其中，遗迹似的古城就忽然“活”了。

只见地面、山崖、石缝以及密林中冒出了层层的黑雾，弥散到空中，幻化出各种各样的形象。有的呈人形，有的干脆只是一具白骨，有的半人半兽，还有的看不出来是什么，可能只是一团残肢随便拼的，欢快地围着他转。

继而凄厉的马嘶声响起，黑雾中冲出了一队骑兵，在半空中纵马飞驰而来，转眼卷到了宣玑面前，战马的铁蹄高高扬起，马背上阴灵似的骑兵们齐刷刷地下马落地，化作实体，朝他行跪礼。

宣玑摆摆手：“别每次都这么隆重，外面时代早不一样了，你们这样，弄得我老觉得自己像个封建余孽。”

领头的骑士越众上前，推开脸上的黑面罩，露出一张能吓死人的脸——只有一只眼睛，脸上腐烂的皮肉把五官粘在一起，左下颌露出了斑驳的白骨。他用这张脸对宣玑笑了起来，喉咙里发出嘶哑含混的声音：“族长……回……家了，在外安……好？”

“欸，有日子没回来了，”宣玑应了一声，“刀一，辛苦你照顾家里了，最近有个疯子在附近挖坟祭魔，没影响到你们吧？”

“未曾，”骑士“刀一”说，“正要……托……梦于您。”

“怎么？”

“‘斧七’与……‘剑十二’想要……魂归天地。”刀一说着，恶鬼似的脸上露出复杂的神色，又是怅惘，又仿佛有些向往，两个骑士应声上前，摘下盔甲，单膝跪在宣玑脚下。

其中一位已经没了头，脖子上空荡荡的，只有一些飘忽的雾气；另一位浑身焦黑，身上不时有一块一块的红斑闪过，仔细看，原来那些“红斑”都是火星——他就像块火堆里的炭，微风一扫，就要受灼身之苦。

宣玑叹了口气，他眼睛里，没有合上的《千妖图鉴》正标注着这些“骑士”的身份——“器灵”。

相传，赤渊一带曾是古战场，这里遗留了大量的古代冷兵器。其中有一种特殊的兵器，古书上说叫“神器”，在宣玑看来应该叫“鬼器”，极大地体现了旧社会对百姓的迫害——它们都是用活物“炼”的。

用秘法把生灵活生生地融入炼器炉里，器成后就有了“器灵”，这些器灵从此被囚困在器身里，永生永世受人奴役。

古时候冶炼技术有限，再“神”的刀兵经年日久，也会豁口生锈。而一旦作为器身的兵器出了毛病，器灵也就差不多废了——有些器灵会随器身一起慢慢腐烂，有些没来得及烂，先失了神志……直到器身彻底烂干净，这些器灵才会跟着一了百了。

宣玑不知道当年的“神器”能有多厉害，但他知道这些器灵有多惨。

这些被遗忘在古战场的器灵早已经没了主人，他们是他的芳邻、子民与朋友。打从出生开始，宣玑身边就只有他们相伴，不知道为什么，所有的器灵都自发地臣服于他，哪怕是那些疯了的，在他身边也能短暂地安静一会儿。

器灵们喊他“守火人族长”，供他驱使，等实在不堪折磨的时候，就去找宣玑帮忙毁去自己的器身，求个解脱。

“好，”宣玑温声说，“那就……先去祭坛。”

祭坛在南面那座大殿后面，周围环绕着三十五块石碑，石碑上刻着生卒年月，据刀一说，他们是宣玑前三十五任“守火人”，大概可以相当于“列祖列宗”。

上一任守火人死后，下一任才会出生，宣玑自己就是“出生”在这片碑林里的。早年的记忆已经模糊不清了，他只朦朦胧胧地记得自己那时不能动，似乎也不用吃喝拉撒。听刀一的描述，他觉得自己可能是个发育迟缓的地瓜、马铃薯一类——在前辈的尸体上发芽。

祭坛被器灵们打扫得一尘不染，两个求解脱的器灵的器身已经陈列在祭坛上：一把断斧、一把被锈迹腐蚀得惨不忍睹的古剑。

器灵们都很熟悉这事，纷纷上前，同斧七和剑十二道别。

这些残缺的器灵大多已经不能说话了，因此他们只是沉默地凑过来，彼此送对方一程，然后分散开侍立在祭坛四周。斧七和剑十二跪下给宣玑磕了个头，身形一闪，没入到断斧和古剑里。

宣玑像个精细的手艺人，从刀一那儿接过白布，跪在地上，一丝不苟地擦去两件残兵上的尘土，也不知怎么那么巧，天上一块云突然被风卷走了，灿烂的阳光劈头盖脸地落在祭坛上，正好剑上的锈给白布抹掉了一块，阳光照出剑铭的一角，字看不清了，就剩下个草字头。

草字头的字太多，无从猜测，反正肯定不是“莫邪”——这里的器灵都是刀剑中的无名之辈，对世界无益也无害，好像他们生下来不为别的，就为遭这一场罪。

宣玑擦完残兵器身，问：“不后悔吗？”

残兵与器灵悄无声息。

宣玑例行公事，把这话连问了三遍，又等了片刻，两个器灵没再出来，这是不后悔了。

“这些年承蒙照顾，我送你们一程，”宣玑伸手按在胸口，轻声说，“兄弟。”

他说着，指尖在胸口一捻，像是从胸口掏出了一团火球，宣玑双手捧着那火球，祭台上两件残兵就自己飞了起来，有几分不舍似的，围着他转了几圈，随后一头扎进了那火球里。

宣玑闭上眼。

火球一碰到残兵器身，立刻暴涨，干净利索地将器身吞了下去，火焰陡然变成了纯白色，能熔金化玉，只一眨眼，两件残兵就熔在了宣玑掌心里。

两道模模糊糊的人影从火焰中立起来，浮在半空，那是一高一矮两个人，不是那些阴灵一般的形象。

高个的是个清瘦书生，衣服上打着补丁，胡子却修得很整齐，清贫又体面的样子。矮个的娇小玲珑，发饰与身段依稀是个少女的模样，与血肉模糊的器灵大相径庭——这是器灵还没有被炼进刀兵中，“生前”的样子。

透过火光，宣玑窥见了他们还是生灵时的几个画面，可惜那画面就和“听尸”一样杂乱且短暂，尚未及凑齐一个片段，那些过往就同人影一起在火光中不见了。

其他器灵长久而沉默地注视着祭台上的火光，直到它渐渐黯淡，熄灭在宣玑手心里，然后他们又像游魂似的各自散了。

每到这个时候，宣玑都很难揣测这些器灵在想什么，一开始，他总担心器灵们看完送葬，会排着队地来找他借火，毕竟死亡有示范效应。不过后来他发现，这是多虑了，器灵们虽然想不明白生有何欢、有何恋，却居然还是愿意继续活。

直到他们真的走到山穷水尽处，才会慎重地选好自己的终点，郑重其事地与人间告别。

宣玑独自坐在祭台上，身上厚重的、圆融又油滑的外壳短暂地剥开，他神色疏淡，被灿烂的阳光照出几分寂寞，听着碑林里的虫鸣声，忽然很想点一根烟。

就在这时，耳边传来“咔嚓”一声，宣玑一顿，循声望去。

只见碑林里一块石碑无端裂了条缝。

卷二

神明庇佑不了世人，神明啊，已经烂在梨花树下了——题记。

第一章

盛灵渊本以为自己受了大天雷劫，身碎神飞，这回好歹能安心长眠个万八千年了，没想到一个盹没打完，他又被惊醒。

上一次他还有点“起床气”，这次干脆一回生二回熟，木然得连脾气都懒得动了。

阴沉祭的反噬实在太刻骨铭心，纵然他那受刑的肉体已经灰飞烟灭，神识还在痛苦地颤抖不休，心念一动就是折磨。按理说他已经没有“尸”可诈了……这又是怎么回事？

这些小辈怎么就不能换个魔头参拜呢？

耳畔传来乱七八糟的敲锣打鼓声，里头还有个男的卖力地连吼带喘，不知叫唤些什么。盛灵渊耐着性子听了一会儿，一个字没听懂，越发头痛欲裂，心说：“何方妖孽在这儿哭坟？”

这时，脚步声靠近，有人将他扶了起来。凌迟的剧痛还在神识上逡巡不去，因此盛灵渊的感官很迟钝，好一会儿，他才后知后觉地发现，那个人拿了一块不知道什么材质的布，正搓泥似的在他身上乱擦。

盛灵渊倏地睁开“眼”，视野里撞进了一张靠得极近的脸，对方鼻尖几乎要贴到他身上，连睫毛都根根分明，勾勒出一双线条优美的凤眼，琥珀似的虹膜清透得不可思议……美中不足的是，眼下挂着一对黑眼圈，很破坏气质。

盛灵渊一愣，就见这人往他身上哈了口气，又“噌噌噌”地一通抹，还嘀咕了一句："怎么就擦不干净了？"

盛灵渊："……"

放肆！

他认出这是赤渊那个花招很多的小妖，不知道自己怎么落到了这货手里。只见那小妖一边嘟囔，一边退开了一点，盛灵渊这才发现自己的视角很奇怪……好像躺在人家怀里了。

小妖身上换了件样式古怪的衣服，乳白色，不知是用什么毛料搓成细线织的，手工精细得不可思议。可见虽然流落人间，他也颇为养尊处优，否则不会穿这么娇贵的衣服。虽然不明白他为什么穿得像头羊，但那柔软的毛料蹭在身上，触感非常舒服，小妖的体温柔和地从衣服里透过来，暖烘烘的，盛灵渊无声喟叹，被千刀万剐的后遗症忽然舒缓了不少，神志也跟着清明了一些。他于是试着感觉了一下自己的身体——很微妙，他发现自己好像与周遭隔着一层什么似的，能"看见"，也能"听见"，但这些感觉不是来自五官。

他这是……附在什么器具上了吗？

"以前没出现过这种情况啊，"那小妖——宣玑从旁边拿起了那种可以千里传音的小"扁盒"，盛灵渊听见他对那"盒子"吩咐道，"上网搜索'怎么清理刀剑上的血迹'。"

小盒子发出平平板板的女声，回答："这里是与'怎么清理刀剑上的血迹'有关的网页。"

"澡堂可以洗……什么鬼！哦，是游戏论坛。用丝巾擦……嘶，这不废话吗？"宣玑皱眉，想了想也是，广大网友可能也没遇上过刀剑沾血擦不干净的灵异情况，于是又跟手机说，"上网搜索……呃，'女生大姨妈弄到裤子上怎么洗'。"

盛灵渊："……"

虽然没听懂，但直觉不是什么好话。

这先天灵物的小妖属火，身上却至少有一件属金的法宝。

虽然只短暂地交了一次手，但盛灵渊能感觉出他不像表面上看起来那么简单，单论实力，比那些早已消失的上古大妖有过之而无不及。

可奇怪的是，他修为却相当不怎么样——比如他一开始不想在凡人面前展露手段，就连剑也不敢取，还在很多地方缺少常识。他像个怀抱金山的无知幼童，空有一身蛮力，不知道怎么用。是在凡人堆里长大，缺少长辈教导的缘故吗？

可要是那样，他这一身神鬼莫测的功力是哪儿来的？

天生的？这到底是什么品种？

盛灵渊心里一边转，一边觉得有点别扭，主要是那小鬼手太欠，一只手端着“小盒子”叽叽咕咕地连说再按，另一只手闲得没事，还应和着鼓点声在他身上瞎敲……敲也就算了，过了一会儿，他还跟着锣鼓声哼唧着唱了起来，原来是一个男的嘶吼，这会儿变成了两人对号，这两位还没号在一个调上。

“啧，”盛灵渊的思路被吵得乱七八糟，于是下了定论，“可能是驴。”

这时，有什么东西“叮咚”一声，小驴崽子引吭高歌的雅兴被打断了。只听他扬声答应了一句，暂时饶过了盛灵渊的耳朵，起身走了。

盛灵渊被他放在一边，感觉到自己身下是个类似床榻的东西，窄而长，软极了，一落入其中，立即便陷了下去，不知是个什么温柔乡。

他心里一边称奇，一边趁机环顾这屋子。

空间逼仄，主要是屋顶太低，方方正正的雪白屋顶看不见梁柱，像棺材似的，不过也勉强够用，寻常人倒也不至于撞头。屋里光线很好，朝南一整面竟然没有墙，都是窗，窗前半掩了一条薄纱帘子，大片的阳光畅通无阻地闯进来，铺满了半个房间。窗上同先前那名叫“医院”的地方一样，也糊着奢侈的“晶石”，只是看着比医院还要干净透亮许多。

屋顶正中间有个“圆盘”，盛灵渊猜这是照明用的，之前在“医院”里见过类似的，形状不大一样，但悬挂的位置差不多。周遭其他家具也都十分古怪，乍看挺寒酸的，都是些不知名的糟木薄板糊的，可仔细一瞧，又好像个个都有玄机，倒让他不好妄下结论了。

屋里不敢说一尘不染，但也绝不脏乱，收拾得很舒服……就是有点吵闹——墙角矮柜上有个方匣子，匣中转着一张黑乎乎的圆盘，不知是什么邪祟物件，就是那玩意里头有个男的在没完没了地鬼叫。

这时，小妖领着个盛灵渊没见过的年轻男人走进来，熟稔地招呼对方："坐，喝什么？"

来客长得颇为周正，穿着件藏青色的"长袍"，眉目之间似有郁结，盛灵渊仔细打量了他片刻，心想："凡人，但好像有一点雷泽小兽[①]的味道。"

他忽然心生恍惚，对了，那小妖说过，清平司已经销声匿迹近千年了，想来……那些混血半妖混迹人群，要是能留下后代，至今怕也就剩一点稀薄的血脉了。

来的正是肖征，肖主任一脸筋疲力尽之色，进门差点被死亡重金属撞出中风来，痛苦地按住太阳穴，说："能让你那破音响收了神通吗？你们家邻居聋吧，这都不投诉……给我拿瓶水。"

"工作日，大白天的，除了我这调休的，别人都不在家。"宣玑从冰箱里拎出一瓶矿泉水扔给他，又顺手把盛灵渊从沙发上移驾下来，戳在墙角。

盛灵渊感觉自己附身的这器物足有半人多高，很有分量，跟地面碰撞的时候发出一声闷响。

他心里忽然有了个模糊的猜测，宣玑一走开，里屋拐角处一面过分清楚的镜子就照了过来……

果然。

他有点头疼地想："还真是小妖那把剑。"

剑身三尺有余，厚重非常，盛灵渊记得这把剑是那小妖从后脊梁骨里抽出来的，应该是本命法宝，小妖看着像属火的，按理说，天生带着至烈阳

① 雷泽小兽：雷泽之兽，来自《山海经》"雷泽中有雷神，龙首而人头，鼓其腹"。

气，当最与阴寒之物相克……

而他自己就是至阴至寒之物。

可这小妖的本命剑非但没有排斥他，倒像是小心地温养着他似的。

奇怪。

就在盛灵渊百思不得其解的时候，宣玑跷着二郎腿坐下，顺手从茶几底下翻出一盘坚果，问肖征："你这几天通宵加班？"

"嗯，毕春生的事大致清楚了。把镜花水月蝶透露给她的那个外勤都交代了，跟她自己说的对得上。我们的技术人员查了她的内网账号，发现她反复、多次地浏览过你前任巩成功参与过善后的案子，密切关注了所有职务在小队长以上、'十五人红线'扣分没过半的人……包括我。"肖征是真渴了，形容颇为狼狈，说到这儿，他一口牛饮了半瓶矿泉水，把矿泉水瓶攥得"嘎吱"作响，"我们还调取了巩成功家附近的监控，毕春生跟踪了巩成功很久，不过那封举报信倒不一定是她写的——至少我们还没找到相关证据，举报信上很明确地说了巩成功索贿受贿的途径，我个人认为毕春生当时应该没来得及查这么清楚，否则她不一定还有理智写举报信，早就动手把巩成功千刀万剐了。"

宣玑问："所以她只是调查，没对巩成功下过手？"

"没有，她没机会。巩成功虽然是普通人，但在善后科处理过不少人的记忆，自己的秘密又太多，一直很注意这方面——他身上二十四小时带着屏蔽类似精神攻击的仪器，而且不止一件。"肖征摇摇头，"镜花水月蝶这事她一直是又怀疑又不信，直到开了她父亲的颅才确定，那时候巩成功已经被秘密控制且陷入昏迷了。"

"她用的虫卵是哪儿来的？"

"就是三十年前巩成功偷的那一罐，我们从她家搜出来的，还剩小半罐。顺着她的行车记录仪，我们找到了几处房产——都是巩成功的，分别记在几个皮包公司名下。公司是别人代持的，很隐蔽，之前我们都不知道，应该是她跟踪调查出来的。其中一处近期报过失窃，警察去过，但因为没丢什么东西，也就不了了之。那处房产有个非常隐蔽的密室，里面有异常能量物存在过的痕迹，应该就是巩成功存蝴蝶卵的地方。现在唯一还不清楚的，就是她……到底从哪儿学来的阴沉祭。”

宣玑抓了一把开心果，嗑一粒吃一粒，没接茬儿。

其实还有个疑点，他不知道别人听见没有……可能听见了也觉得毕春生是胡言乱语吧，毕竟当时场面太混乱了。毕春生把魔头召唤出来以后，魔头一开始其实是不介意帮她报仇的，对这个召唤人还挺和颜悦色，后来突然翻脸，是听见毕春生说了“赤渊”两个字后。

毕春生为什么会突然提到赤渊？

她要对赤渊提的到底是什么要求，以至于精准地触了大魔头的逆鳞，豁出去受天打雷劈也要毁约？

“至于一些外勤人员伙同巩成功，利用镜花水月蝶瞒报伤亡人数的事，局里已经正式立案了。”

宣玑回过神来，“啊”了一声。

“理论上，这种自查案件善后科只是协助部门，不过这次的事算是祸起善后科……”

“配合调查是吧，理解理解。”宣玑连连点头，反正他是新来的，这事跟他也没什么关系。

停工调查那敢情好，拿钱还不用干活儿，等于给他放年假啊。

宣玑美滋滋地说：“组织放心，我们一定立刻放下手头工作，全力配合。”

“你配合什么，有你什么事？”肖征暴躁地挥挥手，“黄局的意思是，自查这件事我牵头，但毕竟这件事牵涉太广，有外勤，有后勤，我也不见得就……就那么干净，所以最好有一个跟局里任何部门都没有什么利害关系的人来监督。”

宣玑条件反射似的顺口拍领导马屁：“黄局想得周到，老领导就是有水平。”

肖征：“他说的人就是你。”

宣玑先是一愣，随后意味不明地挑了挑眉。

他确实是凭本事自己考进异控局的，但要是说他凭本事当上的善后科主任，那是不要脸。

他就是肖征招来帮忙调查善后科的外援——只是肖征也没想到，八竿子打不着的善后科，查来查去，会查到自己头上——但在不知道这些内情的外人看来，他俩是一伙的。

局长让他去监督肖征，几个意思？坚信他意志坚定，大公无私吗？

肖征低声说：“对，是你，我怕他不知道，特意跟他解释了你来局里工作，推荐人是我，可他还是……我不明白他这是什么意思。”

“咱俩谁跟谁啊，你就别在我这儿装纯啦。”宣玑吐出开心果壳，“黄局的意思就四个字——‘不要闹大’。”

肖征糟心地看了他一眼。

“行吧，我问你，”宣玑说，“那蝴蝶的幼虫还是卵什么的，你们涉案外勤就这么把它们往人身上放，不怕它们在人群里蔓延吗？”

“那不会，”肖征说，“局里收藏的那罐蝴蝶卵应该是经过特殊处理的，一旦寄生就停止繁殖，人的肉体死了，蝴蝶也就跟着死了。”

宣玑一摊手：“那不就得了，既然不传染，约等于没有社会危害，还查什么查？”

肖征不是第一天认识他，预感此人即将现场表演“狗嘴里吐不出象牙”，额角青筋提前开始跳。

果然，就听宣玑说：“被蝴蝶寄生的人好好地安居乐业，周围亲朋好友也都不知道，大家都安安稳稳地过踏实日子有什么不好？这事要是真拿到台面上一五一十地查，万一查出个万儿八千人被蝴蝶感染，你打算怎么办？全体抓回来，一人分配个火葬炉吗？老肖，异控局是维护社会安全稳定的机构，不是给社会制造恐慌的机构。就好比我们善后科，干的是擦屁股的活儿，不管面对一个多么污秽的屁股，也要温柔地用卫生纸……哪怕可能擦不太干净，也不能用砂纸磨出人命来啊。”

他那舌头可能是有什么特异功能，一边上下翻飞地嗑坚果，一边字正腔圆地长篇大论，两样都不耽误。肖征以前就知道他是个没三观的混子，没想到他能这么没下限，差点被他这一番“擦屁股”的鬼话气出高血压，拍案而起，一把抢过他的果盘：“你说的这是人话吗？嗑什么嗑！鹦鹉啊你！”

宣玑情绪稳定，没跟他一般见识：“‘十五人红线’是‘连坐制’，当年那些用蝴蝶瞒报死伤人数的，有些确实是出于私心，但我相信，肯定还有一些人是为了保护手下的兄弟们，现在要翻回去掘地三尺，就算有些人问心无愧——比如你——你们能知道自己的老上司用没用过吗？”

他说到这儿，轻轻地撩起眼皮，似笑非笑的目光刺得肖征瞳孔一缩：“如果用过，那你怎么能证明自己这个既得利益者是不知情的？”

肖征无言以对。

他是真不明白黄局的意思吗？不可能的，肖主任在单位混了这么多年，哪怕为人耿直了一点，也不是大脑没沟的傻白甜。

他只是不愿意想。

宣玑是朋友，过命的交情，私下里说话不怕得罪他，三言两语，就剥开了他那层自欺欺人的伪君子皮。他的良心赤身裸体地曝露于外，一时间无地自容。

“那难道就让活的人瞎活……死的人白死吗？”

宣玑是个外温内冷的脾气，听了肖征茫然的这一句，心里无动于衷地想：这不是常态吗？

用一碗毒鸡汤打发走了失魂落魄的肖主任，宣玑熟练地给自己做了个三菜一汤，吃饱喝足，他就抱着血迹怎么也擦不干净的本命剑钻进书房，把剑放旁边，然后戴上手套，小心翼翼地打开了一个小盒，从里面取出了一小沓竹简的残片。

这些竹简都是他从赤渊深处的古城里带出来的，据说是他的前辈们搜罗的古籍，因为保存不当，上面的保护符咒早已失效，竹简也烂得差不多了。

对此，宣玑除了“家门不幸”之外，实在不知该说什么好——他前面三十五位前辈，但凡有一位不是败家懒鬼，也该知道把这些不易保存的东西抄录备份一下。

这次回赤渊的收获只有这些，因为宣玑没能久留，一来是他刚上班没那么多假，二来就是，他待得好好的，祭坛旁边一块石碑突然碎了——那石碑先是裂了条口子，随后都不给他想办法修复一下的时间，就地碎成了渣。

石碑崩碎的瞬间，宣玑第一反应不是“该给祖宗祭台搞搞装修了”，而是感到某种难以言喻的恐慌。

他好像内分泌系统突然故障，明明什么事也没有，身体却大剂量地分泌了全套和“恐惧”有关的激素，心里有个声音在催他快跑，好像他要是再留在赤渊，就会有什么灭顶之灾。

宣玑只来得及让刀一匆忙搜罗了一堆和“人魔”“本命剑”有关的古籍，就逃也似的跑了。

回到永安已经三天，入职各种手续都办好了，部门管理制度，他也大概有数了。宣玑现在最迫切的需求，是弄明白怎么把本命剑上的血擦掉，把那玩意送回脊背——因为他发现，随着本命剑和他分开的时间越来越长，他开始没来由地坐立不安。从本命剑离开他脊梁骨到现在，不到三天两宿，宣玑已经到了不抱着那剑就心慌得睡不着觉的地步。如果睡着了不小心撒手，三秒之内他肯定惊醒——昨天夜里因为这个醒了二十多次，一闭眼就全是乱梦，再这么下去，他非得神经衰弱不可。

“剑兄啊，”宣玑手指捋着剑身，借那冰凉的触感安定心神，“你到底有什么问题？”

被他敲敲打打的盛灵渊懒得跟他一般见识，环顾这书房，发现里面没什么正经东西，倒是一面墙上放了个大“水晶柜”，里面摆着成排的“雕塑小人偶”，长得还都差不多，没有灵力波动，显然都是凡品的玩具——他心想：这小鬼没断奶吧？

宣玑摸剑“充了会儿电”，然后小心地把本命剑放在他的手办柜旁边，开始查资料。

刀一虽然忠诚可靠，但年纪真的太大了，有时候糊里糊涂的，经常记不住事，宣玑怀疑他可能是把所有带“魔”字的东西都翻出来了，也不管是不是一本。古籍佶屈聱牙，不少字迹又模糊不清，本来就很难看懂，宣玑只好抱着字典苦读，连查带蒙，进度异常缓慢。

“东川……巫人书……好像不是这个。”宣玑把那竹简放在一边，“《凝神祛魔经》……好像是教锻炼身体的，不挨着……《魔石传说》……什么乱七八糟的！”

他最近睡眠奇差，又刚吃饱……当然，可能本身确实也不是搞研究的料，宣玑伏案研究了一会儿，只觉得那些古籍上的字越来越模糊，眼皮越来越沉，一不小心，他就枕着字典迷糊了过去。

周遭一片漆黑，宣玑大概知道自己在做梦，他心里一动，总觉得这种“清醒梦”是想提示他什么事，于是没有试图挣脱，只接着往前走，看自己会在梦里遇到什么。

忽然，他撞在了什么东西上。宣玑手指一搓，一簇小火苗跳上指尖，他看见自己面前是一扇巨大的铁门，门上贴着刺眼的红纸封条，红得很奇怪，莫名让他联想起自己那碎了的戒面。

铁门表面凹凸不平，好像有浮雕。宣玑好奇地把火苗移近了一处凸痕，那铁门被火苗照亮，他蓦地悚然——那根本不是浮雕，是一个清晰的手印！

宣玑下意识地退了几步，抬头看去，只见整个铁门上布满了手印、脚印，还有不知道身体哪个部分撞出来的痕迹，就像……里面关着什么人，正反复用身体去撞门，企图破门而出！

这时，铁门里传来“咣”的一声巨响，宣玑手上的火苗剧烈地哆嗦了一下，灭了。

黑暗中，肉体撞击铁门的声音一下一下地传出来，沉闷、疯狂，让人毛骨悚然。

宣玑后颈的汗毛根根倒竖，然而奇异的是，在这种巨大的恐惧笼罩下，那铁门就像个黑洞，探出诡异的引力，他非但没有掉头就跑，还控制不住地想伸手去触碰。

就在他的手快要触碰到铁门时，宣玑耳边响起一阵尖锐的铃声，刺眼的光冲进了可怕的梦境里，宣玑的意识迅速抽离。

醒来的瞬间，他听见铁门撞击声里，隐约夹杂了一声痛极了似的呜咽："陛下……"

宣玑一身冷汗地睁开眼，脑子里空白了两秒，才反应过来是自己手机在响，他揉着脸上被字典压出来的棱，吐出一口浊气："肖主任啊，是想开了还是又有什么新指示……"

"那个被寄生的男孩不对劲，"肖征打断他，"他身上的蝴蝶有感染性！"

第二章

异控局大厅被阴沉祭引来的雷劈得乱七八糟的，地面大厅到地上十层都封住了，正在装修。连地基树都被密不透风地围上了一圈保护钢板。

宣玑只好绕路从停车场进去。

异控局总部大楼的地下六十层是"隔离室"，用于存放各种暂时不知道怎么处理的危险品，门口三道安检。

宣玑剑不能离手，所以在自己不知道的情况下，随身携带了个大魔头进了总部。盛灵渊在剑里身不由己，被迫给安检仪扫了三次，快没脾气了。

肖征打来电话的时候，人魔阁下正在重剑里闭目养神——本来没想闭目，那小妖的竹简残片上有他熟悉的气息，他挺感兴趣，本来希望小妖把竹简摊开后，自己能有个合适的角度看几眼。谁知那不学无术的东西看了没两行就趴下了，睡了个鼻子眼乱飞。

剑主同本命剑之间可能有什么联系，他这么一睡，浓浓的倦意很快从剑身上传过来，强逼着剑里的魔头也一起乖乖午休。

肖征一通电话不但打断了宣玑的噩梦，也惊醒了剑里的人魔。醒来的瞬间，盛灵渊心里就一冷。因为这剑身就像个绝顶的温柔乡，太舒服了，他在里面休养这么片刻，识海竟已经平静了，难以忍受的凌迟后遗症也几乎完全消失。

这剑身有蹊跷。

盛灵渊厌恶看上去美好的东西。凡是不带来痛苦，甚至让他觉得舒适的东西，都会让他心生警惕，因为诱惑背后往往是陷阱。上一次被阴沉祭文唤醒，盛灵渊虽然迷迷糊糊的，没听懂召唤人在说什么，但那话里的怨毒和杀意是明明白白的，他大致能猜出是怎么回事。

那么这回把他困在剑里的又会是谁?

剑主小妖本人最可疑，虽然他一直像一无所知的样子，甚至把自己的心跳和呼吸都亮了出来，但卧榻之侧有一魔物阴灵，这种先天灵物真就一点感觉也没有吗?

他有什么目的?

宣玑不知道自己正在被手中剑阴谋论着，他刚一进隔离区，还没来得及跟肖征打招呼，就看见几个人推着个低温仓飞快地从他身边经过。

“这是谁?”

“一个外勤，找那男孩的时候，他在第一线，”肖征大步迎上来，“接触过那男孩以后，好几个一线外勤都出现了类似‘突然转性’的症状，不过都体现在一些小事上，要不是镜花水月蝶这事闹得局里人心惶惶，这些症状可能就被忽略过去了，后果不堪设想——镜花水月蝶从感染到致人死亡，大致是十五到三十天，我们现在把这男孩近一个月接触过的所有人都秘密隔离了——你过来看。”

肖征一边说，一边把宣玑领到了一个门上挂着“危险”标志的屋里，正中间有个里三层外三层的玻璃罩，罩子里有一只蝴蝶，非常袖珍，大概只有指腹大。

“这只蝴蝶是从那男孩身上取下来的，还活着。”

玻璃罩上有个放大镜，方便观察，宣玑还没见过镜花水月蝶，于是凑过去。只见那蝴蝶身上闪烁着五彩的荧光，左右翅膀上各有一张小人脸，仔细看，那“人脸”居然还会动，先是一对笑脸，宣玑一靠近，“笑脸”就消失了，蝴蝶左半边翅膀上的脸变成了惊惧……而右半边的脸在哭。

“我把蝴蝶吓哭了？”宣玑心里纳闷地想，“我有那么面目狰狞吗？”

不等他看清，那蝴蝶翅膀就飞快扇动了起来，在玻璃罩子里乱飞，把四壁都撞了个遍，然后突然消失。

宣玑下意识地往后一仰。

“只是隐形了，放心，它跑不出封锁箱，还在里面。”肖征顿了顿，皱眉看了宣玑一眼，“不过一般镜花水月蝶只在寄生人体后才隐形，像这样在体外无缘无故隐形的情况以前没发生过，怎么它一见你就不正常？”

“古有闭月羞花、沉鱼落雁，”宣玑摸了把脸，“怎么样肖主任，你看兄弟我这花容月貌，够不够让蝴蝶羞涩一小下？”

肖征：“……”

那八十多道雷怎么没把这玩意一块儿劈死呢？

宣玑吊儿郎当地找了把椅子坐下：“这只蝴蝶和以前那些做过‘绝育’的有什么区别？”

肖征打开笔记本电脑，放出一张放大的照片：“你看，左边这只，是从毕春生丈夫尸体上分离出来的蝴蝶，仔细看，蝴蝶腹部有三条黑色的纹路——右边这只就是你方才看见的，腹部什么都没有。根据史料记载，这些镜花水月蝶是被一些古代特能高手封存的，随着后代中特能人越来越少，保存这些危险物品力不从心，于是上交到了局里。我们猜测，古人最早封存蝴蝶卵的时候，可能对它们做过特殊处理，保证它们在感染人身后也不会在人群里传播。”

宣玑：“这只特殊的蝴蝶传播途径是什么？”

“现在看来，可能是接触传染。”

“真棒，”宣玑打了个指响，干巴巴地说，“生化危机里的丧尸病毒还得抱着啃一口呢——你们检查过毕春生偷走的那罐蝴蝶卵吗？”

“研究院正在模拟人体环境紧急孵化，测试那些蝴蝶有没有繁殖能力，”肖征说，“结果还没出。”

“那个小胡子呢？最后一个祭品，他身上的蝴蝶怎么样？”

“最后一个祭品季清晨被秘银爆头，他身上的蝴蝶也被秘银子弹一起打死了，没法确定。”

“那麻烦了，”宣玑往后一靠，幽幽地说，“我现在不知道是该盼着检查出问题还是查不出问题，如果证实了毕春生用的虫卵发生了变异，那么……那孩子身上的蝴蝶最好是她放的，不然就凉了。”

肖征被他这午夜鬼故事的语气说得头皮发麻。

“毕春生干的事有时限、有线索、有迹可循，工作量大点不怕，但要是那孩子身上的蝴蝶是从别处传染来的，那……谁传给他的？在传给他之前，还传染过多少人？这玩意是不是有可能已经在人群里流行泛滥了——搞不好现在全人类，除了咱俩，都已经变成蝴蝶操纵的行尸走肉了……咱俩没准也是蝴蝶，只是不知道自己是，还在这儿玩‘警察抓贼’的过家家游戏呢，庄生晓梦迷蝴蝶啊，老肖。”

肖征脸都让他说绿了：“迷你个头，闭嘴！”

“肖主任啊，让我们怀抱着乐观主义精神，从理性的角度想一想，”宣玑慢吞吞地将话音一转，“这个世界上所有事都不是新鲜事，假如蝴蝶大规模感染事件可能发生，上下五千年，那么长的历史，肯定早发生过了，不可能等到现在摊在你头上，你又不是被选中的孩子。”

“滚！”肖征先是横眉立目，随后又略微皱眉，琢磨出了一点味道，“慢着，你什么意思？”

宣玑说：“你有没有想过，对于镜花水月蝶这个物种来说，‘太监’才是正常的。”

“你是说，这种蝴蝶可能不是有性生殖……”

“我是说，这种蝴蝶根本不生殖。”

肖征：“别扯淡，世界上怎么会有不生殖的动物……”

“有啊，”宣玑杠道，“骡子不就是吗？少爷，不事稼穑啊。”

肖主任被他噎了一下。

“我怀疑，这种蝴蝶跟骡子一样都是老祖宗的‘智慧’——肖正直同志，你真觉得镜花水月蝶这玩意，会是天生地长的吗？要真是那样，人脑和猪脑对寄生虫来说有什么区别，为什么这玩意只寄生在人身上？”

肖征不知想到了什么，轻轻地打了个寒战。

宣玑隔空点了点肖征的胸口，含糊地一笑：“妖、魔、鬼、怪，哪一样歹毒得过人心啊。”

他一边说话，一边用食指的指背在剑刃上来回蹭，手指灵巧又危险，好像在玩火。那把剑塞不回“鞘”里，于是就晾在外头，剑身显得厚重古朴，只有双刃收成两条锋利的线，上面擦不干净的血迹像个什么古老的图腾，平添了几分危险的气息。

随着凌迟后遗症平复，盛灵渊的感觉也越来越敏锐，此时他已经能从剑刃上若有若无的触碰中，感觉到宣玑手指皮下血流的声音。大魔头很有蛰伏的耐性，也不怕别人摸，只是看着那一小段在皮下若隐若现的血管，一阵阔别了几千年的饥渴感突然涌了上来，让他几乎没法集中注意力听那两人说什么。

他发现自己想喝血。

盛灵渊定了定神，虽然记忆像个破败的口袋，空荡荡的没剩下什么，但他觉得自己以前应该没有这种胃口。他一时判断不出自己是单纯想喝血，还是只对这小妖的血感兴趣，细细地体味着那一阵一阵的焦灼，他觉得有点新鲜。

这时宣玑仿佛察觉到了危险似的，手指倏地一缩，对肖主任说：“你还记得总局档案里，关于‘镜花水月蝶’的部分是怎么说的吗？”

不等肖征回答，他就自己背了出来：“‘镜花水月蝶’，寄生生物，一级危险，只寄生在人体。幼虫和卵可以长期休眠，一旦长成成虫，就不再具有寄生新宿主的能力，离开原宿主，或是原宿主死亡，成虫往往会在短时间内随之死亡，通常是一小时以内。”

宣玑一指身后的玻璃封锁箱——他一走开，那小蝴蝶就又出现了，安安静静地伏在玻璃壁上：“你看看那位，从宿主身上拿下来几天了吧？我看它老人家身子骨还硬朗得很。”

肖征从兜里甩出个鳄鱼皮的钱夹：“从现在开始，你每坚持说一分钟人话，我给你一百块钱。”

江湖传言，说肖主任是个富二代，家里有矿，上班工作压根不是为钱，就是为了自我实现，传言果然不是空穴来风！

“哎，没问题，爸爸！”宣玑对着五斗米，腰立刻软得柔若无骨，二话没说，整个人都端庄了起来，“感染镜花水月蝶的人之所以不容易被发现，也有这方面的原因——你想，如果蝴蝶脱离人体后能生存，还能在人体内繁殖，那会是什么场景？感染的人死以后，尸体七窍中会飞出一大帮五颜六色的小蝴蝶。父亲大人，咱可能已经看了无数场恐怖版《梁祝》现场了。”

他话音刚落，一个穿着全套隔离服的研究员就上气不接下气地跑了进来：“肖主任，检验结果出来了！从毕春生家里搜出来的半罐虫卵都是没有繁殖能力的处理蝴蝶……”

“那么问题来了，”宣玑磨蹭了一下自己的下巴，“东川的那个小男孩，到底有什么特别？”

“我们排查了那男孩所有的社会关系，他跟异控局没有任何直接或间接的联系，这起事件里，跟他接触过的只有最后一个祭品季清晨，”肖征语速飞快地说，“季清晨没什么特殊的，也是毕春生救过的人，平时靠做视频和直播赚钱——不过做的不是什么正经直播，都是些哗众取宠的东西。哪儿有事故他往哪儿钻，夜路走多了，有时候也遇见‘真鬼’，他经历过的一起食人兽事件是毕春生处理的。”

“他是最后一个祭品，‘没什么特殊的’本身就很特殊。”宣玑说，“这个小胡子在网上放了四十多个短视频，还有十几场直播，这几天我都翻了一遍……”

肖征一愣，没想到宣玑看似吊儿郎当，工作居然做得这么细致，震惊地问：“你全看了？就这么几天的时间？”

“对啊，”宣玑莫名其妙地一摊手，“零碎时间，顺手翻一翻——你平时不刷短视频吗？就……等车、洗澡、上厕所，吃饭……自己一个人吃饭的时候，没有‘吃播’，你拿什么下饭？”

肖征：“书。”

宣玑也震惊了：“你有病吧？”

网瘾青年和铁血老干部面面相觑，互相都觉得对方不可理喻。

肖主任这会儿用得着他，只好暂时求同存异，问：“他的视频怎么了？”

“这四十多个短视频里，大部分内容都是他给别人解决‘灵异问题’，神神道道的，一看就是江湖骗子套路，”宣玑说，“一拨人固定追随他，没事就给别人讲‘大师’是怎么救命的。”

“托儿吗……他们管那叫什么，‘网络水军’？”

“还真不一定，这些人叙述水平有高有低，每个人的故事都有自己独特的版本，如果是水军，水得太真情实感了。不过虽然版本不同，但他们讲的经历都大同小异——都是有一天在什么地方偶遇了一个大师，大师给算出有劫难，一开始不信，回去过了几天，果然‘被孤魂野鬼’上身，症状是‘脑子很清楚，但身体不受控制’，拼命发出求救信号，家人看不懂，最后还是大师来救命——怎么样，症状听着耳熟吗？”

肖征沉思片刻：“你的意思是，这个季清晨可能之前就接触过镜花水月蝶，或者类似的东西？”

宣玑眯起眼睛笑了起来，样子像个死没正形的花花公子，举起剑照了照自己的脸，然后看了一眼表，不客气地从肖主任钱包里抽了五百块钱。

“五分二十秒，都是熟人，零头给你抹了。飞机准备吧，我这就去趟东川，带人过去查这个季清晨的祖宗八代。”宣玑把钱包还给肖征，当着研究员的面，他没有说什么，只是意味深长地一笑，“放心。”

肖征一滞，瞬间明白了他的意思——放心，如果只有这么一起蝴蝶变异事件，只要查清楚了，就能把影响降到最低，不会闹大。

不知为什么，肖征非但没有放心，反而觉得如鲠在喉。

宣玑拎起重剑走了，剑里的人魔还在猜自己没听懂的词："准备什么鸡？"

异控局里因为自查的事，闹得人心惶惶，善后科官司缠身，更是恨不能自己不存在。

宣玑一进办公室，就感觉自己是误闯了植物园——到处都是刚剪下来的绿萝叶，用塑料矿泉水瓶装着，贴墙角挂了一排。

罗翠翠战战兢兢地解释："领导，我一紧张，手指头和脚指头就疯长，不受控制，不剪不行……那个，您今天有什么指示？"

绿意盎然，当然是怪养眼的，但一想起其中一部分是顶破了老罗的袜子长出来的，宣玑就觉得整个办公室里充斥着迷之气味，他脚步一顿，已经迈进屋的腿又缩了回来："罗翠翠，平倩如，还有……那个……算了，我都不熟。你俩再找个人，跟我走，出差去东川，其他人麻烦不忙的时候收拾一下办公室哈。"

善后科的员工管理手册上有一些很刻板的规定，比如出差团队人数不少于四人时才能动用部门专机，为了节约成本。

毕春生不在了，于是善后科一个穿连帽衫的小青年被临时喊出来凑数，三十分钟后，他跟宣玑、罗翠翠和平倩如一起上了飞机。

"连帽衫"名叫杨潮，二十来岁，八字眉，脖子仿佛比正常人短一截，看着总像端着肩，年纪轻轻就一脸愁苦，随身抱着一沓书。

"这是我们部门的小杨，"罗翠翠介绍说，"特别会背书，什么都知道，好多事您问他，比从总局调档还快。"

杨潮刚要跟宣玑打招呼，张开嘴话没说一个字，先打了一串喷嚏，把五官喷得猪突狗进，好不热闹。

宣玑："那个……身体不舒服的同事别勉强啊，换个人来也一样。"

"没事，主任，我鼻炎，一紧张焦虑什么的就容易犯病。"杨潮从兜里摸出个皱巴巴的口罩戴上，瓮声瓮气地说，“我可以。”

宣玑不太放心，觉得这位也不太靠得住的样子，但他犹豫了一下，还是没说什么——行吧，反正是凑数的，再不靠谱，也比召唤大魔头的强。

“怎么出差还带本书？”

“复习考研呢，”杨潮诚实地回答，“万一考上就得辞职，想多攒点钱，咱部门出差有津贴，还管饭，能省一天饭费，谢谢同事们给我机会。”

宣玑听完他这番精打细算，无端想起了自己的银行卡余额，不由得悲从中来：“唉，那就走吧。”

“羬羊[①]。”盛灵渊想，他从剑里“望”过去，正好杨潮往这边看了一眼，仿佛对上了剑的目光，杨潮激灵一下，打了个差点把飞机喷起飞的大喷嚏，这让大魔头觉得挺有意思，“血脉稀薄至此，倒是敏锐。”

这时，飞机广播开始提示起飞。

盛灵渊还在想“起飞”是不是有什么隐含意的时候，飞机已经顺着跑道加速起来，随着“嗡嗡”的轰鸣声，离开地面，往天空飞去。

没放好的重剑因惯性倒了下来，宣玑下意识地伸手一接，手掌正抵在剑刃上，这把从他脊背里拔出来的剑一下划开了他的手，血顺着剑身血槽流了下去——

第三章

剑里剑外的两位都愣了，从理论上说，本命剑不可能割伤自己——要不然宣玑每天把剑往后脊插，早就高位截瘫了。

盛灵渊实在没想到，这个铁“鸡”跑了两步，居然还腾空而起了，他一时失神，剑刃碰到人皮肉的瞬间，对鲜血的渴望盖过了理智。等回过神来的时候，已经来不及了。

---

① 羬羊：来自《山海经》，羊身马尾“咩咩怪”。

人手上皮薄血管多，重剑一下嵌进了宣玑手心，血流如注，血槽眨眼灌满了，旁边罗翠翠听见动静探头一看，“妈呀”一嗓子，吓得发了芽，惊慌失措的绿萝茎绕颈，他绿油油地叫道：“血！我的妈！好多血！快停车……不是，那个……快救命！”

老罗把飞机喊得直颠簸，嘴里喊得有多热闹，人缩得有多快，生怕沾上血被人碰瓷似的。

旁边平倩如慌得一跃而起，忘了解安全带，又被拽了回去，兜里巧克力和鱼皮豆滚得满地都是。只有杨潮还算镇定，放下书就要过来帮忙，然而刚走两步，这位喷嚏大魔怪就抽着鼻子仰面朝天，预备喷发。宣玑生怕伤口沾一堆鼻涕，连忙隔空谢绝了他的好意。

重剑刃像长在了他手心里，贪婪地吮吸着他的血气。盛灵渊很有点“既来之，则安之”的脾气，既然割都割破了，索性将血吸了个痛快。他仿佛已经饥寒交迫许久，喝到了一碗滚烫的肉汤，哪怕嘴里给热汤烫掉一层皮，也舍不得撒嘴。越来越多的鲜血涌入剑身，他的神志瞬间清明了许多，视野倏地开阔，一瞬间，他甚至可以透过重剑，将整架小飞机舱内人与物尽收眼底。

在飞机“隆隆”的噪声里，宣玑耳边幻听似的浮起一声喟叹：“好鲜……”

宣玑胳膊上的青筋暴跳，顾不上飞机上应该禁明火，另一只手蘸着血，飞快地在剑身上画了个复杂的符文，重剑随他心意烧了起来，“当啷”一声从他手心脱落，那耳边的声音轻轻地闷哼一声，但像浑不在意这点攻击，哼完又低低地笑了起来。

宣玑在火警响起来之前伸手一拢，将剑身上的火苗收回掌心，火光掠过，他在剑身反光处看见了一双温柔多情的眼睛，被火熏得发红，却仍是笑盈盈的，里头有种让人毛骨悚然的温柔。

平倩如终于摆脱了安全带，一阵风似的跑了过来。宣玑怕她碰到这把危险的剑，一脚踩住掉在地上的重剑，将它往座椅底下一踢，盛灵渊刚得了实惠，不在乎荣辱，随便他踩。

“主任，没事吧主任？割哪儿了？”平倩如被一地的血吓了一跳，带着哭腔问，“大动脉吗？”

宣玑无力道：“闺女，盼我点好行吗？”

“等等，我们有急救箱，我这就给你找去，你你你再坚持一会儿啊。”平倩如慌手慌脚地跑了两步，又回头叫，“坚持一会儿！”

“哎，”宣玑无奈地冲她一点头，“慢点，别摔了。”

本命剑毕竟是本命剑，重剑一脱离手掌，他的伤口就开始自主愈合了，几句话的工夫，被割断的手筋已经开始自己修复，宣玑托着自己的伤手，目光落到座椅下露出一角的剑柄上，神色莫测。

他沉默片刻，随后借着飞机的噪声，压低声音说：“你有点忘恩负义吧……这位‘陛下’？”

宣玑开始怀疑自己的本命剑，是因为午休前从刀一给的那堆典籍里，翻到了“人魔”的相关记载——是从那本残破的《东川巫人书》里翻到的。上面说，人魔是“大能堕落，引天地魔气入肉身所成，即使肉身毁灭，若其执念再起，仍有重聚魔气、再临人世之患。人魔之名不可言、不可心念，不可惊扰”。

简单来说，别管一开始是什么，一旦从“人”到“人魔”，就变成了另一种存在，原本的躯壳就好比一个装水的瓶子，瓶子碎了，水固然会洒，但在某些天时地利人和的情况下，洒了的液体仍有机会聚合在一起。

理论上，人魔可以附在其他有灵性的东西上。

宣玑不知道他的剑算不算“有灵性”，虽然它以前不声不响，从没表现出能成精的潜质，但宣玑总觉得它不是死物。打从他有记忆开始，这把剑就一直陪着他，它好像能捕捉到他每一个细微的心念，甚至是那些他自己都没反应过来的。

而人与剑之间这种玄妙的、密不可分的联系，在剑身被溅上魔血以后，突然消失了。

剑身越来越冷，中午宣玑被肖征的电话惊醒的瞬间，有种强烈的感觉——好像那剑里有另一个人的呼吸声。

真正让他确定这把剑有问题，其实是那只镜花水月蝶。他靠近那只蝴蝶的时候，蝴蝶翅膀上的一对笑脸变了，一边变成了惊惧脸，另一边变成了哭脸——惊惧好理解，他们都说他属火，火最辟邪，是这些东西的天然克星，蝴蝶看见他，大概就相当于看见一座大型火葬场。

可那委屈的小哭脸又是怎么回事？

如果这只蝴蝶除了格外长寿能生之外，没有额外进化出“蝶格分裂”的本事，那就只能是它当时感觉到了另一个人……或者说，另一个什么东西的存在。

宣玑生于烈火之中，他的本命剑按理也该是诸邪退避的，不该有什么邪物能附在这上面。可如果是那个魔头……倒也不是不可能发生这种离奇的事，毕竟，连戒指都护着他。

那魔头不顾阴沉祭反噬，杀毕春生的时候说了句话，当时只有离得最近的宣玑听见了。那话里有两个字眼让他很在意，一个是“朕”，一个是“尔等”。

“等”似乎在暗示毕春生身后还有人，而“朕”这个自称，则透露了更多的信息。

在大混战前——确切说，是第一次“平渊之战”以前，“朕”就是“我”的意思，理论上谁都可以用。后来平帝野心膨胀，开始征战赤渊，把这个字变成皇家专用。这么说的人，要么是生于平帝之前年代的人，要么是之后某一任的帝王，或者一些模仿中原文明国家制度的部落首领[①]。而那魔头在赤渊医院的时候脱口而出“清平司”，清平司在齐平帝以前都是没有的，那是平帝之子、大齐武帝盛潇的原创机构，因此，魔头大概率是第二种情况。

宣玑决定含糊其词，先随便诈一下试试。

不料他话音刚落，就听见耳边那沙哑的声音低低地笑起来：“那你打算让我怎么报恩呢？”

这句话倒是没什么，后面还跟着一句更惊悚的——宣玑又听见那剑里的

---

① 本文纯架空，“历史”是虚构的。

魔头说："想诈我？这小鬼胆子倒不小。"

宣玑脑子里空白了一瞬，随后全身的毛都奓了起来："他听得见我在想什么！"

与此同时，剑里的盛灵渊显然"听"见了，也意识到了什么。

这两位都属于城府千重、心眼奇多的类型，万万没想到，有朝一日居然被迫跟一个立场不明的陌生人"心意相通"。

还通得不能再通！

两人的反应相当一致，几乎同时，各自放空了大脑，强迫自己把注意力集中在一件事上，截断所有思绪——宣玑开始专心致志地数罗翠翠头顶的毛，剑里的盛灵渊则默诵起了宣玑完全听不懂的古经。

心机很深的人能控制自己的微表情，有些高手甚至能精确安排自己的肢体语言，可谁能控制住自己的脑子呢？

罗翠翠同志的头发不经数，宣玑很快数到了头，一个念头还是忍不住冒了出来："见了鬼了，这都什么破事？"

盛灵渊佶屈聱牙的古经念得越发咬牙切齿。

宣玑的念头一发不可收拾："异控局克我，年底不开我十四个月的月薪，这事没完。"

盛灵渊转移注意力的经文虽然除了他自己没人能听懂，但宣玑从发音上判断，他背重了一句，并且来回重复了三四遍，然后终于忍不住漏出一句："阴沉祭文的始作俑者，我必将其千刀万剐。"

宣玑心里一动："所以阴沉祭文有始作俑者？毕春生真的只是台面上的一个傀儡？"

他一个问题抛出去，盛灵渊那边同时冒出两个声音，一个是他说话时那种慢条斯理又游刃有余的语气，还伴随一声轻笑："你猜。"

另一个是冷冰冰的："废话。"

宣玑："……"

魔头前辈，你这样好"精分"啊。

盛灵渊心口不一是本能反应，说完，他自己也反应过来了："'精分'是什么意思？"

"'精分'就是……"宣玑一时解释不清楚，心乱如麻，心里杂音响成一团，最后汇聚成一句，"崩溃了，什么破事儿。"

飞机上谁也不知道，就这么一眨眼的工夫，平静中带着木然的宣主任和他的剑发生了脑内连环车祸。平倩如翻出了急救箱，一路小跑回来："怎么样了？主任，我以前没用过这个急救箱，您知道怎么'急'吗？"

"你先给我一块湿纸巾。"宣玑把受伤的手抬起来给她看，方才血流如注的伤口已经只剩下一道浅浅的白印，"然后告诉我，地毯清理费局里给报销，是吗？"

平倩如呆滞地看着他完好的手。

宣玑："不好意思啊，你来晚了，没能见到它最后一面。"

特能世界就这点好，每个人的特能都不太一样，因此大家发现对方身上有一些匪夷所思的能力，大半也不会太吃惊。平倩如上一次跟这个新老大出差简直刻骨铭心——电闪雷鸣、冰火交加，还炸了俩大楼，相比之下，伤口会快速愈合都显得没那么骇人了，于是她只是震惊了片刻，就接受了这个设定，动手帮他一起清理血迹。

宣玑借由机械性的擦洗工作放空大脑，盛灵渊则把经史子集来回车轱辘了好几遍，等把一地血收拾干净，两人终于各自从兵荒马乱中冷静了一点。

然后宣玑就发现他的"渴剑症"又犯了，强烈的焦灼感比之前还要来势汹汹，他就像是饿死鬼看见了馒头，瘾君子犯起了瘾，坐立不安，触碰本命剑的渴望压倒了一切理智。宣玑用非人的毅力坚持了五分钟，然后理智一溃千里，他双手把重剑从座椅下面"请"了出来，哆哆嗦嗦地开始"吸剑"。

盛灵渊："放肆！"

宣玑避开剑刃，绝望地摩挲着冰冷的剑身："我说前辈，咱俩这样你也不愿意吧，你有主意吗？"

盛灵渊言简意赅："放我出来。"

宣玑："你以为我不想吗？问题我连你是怎么进去的都不知道啊！"

盛灵渊嘴上没说话，心里阴暗地想："剑主死了，本命剑不攻自破。"

宣玑强行忍住了用脸去贴剑身的冲动，自暴自弃道："好的，大佬，欢迎来杀。"

盛灵渊从剑身里瞄着宣玑的颈动脉，声音很危险："小妖，我寄生此剑中，假以时日必能控制剑身，你要不想哪天在梦里没了脑袋，最好还是碎剑。"

宣玑叹了口气："可我没这个本事啊。"

他和他本命剑的"分离焦虑"不仅是一时不吸剑就受不了，脑子里都不能想碎剑的画面，一有这念头，他就浑身疼，好像是自己的肉体被砸碎了一样。再说他这把剑水火不侵，可以熔金断玉，就算他豁出去舍得，也真不知道怎么办。

他俩这会儿被迫坦诚相见，隐瞒已经没有任何意义，都知道了自己和对方有几斤几两。盛灵渊发现这小妖果然和他猜的一样，毫无常识、狗屁不通，宣玑发现大魔头自称"失忆"没什么水分，记忆真是一团迷雾，没有来龙，也没有去脉。

两人互相探到了对方很浅薄的底，只好在飞机的引擎声里并肩一筹莫展。一边思考怎么弄死对方，一边又在这异样的默契中，生出了几分共患难的惺惺相惜。

愁了一会儿，宣玑开始积极解决问题，他试图放下恩怨，跟心连心的大魔头谈判："前辈，咱俩要不试试信息共享，那个……坦诚相见？我觉得吧，人生在世，事无不可对人言，您说对吧？"

他话音没落，盛灵渊就听见这小妖心里不受控制地冒出一句："才怪。"

于是魔头也笑吟吟地口头回了一句："不错，你说得有理。"

连带着心里想的"放屁"一起，打包投递了回去。

接下来，两位口蜜腹剑的飞快地用意念对骂了一轮，宣玑眼看这样下去不是办法，充分发挥了当代社会人能屈能伸的光荣品质，迅速调整心态：

“前辈，虽然咱俩都想给对方送终，但一时半会儿谁也做不到，是吧？你也不想这样毫无隐私啊。”

盛灵渊没用解释，就根据上下文领悟了“隐私”是什么意思，沉默片刻，宣玑听见他脑子里走马灯似的，过了一堆闻所未闻的精神系术法，不等他“听”清，就听盛灵渊说：“心神合一，入定，或可摒除杂念。”

宣玑：“……”

盛灵渊：“你不会连入定是什么也不知道吧？”

这种连玄幻小说作者都知道的常识，宣玑还是有的，他们族里的古书上详细讲了怎样入定，“入了定”的人，可以不吃不睡，不受外物干扰——道理他都懂，可现在是上班时间，他人在出差路上，一帮同事在讨论案情、等他布置任务，他在旁边闭眼打坐，像话吗？

何况他也不会。

盛灵渊一时以为自己听错了：“你不会什么？”

不会入定？

那你是怎么长这么大的？

宣玑可能是身体有什么缺陷，他连冥想都学不会。以前在企业工作的时候，公司 EAP 请心理辅导师带员工做过“正念”练习，类似冥想，宣玑本来不怎么用指导，很容易就能进入那种“身心一体如明镜”的状态，可是每次也就一两分钟，他就会被没来由的恐惧和战栗感“惊醒”，就好像身上有个机关阻止他一样，试了两三次不成，他开始本能排斥这种活动，自那以后也没参加过。

“这倒有趣，我以前从未见过入不得定的人，果然大千世界无奇不有，”盛灵渊看见了他的记忆，随后又非常轻松地说，“无妨，我会就是了。”

“等会儿，”宣玑喊住他，“前辈，你……您博闻强识，就没有更好的办法了吗？入定多不方便啊。”

盛灵渊单方面入定，确实能隔绝两人彼此窥探，这就相当于是在两人意外打通的识海中间竖一道门，唯一的问题是，这门是一面“上锁”的——魔头想什么时候推开，就什么时候推开。

盛灵渊的声音带上了笑意："不会比现在更不方便了，就这么定了。"

宣玑："不行！我不同意，这不公平！"

魔头笑出了声，一秒都没犹豫，眨眼光景，他那里就没有任何声音了，宣玑只能隐约听见本命剑里绵长而均匀的呼吸声。

浑蛋！

飞机把破裂的谈判连同尾气一起抛诸身后，朝东川飞去。

第四章

"主任，总部那边把阴沉祭最后一个祭品季清晨的资料发过来了，"平倩如小心翼翼地端详了一下宣玑的脸色，总感觉他脸上布满了被命运扼住喉咙的悲苦麻木，"呃……您想听吗？"

随时隐私不保的宣玑丧着脸："说。"

"季清晨，东川本地出生，高中时因打架斗殴被学校开除，之后在传销组织干过一阵，组织被公安机关取缔后，又在民俗店里打了一年零工，可能是在那儿受了启发，这个人后来开始沉迷'玄学'，卖偏方、算命……什么都干过，积累了不少招摇撞骗的经验。这两年网络发达了，他一边在线上拍猎奇视频攒人气，一边在线下骗人。"

还是个搞"互联网＋"的江湖骗子。

"你们年轻人可能不知道这些江湖骗子的套路，我给你们讲讲，"罗翠翠可能觉得自己方才在新领导面前嗷嗷叫着往后缩的样子不够英勇，急着刷存在感挽尊，见缝插针道，"首先，你得专门挑那种有钱有闲、爱胡思乱想、还有点迷信的人下手。"

"您是说那个被镜花水月蝶感染的男孩吗？"杨潮加入讨论，"我记得他跟他妈过？"

"那孩子父母离婚了，母子俩靠他爸给的抚养费生活，他妈没有正式工作，除了打麻将，就是一天到晚盯着孩子，"平倩如低头翻了翻资料，"不过孩子他爸是做生意的，挺有钱，每月抚养费都给得很大方，娘儿俩也可以说是‘有闲不缺钱’。”

罗翠翠说：“对，等把冤大头……哎不，这个受害人的背景调查清楚以后，第一步，就是让托儿去‘下套’，先准备一堆‘你们家几口人，都谁，最近有什么什么事’之类的词儿……”

杨潮迟疑地问：“现在还有人上这种当，电视上不是天天科普吗？”

“上当的傻子不看科普，再说还有后面的呢——第二步就是‘装神弄鬼’。先说你们家过去的事，你不信，怀疑是我调查的，好，那我给你算将来。一般会说‘你这月有点偏财运’或者‘你这几天得留神，有小鬼给你下绊’之类的，十有八九能准。”罗翠翠唾沫横飞地说，“你比方说，理财到期，单位发奖金，股票赚钱，这都可以叫所谓‘偏财运’吧，被骗子盯上的都是有钱人，每个月有点额外收入很正常吧？再比如，碰上年底、季末、学期末，不管是上班的还是上学的，都忙，忙中出点小乱子难免，这可以解释成‘水逆’，当然也可以解释成‘小鬼下绊’。要是骗子实在倒霉，受害人正好没外快，也没有小乱子，那也好办，找个人往他家门口丢五块钱，或者指使几个小流氓给他扎个车胎什么的，也可以说应验了——到了这一步，本来有点信的人，就能信七八分了。”

平倩如好学地问：“那怎么能让受害人全信？”

老罗神神道道地冲她竖起一根手指，摇了摇：“不收钱。”

“不收钱？”

“对，不收钱，只要你免费，你说什么都有理，最后一步，就跟受害人说‘你某某时候会有血光之灾，我道行太浅，救不了你’，话不要说太明白，得含糊着来，比如‘你自己知道你得罪过谁’之类的，让受害人自己琢磨，然后在受害人第二次找上门来之前逃之夭夭。你一分钱不收，还跑了，受害人回去可不就越想越害怕，人害怕了，就没有理智啦。”

杨潮揉了揉总是通红的鼻头：“那要是把受害人吓跑了，找别人求助呢？”

“不会，江湖骗子都有地盘，一个地头上的互相都认识，想长期在这儿混，没人截这种和，”宣玑接过话头，转头吩咐平倩如，“胖丫，你一会儿捏造个身份，到那小胡子的视频底下留言，就说……之前那帮上当的受害人什么症状来着？”

“哦，他们自己说，像撒癔症，又像中邪，胡言乱语、疯疯癫癫的，自己心里清楚，但是好像被什么‘上身’了，控制不了身体，只能偶尔趁‘上身’的鬼累了，才有机会向家人递一点求救信息……不过除了最后那个男孩，求救信息都是用普通文字写的——主任，您说这些江湖骗子不会真的在用镜花水月蝶害人骗钱吧？”

宣玑神色有些凝重。

根据《千妖图鉴》记载，典型的被人面蝶寄生的宿主，并没有这种“鬼上身”的症状。

蝴蝶一开始落在人身上，凡事都会模仿宿主，宿主心里想什么，蝴蝶就让身体做什么，所以一开始宿主感觉不到自己中枢神经系统和身体的回路被切断了。几天以后，宿主会发现身体有一些不受控制的小动作，抽筋、哆嗦之类的，但一般人可能都会觉得自己只是太累了，不会太往心里去，直到蝴蝶神不知鬼不觉地完全控制宿主，然后它会在某一刻突然撤去伪装，不再遵从宿主本人的念头。宿主会突然“失去”对身体的控制，毫无反抗余地被关在身体里，直到脑死亡。

可那男孩身上的蝴蝶已经是变异品种了，怕就怕这些江湖骗子不知从哪儿弄来了镜花水月蝶卵，再胡搞瞎搞弄出个变异种，根本不知道这玩意有多可怕，拿着手雷当摔炮。

不过话说回来，《千妖图鉴》和那人魔都把蝴蝶称为“人面蝶”，图鉴上没写蝴蝶出处，那魔头会不会知道？

宣玑的目光落在自己手头的重剑上，想把魔头从里面拉出来问问。

他这念头刚一起，原本入定的盛灵渊突然识海巨震，他蓦地惊醒，神识险些受伤，耳边黄钟大吕似的响起一声“人面蝶出处是哪里”。

盛灵渊耳畔“嗡”的一声，那一瞬间，宣玑感觉他和剑里的魔头之间的联系重新续上，对方脑子里涌进了无数繁杂的记忆，有几个触目惊心的画面一闪而过——满地的尸体，男女老少，成千上万地摞在一起，所有死气沉沉的眼睛都在朝自己看。

宣玑后脊蹿起一层凉意，但不等他看明白，那些杂乱的画面和思绪就又被压下去了。

盛灵渊思绪再次沉寂下来，强行重新入定。

“主任？”

宣玑被平倩如一嗓子惊动：“嗯……啊？”

平倩如非常善于察言观色，总觉得他脸上刚才闪过了一点震惊：“您是……还有别的指示吗？”

宣玑摆摆手：“没了，大家忙去吧。”

片刻后，一封“重金求助帖”悄无声息地挂在了季清晨永远不会再更新的视频下。

季清晨那里是各路骗子和迷信爱好者扎堆的地方，钓鱼的帖子挂出去没多久，他们就收到了各种各样的私信回复。

善后科的几个人分头检索收集各种信息，宣玑一边假装翻网页，一边缓缓地用指尖抚过剑身，想起方才那一幕，他心里隐约有了猜测，决定做个实验。

他盯住重剑，集中精力，心里念：“漂酿（亮）的人魔阁下，你喜不喜欢吃青椒呢？[①]”

盛灵渊要是有实体，能让他折腾走火入魔了——入定再次被强行打断，这回冲开他识海的不是声音了，是一股闻所未闻的植物味道，辛而古怪，满嘴草木腥气。

宣玑立刻感觉到剑身冰冷了几度，澎湃的杀意扑面而来，他把脸藏在电脑屏幕后面，眼角的小痣浮了起来，露出个坏笑：“哟，看来是不喜欢。”

---

① 青椒梗来自《蜡笔小新》。

盛灵渊自控力极强，迅速压住情绪："你想怎样？"

"新一轮谈判磋商。"

"说。"

宣玑跷起二郎腿："你看，前辈，你可以不经我允许，随时开启解除入定状态，弄得我很不方便，我呢，因为是剑主，能不经你允许，随时把你从入定状态里撞出来，也会弄得你很不方便，你说这何必呢——咱们为什么不能约定一种让双方都舒服的相处方式呢？"

盛灵渊："比如？"

"互相'敲门'，大家都礼貌一点，先生。"宣玑说，"你保证每次入定和睁眼之前给我个信号，我保证有什么问题攒着一起问，不主动吵你，怎么样？"

人魔阁下擅长花言巧语，假如从事电信诈骗行业，肯定业绩斐然，但刨除了表面功夫，本人居然并不喜欢多废话——宣玑话音刚落，还不等他开口商量怎样实现这个设想，就觉得心里一动，随即，他意识里出现了一道木门，朴素而优美，木门撑在石框上，两扇干干净净的门板，除了木头本身岁月横生的纹理外，没有过多的纹饰，也没有门环，门环的位置上镶了一对打磨得很光滑的石头。

看起来像能敲响的样子。

宣玑脑子里才冒出这个念头，就听见"叮"的一声，仿佛银瓶轻撞，余音极长，从那门上镶的石头上传了出来。

盛灵渊惜字如金道："以此为号。"

说完，两扇门板"啪"的一下从里面自动合上了，代表盛灵渊用入定的方式隔离了两个人的联系。

宣玑喜欢一切有设计感的东西，并且有收集癖——他书房里那一整柜子的手办可证。平时看见古董家具和老唱片店走不动路，他为了这堆鸡零狗碎，才咬着牙在寸土寸金的地方租了个两居室，过得穷困潦倒。

一见这门，他心里就被什么击中了，着迷似的欣赏了很久，只恨别人放在他意识里的东西不能用手机拍下来。

这个自称姓“盛”的人魔生前到底是做什么的？品位这么好。不过这门的设计不像是中原人民的风格，倒像是某个未知的部落。

宣玑忽然抓心挠肝地好奇起“盛灵渊”的身份。

这时，旁边平倩如打断了他的艺术品鉴赏：“主任，您看这条回复。”

只见他们发的帖下面，有人发过来一个问题：“是上个月十号以后出现的症状吗？”

“这是新注册的小号，”平倩如说，“上个月十号……不是咱们推断那个男孩感染的时间吗？”

宣玑跟魔头达成了短期协议，思想暂时解放了，脑子也能转了，立刻收回注意力：“问他怎么知道的。”

平倩如立刻依言回复，对方好一会儿发来条私信，没回答，还抛出了另一个问题：“你那中邪的亲戚住哪儿？”

宣玑调出一张东川地图，在上面某个区域点了点，平倩如就回：“北小坝的。”

宣玑他们说的这个“亲戚”不是凭空捏造的——借了个真人身份。这人是住在被感染男孩家附近的小混混，每天游手好闲，抢小孩零花钱，挺不是东西，在男孩感染镜花水月蝶之后跟男孩发生过冲突，可能是抢钱的姿态勇猛，看上去颇为膘肥体壮，不幸被蝴蝶选中成了宿主，目前已经被异控局秘密隔离了。

对方这次回复得很快：“他是北小坝人，那认识这个小孩吗？”

底下附了一张照片，正是那被感染男孩。

双方你来我往地套了几轮话，让对方把他们编的假身份的各种信息都“套”了出去，宣玑他们这边基本也能确定，这是个知情人，知道得非常多，很可能就是季清晨那个不露面的托儿。

末了，对方说：“我认识季老师，他最近出远门了，不在本地，临走留了点东西给我，可能是算到有缘的人要来找他帮忙，我可以给你们试试，但不一定能管用，得做好心理准备。”

平倩如立刻敲字回复：“你要多少钱都行，只要有办法救人。”

那边迟疑片刻，平倩如忙又在宣玑示意下补充了一句：“我们可以先给一半钱，到时候不管行不行，你都不用退，只要你能帮我们联系季老师就行。”

他们人傻钱多，对方当然来得迅疾无比，平倩如刚说完给钱的事，那边就甩出了见面的时间地点，相当没有大师气质。

宣玑：“走着！”

飞机穿过云层，尾翼上的异控局徽章被阳光勾了一层金边——那是个两根树藤紧紧缠着一把剑的图案——呼啸着降落在东川机场。

当地分局的外勤都因为疑似感染镜花水月蝶被隔离了，好在接待车和司机还是派得出来的，东川人民有钱，连公车的档次都比赤渊山沟那个经济欠发达地区高两级。

汽车开上路，剑里人魔阁下大概要出来透口气，宣玑听见识海深处“叮”的一声，立刻收拢思绪，做好准备。

盛灵渊虽然没有良心，但真的挺有礼貌，只要不到翻脸杀人的那一步，这魔头一点也不吝啬自己的周到。“敲完门”，他还又颇有风度地等了一会儿，像是给宣玑留出收拾衣冠的时间，然后宣玑意识深处才有细微的杂音涌起——另一个意识从入定状态中“醒”了过来。

盛灵渊并不是出来“透气”的，他不至于连这一会儿都坐不住，高手闭关入定，十天半月是常有的事，只是一到东川，莫名其妙地，他忽然杂念丛生，无论如何也静不下心来。

此地……他以前曾来过吗？

想不起来了。

东川是个大城市，路桥庞杂，高楼林立。仲秋又正是本地旅游旺季，此时可谓是车水马龙、游人如潮，条条大路堵成狗。

他们随着车流一起走走停停，挪到市区时已经临近傍晚，跟一辆拉着夕阳红旅游团的中巴车齐头并肩，盛灵渊透过竖在车窗边的剑身往外看，就见一帮戴着小橙帽的中老年人嘹亮地冲他齐唱着歌曲。

盛灵渊："……"

这是什么鬼地方，怎么能喧闹成这样？

挪了大约半个小时，总算挪到了一个路口，旅游中巴拐弯，盛灵渊的视野忽然开阔起来，一眼看见了东川城郊。那里远山如黛、凝云不流，山下星星点点的灯光渐起，涌上了半山腰，又化在岚霭之间。

宣玑太阳穴无端一跳，感觉到剑里的人魔心里闪过一个画面——巨大的梨花树下，落花如雪，几个面孔模糊的小孩从树上往下跳，很远的地方传来几句听不懂的歌谣……

那场景稍纵即逝，盛灵渊意识到自己思绪泄露，立刻凝神摒除杂念。

宣玑心里却没来由地浮起了一段旋律，正好接上了方才的歌谣。

剑里的盛灵渊一愣："你怎么知道这首歌？"

"耳熟，"宣玑挠了挠脸，"可能在哪儿听过吧……有的商店喜欢放小众歌——这是什么？"

盛灵渊那边没声音了，不知道是不记得还是不想回答，宣玑感觉到他专心致志地张望着窗外风景，放空了思绪，并缺德地开始在自己脑子里单曲循环。

等他们来到和犯罪嫌疑人的约定地点时，宣玑的脑子已经被洗得只剩下这首外语歌了。

他们准备钓鱼收网的地方是一个人迹罕至的小公园，老罗开一辆面包，假装是发帖人，拉着杨潮。杨潮抗议无效后，暂时充当"中邪"的倒霉孩子，被里三层外三层地绑成了个粽子，脸上化了个鼻青脸肿妆，营造出"中邪"的凄惨效果，盘在面包车后座。

宣玑跟平倩如一起，坐在另一辆车里等。

平倩如欲言又止地看着宣玑，也不知道，也不敢问——他们部门这位离奇的新主任正用笔记本电脑回放当天的新闻，认真得仿佛在做"只放一遍”的听力题，偶尔还要小声重复其中一两个词，像是在为扮演外国友人做准备。

平倩如平生最怕别人的视线，小学三年级之后，就基本丧失了上课举手回答问题的能力，“钓鱼行动”这种事，她向来只能提供技术支持，唯恐宣主任临场加戏，再让她客串个角色。

忽然，对讲机里传来“沙沙”声，罗翠翠汇报：“主任，有个人过来了。”

宣玑“啪”的一下合上笔记本，他夜视力极好，老远就看见一个留山羊胡的中年男人，腰不直、背不挺，脚步虚浮，脸上挂着沉沉的病气，神色警惕又惊惧，鬼鬼祟祟地朝约定的地方走了过去。

正在跟着广播学普通话的盛灵渊中途被搅扰，“咦”了一声：“好凶煞的血气。”

“什么意思？”宣玑问，“这货难道还杀过人？”

“不是，”盛灵渊透过车窗注视了片刻，“是从别的地方沾来的。”

罗翠翠下车迎上去，跟山羊胡说了句什么。

老罗一脸苦命相，扮演受害人家属得天独厚，山羊胡打量他片刻，迟疑着点点头，又指了指旁边的车，意思是想看看那“中邪”的人。

老罗连忙打开面包车的后面的车厢，把杨潮拿出来给对方展览。

面包车里光线昏暗，杨潮的造型到位，头顶上还仿佛飘着幽幽的一股怨气，可以说“中邪”中得相当有诚意，可是宣玑却发现，车门拉开的一瞬间，那山羊胡甚至都没往车里看一眼，他的脚就往后挪了一步。

等等……

有什么地方不对劲，对方感觉出来了！

宣玑当机立断：“抓住他！”

罗翠翠应声一把抓住山羊胡的胳膊：“大师您要去哪儿啊？您别走啊！”

山羊胡狠狠地推了他一把，掉头就跑，却被疯长的绿萝钩住脚踝，绊了个大马趴，还不等他仓皇爬起来，宣玑已经拦在了他面前。就在这时，那山羊胡身后突然凭空冒出了一个巨大的黑洞，里面伸出好几只白骨爪，一只扣住了山羊胡的脖子，其他的抓向宣玑，宣玑抬手架起重剑，重剑上火光灼灼，剑刃撞在白骨上，发出一声让人牙酸的轻响。

那白骨的爪子不知道是什么邪物，接触的刹那，呛人的血气袭来，重剑上的火居然都被染黑了！

危难时刻现真心，那一瞬间，温柔体贴的宣玑与和颜悦色的盛灵渊格外默契，同时撕破了和平条约。

宣玑心说："正好趁机弄死剑里的魔头！"

盛灵渊想："这小鬼要是能这么死了，岂不干净？"

宣玑不管不顾地将重剑送进白骨爪中，与此同时，他感觉重剑另一端粘在自己手上一样，剑身迅速把血气传导过来，污浊的火就要反噬到他身上——

这二位的友谊同盟如塑料，说裂就裂。

第五章

那倒霉重剑有好几十公斤，宣玑手被吸在上面，手腕被迫往一个方向卷，扭成了一个非常别扭的姿势，根本使不上劲。乌黑的火焰正面扑向他，剑还被几只白骨爪子卡着，他一时进退维谷。

眼看形势不对，宣玑二话不说，翻脸认错："前辈，刚才是我鬼迷心窍了，我浑蛋，你看咱俩先一致对外怎么样？"

盛灵渊温和有礼好说话，回答："善。"

"善"完，他俩一个继续企图折剑，一个继续拉人垫背，有着高度一致的默契，实在是相见恨晚的一对坏坯。

白骨爪子不知道从哪儿冒出来的，也不知道什么来头，血气冲天，一看就是厉害角色，但这二位一个天打雷劈不眨眼，一个辟邪镇宅阳气重，各有各的神通，本来都不会太放在眼里。可惜，再强悍的战斗力也禁不住他俩内耗——冷冷的黑火焰贪婪地顺着剑暴涨，在盛灵渊有意传导下，迅速笼罩了宣玑全身。这时，那伸出白骨爪子的黑洞里发出强大的引力，一口将山羊胡、宣玑还有被困剑里的盛灵渊打包吸了进去。

原地“啪嗒”一声，只落下宣玑折断了腕带的运动手表。

近距离旁观全过程的罗翠翠惊得眼珠乱滚，从他的角度看，宣玑就是连人带剑，硬要往白骨爪子里送，人家不接都不行，热切得活像往减肥孩子碗里扔五花肉的老父亲，终于如愿以偿地被抓走了！

什么叫“身先士卒”，什么叫“义无反顾”，老罗感觉自己今天算是见识到了，他带着一身随风摇曳的绿萝枝芽，连滚带爬地扑上去，抢回了宣玑遗落的手表，热泪盈眶，哽咽道：“太英勇了！”

宣玑和他那把缺德的剑一起被拖到了一片漆黑中，脚下一空，他俩开始直线下坠。

旁边山羊胡早已经把白眼翻到了后脑勺，不省人事了，摔下去的刹那，宣玑眼疾手快地揪住了山羊胡的领子，同时，他后背上一双巨大的双翼破衣而出。

翅膀上跳跃着夺目的火光，划破了黑暗。

盛灵渊猝不及防，被那双翅膀烫了眼，他的呼吸——如果还有呼吸的话——陡然一滞，目光粘在那对绚烂的翅膀上，脑子里一阵尖锐的刺痛，好像有人用钉锤凿穿了他的天灵盖。

与此同时，宣玑耳畔，盛灵渊所有的声音突然消失，他还没来得及高兴，手里的重剑就陡然滚烫起来，手心居然传来了灼痛感！宣玑是不怕火的，他天天自己做饭的时候拿手试油温和火温，长这么大没尝到过“烫”的滋味，一时间根本没反应过来是灼痛，还以为手掌心被什么扎破了。随即，那把剑好像突然变了质，密度直逼中子星，直接将他往下坠去——剑柄还粘在他手上！

下坠的力量根本无法对抗，宣玑像只被蛛网缠住的蛾子，把翅膀扇成了电热扇也于事无补，硬是给剑拽了下去共沉沦。他只好一边在心里骂盛灵渊，一边将巨大的翅膀裹在身上。

“轰”的一下，宣玑好像一颗拖着火尾巴的扫把星，重重地捶在地面上，柔韧的翅膀将他弹了起来，原地又滚出十几米，宣玑只觉得后背一对肩胛骨像是要粉碎，疼得他直不起腰来，翅膀倏地消失，上身连毛衣带外套，一起成了漆黑的露背乞丐装。他眼前金星乱飞，好悬没背过气去，半天才缓过来，发现他的手终于成功摆脱了剑柄，剑落在他脚边，里面的魔头不知道是死了还是晕了，无声无息地，连想法也没有。

山羊胡在他旁边一动不动，宣玑连忙伸手试了试他的鼻息，还好，有气。他这才松了口气，活动了一下手脚，检查自己身上有没有摔断的地方。

这一动，他听见脚下传来一声脆响。

嗯？把什么踩碎了？

宣玑迟疑着打了个指响，手指尖弹出了一簇圆滚滚的小火苗，往下一照——

他一跃而起，才缩回去的翅膀又展开，把他双脚离地地悬在了半空。

翅膀上灼灼的火光照亮了地面，只见这鬼地方空间不知有多大，火光所及之处，满地都是人骨。

“前辈……喂？哈喽，前辈，您还健在吗？”宣玑起了一身鸡皮疙瘩，嗓子有些发干，一伸手，重剑从地上浮起来，还带起了一沓依依不舍的白骨。

他吃一堑，长一智，怕盛灵渊再使坏，没有伸手抓剑柄，手离着剑十厘米远，让它虚虚地悬在身边：“你说句话，这鬼地方太瘆人……喂喂？”

重剑好半天没动静，就在宣玑怀疑这鬼地方信号不好的时候，他才听见盛灵渊说：“不要吵……”

他的声音变远了，像是隔着什么。

宣玑心想：“等等，我好像听不见他在想什么了？”

盛灵渊那边毫无反应，坐实了他的猜测，两人识海深处，盛灵渊构建的那扇门也不见了。

盛灵渊此时无暇管这些，他很冷，宣玑那双翅膀上有暖融融的火光落下，烤得他更冷了，如坠冰窟。

他想不起跟这翅膀有关的一切，只是无端觉得熟悉……那翅膀居然让他恐惧。

真是奇怪，他一个生死无畏的亡命徒，难道还会怕什么吗？

盛灵渊实在想不起来，在满地白骨的注视下，他的头疼得要炸开。很多尘封的记忆迫不及待地想要喷薄而出，不分前因后果地拥塞在那里，惨叫、哀号、狂呼……还有人尖厉地嘶吼："你在哪儿？你这个骗子，你在哪儿？"

那声音撕心裂肺，字字如荆似棘，从他耳畔抽过，像是要撕扯下血肉才甘心。

就在这时，一只手忽然伸过来，试探着握住了剑柄。那手五指修长，虽然不像少年人那样单薄瘦削，也谈不上有多宽厚，不太靠得住的样子，但手心干燥温暖，充斥着生机和活气，轻轻一握，就把盛灵渊拉回了现实。

嘶吼和惨叫声蓦地远了，盛灵渊耳畔一清，听见那小妖的声音："哎，咱俩那破'心电感应'好像断开了，你感觉到了吗？"

盛灵渊："……嗯。"

真的。

他侧耳听了听，果然听不见宣玑在想什么了，但与此同时，饮血的渴望又汩汩地冒了出来。

这让盛灵渊忽然隐约有了个猜测："你小心不要把血流到我身上。"

宣玑立刻反应过来："你觉得刚才咱俩那样，是因为血？什么原理？"

盛灵渊没作声，望向了脚下的尸山骨海。

宣玑在两面三刀这方面可能是个熟练工，一点也不觉得尴尬，大大咧咧地对盛灵渊提议："前辈你看，虽然你坑了我，但我也坑了你，所以就算扯平吧，我原谅你了。"

盛灵渊嘲讽道："尊驾真是宽宏大量。"

“好说，”宣玑扑棱着翅膀往上飞了一点，“既然主要矛盾没了，咱俩现在又一起落难，这鬼地方也不知道是哪儿……咱俩重新建交呗，你觉得怎么样？”

盛灵渊觉得挺好，反正他俩在背信弃义方面默契十足，遇到事说撕就撕，谁也不用觉得对不起谁，相处得轻松愉快。

“我知道这是哪儿。”盛灵渊说，“屏息。”

宣玑：“啊？为……”

“嘘，还没听见？”

宣玑激灵一下，随着盛灵渊的话屏息凝神片刻，他听见了窃窃私语——就像是一间能容纳千人的大礼堂里，一小撮人凑在一起“嗡嗡”地低声说什么。

同时，他发现被他扔在白骨丛中的山羊胡动了。

“那孙子好像站起来了。”宣玑对盛灵渊说着，却感觉到了有什么不对，往上飞了一点。

火光落在山羊胡脸上，山羊胡翻着白眼，头往一边歪着，明显还晕着。提线木偶似的，山羊胡僵硬地迈开腿，在原地乱蹦了几下，发出“咯咯”一声孩子似的调皮窃笑。

他宽松的外衣里有什么东西在动，宣玑目不转睛地盯着，见山羊胡一边走一边手舞足蹈，舞着舞着，动作大了，袖口滑出了一小截白骨，那截白骨不甘心地在地上蹦跶了两下，又重新顺着他的裤腿钻了进去！

衣服底下操纵他动作的都是白骨！

宣玑：“这是什么鬼……”

“这里是巫人冢。”盛灵渊轻轻地说。

不知是不是宣玑的错觉，他从那魔头声音里听出了一点虚弱。

“什么？这万人坑是什么冢？”

“巫人，没听过吗？”盛灵渊沉默了一会儿，片刻后，低声说，“原来……千秋之后，连他们的名字也没人记得了。"

宣玑微微皱眉，他在自家那堆破烂竹简上看到过"东川巫人书"几个字，就是从那上面找到了关于"人魔"的记载。

东川……巫人——所以巫人不是个门派，而是个真实存在过的种族？

哪个部落的祖先吗？

宣玑："我历史不太好，你说的'巫人'是……"

盛灵渊说了一句宣玑从来没听过的语言。

宣玑："嗯？"

"这是巫人语。"盛灵渊说，"你学给他们听。"

宣玑犹豫了一下，回忆着盛灵渊的语气，把那句绕口的"咕噜"声跟底下的白骨学了一遍。

盛灵渊奇道："你不问问是什么意思，怎么忽然信我了？"

宣玑厚颜无耻地说："唉，我这人就是比较单纯，不爱多想。"

盛灵渊听了这番鬼话，嗤笑一声，懒得嘲讽。

他俩短暂的"心意相通"后，大概多了一些互相理解。本质上，他俩属于一路货色，想事的角度其实也都差不多，虽然你死我活时都不心软，但没有利害关系的时候，一个会甜言蜜语哄人哭，一个会明察秋毫逗人笑，都十分擅长构建和谐友好的氛围。这会儿既然已经听不见彼此心音了，他俩主要矛盾没了，一时半会儿不那么急着要除掉对方。盛灵渊想从剑里出来，还得靠宣玑想办法，除非他想一直被困在剑里，在这万人坑里被白骨们当标枪玩，不然实在没必要在这儿害剑主人。

山羊胡身上的白骨"听"了这句不怎么标准的巫人语，缓缓地转向宣玑，"看"了他一眼，继而摇摇晃晃地往前走去。

盛灵渊："跟上。"

宣玑："这是去哪儿？"

"你不是问我人面蝶的出处吗？"盛灵渊的声音听起来有些遥远，"出处就是这里。”

宣玑心头一跳，连忙跟上，随着摇摇晃晃的山羊胡飞出了几百米，脚下仍然到处都是白骨，没有到头的意思，他忍不住问：“这里头到底有多少尸体啊？”

盛灵渊：“四万一千六百三十六具。”

“……啊？”宣玑好一会儿才咂舌道，“不是，这胳膊腿乱飞的，你怎么知道的，数脑袋吗？”

“我当然知道，”盛灵渊淡淡地说，“这是我亲手杀的。”

第六章

要是有人说“我杀过人”，这人肯定是个杀人犯；要是有人说“我杀过三十六个人”，那这是个能上电视、成为法制节目主角的杀人犯。

但要是有人说“我杀过四万一千六百三十六个人”……那他恐怕是个沉迷游戏的网瘾少年。

宣玑先是茫然地“啊”了一声，随后重点不自觉地跑偏了：“你连自己是谁都忘了，能记得住这么长的数？”

这魔头生前怕不是个古代会计吧？

盛灵渊没理他。

宣玑又问：“还是你刚才想起了什么？”

好一会儿，他听见剑里的人很含糊地“嗯”了一声。

宣玑顿时好生扼腕：亏了！

他感觉自己像个股市崩盘前夜高价满仓的大韭菜，这点踩得叫一个绿油油地背！刚才他能把魔头的脑子当搜索引擎用的时候，魔头连自己叫什么都想不起来，好，这会儿掉线了，那货居然说记忆在恢复了！

不过……记忆正在恢复的人，脑子里现在肯定一团糨糊吧，是不是可以趁机占点便宜？

“那个……陛下，”宣玑转着肚子里的贼心烂肺，见缝插针地试探，“你们那会儿战胜屠城，人头都计算得这么精准吗？数学不好的还不能加入你们的队伍……这个巫人族是你们的敌人吗？”

“不，”盛灵渊一时出神，果然没注意那小妖鸡零狗碎的试探，竟也没纠正“陛下”这个称呼，“巫人一直是我们的盟友，他们自认是人……你看那些骨头的形状，与人骨如出一辙。”

这话信息量太大，宣玑瞳孔骤缩，电光石火间，他脑子炸开一样，闪过了无数念头。

什么意思？

什么叫作“巫人自认为是人，所以是盟友”？

打仗不是人跟人打，难道是跟狗打？

不……有一场战争确实不是人与人的战争——三千年前的九州大混战！

大齐平帝名“钧”，据普通史料记载，平帝在位时，西南部落壮大，边民与中原人民多有摩擦，平帝又不巧是个战争爱好者，那会儿没有“吃鸡”“农药”给他过瘾，于是脑子一热，他老人家决定带着两个成年的儿子御驾亲征。

大军轰轰烈烈地赶赴赤渊地区，行动代号“第一次平渊之战”，结果让渊给平了。

第一次平渊之战中死了一个皇帝、俩皇子、贵族与文武精英若干，一举断送了国祚，此后舆图焚、玉璧碎，皇后出逃，帝都沦陷。各地、各族没了依靠，只好纷纷自立，开始了二十多年的战乱，史称“大混战时期”。

关于“西南部落”具体是什么部落，史学界议论纷纷，提出了很多假说，但各有漏洞，毕竟三千年太久远了，太多的东西不可考，能保存下来的物证更是吉光片羽，搜遍全国，至今，连个展厅都凑不出来——因为有价值的文物大部分都在异控局的古修科，而且全带着封印。

古修科有整整一个档案库，存放各种大混战时期的遗物，全是异常能量物品。

因为真相是，所谓“西南部落”根本就不是什么人的祖先，那是以赤渊大峡谷为界，和人族并立分治的非人族。

三十几年前，异控局成功破解了赤渊外围地区一处法阵，在里面发现了一个山洞，洞中有具巨型鸟骨遗骸，光是骸骨就重达三百公斤。洞口有块石碑，刻的是“守墓者，毕方族燚明”。石碑上残留着雷火系异能，经谨慎检测对比，与骸骨上的异能残余匹配，石碑应该就是鸟自己刻的。

也就是说，这具骨头属于一种智商极高，有相当高的文化水平的鸟，体态与传说中的“火神鸟毕方”非常像，古修科认为，这些非人族很可能就是民间故事中“妖”的原型。

大混战，其实是历史上唯一一场由人类和非人类战争引起的浩劫。

大混战时期终结于平帝的继任者，武帝盛潇。

这位大齐武皇帝相传是平帝的遗腹子，出生于第一次平渊之战的那一年，生出来就没过过一天好日子，不是逃亡就是流浪，在战乱中吃百家饭长大，后来以杀止杀，收拢人族各部，以一己之力镇压了乱舞的群魔，斩妖王、立界碑、设清平司，彪炳千秋。

复国后，在其执政后期，武帝又露出异常冷血酷厉的一面，最后走向完全的疯狂……在赤渊跳崖自尽，因为尸骨无存，后世的武帝陵只是个衣冠冢。

这个魔头是大混战时期出生的、尸身在赤渊、属于人族、姓国姓、对“陛下”这称呼习以为常……

他……他难道竟然会是……

宣玑激灵一下，不，等等，大混战时期到底有多少种族灰飞烟灭，至今已经不可考，依附于人族的盟友也很多，其中不免有些部落崇拜中原人族文化，袭承人族制度。或者是不开化的古代先民供奉邪灵恶魔，招来这么一位对抗敌人，尊称其为“陛下”，也都有可能。

总之不会是那一位！

否则……这也太讽刺了，一手挽救人族危难的中兴之帝自己不是人——这算什么？

天神只会作为牺牲，让群魔分而食之。能镇压群魔的，只有更凶狠的恶魔吗？

宣玑干净利落地否定了自己的猜测，飞快地定了定神。

他握着重剑，感觉到冷铁上传来的丝丝缕缕的阴寒气息，回忆起刚才盛灵渊教他说的那句巫人语言，虽然听不懂什么意思，但宣玑总觉得那语气非常温柔……就像一位远道而来的故人来访，弯腰对门口玩耍的孩子询问“带我去见你家大人好不好”。

“巫人是什么人？”

“巫人世代居于东川，信奉山川土地、万物有灵，无论是风调雨顺还是天灾连年，他们都生死不离故土，因为这一族自古认为人如草木，离了故土就是离开了自己的根，会招致灾祸。”盛灵渊不再强行说半生不熟的普通话，他用回了自己的口音，可能是最近听得多了，宣玑听古语不像一开始那么吃力了，盛灵渊这么说话的时候，声音就像是染上了来自时空彼岸的风霜意味，显得遥远、沧桑又肃穆，“巫人善‘咒’，你不是问我人面蝶出处吗？人面蝶并非活物，那是一种咒术，是巫人的先圣用秘法炼制的，最早应该是在葬礼上用的。”

“葬礼？”

“嗯，巫人认为人面蝶能沟通阴阳，”盛灵渊轻声说，“有一些死者走得仓促，家人有时意难平，总觉得他有什么话没说完，便会请族里的大圣——就是主持年节祭祀的人——来家里，操持一场仪式。大圣把人面蝶放入死者口中，等上不到一天，死者就能重新睁眼，坐卧行走如常，同家人谈笑风生，把该见的人见了、该说的话说了，再由大圣取出人面蝶，送死者入土为安。”

宣玑愣了愣："我们一直以为这东西只是一种寄生虫……原来这么神奇吗？"

"本来就是寄生虫，"盛灵渊凉薄地回答，"自古丧葬吊唁都是活人的痴心妄想，人死如灯灭，哪儿来那么多没完没了的鬼话？只是个仪式而已，就算是巫人族，万一死人财产分配起了争执，也是交给族中首领裁定，不会用人面蝶把死人'叫起来'问问的。"

宣玑："……"

人魔阁下无神论者的人设不崩。

"东川……东川是块宝地，土地肥沃、物产丰富、灵气逼人，气候变化很大，有时阴晴雨雪流转，一日能经过四季，有秋月照春花，也有莲池映雪的奇景，连水都比别处甜些，因此也孕育了许多外面没有的奇珍异宝。"

一人一剑跟在摇摇晃晃的山羊胡身后，宣玑越听越觉得奇怪——盛灵渊虽然语气淡淡的，但用词斟酌再三，充满了怀念珍重的意味，就好像……在描述他自己的故乡。

"所以遭人觊觎也是理所当然的。古往今来，但凡生灵起纷争，归根到底都是为了土里长什么那点事。"

"所以他们也用蝴蝶保护自己，"宣玑说，"因为这蝴蝶除了能让死人'复活'之外，还能寄生在活物身上，巫人族是不是有某种类似精神系的能力，可以控制蝴蝶，就像养蛊的人能让蛊虫听话一样？"

盛灵渊嗤笑一声："巫人族历史很长，咒术博大精深，人面蝶不过是雕虫小技，轮不到它保护族人。"

宣玑听得心惊胆战，把异控局搅得人仰马翻的镜花水月蝶都是"雕虫小技"，那真正的咒术得厉害成什么样？

"当年妖族大军过赤渊，人族便如地里的粟苗，躺着被人收割，无力反抗，一度被群妖亡国，后来能翻身，离不开隐世的巫人族。巫人族在最危难的时候，把本族咒术这种不传之秘献给了人族……因为他们觉得自己也是人，义不容辞。"

"那照这么说，"宣玑奇怪地问，"巫人族好像应该是英雄那一挂的吧。

就算你们那年代认字的人不多，文献传承困难，口口相传总有吧？怎么他们悄无声息地就死绝了，一点痕迹也没留下？”

“什么孩子话……你这小妖，到底吃什么长大的，当真一点宗族门户之见都没有吗？”盛灵渊先是轻笑了一声，随后不等宣玑回答，又若有所思地说，“也是，你们现在都混成一团了，也没什么门户不门户了。”

宣玑一头雾水：“嗯？”

“他们觉得自己是人，可人并不觉得他们是同类啊。”

宣玑一愣：“你是说……”

“人面蝶……你们叫镜花水月蝶，现如今提起来，不也是如临大敌、不寒而栗吗？这在当年，不过是巫人咒术的冰山一角。我问你，如果是你，同舟共济完，你会相信巫人族毫无保留吗？你以己度人，觉得有这种隐秘力量的‘人’毫无野心，只愿意龟缩在东川一角，与世无争吗？”

宣玑听出了他的言外之意，难以置信道：“等等，你的意思不会是说，巫人族之所以死绝了，不是在战争中被敌人灭族，而是被同盟陷害的？”

盛灵渊用事不关己的语气说：“是啊，所以陷在这里，你要小心了。”

宣玑心思急转：“要是那样，你在其中又是……”

“什么角色”四个字还没说出来，就听地上的山羊胡发出一声惨叫。

山羊胡好死不死，正好这时候醒了，一睁眼发现自己“梦游鬼境”，衣服里都是蹦蹦跳跳的大棒骨，好悬没当场吓死。他疯狂地在原地尥起了蹶子，一边哭一边甩身上的骨头，裤裆立刻就湿了。

宣玑嫌弃地皱了皱鼻子：“好骚……我说，这哥们儿是不是有点上火啊？”

盛灵渊冷笑一声：“先担心你自己吧。”

他话音刚落，地面就开始响起了细碎的“咯咯”声，由小及大，宣玑低头一看，只见所有的人骨都像被这一泡尿熏“醒”了一样，不断地震颤起来，那些头盖骨一边弹，一边转向宣玑，张开嘴。

宣玑：“呃……突然这么万众瞩目，我还有点羞涩怎么办？不，我说着玩的，怎么还真有荧光棒？”

只见头盖骨嘴里飞出了无数小光点，森森的白骨堆上，浮起了一层妩媚的荧光，雾气似的，映得那些白骨线条柔和起来，仿佛是含笑的样子。

那是无数只镜花水月蝶迎风举翼。

宣玑骂了一句，眼疾手快地俯冲下去，翅膀上猎猎的火倏地撞开那些可怕的鬼蝴蝶，他不想用手抓，拿重剑挑起了臭烘烘的山羊胡。

盛灵渊：“……”

这小鬼嫌命长了！

那些鬼蝴蝶虽然怕火，却架不住数量多，烧死一批又围上来一批，荧光越来越亮，把这漆黑一片的巫人冢照得青天白日一样。宣玑本想要往上飞，可是飞了二十来米，他发现自己到顶了！

这鬼地方不知是地道还是山洞，不知道出口在哪儿，四面八方都是镜花水月蝶。

宣玑起了一身鸡皮疙瘩，突然，他余光瞥见一处漆黑的地方——那像是个山洞，蝴蝶都避开了它，于是黑得格外显眼。

来不及多想，他挑着山羊胡，一头朝那山洞扎了进去。

第七章

黄局刚要伸手推门，落后他半步的肖征就快速赶上来：“我来。”

肖征手上戴着一枚宽边素圈的戒指，里面刻着一圈符咒，戒指碰到门的时候，一线尖锐的白光飞快地从符文上闪过，门框“咯吱”响了一声，肖征眉目不惊地率先走进去，替黄局拉门，低声说：“您别碰这里的东西，‘蓬莱会议’上不安全。”

黄局脸色凝重了些，却也不慌，拍了拍肖征的肩，他缓步走了进去。这是家老式宾馆的会议中心，一共三层，被人整个租了下来，门口竖着块临时的牌子，上面写着“蓬莱文化艺术研讨会”。

黄局带着肖征与几个外勤一走进去，大门就“咣当”一声，自动在他们身后合上了。门关上的瞬间，几个人就像一个猛子把头扎进水里，会议楼外面的声音瞬间完全听不见了。

几个外勤警惕地把唯一的普通人黄局围在中间，肖征在前开路，他们身上异能监控器的警报灯不停地闪。忽然，开路的肖征脚步一顿，抬头看向楼梯口的一座石雕——石像本来是宾馆会议楼的装饰品，雕的是个衣袂翩翩的小仙女，只是石料廉价，看着有些发青。

石头仙女就顶着一张青面獠牙的瓜子脸，戳在那儿搔首弄姿，脸上还给磕掉一块，也不知是要吓死谁。

他们一靠近，石雕忽然动了，它“嘎啦”作响地转了半圈，从侧对转向面朝黄局他们，然后闹鬼似的朝他们滑了过去，眨眼就逼到了近前。黄局身边的外勤蓦地上前一步，挡在黄局面前，几乎和阴森的破相仙女贴了脸。

肖征眼角一跳，怀疑对方是故意要给黄局这普通人一个下马威。

黄局虽然是个不会喷水也不会放火的普通人，但能坐到这个位子上，却也不是等闲人，神色纹丝不动，抬手按住外勤肩膀，他客气地冲那石像颔首致意：“是传说中的‘玉婆婆’吗？”

石像微微往后退了几厘米，张嘴说了人话：“黄局，久仰了——肖队……不对，应该叫肖主任了，还是那么精神。”

肖征惜字如金地点一点头，没吭声。

“请跟我来。”石像深深地看了黄局一眼，拖着笨重的石身，往电梯方向滑去，“老朋友们都到了。”

异控局是唯一一个特能人官方管理机构，但并非所有“特能”都是官方人士。

由于特能人具有一定的遗传性，民间有不少特能家族和门派，他们家学渊源，从小受训，每个流派的绝招都不外传，其中不乏个人能力极强的特能高手。而这些有门有派的民间高手往往看不起所谓“官方”，也不愿意被官方管。

官方看来，这些人则都是社会不安定因素，必要将其纳入监管。

最后双方各自妥协了一步，同意成立“蓬莱会议”，作为各地民间特能人组织的自律组织，由各大民间特能势力的首领牵头，异控局也在其中占一个席位。

石像带着异控局的人进了二楼的一间大会议室，那会议室可能还是上个世纪装修的：白墙，墙上挂着几张地图装饰画，两排颇为廉价的红棕色会议长桌，桌上除了保温杯就是搪瓷缸。

与会人员分列两排，不分男女，全都大佬气质十足——发际线往上、嘴角往下，“满腔才智藏不住，一团肚腩凸出来”。

黄局和肖征他们一进门，大佬们就齐刷刷地转过头来，各种意味不明的目光落在黄局身上。

虽然异控局有严苛的保密纪律，奈何纸里包不住火，消息还是像插了翅膀一样，不多时就传了出去。镜花水月蝶这桩大丑闻立刻震惊了全国的特能人圈子，风声走漏后，无数问询纷至沓来，蓬莱会议中除异控局之外的几位代表一致通过，紧急召开“蓬莱会议”，向异控局要一个说法。

一圈都坐满了人，只有两个位置空了出来，仿佛是特意给他们留的，肖征一眼看出来座次的文章——异控局是官方代表，蓬莱会议上理所当然坐主位，虽然以前老局长在的时候，主动把主位让给了一个年纪更长的前辈，那他也是坐在主位旁边的。

可是此时给黄局安排的座位，不说是末席，也离主位有好几百里地了。

这是什么意思？

普通人低人一等？

肖主任哪受过这种气，眉头一拧，当场就要发作，旁边黄局却好像早预料到他要闹事似的，一把按住他，不动声色地冲他摇摇头。黄局朝主位的老太太打了招呼，若无其事地拉着肖征，到空出来的地方泰然坐下，好像丝毫没有留意到这些小动作。

主位上坐着的是个花白头发的老太太，看着有六十来岁，个子不高，化淡妆，脖子上还讲究地歪系了条小丝巾，说话动作轻缓，仪态也异常端庄，有种旧式闺秀的气派。

“小黄，是吧，”老太太慢悠悠地开了口，“我这老东西，应该就不用自我介绍了吧？”

黄局：“玉婆婆。”

玉婆婆是蓬莱会议的主持人，平时隐居在东北一带，大佬到已经没人知道她全名的地步了，虽然看着比黄局大不了两岁，但她一脸慈祥地喊黄局“小黄”，却连黄局本人都不敢觉得被冒犯，就连异控局的老局长也是要把主位让出来给她的。有人说她已经三百多岁了，还有人说不止三百岁，她得有将近一千岁，以前是“清平司”的人。

“小肖比我上次见时更内敛了，看见你们年轻人都长起来，长江后浪推前浪，我就放心啦。”玉婆婆对黄局是冷淡的客气，转向肖征的时候就亲切多了，像是跟自己家的孩子说话。

肖征应了一声，没当真，毕竟玉婆婆见过的“浪”太多了，一浪接一浪，她哪来那么多心好放？

果然，短暂的寒暄过后，就听玉婆婆话音一转：“大家都忙，我看咱们就开门见山吧。小肖啊，我看了你写的说明——怎么，你的意思是，局里只是内部自查，准备‘私了’吗？出了这么大的事，你觉得不给公众一个说法，合适吗？”

肖征觉得相当不合适，特别是玉婆婆仿佛当黄局不存在，只跟他说话。

特能人和普通人之间是有隔阂的，异控局作为官方组织，出于方向正确，不敢承认这种隔阂，民间高手们就肆无忌惮了。

就仿佛他们不是爹生娘养，九族之内皆特能，属于半仙一族似的。

肖征是普通人家庭出身，对这种隐藏的居高临下态度非常看不惯，他脾气向来是又臭又硬，当场决定给脸不要，无视了玉婆婆，转头对黄局说："对不起领导，是我文书工作做得不到位，没跟人家解释清楚。"

黄局笑眯眯的，不以为忤："不要紧，我们今天来，就是解释这事的。"

玉婆婆涵养修炼得很到家，被小辈当场撅面子，和颜悦色的表情也纹丝不动。

她没事人似的从旁边人手里接过一份打印的文件，戴上老花镜："贵局这份说明上说，'考虑已经植入的镜花水月蝶不会造成进一步危害，为了最大限度地减少民众恐慌，维护社会稳定，所以决定尽可能安静地解决这件事'，你们怎么就知道蝴蝶不会在人和人之间传染？我可听说贵局东川分局的外勤最近有一多半没法上班。"

肖征："我们列明了理由……"

"你们认为镜花水月蝶不会传染，这次会传染的这只才是意外事故，是，我看见了。"玉婆婆打断他，"可你说的这些都是推断。就算你推断得有道理，会传染的才是变异的蝴蝶，那你们又怎么就知道没有第二只变异的蝴蝶呢？"

这时，肖征桌上的手机振了，上面"罗翠翠"三个字上蹿下跳，他瞥了一眼，不动声色地挂断了："您的顾虑我们也认同，所以我们第一时间派人去了东川，正在争分夺秒地调查这次变异的蝴蝶的出处，相信很快能给大家一个……"

玉婆婆再次温和地打断他："那就是说你们现在也还不知道。"

肖征眉心一攒。

玉婆婆弯起眼睛，冲他笑了一下："镜花水月蝶不说是活化石，也差不多是活化石了，古卷失传太多，现如今谁敢说懂这东西？反正我是不敢的。就算贵局人才济济，有懂的能人，可以出来担保，说这回的蝴蝶传染事件是偶然，绝对没有第二只——那这跟我们要求第三方介入，彻查异控局有什么关系呢？贵局自老局长以下，层层徇私舞弊，利用危险公物伪造伤亡人数，铁证如山，我们不配得到个交代？”

黄局在旁边插了一句：“玉婆婆，我不知道老局长涉事铁证如山的谣言是哪里传出来的，现在的证据并不足以给老局长定罪，那只是犯罪嫌疑人毕春生的一面之词，她甚至…… ”

“反正你们说一面之词就一面之词咯，”玉婆婆左手边，一个穿着黑色中山装的老头叫了起来，老头语速相当快，声音尖锐刺耳，“叽嘹叽嘹”的，“哎，你们把门关起来，里面搞些什么事情，谁看得到啦？哦，到时候你们不知道从哪儿找个小瘪三往外一推，屎盆子嘛，都在他头上扣扣好，我们哪能晓得里头有什么门道啦？对不对，小王？”

黄局无奈地冲那穿中山装的老头说：“您就是月德公吧，您好，我姓黄——是这样，我们这次负责自查的同志是个很有能力的同志，参与过阻止阴沉祭仪式，跟嫌疑人召唤出来的魔头对峙了好几个钟头，本人履历也很清白，以前不是异控局的，也不用担心他与涉案人员有利害关系……”

玉婆婆慢条斯理地说：“黄局长，既然你们肯让‘履历清白’的新人调查，为什么不肯让更加公正清白的第三方调查？有什么区别吗？”

穿黑中山装的月德公和她一唱一和：“新人再清白，也从异控局领钞票嘛，查到了什么，还不得‘组织同意’？再说有多清白也未必吧！我听说这个人本来就是走后门进来的，刚考进来，莫名其妙地就成了科室主任，哦哟，了不起——满分一百他考两百五吧？你哪能知道他就不会徇私枉法的啦？”

黄局只好说：“监管当然也……”

“我们现在就是要讨论监管的问题呀！”“黑中山装”拍着桌子，“蓬莱会议是你们要开的，那么好，我们来了，你们给我们盖一堆规章制度，派专人监视我们，我们也理解，配合官方工作嘛，现在你们自己出了问题，又不好监管啦？你们在永安坐办公室，风吹不着日晒不着，这次蝴蝶感染可是出现在我们家门口的！”

这些民间大佬都有自己的势力范围，比如玉婆婆在东北，月德公控制东川一带。这回感染镜花水月蝶的男孩家，就在月德公的势力范围内。

月德公这个人，据说是生于前朝末年，权力欲望旺盛，像条好斗的公狗，把面子看得比命还重。他座下门徒无数，东川分局在当地有点什么事，必须先去派人拜他的山头，否则寸步难行。他说到这儿，把本来就高的声调又抬高了八度："我们每一家都要在总局派人成立监管小组，监督要互相监督的！"

黄局苦笑道："国家机关，不是我说成立什么就能成立什么……"

"那么好了呀，我们谁也不要管谁了，井水不犯河水，以后地方上我们做什么，不要你们总局派人来审查。"

会议桌上很快吵成了一团，黄局几次三番试图插话，根本插不进去。

以前老局长在的时候，尚压得住场面。现在老局长一去，局里又接连出事，肖征年轻，黄局是普通人，蓬莱会议上这些傲慢的老特能根本不把异控局当回事。肖征叹了口气，就在这时，他手机又响了，还是罗翠翠。

肖主任做派强硬，难得用到"但愿"这个词，接起电话之前，他心里却想："但愿善后科能有点好消息。"

"主任啊，我得跟您汇报一件事啊……"罗翠翠那边带了点哭腔，"嘤嘤嗡嗡"地汇报了肖征期盼的"好消息"，"我们老大壮烈啦！被一堆骨头爪子拽进了一个黑洞里，一下就不见了！"

什么叫"屋漏偏逢连夜雨"，肖征一口气差点没上来。

罗翠翠抽抽噎噎地问："肖主任，我什么时候能调岗啊？"

宣玑鼻子发痒，侧头打了个喷嚏，感觉有人在咒他。

眼看他义无反顾地冲向那山洞，盛灵渊连忙叫住他："慢着，你要干什么？"

宣玑："你没看见有蝴蝶追我吗……这话听着好衰。"

"看见蝴蝶你跑什么？"盛灵渊事不关己道，"你天性属火，它们又不能在你身上寄生。"

"他们能在这货身上寄生！"说话光景，宣玑已经风风火火地闯进了那山洞，他双脚一落地，背后翅膀立刻化作一片光点消失，顺手把山羊胡扔在地上，“哈喽，前辈，你是没注意到这儿还有一位会喘气的活物吗？臭烘烘的，还热乎着呢！”

“此人招摇撞骗，不是善类，死活关你什么事？”盛灵渊语气带上了几分急促，“不要往前走了！”

宣玑忽然心生疑惑，盛灵渊从来没用这种语速说过话，声调都有点不稳了。

“前辈，”他故意拖长了声音，“听听您这话说的，觉悟多低！我一个有编制的干部，把老百姓往蝴蝶堆里送，像话吗？”

“给我站住！”盛灵渊低喝一声，竟隐约带了怒意。

宣玑眨眨眼：“怎么了，前辈，难道你知道这洞里有什么？”

盛灵渊再次避而不答：“你既然忌惮那蝴蝶，就该明白，蝴蝶都不敢来，不是什么好玩的地方，出去，我会想办法带你从这儿离开。”

宣玑：“你想办法？你认识路？”

“据我所知，巫人冢里有个祭坛，那儿有个机关，打开密道可以通往地面。”盛灵渊很快又恢复了镇定和缓的语气，对宣玑说，“我刚才本来就想让白骨带我们去祭坛，不料走一半被这人坏事，但那祭坛应该就在不远处——听话，带人退出去，你身带真火，蝴蝶一时片刻近不了身。”

他一开口，声音就像逼着宣玑的耳根扫出来的，低沉，又有点说不清道不明的引诱意味，听着特别不像好东西。

宣玑耳根一麻，眼神顿时恍惚了起来。

为什么毕春生疯到那种地步，听了他一句“谁欺负你了”，还是差点委屈哭了。这个人似乎有种奇异的魔力，说出来的话像一张细密的网，轻轻巧巧地笼罩过来，让人有种错觉，好像自己被他全心全意地宠爱着，一切不与外人说的委屈、心酸、难过，都可以倾吐在这里。

他不由自主地停下了往前迈的脚步。

“这小妖年纪不大，天赋奇高，”盛灵渊唇齿温若春风，心肺冷如寒冰，盘算道，“先天灵物高傲，不愿同外族来往，子嗣通常很艰难，这样的小妖一般会被族人保护得很好，不会让他在人世间滚得灰头土脸。他自称族长，想必是族中出了变故，从小没人照顾。”

“前面连蝴蝶都不敢去，危机重重，你还带着个凡人，怎么应付得来？”小妖缺爱，他就给宠爱，盛灵渊叹了口气，故意在和缓的语气里带了几分宠溺意味，“这样莽撞，族中长辈竟也敢放你出来，太让人操心了。”

宣玑被他一句话捋得整个人都乖顺了起来，犹豫了一下，他把挂在山羊胡身上的重剑摘了下来，揪起山羊胡的领子，将人往手里一拖，撒娇似的咕哝了一句：“那好吧。”

说着，他依言转向来路，梦游似的往回走。

他们进来的洞口已经亮如白昼，洞口爬满了镜花水月蝶，蝴蝶不敢追进来，只能拥在一起，意意思思地往里试探，宣玑却仿佛全然看不见那些要命的虫子，一步一步往蝴蝶的包围圈里走。

“跟我走，”盛灵渊轻声引诱他，“我不会害你的。”

蝴蝶身上的荧光已经照亮了宣玑的脸，映出他那一双对不准焦的眼。

盛灵渊无声地笑了起来：“乖……”

他话音没落，跻身的重剑上，暴虐的火光呼啸着喷了出去。盛灵渊的眼睛瞬间被晃得生疼，那重剑朝洞口一剑劈下，把万千蝴蝶烧了个火树银花、焦香扑鼻。

“前辈，你什么时候说话算过话？还不会害我，”宣玑笑了一声，烧完蝴蝶，他就边大步直朝着洞里走去，“你不会害我一次吧？”

盛灵渊：“……”

“连地上带地下，我看你也有好几千岁了吧？这道德修养跟不上啊，睁眼说瞎话，都不带脸红的。”宣玑摇头晃脑地说着，用剑尖在地上轻轻地磕了磕，“您脸红了吗？”

重剑碰在坚硬的石板上，“当啷”一声，回音袅袅，前面似乎有一个很空旷的地方。

宣玑一手拎人，一手拎剑，两个重物，他拎得满不在乎，好像根本不费劲，脚步轻快地往回音处走去。一边走，一边他嘴还不闲着，絮絮叨叨地试图教育大魔头："你来都来了，那我也得给你科普一下我们当代人的价值观，我们信奉平等和正义，正义先不说了，以你现阶段的道德水平来说，离你还有点遥远，咱俩聊聊平等——什么叫平等呢？就是一个喘气的活物，不管他是什么特能人还是普通人、是好人还是坏种，在我这儿，权利都是平等的。他要真的谋财害命了，那我出去得把他移送公安局，移送之前，我还是要一视同仁地保护他……"

大魔头可能是被他气完犊子了，没了声音。

"……你们古代人帝王将相那一套已经过时了，明白吗？你这个人思想非常不正确，我……"宣玑没完没了的话音陡然一顿，他看清了眼前的地方，"我……三舅老爷的……"

他顺着狭窄的山洞来到了那宽阔的地方，这里有一个小小的水潭，死水，不知为什么没有干，四壁山崖上长着一种他从未见过的藤蔓植物，上面结满了小小的花苞，像一个个的小灯泡，发着微光。

而就在宣玑走进来的一瞬间，那些诡异的花苞就跟迎宾似的，忽然同时绽开，山洞里就像开了灯一样，乳白色的光晕柔柔地落下来，比情人的目光还温暖，宣玑第一反应是屏住呼吸，并捂住那山羊胡的口鼻，以防未知的植物花粉有毒。

他只有两只手，都用了，重剑自然就扔在了一边。

重剑落地的声音惊动了水潭，潭水起了微澜，那些白花被金铁声惊动，又齐刷刷地由白转红，继而萎缩，化成液体，鲜血似的顺着四壁流了下来，从四面八方流向那把剑——

第八章

宣玑也是走南闯北，参观过几家植物园的，还是头一次见到这种一言不合就血崩的奇葩，再要抢救已经来不及了。

他这本命剑自从“离家出走”，命运就格外坎坷，被魔头“上身”就算了，反正那魔头看着挺讲卫生，说不定还香喷喷的。可要是再沾一身小白花的“大姨妈”，以后让他怎么把剑往后背里塞？

一个男人的背需要背负这么多吗？

那一瞬间，宣玑真有心把山羊胡这个大累赘就地扔了。可是作为一个被“五讲四美”灌输了好多年的青年，这条拎在手里的人命虽然臭烘烘的，但他一时还真有点撂不下手。实在没手去捡剑，宣玑只好四肢并用，伸长了脚，用力把剑往天上一挑，然后拎着山羊胡，追着剑飞了起来，打算用脚把剑夹住，省得它泡进“血汤”里。

然而就在这时，那些鲜血似的花汁顺着四壁流到一半，突然无视地球引力，在半空中拐了个极不自然的弯，横着喷了出来。

横飞的血色花汁在半空中织就了一道红霞，碰到宣玑的翅膀，旋即蒸发，化作缥缈的轻雾，结了层桃花瘴似的，几乎有点壮观。可不等宣玑赞叹，原本昏迷的山羊胡却突然惨叫着挣扎起来，只见几滴花汁溅到了他手上，他手上的皮肉就像碰到了强酸，当场被腐蚀出了几个触目惊心的黑点，把人活活疼醒了！

花汁果然有毒！

这么一晃神的工夫，不知道是宣玑的翅膀上的火烧得太旺还是什么缘故，周遭花汁蒸出的红雾越来越浓，山羊胡暴露在“雾气”中，皮肤开始溃烂，像个正被烈火焚身的火人。

而那粉红的雾气飞快地上升到山洞顶，遇到冰冷的山岩后迅速凝结，继而下雨似的往下落。宣玑这鸟人，虽然不生产酸雨，但成了酸雨的搬运工！

宣玑此时已经别无选择，只好先顾活人，无暇再去管他的剑。他用力蜷缩起双腿，巨大的双翅往身上一笼，形成了一个水火不侵的护盾，遮住自己和山羊胡。

与此同时，方才被他用脚挑到半空的重剑伴随着“血雨腥风”，“咚”的一声，正好落进了潭水中。

潭水不深，重剑一落到里面，就磕到了底，宣玑从翅膀缝隙中往脚下看去，这才发现，原来潭水下有一个石台，三米见方的样子，刚好被水面没过，石台上有什么东西……

下一刻，宣玑陡然睁大了眼睛——

那石台上有一口开了盖的空棺材，他的剑就笔直地砸进了棺材里！

还不等他追过去捡，一阵心悸飞掠过胸口，像一根钢锥锥进了心尖，寒冷、空洞与刺痛山呼海啸地涌上来，宣玑耳畔“咔嚓”一声，像是有什么东西碎了，他一时竟然喘不上气来。

血一样的花汁倾盆涌入潭水中，清澈的潭水转眼红得触目惊心——

与此同时，遥远的赤渊深处祭坛中，巡逻的器灵们突然齐刷刷地停住脚步，刀一感觉到了什么，蓦然回头，望向祭坛，又一块石碑无端裂开了！

器灵们纷纷落在开裂的石碑前，刀一小心翼翼地伸出腐烂的手，企图把裂缝的石头合在一起，不等他碰到，那石碑就一声轻响，在众器灵面前碎成了齑粉。紧接着，一道白光从碎裂的石碑中冲天而起，像火箭似的朝着东方飞去。

器灵们面面相觑，冰冷的甲胄在风中瑟瑟地撞出细碎的声音，他们太老了，记忆已和各自的器身一般锈迹斑斑，想不起来这石碑破裂意味着什么，但……似乎是非常可怕的事。

随着剑掉进水潭中的盛灵渊觉得自己的七窍都被糊住了，感官变得异常麻木，心跳变得异常有存在感，像是有什么东西想要突出薄薄的心肌，穿胸而过。盛灵渊不想知道那是什么，有那么一时片刻，他心里无端生出畏惧，希望那些血一样的水可以凝成茧，把他裹在其中，让他闭目塞听，一直躲到地老天荒。

可是……这个世界对他来说，并没有方寸之地能供他躲藏。

安眠、喘息、休憩……于他，全是妄念。

他的记忆像被惊醒的怪兽，睁开眼，朝他张开了血盆大口。

重剑“嗡”的一声响起来，发出蜂鸣似的轻响，山洞随之震颤，四壁所有的花同时枯萎凋谢，水潭中以棺材为中心，搅起了一个凶险的漩涡，随即，水面竟一点一点下沉，像被棺材中的什么东西吸了进去。

宣玑一身冷汗地从突如其来的心悸里缓过一口气来，愕然看见，潭水中的血色液体被棺材吸了个一干二净，潭水重新归于清澈时，棺材“水落石出”——

那口空棺露出了水面，落在其中的剑不见了，一个……“人”坐在其中。

宣玑一时拿不准该不该用“人”来称呼。

山羊胡的白眼在眼眶里乱窜，昏死过去又吓醒，吊在半空中“死去活来”，马上就要疯了，就连宣玑也不由得汗毛倒竖。他以为自己近距离地参观过一次“天打雷劈、挫骨扬灰”，以后就能百无禁忌、平蹚古今中外各种恐怖片了。

可那“人”还是超出了他的想象……因为那身体实在是不成个人形。

棺材里分明是一具烧焦的残尸，头脚不分，没有一寸的骨肉是完好的，腰椎已折，上下两半完全是被焦煳的烂肉勉强粘连。

而那焦尸惨成这样，竟还能动！

他身上的骨头“咯咯”作响，接着，“扑哧”一声，一根根白森森的骨捅穿了焦煳的皮囊，那些骨逡巡游动，自动寻觅着自己的位置，很快拼接出了一副修长的骨架，骨架上经脉血肉滋生……

宣玑狠狠地打了个寒战，一瞬间，他觉得那皮肉一层一层地长，竟好像比被阴沉祭文一层一层地往下割还痛苦——他记得阴沉祭反噬时，那人魔一动不动地站在楼顶，一直含笑，直到灰飞烟灭。

可是此时，“焦尸”却不停地挣扎，双手紧紧扒住了棺材，寸余厚的青铜棺被他活生生地捏变了形。

像在无声地惨叫……因为声带和舌头还没长出来。

光是在旁边看着，宣玑已经觉得自己全身都跟着灼痛起来，不觉出了一身冷汗。

足足有一刻钟的工夫，“焦尸”身上的骨肉才长全，紧接着，血淋淋的躯体上生出惨白的人皮，然后长发瀑布似的涌出来，盖住了整口棺材，那双紧紧抠在棺材上的手终于无力地垂下，发出一声轻响。

手指苍白而修长，湿淋淋的，像洗练过千年的子料白玉。

这双手宣玑认识——前不久刚打过他。

那被天打雷劈的魔头竟然从剑里出来了！

此时，水潭的水面比一开始下降了将近两米，水面下的整个石台都暴露了出来，从高处往下看，那石台上布满了密密麻麻的纹路，纹路居然有两层，一层是阴刻在石头上的，宣玑从未见过，但依据经验判断，与其说是纹饰，更像是一种未知的文字。

另一层是用颜料涂的，这个他眼熟——那是阴沉祭文。

水面平静下来，宣玑犹豫片刻，小心翼翼地落在石台上，他踮着脚避开地面的诡异文字，听见了紊乱又急促的呼吸声。

"呃……那个……"宣玑试探着开口问，"你……你活着吗？"

棺材里的人似乎应声挣动了一下，但没回答。

宣玑四下踅摸片刻，好不容易在棺材旁边找了块没有祭文的空地，把舌头都已经伸出来的山羊胡放在一边，直到这时，他才后知后觉地发现好像少了点什么。

"等等，"宣玑想，"我的剑呢？"

宣玑回过神来，一串疑问从他脑子里排着队地往外挤。

这是什么情况？

魔头不是被千刀万剐天打雷劈了吗？哪儿来的身体？怎么就大变活人了？

这些算细枝末节，可以先放一边，最关键的是——魔头"出来"了，他的剑呢？

他的剑在被魔头"上身"之前，就像他身体的一部分，能随他心意而动，在被魔头上身之后，又让他患上了"人剑分离焦虑症"，离开一会儿就五脊六兽的。可是这会儿，他完全感应不到那把剑在哪儿，莫名其妙的分离焦虑也凭空蒸发了！

宣玑一步跨到棺材旁边找剑，可还没等他动手翻，眼珠先被棺中人定住了。

他在赤渊医院里跟盛灵渊你死我活地打了好一场架，当然认识，棺材里的人和那位是同一张面孔、同一副身材，甚至连发量也如出一辙，可他就是觉得这人和赤渊里的人魔哪里不同。

赤渊医院里那位是在他眼皮底下灰飞烟灭的，吸尘器也回收不起那副身体。另一方面……赤渊医院的那个“盛灵渊”身上没有“活气”，让人觉得他不会疼也没有喜怒哀乐的样子，就算是被雷劈成碎末，也只是让人觉得心惊胆战……就像看见雷劈到大树时那种心惊胆战。

可是此时，棺材里的人却是“活”的，宣玑几乎能感觉到他的痛苦。

他无声地伏在棺材里，可能是想把自己撑起来，嶙峋的肩胛骨像是要刺穿绷紧的皮，随着压抑的呼吸无声地颤抖。

宣玑看清这个人的刹那，忽然被某种剧烈的情绪淹没了，那是一种无法形容的悲恸与欣喜若狂，两厢交织，他连灵魂都随之颤抖。像绵亘了数千年的遗恨终于了结，又像是在无边黑夜里困了不知多久，终于窥见一线曙光。

他有生以来，从来没有经历过这样的喜悲，像灵魂出窍似的，宣玑足足愣了半晌，几乎落下泪来，不由自主地按住了自己的胸口。

棺材里的人白得像一千年没见过太阳，乌发如墨，一行触目惊心的血迹干涸在他的侧脸上，与泛红的眼角相连，似乎是一行血泪。强烈的颜色对比刺人眼，竟构成了某种让人震撼的冲击力。

以及……

他没穿衣服。

等一下！

宣玑倏地回过神来，从那莫名其妙的情绪里挣脱出来，他居然在直勾勾地盯着一个裸男发呆，持续时间够用“流氓罪”把他逮起来两回了！

“哎，那什么……我不、不不是故意的啊，你突然冒出来也不说一声……”宣玑连忙移开视线，而他方才看见的情景好像还粘在视网膜上，他使劲眨了眨眼，慌慌张张地在自己身上摸了摸，可能是想扒件衣服给人家救个急，结果发现爱莫能助——他外套和毛衣被出来进去的翅膀烧成了露背乞丐装，又没有穿秋裤的习惯，裤子扒下来，自己就得变成海尔兄弟，未免太舍己为人。

“要不……那个……”宣玑眼珠乱转，胡言乱语道，“我把那山羊胡的衣服扒了给你？有点骚气你介意吗？”

盛灵渊没理他，一只手探出来搭在棺材边上，有气无力地招了招。

那些方才开满“流血花”的枯藤就窸窸窣窣地动了起来，彼此缠绕，仿照宣玑毛衣上的“双螺纹针”，编出了一条长袍，落在男人身上。

盛灵渊却好像连一件衣服的重量都承受不了，整个人被落下来的袍子压得往下一沉，宣玑下意识地伸手想扶他，伸到一半，又愣在原地，不明白自己为什么有这样的冲动。

这时，他听见盛灵渊在喃喃地说着什么。

宣玑屏住呼吸：“什么？”

那人一字一顿，像是从牙缝里挤出来的，颤抖的声音带着血气。

“是谁……是谁开了他的棺……”

第九章

“开棺？谁的棺？”宣玑悚然一惊，“这棺材里原来有人？什么人？”

盛灵渊猛地抬起头，眼睛红得更厉害，宣玑顺着他的目光看去，没看见人，先听见了水声，他激灵一下，棺材旁边的山羊胡不见了！

原来刚才他俩一个陷在棺材里爬不起来，一个魂不守舍，那山羊胡不知道是醒了还是根本就是装晕，居然趁机跳进了水潭里，正在往一个方向奋力地游。宣玑循着水声望去，只见那里的石头山壁上有一个能供一人通过的洞，先前水位高的时候，被水盖住了，此时才露了出来。

山羊胡应该是早就知道那儿有个出口，狗刨的姿势还挺标准，显然是来过这儿！

盛灵渊那连衣服都扣不紧的手突然凌空一抓，手背上青筋暴跳，水里的山羊胡直接被吸了出来，凌空飞出水面，大头朝地，眼看就要砸向青铜棺旁边的石台。

“吁——”宣玑双翅打开，贴地滑了过去，瞬间位移，赶在山羊胡的脑袋砸成烂西瓜之前，一把抓住山羊胡的脚踝，好歹没让人直接触壁，“大佬，这是凡人头，不是铅球，你当谁都跟你一样头铁……喂！”

宣玑只觉得一股暴虐的力量猛地把他手里的山羊胡“吸”了过去，山羊胡的脚在他手里，上半身斜着被吸到了棺材里，棺材里伸出一只白得发青的手，狠狠地扣住了他的喉咙。

盛灵渊完全当宣玑不存在，声音压在喉咙里，嘶哑刺耳，像血迹斑斑的铁片互相磨蹭，他一字一顿地问：“谁、开、的、棺？”

山羊胡抽搐着挣扎，脸上充血发黑，脖颈发出危险的声音，宣玑怀疑魔头打算徒手拧下他的脑袋，连忙掠上前抓住了盛灵渊的手腕：“松手，你要掐死他了！”

然而一碰到盛灵渊的手，宣玑又是一惊，这手……跟赤渊医院的人魔不同，居然是有体温、有脉搏的，好像发着低烧，还有点烫！

他不由得晃了一下神，就在这时，一阵刺耳的手机铃声响了起来，在山洞里回荡出了炸雷的效果。盛灵渊可能是力竭了，被宣玑用力一按脉门，他的手终于松了，人软绵绵地栽进了棺材里，宣玑一边险险地捞住了山羊胡，一边手忙脚乱地在身上摸索手机。

他的手机从进入这鬼地方开始就一直没信号，否则早被罗翠翠他们那帮人打爆了，哑巴了半天，这会儿不知怎么想通了，竟然意意思思地有了两格信号。

来电显示是肖征。

肖征在蓬莱会议的会议桌上，差点被报丧的罗翠翠噎出心梗。

宣玑有时候没谱没调的，这他知道，两人不是昨天刚认识。可是作为前任特种部队的指挥官，肖征从来没怀疑过这个“临时工”的实力，谁知道这个口口声声替他们“擦屁股”的货，居然这时候掉链子。

耳边是一百零八张朝他兴师问罪的嘴，吵得像个花鸟市场，电话里是罗翠翠抽抽噎噎的哭腔。

旁边玉婆婆明显感觉到了什么，眼神一闪：“怎么了小肖，是局里有什么要紧事吗？”

电话里罗翠翠擤着鼻涕出馊主意：“宣主任进去了，我们这帮后勤懂什么呀？您得给我们叫支援啊！当地分局外勤都给隔离了，那东川的特能地头蛇呢？甭管是什么，您得快着点，找人救我们啊！”

东川的地头蛇是月德公，这位前朝老遗毒把自己打扮得像个出土僵尸，正隔着半张会议桌，吊着三角眼看他们笑话。

肖征忍无可忍，站了起来，顶着众人各有意味的目光闯进卫生间。钻进小隔间，他回手从钱包里抽出四张隔音防泄密的符咒，贴在四壁，先安抚六神无主的善后科废物，再联系特种部队就近增援——嘱咐了三遍“派最精英”的。一番沟通下来心力交瘁，他只觉内忧外患，压力山大。为了缓解自己的焦虑，肖征开始无意识地拨宣玑的电话。没想到拨到第八通还是第九通的时候，电话居然通了。

于是打电话的和接电话的都很吃惊，一接通，两人几乎异口同声。

宣玑：“什么情况？”

肖征：“怎么回事？”

“我问你什么情况！”肖征腾的一下从马桶上站了起来，声音压在嗓子眼里，像机关枪似的往外喷，“你是想气死我还是气活我？到底在搞什么鬼？死哪儿去了？你现在在什么地方？”

“别提了，一言难尽，呃……我现在可能在一个坟里。”宣玑低头看着青铜棺和棺材下触目惊心的石台，视线扫过盛灵渊，见那人伏在棺材上，气息微弱，像水草似的长发与枯藤缠绕，湿漉漉的……就像个传说中刚夺完舍，还没来得及习惯自己身体的艳鬼。

宣玑被艳鬼晃花了眼，一时溜号，不小心对着上级说了句胡话：“这个坟有点特殊，里面有口棺材……”

多新鲜哪，坟里不放棺材，难道要放口蒸锅？

肖征本来就上火，听了这番鬼话，顿时七窍生烟："那你就在里面躺好了，别再出来了！"

"不是，你听我说，事儿有点复杂，"肖主任一嗓子差点吼破手机扩音器，总算唤回了宣玑的魂儿，他强行把自己的视线从盛灵渊身上撕下来，"这坟里有无数只镜花水月蝶，刚才追杀了我八条街……我现在没事，棺材附近不知道有什么驱虫装置，反正蝴蝶都不敢过来——这口青铜棺摆在一个石祭台上，周围很多法阵，法阵看不懂。但棺材周围的法阵嘛……反正你懂的，不是拘魂就是封印，肯定不是安魂曲。这棺材最近被人打开过，现在里面是空的，周围的法阵被人蘸着颜料写了一圈阴沉祭文，原有的法阵已经给祭文破坏了，盗墓的嫌疑人现在可能就在我手里，你稍等。"

宣玑举着电话，谨慎地走到大魔头和山羊胡之间，用自己隔开他俩。他侧对盛灵渊，确保魔头发难的时候，自己能第一时间反应，然后打开免提，一脚踩上了山羊胡的关键部位："我看你敢再给我装晕！"

山羊胡白眼翻了一半，又给卡回来了，直面了宣玑这高大的鸟人形象，吓得"嘤"的一声抽噎了起来。

"哭什么哭，你姥爷我长得有尸体那么青面獠牙吗？"宣玑没好气道，"你们这帮倒霉玩意儿坟都敢挖，还挖到万人坑里了，我真服了。"

山羊胡的声音哆嗦得跟波浪线一样："我、我我我不是，我从来不干这种挖坟掘墓的缺德事，是、是是是老浪，是老浪跟他们那伙人非得逼着我……"

宣玑："老浪是谁？"

"老浪就、就是季、季清晨！老浪真名叫季清晨！"山羊胡在地上扭着屁股，试图摆脱宣玑的脚，"都是他！我什么都不知道！啊！大仙饶命，大仙……"

山羊胡话说到一半，不知看到了什么，突然破音，屁股蹭在地面上，玩命地往后缩，宣玑瞥见棺材里的盛灵渊撑着坐了起来，寒星似的目光直射山羊胡。

肖征听了这变调的惨叫，莫名其妙地问宣玑："你怎么他了？要打一会儿再打，先把话问明白了。"

“不是我，是……”宣玑一顿，有那么片刻光景，他心里忽然涌起强烈的抗拒，径直封住了他的喉咙，不让他跟别人透露盛灵渊的存在。

宣玑轻轻咬了一下舌头，心说：“肯定又是那魔头的精神攻击。”

魔头的精神攻击简直无孔不入，稍一不小心就会被他影响，毕春生那点语言特能跟他比起来完全就是幼儿园水平，难怪传说里恶魔都是吃人灵魂的。

宣玑迅速收敛思绪，集中注意力，挡住盛灵渊的视线，问山羊胡：“你和季清晨，你们上次来这里干什么？”

“找……找找小黑罐……”

肖征通过电话听见，立刻追问：“‘小黑罐’是什么？”

不知道是不是魔头给他下了什么暗示，即使宣玑挡在中间，山羊胡还是极度惊恐，瞥见盛灵渊一绺搭在青铜棺上的长发，竟直接吓尿了，语无伦次地问什么答什么。

“小、小小黑罐是他们的宝贝，里面都是‘好东西’，地里、地里挖出来的……他们说一罐是‘咒’，一罐是‘解咒’，先给冤大头下咒，让他们中邪，然后把解咒往人印堂一拍，包、包包好！要多少钱给多少钱。老浪说、说说……这、这样来钱快，我劝过他啊，我说这也太缺德了，可他不听我的……”

他虽然说得颠三倒四，但肖征和宣玑都听明白了——跟飞机上罗翠翠猜的差不多，季清晨手里有一种道具，能让人产生类似“中邪”的症状，还有对应的“解药”，药到“病”除。

他们自己给受害人下药，再自己解，骗得受害人团团转。

宣玑：“那东西——所谓‘小黑罐’是哪儿来的？只有季清晨用吗？”

“以前是黑、黑市买的，他们都用……”

肖征轻轻一眯眼：“‘他们’是谁？”

“大师们……大师们都用！要不没有那么多客户啊……连真大师、月德大师他们门下都用！”

即使有隔音符，肖征还是压低了声音：“你说谁？再说一遍！”

山羊胡恐惧到一定程度，整个人已经疯疯癫癫的了，一边哆嗦，一边发泄什么似的扯着嗓子喊道：“月德大师他们都干这种事啊，我知道！月德大师八百个弟子，每年谁有什么功绩都得上报师父那儿，报不出来的师父说你修行不勤，要、要要开除的呀！”

宣玑听得肝疼：“什么？他们都干这一行了，居然还躲不过KPI（关键绩效指标）？”

肖征：“你闭嘴！”

山羊胡上下牙剧烈地打着战。

肖征放缓了语速，近乎一字一顿地说：“所以，你的意思是，因为贵地风调雨顺，各路妖魔鬼怪相安无事，月德公的门徒们每年完不成师父的‘斩妖除魔指标’，就自己‘创、造’一些妖魔鬼怪来平？”

怪不得那老僵尸拼命地上蹿下跳，他肯定知道小胡子季清晨跟自己那帮徒子徒孙脱不开关系，这是想拿异控局的娄子遮掩自己没擦干净的屁股！

这时，棺材里的盛灵渊低低地冷笑了起来。

肖征以为是宣玑，喷道：“笑什么笑，你少在旁边阴阳怪气的，一会儿再跟你算账！”

宣玑：“……”

好一口大锅。

“老浪……老浪之前鬼迷心窍，不知道从哪儿搭上的关系，搞到了一个小黑罐，说是血赚……钞票是他赚，我……我就是帮他点小忙，拿点零头……真的！没我的事！”

“少废话，”宣玑给了他一脚，“那这盗洞是怎么回事？”

山羊胡眼珠乱转，这人的生命力活像蟑螂，方才还吓得三魂七魄乱飞，一会儿的工夫，居然好像有点适应了，又开始准备编瞎话，也是个人才。

就在这时，盛灵渊缓过了一口气，撑着青铜棺沿起身，迈步走了出来。

山羊胡一对上他的目光，几乎立刻就被巨大的恐惧淹没了，当场就想往宣玑脚底下盘：“我说！我交……交、交交代！别！别过来！

“他一开始拿到的小黑罐里的咒用完了，尝到甜头，又想找人弄，后来摸到了一个门路，好、好像是……那个月德大师的关门弟子。老浪光请人吃饭花了好几万，求爷爷告奶奶，连、连皮条都拉，就是要不来东西，老浪急得抓耳挠腮。后、后来……有个陪人睡觉的小丫头，说那老头喝醉说漏嘴，说他们的‘东西’是从地底下挖的，现在已经没有了，他们自己人都抢得很厉害……老浪鬼迷心窍啊，就让她去套在哪儿挖的……”

山羊胡一长串话说得活像贯口，难为宣玑居然听懂了：“然后你们就胆大包天，跑到她套出来的地址盗墓，想从这儿挖那个什么‘小黑罐’，结果挖到了个万人坑？”

山羊胡：“我们……我们就是……我们不知道……”

肖征：“什么万人坑？”

“等会儿再跟你解释，”宣玑蹲下来攥住山羊胡的领子，“那地上这些颜料谁涂的？”

山羊胡的脸在手机屏幕的微光下有些扭曲：“也是老浪……老浪不知道从哪儿弄来的……他说这是护身符，万一地下有什么，有备无患……我们雇了一帮‘土夫子’，就……就盗墓贼，拿着那女的偷出来的地图，一路……一路挖到了这里，看见这个……”

他哆哆嗦嗦地抬起手，指着青铜棺。

盛灵渊可能是冷，手冻得发青，手指轻轻地掠过那青铜棺上的纹路，他出了神，神色冷淡而空旷，不知在想什么。

“那帮盗墓的亡命徒，一看见棺材，就跟吃药了似的，都疯了。有个老家伙让他们别动这里的东西，因为他看着这地方阴森森的，觉得不对，他说埋在这种地方肯定是不得好死，非得永世不得超生不可……老家伙还说这棺椁四面环水，石台上阴刻的咒文笔锋凌厉，虽然不知道什么意思，但很像是镇压邪灵的……可他们不听啊，有人说这青铜棺看着像九州混战时期的老物件。好几千年了，地壳早就搬好几次家了，地形格局也变了，那棺材保存得这么好，里面肯定有宝贝……”

一群人吵成一团，最后肯定是更贪财、更不要脸的赢了。

宣玑：“所以你们开了棺？”

“不不不！不是‘我们’，是他们！他们！我是让他们不要开的！”山羊胡矢口否认，“老浪说先把‘护身符’画上，求个心安，他们几个就在石台上画那……那个东西，然后又给棺材上香磕头……”

宣玑无言以对：“你们还挺讲究仪式感，怎么，文明挖坟啊？”

山羊胡抬起头，眼睛里反射着手机的光，幽幽的，像鬼火似的：“他们开棺的时候，只有我跟老盗墓贼没敢过去，那帮人合伙撬开盖，一股奇怪的花香味从棺材里冲出来，我就看见……看见里面有个……人的尸体……”

宣玑莫名其妙：“不然呢？”

难道这么大一口棺材，不装个人，还能装条狗吗？

“一个……人……”山羊胡艰难地咽了口唾沫，嘶声道，“不是骨头！也不是干尸！浑身上下一点没烂，他像、像睡着了一样……四肢……眉心用长钉子钉在棺材上……”

宣玑听见“咯吱”一声，盛灵渊面无表情地扶棺而立，把青铜棺按得凹进去一块。

“老盗墓贼当场就跪下了……可是那些人就好像中了邪，叫唤着‘宝贝’，全部拥上去，连尸体身上的钉子也薅……因为抢东西起了冲突，其中一个盗墓贼还突然摸出一把刀，当场把同伙捅死了……血流了一棺材都是……可是……可是我分明看见，那棺材里……那棺材里除了尸体，明明什么都没有啊！”

阴冷的山壁上滚下凝结的水珠，“滴答”一声落在水潭里，细细的涟漪滚了出去，宣玑裸露的后背上蹿起凉意。

“我吓疯了，可那些盗墓的都红了眼，就跟互相有深仇大恨似的对着自己人砍，老浪那个傻瓜，不知道什么毛病，他不上去抢，也不跑，就在棺材旁边呆呆地站着，差点让杀红眼的盗墓贼一刀劈了。我一把揪住他，跟着老盗墓贼往外跑……差点就没跑出去！因为水潭里的水突然涨起来了，差点就把我们来时挖的洞淹了。我、老浪……还有那个老盗墓贼，我们仨连滚带爬地逃了出去，老盗墓贼连尾款都没要就跑了。

“我也觉得是做了一场噩梦，但是过……过了几天，老浪来找我，他说盗墓贼们内讧的时候，他偷偷从尸体胸口上摸到了一个小玉盒，上面雕着一只蝴蝶，那玉……那玉几乎是透明的，里面有几颗芝麻那么大的小黑子，就跟小黑罐里的‘咒’一模一样……可是没有解咒……当时我们没在意嘛，因为之前的‘解咒’还剩一点……老浪说，这东西别看少，怎么也能赚大几百万，等解咒用完了，剩下的就卖给月德大师他们那帮人，转手又有一笔……”

宣玑立刻意识到，山羊胡说的小黑子很可能就是变异的蝴蝶卵：“你们用过吗？用了几颗？”

“就、就一颗，”山羊胡哭丧着脸说，“可是那玩意不一样……那小孩吃了‘咒’，跟以前的肥羊不一样。以前那些人吃了‘咒’以后，老浪让他们干什么他们就干什么，所以我们一‘算’一个准，家里人都信得不行，可这小孩我们根本控制不了……老浪说坏了，吃错了，出事了，于是他也不敢露面，就说要去外地躲。没说去哪儿，我俩不一起行动，不然让人看见就穿帮了，谁知道……”

谁知道，季清晨不明不白地惨死在了赤渊大峡谷。

可是季清晨为什么会去赤渊大峡谷？

这到底是注定的，还是巧合？他是毕春生那个千人活祭里的最后一个祭品，自己身上也有镜花水月蝶，那蝴蝶是哪里感染的？什么时候感染的？

盗墓贼在棺材前自相残杀的时候，应该是受到了某种精神攻击，产生了幻觉，唯独季清晨免疫，他到底是天赋异禀，还是那时候已经被蝴蝶控制？

赤渊大峡谷的献祭事件，差点掀翻了整个异控局，祭文与神秘的巫人冢地面的血色字符遥相呼应，似乎只是一个巨大阴谋的冰山一角——

“我不敢露面，托人去找月德大师的那个所谓的‘关门弟子’，找不着，那人没了，就跟蒸发了一样，我……我没办法，钱也花完了，正好看见你们在网上留的信，我以为是老浪以前骗完没来得及收网的肥羊……”

宣玑被他气乐了：“所以你这是想继承遗产了？”

等等！他忽然意识到不对，照山羊胡这么说，这里发生过几个盗墓贼围着一具尸体自相残杀的事，那古尸呢？血呢？盗墓贼们呢？

山羊胡痛哭流涕："我没有，我真的就想看看情况，看能不能帮人家一把……管用不管用的，好歹是那么个心意对不？当然要是能再顺便搞点路费……谁知道你们同事那车门一开，我就闻见了那股……那股味……"

宣玑立刻问："什么味？"

"花……腐烂的花那种又甜又臭……我一辈子都忘不了，他们开棺时闻见的……"山羊胡说到这里，忽然愣住了，他神经质地耸了耸鼻子，瞳孔惊恐地放大，整个人哆嗦成一团，话不成音。宣玑下意识地跟着他留意起周遭的味道，水潭里潮湿且通风不良，本身就透着一股腐烂沉闷的土腥气，他用力抽了一下鼻子，闻见土腥气里冒出了一股花的香气。

山羊胡喃喃地吐出碎音："就是这个……就是这个……"

就像回答他似的，水潭里突然"咕嘟咕嘟"地冒出气泡。

有人"哈哈"一笑，那声音非常清亮，像没发育成熟的少年，在阴森古怪的山洞里回荡，诡异极了。接着，那声音他说了句什么，应该是巫人语，宣玑只听懂了其中一个词，那词混在巫人语里，是用不标准的雅音说的——

他说："灵渊。"

宣玑的电话信号再次中断了，而盛灵渊脸上本来就稀薄的血色近乎蒸发。

那少年的声音哼起歌来，调子十分耳熟，宣玑还没来得及仔细分辨，山羊胡就"嗷"地一嗓子，原地起跳了三尺多，差点撞进宣玑怀里——只见水下冒泡的地方，几具被泡发了的尸体爬了上来！

随即，喧闹声忽起，有急促奔跑的脚步声，有人高声说话的声音……从宣玑来时的那个山洞里传出来的。

好像有一大帮人往这边走。

可那条路……那条路外面不是应该只有四万多具白骨吗？

宣玑飞起一脚，把一个泡发的尸体踹回水里，把山羊胡团一团拎在手里，转向盛灵渊："喂，你走不走？"

盛灵渊放空似的目光朝他望过来，神魂没归位似的，宣玑低骂了一句，冲上去一把拖起那魔头。

“我吃饱撑的吗，管他干什么？”他一边这么匪夷所思地想，一边紧紧地攥着盛灵渊的手腕没松，飞向那个半露出水面的盗洞，才刚落到洞口收起翅膀，尚未来得及站稳，某种说不出的危机感涌上来，几乎同时，宣玑手里一重，山羊胡已经一声不吭地倒了下去。

一根细线从山羊胡的眼珠里射进来，直接穿透了后脑勺，那根杀人的“细线”随即不依不饶地向宣玑的胳膊缠上来，却在碰到他的瞬间烧着了。

墓穴里回荡的诡异歌声被惊呼打断了，与此同时，盗洞里出现了一条颀长的影子，那声音用宣玑勉强能听懂的雅音说：“妖！”

盛灵渊终于有了反应，他缓缓地推开宣玑，盗洞对他来说太矮了，他在这儿站不直，须得微微低头弓腰才行。

他扶着石壁，像站不稳似的，低声叫出了一个名字：“阿洛津。”

这时，宣玑反应过来方才的歌声在哪儿听过了——那是一首童谣的调子，他在盛灵渊的记忆里和着梨花树的画面听过，自己不知道为什么还能接几句。

第十章

狭窄的盗洞里闪烁起微光，一个人从黑暗处走了出来，手里擎着一朵会发光的小白花。

那人身量单薄，连喉咙处也只是略有起伏，看起来有些雌雄莫辨的少年气，他长发绑了一头的细辫，又在脑后束成一把，形貌昳丽，左半张脸上戴着个鬼脸的木雕面具，面具笑盈盈的，人也笑盈盈的，一只葡萄似的右眼又大又灵，黑白分明，讨人喜欢极了。

如果不是眉心有一个血洞，这人就像电视上那些颇有异域风情的少年偶像。

宣玑皱着眉打量，又看了看盛灵渊——来的这位是谁，他不知道，“阿洛津”这个名字他以前没听说过。但那山羊胡说，棺材里的“尸体”眉心被钉在棺材上，而这位的眉心又恰好有个血窟窿，十有八九，水潭里的棺材就是这位的寝室了。

最近到底是怎么回事，流行诈尸吗？

这里是巫人冢，外面有四万多具尸体睡大通铺，就这少年自己有“单间”，可见是个万恶的统治者。

盛灵渊刚才提起过，巫人族里管事的叫什么来着？

宣玑问：“你是巫人族的首领……还是那个什么‘圣’？”

面具人既是古人，又是外族人，大概属于连他那时代的“普通话”都说不好的，更别提宣玑这种现代风格。他应该没听明白，一歪头，睁大眼，脸上露出认真的好奇神色。这是个很孩子气的动作，多见于幼儿园文艺汇演。十二岁以上人士做出这种学龄前动作，要么像傻子，要么像神经病。

可不知道为什么，在这个诡异的面具人身上，却有种说不出的自然。

就好像……他天真无邪得很有说服力。

“首领。”盛灵渊替那人回答，“他是巫人族的最后一任首领，阿洛津。”

阿洛津听懂了自己的名字，眉开眼笑，露出了一对活泼可爱的小虎牙。

宣玑用余光看旁边的大魔头：“你认识他？他到底是活人还是死人？”

“你说呢？”盛灵渊瞥向他，宣玑的翅膀展不开，只能委屈地合在背上，盛灵渊的目光从合拢的翅膀上扫过，目光冷淡，像是一眼也不愿意多看一样，“阴沉祭召唤出来的，你说是什么？”

宣玑一身冷汗，暗暗打开了眼睛里的《千妖图鉴》，《千妖图鉴》这回没掉链子，非常快地给了他答案：人魔。

又一个人魔！最近人魔是开始批量生产了吗？

宣玑心里一动，略微侧头，用《千妖图鉴》对准了盛灵渊。

然而《千妖图鉴》的纸页间再次一片空白。

宣玑暗叹口气，倒不意外，他这本破图鉴不知道什么毛病，一碰到这个盛灵渊就跟中病毒了似的，上次它吭哧半天，先说大魔头是块玉石雕的人偶，半天以后又说他是人魔，这次……

就在他暗自抱怨的时候，《千妖图鉴》上模模糊糊地浮起字。

这次好歹比上次反应快了点，宣玑连忙定睛细看，只见《千妖图鉴》上犹疑半晌，跳出了一个字：劫。

宣玑：“……”

什么鬼！这破玩意儿百分之百是中病毒了！

盛灵渊的手撑在盗洞潮湿的石壁上，听见不远处诡异的面具人用三千年前熟悉的语气说：“见到我高不高兴呀，灵渊哥哥？”

“恍如惊梦。”盛灵渊喃喃地回道，他怔了好一会儿，叹了口气，朝那影子伸出手，虚弱下去的声音更像情人的耳语，温声道，“阿洛津，过来，我看看你。”

这段是用巫人语说的，宣玑听不懂，但可能是被魔头坑多了，一听这千回百转的温声细语，他就下意识地往旁边退了半步，感觉这位又没憋好屁。

阿洛津却没有他这么机警，听了盛灵渊的鬼话，呆呆地望向裹着枯草袍的男人，半张脸上竟浮起了红晕。接着，那红晕又上浮，泛到了眼圈处，连左脸的面具也变成了哭脸，委屈地说：“我一个人被关在这里，不知道过了多久，被那些人用阴沉祭文强行唤醒。我想出去看看……可这是哪儿啊？这还是东川吗？为什么东川会有这么多凡人啊？他们说什么，我一个字也听不懂。”

盛灵渊柔声说：“嗯，我知道。”

“我一直跟在那个人身后，”阿洛津一指山羊胡的尸体，“后来感觉到了你的气息，所以一把把你拉了过来……灵渊，真是你，我……我是做梦吗？我好想你啊。”

盛灵渊头没动，眼皮缓缓地往下一点，又睁开，用眼睛“点头”，又几不可闻地应：“我知道。”

阿洛津一步一步地朝他走过来：“灵渊哥哥，族人们呢？”

那一瞬间，宣玑在大魔头的脸上看见了一闪而过的悲意，快得让他觉得自己看错了。

阿洛津像是受了什么蛊惑，缓缓握住了盛灵渊朝他伸出的手，哀怨地小声说："外面多了好多好玩的东西，他们在干什么，我也都看不懂，但墙上的画会动，路上跑的铁虫子嗡嗡作响，到了晚上，到处都是五颜六色的灯，满街都是甜味，好像天天都有集市，比年节还热闹……"

阿洛津的声音突然低了下去："他们都好快活啊，灵渊哥哥。"

盛灵渊喉咙微动，握紧了他的手。

宣玑虽然听不懂巫人语，却读得懂空气，直觉先一步示警："小心！"

话音没落，阿洛津面具上委屈的表情陡然变得狰狞起来："可他们凭什么这么快活，我好恨……"

他背后突然涌出一大团花藤——就是山壁上会"流血"的品种，挟着不祥的香风，扑向盛灵渊，并捎带了个宣玑。

宣玑抱头鼠窜。

而几乎是同时，盛灵渊猛地把阿洛津拽了过去，闪电似的扣住了他的喉咙，阿洛津比他矮大半头，被他重重地抵在墙上，双脚离了地。花藤卷上他的手，所经之处立刻皮开肉绽。盛灵渊却不知道疼似的，看也不看身上的伤口，嘴里无声地念了一句什么，身后响起了蜂鸣声。接着，几根漆黑的长钉从潭水中飞了出来，每一根都足有半尺长，盛灵渊抄手接住一根，以迅雷不及掩耳地直接楔进了阿洛津的眉心，稳准狠地把那面具人怨毒的表情楔在了原地！

血溅在他下巴和脖颈，接触到的地方像是给烫伤了，"刺啦"一下落一串血痕，接着又以肉眼可见的速度迅速愈合。

盛灵渊的表情纹丝不动，依旧充满怜爱似的，在那面具人耳边轻轻地说："不开心就闭上眼，别看了。"

宣玑："……"

他刚才到底在提醒谁小心？

这分明是两个狼人互相撕咬！

阿洛津面具上的五官放平了，目光空洞地看着近在咫尺的盛灵渊，断断续续地喃喃道："我一睁眼……看到你，还以为这是梦，可原来……不是梦。"

盛灵渊没回答，手脚麻利地将几根长钉分别楔进了阿洛津的四肢。

“你是真的，陛下。”阿洛津突然换成了远古的雅音，“除了你，谁还能这样没心没肝？谁配为这个无情人皇？”

宣玑听懂了这句雅音，并捕捉到了他最后的称谓，一瞬间，他难以置信地抬头看向盛灵渊的背影，怀疑自己的耳朵跟《千妖图鉴》一起中了病毒。

他古语听力过不了四级，但……没听错的话，这小子方才说了“人皇”？

最后一枚长钉穿过阿洛津的身体，“锵”的一声楔进石中，诡异的面具人不动了，四下一片死寂，宣玑只听得见自己疯狂的心跳声。

“你……”他注视着盛灵渊，刚说一个字，又下意识地改换了敬语，“您……”

下一刻，山洞突然震颤起来，打断了宣玑的话，狭小的盗洞两头塌，两人躲都没地方躲，一下被扣在了里头。

一阵癫狂的大笑从四面八方响起来，居然是被钉在石头上的阿洛津的声音！

地面上，杨潮盘膝坐在车后座，入定似的闭着眼，手里捏着宣玑落下的手表，开车的老罗跟平倩如都不敢吱声，唯恐打扰他“沟通宇宙”。谁知杨潮跟“宇宙”他老人家聊起来没完没了，眼看过了饭点，平倩如实在饿得心慌，小心地从兜里捏出一颗坚果，飞快地往嘴里一扔，杨潮忽然睁开眼，平倩如立刻不敢嚼了。

杨潮：“姐，给我吃点行吗？”

平倩如：“……”

她把一整袋坚果都塞到杨潮怀里：“怎么样？感觉到什么了？我们近了吗？”

杨潮也是个特能人，但善后科的特能人，十有八九都是鸡肋，他勉强属于“精神系”，但不是毕春生那种辅助战斗型的，他是感觉很灵敏，能感觉到身边人强烈的情绪，还能大致通过物品感知物主的位置与身体状态——当然，该特能由于准确度远不及工作犬，没机会经常用，所以技能越发生疏。

“唉，说不好，你也知道，我时灵时不灵的，刚才一下子突然又什么感觉都没有了。”杨潮愁眉苦脸地说，“要不就是咱们开过了，要不就是……”

“呸呸呸，”平倩如打断他，伸手拍老罗的座椅背，“肯定是开过了，罗哥，快掉头！”

“掉什么头！高速公路不能掉头！增援也不知道什么时候能到，”罗翠翠极富自知之明地抱怨道，“靠我们几个找宣主任……我们要是靠得住，还在善后科混什么呢？”

这时，杨潮的电话响了。

“喂，肖主任……”杨潮听了片刻，猛地坐直了，“肖主任把‘风神’派来了，让咱们发定位！”

几乎同时，蓬莱会议室里，月德公的手机也振了一下，穿黑中山装的老头借着喝水，拿起来看了一眼，见有人给他发了一条微信：“异控局要搞小动作，‘风神’的专机刚在东川机场落地。”

月德公不动声色地回复：“那又怎么样？我们身正不怕影子斜。”

过了一会儿，对面发了一条飞快撤回的信息：“师父，他们下了飞机，好像直奔咱们‘矿场’的方向去了，怎么办？”

月德公脸上倏地掠过阴影。

所谓“矿场”是一个古墓，东川地区月德公一派的老祖宗们留下来的宝藏，传到月德公这里，古墓的上层挖得差不多了，再往下走就是禁地了——据说凡是下去的，没有一个能活着上来。

特能都比普通人敏锐，不用叮嘱，也能感觉得到禁地危险，因此月德公从小就没有动过去一探究竟的念头。反正仅仅是外围的一点东西，已经足够受益好几辈人了。那里有无数古籍，其中很小一部分是古汉语写的，更多的则是一种让人毫无头绪的鬼画符。月德公他们曾专门组织了一帮语言学家，试图破译这些鬼画符。至今只破译了一小部分，还不足以让他们看懂那些艰涩的文字。仅仅只是能看懂的部分，就已经让他们独霸东川，在无数同行中鹤立鸡群了。

古墓里除了古籍，更珍贵的是一些古老的“咒术”。

“咒”这个概念，是那些出土的古汉语典籍里记载的，谁翻译的已经不可考。“咒”的强大之处在于，只要有合适的道具，连普通人都能用，其中有一些杀伤力非常强，但神奇的是都有对应的解法，解咒之后，一点后遗症也不会留下。

这才是月德公他们这一派兴旺发达的不传之秘。

自古人们求神拜佛，都是有事才去，风调雨顺时，河伯土地的神庙总要荒草丛生。猫要是把老鼠都抓了，离被请出家门也不远了。七十年没有战事、没有大天灾，大多数人都安居乐业了。偶尔出点什么事，异控局那些人还老以“安全部门”的姿态出来插手，他们敢情有工资拿，可“月德公们”得自给自足。

月德公座下一呼百应，门徒万千，那不是靠西北风能养活的。

太平盛世，“大师”没有用武之地，让又神秘又高高在上的“大师们”上班挣钱，那当然万万不行。讨生活不容易，“月德公们”只好能者多劳，一人分饰两角——把害人的坏坯跟普度众生的“救世主”一起演了。座下弟子们先下咒害人，再自己出来解咒收钱，大佬们心里都有数。

月德公的目光在会议桌上一扫，这差不多是业内潜规则了，真翻出来，谁也甭想跑。

月德公把搪瓷杯子轻轻地放在桌上，心想：敢来，就留下别走了。

可是他还没来得及指示给弟子，手机上突然弹出了一条新闻：“长宁省于 11:19 发生 4.2 级地震，震源在东川，震源深度 0 公里。”

“师父，”徒弟的信息先一步发了进来，“‘矿场’刚才地震了！”

宣玑的脚此时就踩在“震中”上，盗洞坍塌的瞬间，他就做好了被砸个满头包的打算，谁知脚下一空，他不知道摔到了哪里，周围一片漆黑。

微风卷过，泥土的芬芳扑面而来，夹杂着细碎的鸟鸣和蝉鸣声。

还不等宣玑捏一个火苗出来照亮，不远处就有人提着火把匆匆跑了过来，穿着打扮和那个诡异的阿洛津很像，一口吱哇乱叫的巫人语。

宣玑伸手拦他：“哎，您等……”

那人却从他身上“穿”了过去，径直奔向小路尽头的木屋。

宣玑：“……”

这什么恐怖片情景，是他死了还是对方死了？

这时，一只手忽然按在了他的肩膀上，宣玑本能地缩肩转身，挟着火光的手指抵在对方脖子上，火光照亮了盛灵渊沾着血迹的脸。

“这是什么地方？幻境？你……”宣玑蓦地想起方才阿洛津说的疑似“人皇”的词，语气下意识地尊敬了三分，“您到底是……”

什么来历？

第十一章

盛灵渊的目光越过他，好半天才前不着村后不着店地回答：“不是。”

他俩此时在一个小山坡上，从山脚到半坡，草木丰润，成排的小小民居夹着山路，在林间若隐若现，都不高，圆滚滚的，远看，就像一团一团藏起来的蘑菇。此夜正值新月，星澜如波，人身在其中，心绪不由自主地就跟着安静旷达下来。

宣玑不知道对方到底懂没懂自己方才问的话，正想着换个措辞，重新问一遍，就听盛灵渊很缓慢地说：“此地……这里不是……‘幻境’。”

盛灵渊刚刚来到这个世界的时候，脑子里空空如也，兴致勃勃，对周围的一切都充满好奇。别人说过的话，他听一遍，就能连口音和停顿都模仿到位，不管看到什么新鲜东西，都会试着理解它的原理和用场。

可是……记忆回来了，简直像个不速之客。

那些复苏的生前事累赘极了，给他压了千斤重的心事，压得他没力气左顾右盼。盛灵渊就像一把刚出土的古剑，寒光四射的剑身触到空气，很快被氧化得锈迹斑斑，连霜刃都不灵光了。

他这一句普通话说得四不像，反而不如在赤渊医院里现学现卖的顺溜。

“这是咒，巫人族的七大恶咒之一，叫作……溯洄。”盛灵渊把语速放得更慢，昏暗的环境里看不清他的脸，这让他听起来几乎有些沉沉的暮气，语气像个老人，无端让宣玑想起他家里那些锈迹斑斑的器灵，“吾……我钉在墙上的想必是个替身，咒……便是下在替身的血里……他大概明白，我急着想把他钉回棺材，是我疏忽了。”

“‘溯洄’是什么？”

“是……”盛灵渊张了张嘴，却一时忘了那词怎么说，他的声音像干涸断裂的溪水，尾音忽地捉襟见肘，良久才续上，“我看见他，想起了什么，就会重新经历什么。如果有哪一段往事，一直挥之不去，我就会反复在其中绕圈子，直到死在里面。”

就是说，“溯洄”是个可能无限循环的记忆！

“等等，我捋一捋，”宣玑转过头，看见那方才从他身上穿过去的“巫人”砸开了小路尽头的木屋门，“吱哇吱哇”地不知道在说什么，他忍不住出了口长气，“今天可真漫长。”

本来，他只想对一帮江湖骗子进行钓鱼执法，没想到鱼是钓来了，钓来的却是鲨鱼，直接把他连人带竿拖下了水。

季清晨和毕春生的联系没查明白，先是莫名其妙地被拖到了一个万人坑里，还没等明白这丧心病狂的鬼地方是怎么回事，棺材里又蹦出个诈尸的巫人族族长。两大魔头叽叽咕咕地用番邦话交流了半天，不知道都分享了些什么诈尸心得，宣玑一句没听懂，现在又被拖进了一个匪夷所思的咒术里。

宣玑莫名其妙地想：“而且这俩魔头之间的恩怨和我有半毛钱关系吗？”

他只是个衣服破了都没地方报销的穷酸公务员，为什么他们二位诈尸的掐架，先打死了他的嫌疑人，还要把他也一起拖下水？

他到底做错什么了？是不是有个自己都不知道的花名叫“池鱼”？

“还有，前辈，这事我其实挺不好意思说的，但那什么，‘有借有还，再借不难’，是吗？您能先把我的本命剑还给我吗？不是我抠门，我但凡要有两把，这把肯定就送您了，主要是这东西吧……我实在没有富余的。”

“对不住，”盛灵渊说，他想解释两句，可是限于现代汉语的词汇量，一时组织不好语言，一顿之后，他只好略带歉意地说，“那是我的。”

宣玑震惊了，有些人长得体体面面，不要脸起来，居然能这么简单粗暴！

“不好意思，”他说，“那是谁的？是我听错什么了吗？”

“那是我的……”盛灵渊张嘴忘词，于是彻底放弃了，换回了自己的口音，“骸骨。”

宣玑：“……”

语言障碍真是个大问题，他觉得自己可能又听错了什么。

“不行，我可能真没听懂，您刚才是说，我的剑，”宣玑伸出两条胳膊比画，“这么宽、砍人用的那个——剑，是您的‘骸骨’？就……死了以后留下的……”

盛灵渊淡淡地一点头：“尸骸。”

“那我是什么？”宣玑嗓音都有点变调，“一个英俊潇洒的限量款骨灰盒吗？”

盛灵渊神色淡淡的，没理会，且基本没听懂。

“当年我跳下赤渊火海，”盛灵渊轻声说，“死后骸骨烧不尽，尚余残躯，形神俱散。”

宣玑：“……”

跳下赤渊火海……他真的是……但怎么可能？

阿洛津说“陛下”和“人皇”的时候，宣玑还怀疑是自己听错了，自古以来，除了传说里的上古神灵，能被外族称一声“人皇”的，只有大齐武帝盛潇一个。

因为他拨乱反正，以凡人之身，完成了人力所难及之功业，可敬可畏，如降世神魔。

不是……历史书上画的武帝盛潇是个一脸凶相的铁面大汉啊！五大三粗，形象特别符合武皇帝戎马一生的人设。

怎么会是个逮谁撩谁的小白脸？

宣玑张了张嘴，脑子里盘旋的问题太多，竟一时词穷。

“尸骸大概是被你族先人捡去了，”盛灵渊没在意他，接着说，“以‘生魂养尸'的古法温养。"

宣玑丧失了大部分的思考能力，心惊胆战地重复了一遍没听说过的名词："生……什么古法？"

盛灵渊当他是个人群里长大的小妖——意思就跟狼孩差不多，倒不至于缺灵魂短智慧，就是没啥常识。

因此他很有耐心地解释了两句："就是将本命精魄灌注于尸体上，以身养尸。经年日久，可保完整的尸身不腐，不完整的尸身被活气滋养久了，有时候也能攒够修复残肢伤口的灵气。你可能是接受族中传承的时候年纪太小，不记得了——至于为什么是把剑，因为你本命属金。'养尸'需用本命精魄贯注，尸身未脱离活体时，常以本命之器的模样出现。"

盛灵渊说到这儿，顿了顿："不过我也奇怪，本以为你本命属火，不料竟看走眼了，想是这些年各族混血混得没样子了。"

宣玑磕磕巴巴地找回了自己的舌头："那你……您一直在我后脊梁里，所以之前在赤渊医院的那个是……"是假冒伪劣的吧？

要么就是什么恶鬼冒充的，阴沉祭文召出人皇，扯什么淡？

那位陛下怎么可能是魔物！

盛灵渊："那是个'通心草'……何为'通心草'，你总该知道吧？"

这题宣玑会，《千妖图鉴》讲过。然而他眼皮上一根神经无端地跳了起来，心头蓦地掠过一层阴影——《千妖图鉴》一开始就说那男人是个玉雕的"通心草人偶"，居然没弄错！

可如果一尊玉雕的通心草人偶都居然可以是"人魔"级别，那附在玉雕上的得是什么？

"那通心草人偶，我生前久伴之物，常做我耳目，可通我灵。我走时留给了一个侍卫，想来是他给葬下的。阴沉祭吵醒了我，我真身未醒，便借通灵通心草身应祭。我受阴沉祭反噬，正好你带着我的真身在附近，我才得以在雷劫时归位，只是一时神魂震荡，什么都没想起来。"

盛灵渊屈伸了一下手指，说到这儿，隐约记得他一点也不想应祭，本打算把打扰他长眠的人杀了省事。

对了，当时他到底为什么会睁眼重临人间来着？

他才要回忆，太阳穴周围突然一阵刺痛，盛灵渊不易察觉地略皱了一下眉。

这尸体养得未免太“好”，居然连他生前偏头痛的毛病一并保存下来了。

宣玑的心却缓缓地沉了下去——这个“人皇”，绝对不是人。

武皇帝盛潇死了三千年，就算那什么“古法养尸”能把他养得宛如生前，那也是具水灵灵的尸体。人死魂魄散，鬼怪向来是苦命人自欺欺人的幻想，身体也不是随便穿脱的壳，他先是上玉雕人偶身，又被一道雷劈回自己的尸骸里，仿佛流动的云烟……那本《东川巫人书》里写过，只有不死魔物才有这样的生命形式。

可是人皇陛下，他到底……为何入魔？

苍白的史书上到底写漏了什么？

宣玑脸上惯常的嬉皮笑脸消失了，他下意识地屏住呼吸，问：“我的……先祖，是您的什么人？”

是故人吗？为什么这样精心地养着一个人的尸身。

盛灵渊太阳穴处的刺痛开始朝四周蔓延，头痛欲裂，他脸上却含着笑，慢条斯理地回答：“朕之尸身，水火不侵，用场可多了。你家先祖艺高人胆大，当真了不起得很。”

宣玑无端被这话里藏的恶意刺了一下，黑暗中，他眼神一瞬间黯淡下去，同时，他理智上又觉得这伤受得没有道理——武帝是历史上著名的天煞孤星，杀师灭亲，想来亲朋故旧一概没有，人家的揣测有理有据，就算有点恶意，针对的也不是他本人，是他三千年前连画像都没留下一张的老祖宗。

当代青年宗族观念不深，十八辈以前的祖宗连骂街都会被忽略不计，谁知道是圆是扁？

可宣玑就是心脏揪得难受，一时有些喘不上气来，像是说不出的深情厚谊被辜负了似的。

这时，一阵喧闹打断了他的胸闷，山下传来骚动，有人用巫人语大呼小叫着什么。

宣玑飞快地收拾起自己莫名其妙的情绪，探头往山下看去，只见一伙人举着火把，簇拥着一个汉子疾步上山，那大汉背着什么人，老远就开始喊人，宣玑虽然听不懂，但根据情景猜测，应该是在喊人来帮忙。

全族都被惊动了，山路两侧人家都点起了灯，远远看去，灯火从山脚一路爬上半坡，睡眼惺忪的人们纷纷披上衣服出来看。

原本静谧的夜色破了，就像一个隐喻。

宣玑："那是……"

"是我。"盛灵渊轻声说，"那领头的是当年的老族长，他背的人是我。"

这时，旁边树丛中响起窸窸窣窣的动静，宣玑一低头，见一个小脑袋从树丛中钻了出来，那是个七八岁的男孩子，正是狗都嫌的年纪，瞪着一双圆滚滚的葡萄眼，梳一头小辫，被自己滚得乱七八糟的。

宣玑往旁边撤了半步："吓我一跳，这崽子跟那诈尸的长得也太像了。"

"嗯，"盛灵渊的目光落在那男孩身上，好一会儿，他说，"这就是阿洛津。"

"什……"

这时，那背着人的汉子从他们身边经过，宣玑看清了他背着的少年。

那少年手长脚长，但身量似乎还没跟上，单薄得仿佛三根筋顶着个脑袋，身上被人用一个大斗篷裹住了，只露出半张苍白的小脸，血顺着他垂下的手指尖不停地往下淌。

山坡最高处的木屋里，一个老人迎了出来，打扮得非常隆重，宣玑猜他是巫人族的精神领袖，好像是叫"大圣"什么的。

火光照亮了小木屋，直到这时，宣玑才发现那木屋的门扉上没有门环，上面镶着两块特殊的敲门石——居然跟先前盛灵渊在他识海深处里竖的那道门一模一样。

原来这是巫人族的建筑，难怪充满了异族感。

木屋里走出的老人双手将受伤的少年接过去，出来围观的巫人们窃窃私语着，满头小鞭的小阿洛津好奇地从大人们脚下钻了进去，踮着脚张望，叽叽喳喳地添乱："是那个小皇子吗？是真的吗？给我看看、给我看看！"

宣玑忍不住问："您这是受伤了吗？"

"家常便饭，"盛灵渊站在人群外，并不往前凑，他远远地望着狼狈的自己，有几分散漫地说，"我父皇战死赤渊，家国倾覆，皇城变妖都，人族衰微，人们要一个希望，于是传出来一个预言……想来是我母后身边那些能人幕僚捏造的，说'百万怨魂中出生的帝子，会背着父兄的血，亲手诛灭群妖'。"

"说的是……"

"嗯，我，这种无稽之谈，也就只能骗骗不开化的百姓和妖族了，他们居然也真信。我一出生就是妖王的眼中钉，从小被他追杀到大。十岁那年，我和我老师走散，被同族出卖，三个大妖一路追杀我到东川。我身边十二个侍卫都死了，行至绝路，被巫人所救。"盛灵渊说到这儿，回头看了一眼灯火点点的山间，声音略微有些含糊，"巫人族故居是个世外桃源，我便在这桃源里躲了六年。"

第十二章

说话间，桃花源里的记忆开始缓缓地往前推动，盛灵渊和宣玑也被卷在其中，被迫跟着时光一起走。

人族流亡四方的小太子伤还没好，靠在窗边闭目养神，忽然，窗外飞进来的一只怪模怪样的大虫子，直接贴在了他的额头上，淘气的小孩子们压抑不住的笑声传来。盛灵渊虽然只有十岁，但已经在无止境的恐惧中逃亡了十年，早没了童心，既没跟熊孩子们一般见识，也懒得敷衍他们，淡定地把虫子捏下来。他伸手探出窗外，把它放了，冷淡地用不熟练的巫人族语说："再闹，我还告诉你爹。"

窃笑声消失了，片刻后，树上冒出阿洛津的脑袋，气鼓鼓地瞪了他一眼，带着他一群小跟班溜下树，跑了。

年幼的小阿洛津对盛灵渊充满了好奇，又想跟他玩，又不会主动讨好——他是族长的独生子，被族人娇惯得不像话，从小众星捧月，族里的孩子都跟在他屁股后面跑，在他脑子里，根本就没有"放下面子，主动结交"

的概念。他觉得自己在谁窗根底下走一圈，就已经算给了别人天大的面子，这个人族太子理应受宠若惊地加入他们。

谁知道这位人族的落魄太子给脸不要脸。

可把阿洛津气坏了，然而恼怒的同时，“越得不到越想要”的犯贱心理也见风就长。盛灵渊越不理他，他就越想在人家面前刷存在感，于是天天领着一帮小弟来纠缠，把大圣的小木屋闹腾得鸡犬不宁。小太子的心性早就被磨出来了，不惊不怒，烦了就施展“告诉你爸爸”大招，百试不爽。

阿洛津挨揍的频率直线上升，单方面地对人族的太子爱憎交织，咬牙切齿。

能下地之前，盛灵渊基本能用巫人族语与他们简单交流了，甚至学起了巫人族的文字。

史书上说，武帝“通悟早慧”，但史书没说，这位陛下学舌学得比鹦鹉还快。

宣玑一开始以为盛灵渊只是天生过耳不忘，就是天才，没办法，跟那帮背诵语法十多年，连英语都说不明白的大学生不是一个物种。直到这时，他才恍然大悟，这只是为了生存。

九州混战的年代，没人有闲心去普及“普通话”，各族、各地的语言天差地别，有些甚至都不像一个语系。在这种乱世里颠沛流离，如何快速掌握一门方言、融入陌生环境，这是少年时的盛灵渊不得不会的，他得活命。

然而就算是这样的盛灵渊，学起巫人族文字也非常吃力。巫人族文字写在当地特产的一种树叶上，乍一看有点像古代图案文字，字形都是大圈套小圈，没有象形文字的笔锋，跟他们的房子一样憨态可掬，但非常复杂，能看得出源远流长的文化积淀。

山顶，大圣木屋旁边，居然还有个类似于现代图书馆的地方，里面存放了有大量典藏，只要愿意，外族人也能随意进出。

哪怕是在宣玑这个当代人看来，这个古老民族的开放和文明程度都有点惊人。他在这“溯洄”中的东川里转了没几圈，已经颠覆了对巫人族的所有印象。

巫人族是寄生蝴蝶的发源地，这里的人还会各种匪夷所思的咒术，从“巫”这个名字开始，就透着一股子诡异的气息。再加上那个神神道道的阿洛津……宣玑不可免俗地先入为主，以为“巫人”的形象应该就跟电影里的“黑巫师”差不多——人人都裹得只露双眼睛。然后昼伏夜出，没事就围着火堆开小会，商量明天去咒死谁。

可是原来东川一点也不阴森，巫人族的生活基调甚至是明快温馨的。人们都很懒散，牛羊放到一半，就被不知道跑去哪儿睡午觉的主人丢在一边，跑丢就跑丢，反正过不了几天，就会有族人帮着捡回来。这里的小孩五六岁就开始启蒙，全族都识字，傍晚没什么事，大家就到山顶的广场消遣，族长和大圣也去，人们没尊没卑地坐在一起，唱歌跳舞、讲故事、闲谈，甚至会漫无边际地争论一些原始的哲学问题。

宣玑半是自言自语地说：“为什么要自称‘巫人族’？听着怪吓人的。”

“他们自己的文字里，自称是‘住在半山坡森林里的人’，”盛灵渊说，“‘巫人’是当时外人对他们的称呼，吓人吗？那可能是这么叫的人，自己心有畏惧吧。”

“巫人族的小孩也叫您……”

“灵渊？”

“我以为是假名。”

“我连真名都不记得，哪知道哪个是假名，”盛灵渊挑起眉梢笑了笑，“朕大名少有人提，‘灵渊’二字乃是长辈所赐的乳名，听了反而更熟，顺口报出来用用。”

听说古人起名最重视寓意，可是“灵渊”俩字怎么听怎么不吉利……尤其是这位陛下还出生在那么个特殊的时期。

宣玑心说：这什么不怀好意的长辈？

他跟着年幼的盛灵渊在巫人族兜兜转转，看那少年像度假一样，每天就是休养、读书、跟大圣请教问题，或者帮着侍弄一下草药，最大的烦恼是熊孩子王阿洛津老来骚扰。

恶咒溯洄能把人困在记忆里，宣玑本以为会在人皇的记忆里看见非常血腥的画面，没想到他俩就是没完没了地跟着个小少年，在日常琐事里兜圈子，“溯洄”里的盛灵渊一直是十岁出头的模样，没有一点长大的意思。

“等等，陛下，”宣玑犹豫了一会儿，还是忍不住说，“您刚才说，有什么东西挥之不去的话，就会一直被困在一段记忆里转圈，那咱俩现在是不是就被困住了？”

盛灵渊看了他一眼，神色是事不关己的冷漠。

宣玑忽然发现，这个人越是心绪起伏，态度就越是疏离，要不是知道此时被困在少年美梦里不愿清醒的是他，宣玑几乎要以为这位无懈可击了。

他也会软弱自欺吗？也会困在某一段记忆里，兜转不休吗？

有那么一时片刻，宣玑觉得浮在神坛上的武帝像个有血肉的人了。强者的脆弱和懦夫的勇敢一样惊心动魄，他的语气不由自主地和缓下来：“但咱俩还是得想办法出去，对吧，您看……”

不等他说完，盛灵渊就淡淡地一点头：“嗯，有理。”

宣玑：“……”

长篇大论的劝解都没来得及说呢。

“避重就轻是人之本能，我也不能免俗。”盛灵渊想了想，又心平气和道，“这些生前事太久远了，我一时也厘不出个头绪，那不如这样吧，你有什么想知道的，直接来问，我试试能不能随着你的问题回忆，从这些无关紧要的琐事里跳出去。”

“陛下，”宣玑忍不住说，“凡是能困住你的，怎会是无关紧要的琐事？”

盛灵渊好像觉得这小妖多愁善感得莫名其妙，看着他笑了：“行啊，那你要怎样？”

宣玑在他面前，总有一种浪费感情的无力感——就事论事到这种地步，面不改色地把自己的弱点撕下来研究，这位神秘莫测的陛下又不像个人了。

紧接着，仿佛是被他一句话点醒，不等他说话，周遭的场景就开始摇摇欲坠，显然盛灵渊已经自控力极强地调整好了心态，摒弃了这段平淡得温馨的少年记忆。

宁静的巫人族村落忽然在两人面前碎成无数片，像个砸烂的花瓶。

他俩掉进了一片夜色里，宣玑还没站稳，就看见族长家的后门“吱呀”一声开了，小阿洛津怀里抱着个布包，溜了出去，径直往山下走去。他一脸委屈，左手的手心又红又肿，应该是又不知道因为什么，被“告状精”坑了一顿臭揍——于是忍无可忍，离家出走了。

宣玑：“他这又怎么了？”

“他偷了大圣的‘惊魂咒’，放在我枕头底下，”盛灵渊说，“惊魂咒能激起人心底最恐惧之事，其实是好东西。恐与怖皆为虚妄，看破了也就过去了，那本来是大圣自己拿来修行用的，我后来也时常把它带在身边。只是当时族长与大圣见我年幼，待我太过小心，唯恐吓坏了我，族长知道以后勃然大怒，当众责打了阿洛津。他哪里受得了这种委屈，当夜就偷偷跑了。”

宣玑听见旁边响起细微的动静，一回头，看见少年盛灵渊从一棵大树上下来，望着阿洛津的背影，犹豫了一下，还是跟了上去。

宣玑：“您……”

“那天我没睡着。”盛灵渊坦然说，“惊魂咒再好，毕竟也是猛药，头一次接触，我吓了一跳，晚上没敢合眼。”

巫人族和外界并不是全无接触的，定期会有人打扮成普通平民的样子，出远门采买交换东西。阿洛津虽然从来没跟着去过，但显然认识路，他一边哭，一边钻过了族人设在山脚的屏障，离开了巫人族的保护范围。

他以为外面是山高水阔，不然，凭什么外来的孩子就那么金贵呢？

没想到才刚离开巫人族，他就尝到了什么叫“世事艰险”。

巫人族与世无争，但咒术神鬼莫测，人族害怕他们，妖族对着他们也犯怵，所以明知道盛灵渊就藏在巫人族山里，一时也不敢贸然行动。在这种情况下，离家出走的阿洛津简直是“千里送人头，礼轻情意重”，刚出来，就被人一网兜走了。

妖族明知盛灵渊就在巫人族，苦于进不去，已经一筹莫展数月。不料天降神助，意外捕获了阿洛津，大喜过望。当天夜里，他们就把阿洛津吊在笼子里庆祝，当着他的面，大吃大喝——吃的当然是人。

妖族的酒里掺着血，大釜里炖着婴儿骨汤，主菜则是活的美貌少女，洗涮干净，再用妖术吊住她的命，就着惨叫下饭。一顿饱餐，少女两条腿伤只剩骨，人竟还活着，脸蛋洁白无瑕。

被生吃的少女疯了，目睹一切的阿洛津也快疯了。

小阿洛津和拖着白骨腿的少女一起被丢在了茅屋里，少女眼神空洞，直勾勾地看着他，笑了半宿，阿洛津就对着她哭了半宿。

被迫冷眼旁观的宣玑浑身发麻，后背不由自主地展开了翅膀，但带着火的翅膀才一冒头，又被一只冰凉不畏火的手按了回去。

“自来如此，不必惊慌。”盛灵渊凉凉地说，“易地而处，人族也不会心慈手软。这都是几千年前的旧账了，不关你们这些后辈小妖的事。”

“我不是……”宣玑脱口想说他不是“妖族”，话说一半，又咽了下去。

他不是妖是什么呢？反正肯定不能算人。宣玑一时有些茫然，没来由的孤独感忽然铺天盖地地将他卷了起来，他突然发现，自己没有宗族、没有同类……也没有来龙去脉。

正这时，“溯洄”记忆中的小阿洛津把看守他的小妖哭烦了，作势要来踢他。那妖正要抬脚，一条匕首猝不及防地从他后面探过来，干净利落，一刀抹了那妖的脖子。

那妖族无声无息地倒下，陷在自己情绪里的阿洛津和宣玑古今两双眼，一起麻木地瞪向来人——人族的小太子，那病秧子“告状精”。

“告状精”抹了一把脸上的血，熟练地接住妖族的尸体，把他拖到一边，这种事好像干过千百次了。

他的匕首上有伏妖的咒文，切瓜砍菜似的削断了困住阿洛津的铁笼，一只手把他拎了出来，塞给他一罐咒：“走。”

阿洛津踉踉跄跄地跑出去几步，却发现盛灵渊没跟上来，仓皇回头，却见盛灵渊伸手盖住了少女的眼睛，俯下身，轻柔地在她耳边说了句什么。

少女颤抖着，嘴里无意识地咕哝着胡话，盛灵渊注视了她片刻，然后手起刀落，给了她一个痛快。

吊命的妖法被匕首切断，那少女终于从泥潭似的人世间解脱，眼神竟清明了片刻。

不知道如果地下有灵，她还敢不敢再来投胎。

少年盛灵渊放下少女的尸体，一把抓起阿洛津：“愣着干什么？”

阿洛津被他拖着走，眼泪怎么也抹不干净，压抑着哽咽小声央求：“我……呜……想给她盖一件衣服……哥哥，我能不能给她盖一件衣服……”

这是阿洛津头一次用“喂”“讨厌鬼”和“告状精”之外的称呼叫他。

盛灵渊没松手，也没看他，低低地对他说了一句巫人语。

宣玑听不懂巫人语：“你在跟他说什么？”

盛灵渊没回答。

他那时说的是：“总有一天，我会把所有冤死的眼睛都合上，把所有无着的尸骨都收殓。”

他大言不惭，而这句话误了阿洛津一生。

巫人族祖训：永世不离东川。

可是经此一役，少年族长的心已经飘到辽阔又残酷的人间了。

第十三章

巫人族不是战斗民族，族人性格比较温和——看那些特能从人家坟里挖出来的“咒”就知道。他们几乎所有咒都有对应的解咒，而且解完以后没有后遗症。这不容易，就好比捅死人容易，但把被捅的人救活很难是一个道理。如果不是远古的巫人先祖未卜先知，专门为几千年后的骗子们设计了一套咒术，只能说明他们当年创造的这些咒术只是为了自保。

更不用说俩孩子本来就接触不到什么恶咒。

盛灵渊顺手带出来的“咒”，基本就是族里的孩子恶作剧玩的，没什么用。两个少年被迫东躲西藏，一路让凶残的妖族追杀得好不狼狈。

途中村郭萧条，凡是有乌鸦聚集的地方，必有缺头短腿的尸体。

小阿洛津觉得流眼泪太懦弱了，眼泪不值钱，更不值那个女孩的命，可他忍不住，因此他一路都在用力地凝视着盛灵渊的背影，想要靠瞪眼把眼泪瞪回去。他见了有生以来没见过的血，目睹了不如草芥的众生，肝胆俱裂。最开始的恐惧终于化作愤怒的燃料，愤怒于恶毒的世道，也愤怒于自己的弱小无能。

可宣玑不是八岁的阿洛津，没那么容易热泪盈眶。

他冷眼旁观了一阵，开口问："我问个不太尊重的问题，陛下，你的记忆是真实的吗？"

盛灵渊的目光仍然注视着两个走远的少年，朝他偏了偏头——何出此言？

"您刚才说了，下令追杀您的是妖王，妖族当时知道您躲进了巫人的地盘，巫人非常不好对付，是吗？"宣玑说，"假设，有一个非常重要的目标——陛下您，然后还有一帮非常棘手的对手——巫人族，我觉得正常的决策者，都会派最靠谱的人去执行。您说把您追杀进巫人族的是三大妖将，我历史不太行，也没什么常识，不知道'大妖'是个什么概念，但您说自己身边十二个侍卫都死在逃亡路上，那肯定是非常厉害的。您二位虽然都是大佬，但当年加一块儿不到法定成人线，拿着一瓶恶作剧用的咒，就这么成功逃回去了？我觉得有点不合常理。"

盛灵渊从几步以外回过头来，意味不明地端详着他："什么意思？"

宣玑穿着烧成破布条的"乞丐装"，牛仔裤裤腿挽着，沾了好多泥，像个非主流的朋克青年，一口一个"您"，语气很恭敬，内容却犀利得不留情面，一双弯弯的笑眼里藏着十足的警惕。

"我只是提出个疑点，"宣玑笑了一下，不躲不闪地回视着盛灵渊，"也可能是大妖们那天正好吃坏了肚子，或者正好对巫人族咒术过敏什么的。"

盛灵渊心想："这小鬼，面热心冷，一肚子贼心烂肺，有点火都在翅膀上烧完了。"

挺好的。

心太热的人长不大，像阿洛津，就没什么好下场。

盛灵渊忽然说："我的老师在青史上留下名字了吗？"

"您的老师……哦，留了，可显赫了，"宣玑回忆了一下，"楼底下小孩课文里都背过，‘帝师丹离，面若好女，不食谷，少事武帝，为其深谋数年，复国还都，以为相，又五年，斩……’”

最后一句本来是个考点，宣玑差点脱口而出时，猛地反应过来自己在对谁说话，堪堪咬住舌尖。

又五年，斩首于市。

是了，这位武皇帝的“丰功伟绩”里，还有“弑师”这一条。

盛灵渊的眼睛漆黑沉寂，周遭映进去的光，都像冰面上反射的火光。

宣玑失言，连忙强行把话音一转，假装无知无觉地说：“啊……那个，话说回来，他真的长得特别眉清目秀吗？您不知道，光是史书上‘面若好女’一句话，这 IP（指知识产权）就能再火五百年，演他的电视剧我都看过好几部了，他老人家在里头分别娶了好几房玛丽苏，看到最后我都串了，到最后也没弄清他对象是谁。”

“什么……劈？”盛灵渊听得满头雾水，见宣玑那没正形的眼神，就知道又不是什么正经话，就摇摇头，眼角轻轻一弯，“丹离终身未娶，只有一位红颜知己随侍身边，女子闺名我不方便在背后说，不过她不叫那个……那什么苏。你们现在都喜欢给古人编派这种事吗？”

宣玑瞬间福至心灵：“放心，编绯闻的没拿您下毒手。”

盛灵渊眼角跳了跳，表情有点古怪，又有点啼笑皆非。

宣玑：“因为史书里说您这个……比较威武雄壮。”

身长九尺，像托塔天王，砍人如切瓜。

“嘶……一身正气，能屏蔽绯闻。”

少女心一见您那张画像就高位截瘫，再也蹦跶不起来了。

盛灵渊少见地无言以对了片刻：“……多谢手下留情。”

他一笑，眼睛里面的幽深的冷意就全碎了，提起被自己亲手处斩的老师，态度从容，就跟饭后闲聊自己高中班主任似的。让宣玑一瞬间有些怀疑起史书的真实性——既然武帝并没有长满脸横肉和大胡子，那……

那些个什么“杀亲弑师”的传闻，是否也是后人为了哗众取宠瞎编的呢？

“帝师丹离，是什么样的人？”

盛灵渊眯眼望向远方，听了这句话，眼角的笑纹忽然就平了。

好一会儿，他才继续用那种不咸不淡的闲聊语气说：“他啊，惊才绝艳，文韬武略，我从小跟在他身边长大，是他一手教出来的。他死后很多年，民间仍在给他立祠堂，百姓把他当神，被我下旨禁了，屡禁不止，只好立下重刑——胆敢刻印、描绘丹离者，视同谋反，夷三族。”

山谷的风倏地阴森起来，吹得人浑身发冷。

盛灵渊负手而立，目光依旧投向远处的山谷。那里突然开始崩塌，这说明他的记忆正往更黑暗的地方滑落，而他的神色竟毫无变化：“你不是觉得我们两人从妖族手中逃走太轻易吗？的确——如果我没猜错，丹离当时应该就在这附近，他好不容易把我养大，自然不会让我死。”

宣玑悚然一惊，忘了敬语：“你是说……”

“我以为自己是走投无路，揣着十二个为我而死的侍卫名牌，被追杀到巫人族，其实所有的险象环生，都是精心设计。”盛灵渊眼角殊无笑意，嘴唇却翘了起来，“小鬼，教你个乖，这世上，没有巧合的事。”

这位陛下不但是个无神论者，还是个阴谋论者。

然而宣玑已经来不及多想，世界转瞬坍塌到了他们脚下。宣玑一把拉住盛灵渊，两人往更深的地方掉去。失重感骤然淹没全身，宣玑强忍住自己拉开翅膀、对抗记忆空间的冲动，心里已经浮起了整个事件的轮廓——

混战时，人族人口虽然远多于妖族，但缺少核心战斗力，人族里的修士不知道要修炼多少年，再加上法宝，才能勉强跟妖族一战，普通百姓遇到妖魔鬼怪，基本只有任人宰割的份，一个小妖随便呼出一口毒气，屠个村跟闹着玩似的。

当时，皇族寥落，人族群龙无首，绝望的人们全部希望居然寄托在一个虚无缥缈、漏洞百出的预言上，哪怕预言的主角是个才十岁出头的孩子。人族唯一的翻盘机会，就是尽可能地争取各种助力。其中，巫人族至关重要。

实力强大是一方面，还因为巫人族发明的咒术做成特殊道具，普通人也能当武器使用。

唯一的问题是，巫人族虽然友好，但从来不出东川。他们性情平和淡薄，没有争心，平帝高官厚禄都打动不了他们，更别说现在人族这帮亡国的丧家之犬了。东川有群山、有天堑，有巫人族布下的大阵，与世隔绝，外面不管打得怎样腥风血雨，人家“躲进小楼成一统”，为什么要出来蹚浑水？

威逼利诱都不行，所以丹离设计了第三条路，苦肉计——小皇子十岁，弱质孩童，穷途末路，以巫人族的心性，不可能对无辜稚子见死不救。

而只要这孩子踏上了巫人山坡，巫人族一只脚就被拉进了人族阵营。

大人物们眼里只有利益，但少年心里还有真情。

乱世里的真情是稀世利刃。

史书上所有的一笔带过，都有机心万千。

“溯洄”的记忆空间里飞快地掠过无数故事——阿洛津选择了他要追随的背影，从那以后像变了个人。巫人族的年青一代以他为核心，再也不能像先祖那样甘于平静。他们血气方刚，渴望在天地间留下自己的名字。

六年后，人族苦战多年，总算打穿了妖族在东川外围的包围圈，派人迎他们走失的太子回朝。阿洛津和作为族长的父亲大吵一架，义无反顾地带着反叛的年轻人们出走，奔赴一场平定四海的大梦。

宣玑眼前闪过了不少乱七八糟的片段，都不太美好，他们刚开始应该挺难的。

离开东川，十六七岁的盛灵渊正式继位，那时候他已经长成大人的模样了，除了过得太苦瘦了点以外，五官、身量其实跟眼前的男人没什么差别，但又完全不像是同一个人。

少年天子总是满身疲惫，除非见人，不然那脸可能就没洗干净过，他好像随时随地能拄着刀剑站着睡着，嘴唇上刚刚长出一圈绒毛，想起来就用刚砍完人的刀随便刮一刮，想不起来拉倒，几乎有点邋遢，也难怪会留下那么一张夜叉似的画像。

可是当他睁开眼的时候，那双眼睛里是有光的，坚如磐石地楔在风雨中，亮得惊心动魄。

那是一双会吸引人追随的眼睛。

宣玑对上那少年的目光，心口忽然绞痛了一下，正巧少年天子步履匆匆地从他身边经过，宣玑下意识地伸手拦了一下，两个身在不同时空的人却彼此穿了过去。

“我在干什么？”宣玑蜷了蜷自己的手指，这时，两人落在了实地上。

宣玑回过神来，看见阿洛津飞着一脑袋小辫追着盛灵渊跑过去。巫人族的少年才十四五岁，比同龄人发育迟缓，个子不到宣玑肩膀，蹦蹦跳跳的小样像个赶着去上体育课的初中生，宣玑总觉得他飞起来的小辫里应该编一部《未成年人保护法》。

“这个阿洛津……这么一点大就继任族长了？”

“啊，”盛灵渊似乎是凉凉地笑了一下，“好问题。”

下一刻，眼前画面再次崩溃，宣玑脚下一震，听见一声嘶吼。

“让开！放开我！”阿洛津双目血红，三四个巫族青年一个没按住，让他冲出了帐外。

“少族长，别冲动！”

阿洛津刚冲出帐外，一匹快马就急刹在他面前，马停得太急，前腿高高抬起，差点把背上的人甩下去。马背上的骑士正是年轻的人族皇帝，他不知在哪儿受了伤，胸口缠满了绷带，微微渗着血，跳下来时脚步踉跄了一下，死死地攥住马缰才没跪下。

阿洛津一见他，满眼的红丝像是要滴下血来，艰难地挤出一句话：“哥，他们胡说八道……是不是？”

盛灵渊发青的嘴唇动了动，没发出声音。

“他们胡说的！他们看我不顺眼，编瞎话来骗我！是不是？”

少年盛灵渊倏地一低头，俊秀的脸像是被尖锐的痛苦划破了，他强撑一口气，咬紧牙关，哑声说：“半月……前，你寄回族中的书信途经川西……被飞鼠一族截下，信使被制成人肉傀儡，送入族中，族长……族长一时不查……阿洛津！”

阿洛津晃了晃，颓然跪下。

那一瞬间，几千年后的老鬼盛灵渊同当年的少年天子居然同时伸出手，一个轻轻按住阿洛津的头顶，一个颤抖着拢过少年的后脑勺。

隔着时空，两个盛灵渊的手碰到了一起。一样的骨、一样的肉，然而老鬼的手养尊处优，宛如雪雕，冰冷而优美，少年的手却布满了大大小小的伤痕，掌心薄茧丛生，被马缰勒出一道红痕，像是有温度的样子。

两只手放在一起触目惊心，连老鬼自己也感觉到了，倏地将手缩了回去。

“那天是过年，”盛灵渊定了定神，对宣玑说，“人族的年，跟巫人没什么关系，但他们好奇，也好热闹，是节就过，跟来一起吃酒。军中没什么好玩的，酒过三巡，摔跤比武的都累了，有人开始击筑唱歌。有个小兄弟唱起家乡小调，边唱边哭，因为父母兄弟都已经死于战乱，他无家可归了。阿洛津听了半天没言语，晚上回去，头一次写了家信，托最信得过的人悄悄送回族里……连我都瞒着，事发之后才知道，他是不想让我觉得他很软弱——不料铸成了大错。”

宣玑立刻敏锐地追问：“这个所谓‘最信得过’的人是谁？”

盛灵渊低叹一声，双手拢回枯草织就的袍袖中：“看来你是猜到了。”

“阿洛津仓促带族人跟我出走，全无准备，连人族官话也不会几句，懵懵懂懂的。我初继位，焦头烂额，难免顾此失彼，照看巫人族少族长的事，自然便落到了他……细致周到的帝师丹离身上。阿洛津与他一见如故，私下同我说，丹离身上有些东西跟大圣很像，看见他就觉得亲切，”盛灵渊说，“于是跟着我一起，以‘师’相称。”

宣玑忽然觉得有点不对劲。

"丹离"这个人应该非常重要，不管是正面的还是负面的，可是直到现在，他还没在盛灵渊的记忆里看到过这个人。

这个"溯洄"记忆空间里，所有细节都极有质感，每个人的脸、行为举止都十分清晰，到现在为止，少年天子身边的侍卫、重要的臣属和将军，甚至阿洛津那里比较活跃的巫人，宣玑都眼熟了一大帮。

可其中，怎么会没有丹离？

按照这位陛下的说法，丹离应该和他、阿洛津都很亲近才对。

那会儿又没有互联网，不同框怎么亲？

宣玑脑子里闪过无数可能性，目光忽然一凝，他激灵了一下，把手插进了裤兜里。

那本《东川巫人书》里记录人魔一段，还有一句话："魔噬人心，不可信。"

宣玑不动声色地问："所以老族长就是被阿洛津这封致命家信害死的，阿洛津继任，巫人族彻底跟妖族仇深似海，全族正式倒向了你们——这是哪一年的事？"

第十四章

盛灵渊回答："平帝三十一年。"

这就和宣玑熟悉的历史对上了——武帝复国之后，才改弦更张，翻新年号，在此之前，他虽然已经称帝，人族沿用的却还是前朝的历法。而其中，"平帝三十一年"是个很重要的年份。根据史料记载，这一年，少年天子才满十八岁，率土之滨各族、各部落，纷纷前来归顺，像散沙一样的人族凝聚在新的王者帐下，成了九州混战中局面逆转的重要转折点。

史料里只记载发生了什么事，没说是怎么发生的，宣玑以前看到这段的时候，百思不得其解，一直想不通在那个没有广告和媒体的年代，一个十八岁的小青年是怎么把人头拉得这么齐的——毕竟，他之前好像也没什么大功绩。

此时，宣玑才恍然大悟，原来这里头最举足轻重的巫人族站了队。

巫人族神秘、强大、一直避世不出，他们突然宣布投入人族阵营，变成了一根相当唬人的风向标。其他部族看见了，以为这帮巫人有什么内幕消息，连忙一窝蜂似的效仿，唯恐自己慢人一步分不着羹。

如果这都是丹离一手策划的，那这位老兄确实是个大 IP！

“阿洛津继任以后呢，怎么就从同舟共济，变成同室操戈了？”

盛灵渊闻声抬起头，望向遥远的天际，天边一颗流星粗鲁地撕开夜空，猛地朝地平线砸了下去，他俩身后的场景再次碎了。

人无百日好，花无百日红。

走投无路时候是患难兄弟，做大做强了，当然就得分出三六九等来，这是自然规律。

匆匆数年，光阴便如同那年月一般兵荒马乱。巫人族的咒术神鬼莫测，让人畏惧，阿洛津又是个不受委屈不吃亏的臭脾气，虽然不拘小节，但看得出别人防他，当然就不会主动往上贴。

他从小被族人宠坏了，一下背负起深仇与全族，差点被山大的压力压弯了背，偏偏还倔强得很，不愿意让别人看出自己的局促，每天强撑面子，于是久而久之，人也变得有些阴沉乖张起来，越发不好相处。

人族，除了吃喝拉撒，独有的天赋大概就是告状和内斗了。

人族特产有揣摩上意，往最歹毒地方捅的“阴状”，有大呼小叫，恨不能一头磕死在皇上脚下的“道德绑架状”；还有拉帮结伙、一拥而上“念经状”，非要把少主念得耳根生茧，以后提起“阿洛津”，脑子里能自动蹦出十大罪状不可。

“陛下，巫人族是我臣属之邦，那阿洛津族长与您没尊没卑，直呼姓名，成何体统！”

盛灵渊虽然从小就是个笑面虎，年少时到底还不会收敛锋芒，做派强硬，听了这等无理取闹的状告，当即笑眯眯地表示“朕大名又不叫狗剩，还算拿得出手，别人要是愿意叫，朕也答应”。

“陛下！巫人族长贪杯好色，酒后出言无状，唐突功臣！”

贪杯就算了，还好色？少年天子听完，眼角乱跳，掐着手指头数，也没弄明白自家“功臣”里谁的色相值得唐突，只好委婉地表示“受委屈的朕来安抚，但你们不要趁阿洛津喝多了就占他便宜”。

“陛下，有一巫人少年用妖咒伤了郑大夫之子，那阿洛津族长非但不主持公道，还口出不逊！”

盛灵渊表示此事严肃处理，然后把闯祸的熊孩子和熊孩子头头阿洛津一起抓来，一人打了十个手板。打完自己又私下偷偷去哄，那天恰逢巫人族一年一度的“驱秽节”，这天夜里巫人的孩子们都要戴上木头面具，由族中父兄领着，在有月光的地方秉烛夜游，从南往北，唱驱秽歌，祈求来年健康平顺。阿洛津自继任族长，虽仍是少年，却也等同于成人，再没有戴过面具，人皇兄长便亲手雕了一个给他，换了便装，陪着他在巫人族火树银花之夜里逛了三里，直到被繁杂事务喊走。

“陛下，那阿洛津不服军令，执意屠城！敌已投降，此举非但有伤天和，落下这样的名声，日后再战，对方必与我鱼死网破，得枉送多少将士的性命啊，陛下！”

盛灵渊听见“屠城”两个字，终于从书简中抬起头，看着案前伏地不起的人族将领，这次，他沉默了好一会儿：“把阿洛津叫回来。”

人族将领以为被巫人蒙蔽的少主终于清醒了，满怀希望地抬起头。

就听盛灵渊“咔嗒”一声放下笔，又低声说：“此事不要声张，对外……对外就说那守城的妖族诈降，图谋不轨，被阿洛津发现，以儆效尤吧。”

人族将领的脸彻底绿了。

“还有前来投诚的半妖，”少年天子没注意部下的愤怒，心事重重地说，

“朕应许过给他们庇佑，但……哪怕他们不被妖族接受，毕竟也有那边的血脉，他们要是来了，记着避着点，尤其别让巫人族看见。”

告状的将领捶胸顿足，认为少主是被巫咒迷了心窍，气成个球，鼓鼓地滚出去了。

宣玑明明是冷眼旁观，此时却不知怎的，把自己代入了那些一次次告状失败的人族百官身上，心里无端起了郁气：“他凭什么这么偏心？”

随即他回过神来，又对自己心里这股郁结莫名其妙：“关我什么事？”

盛灵渊从小万事靠自己杀出一条血路，自来强硬惯了，当了皇帝，也是想怎么样就怎么样，因此一开始，他并没有发现自己任性偏袒会激起什么反噬，等他意识到的时候已经晚了。

“丹离警告过我两次。”盛灵渊用挑剔的目光看着青涩的自己，“第一次，他说我给巫人族的太多了，我没听。第二次，他说阿洛津对妖族太过偏激，战时或许尚好，将来战事平定，必有祸端。我想，杀父之仇怎么能心平气和，还是没听。”

“但是妖族其实不是一个族，”宣玑对战局发展居然异乎寻常地熟悉，自然而然地说，“本来就有飞禽有走兽。这里头有愿意跟着妖王打仗的，有一开始就反对的，有旷日持久打疲了、想回深山老林休养的，还有根本不被妖族接受的混血半妖——所以打到最后，反而会有很多妖族和半妖倒向人族这边。这些支持都是你们求之不得的，可是阿洛津受不了吧？”

阿洛津长不大，他的世界非黑即白。

“为了给投诚的混血半妖一个位置，我下令设‘十三司’——也就是清平司的前身，此事是瞒着阿洛津的。可是盼着他不得好死的人太多了，转天就有人把消息泄露出去，阿洛津听说，居然从前线擅离职守，跑回来跟我闹。”

“你答应过我什么？你答应过我什么？你说过要帮我报仇，现在又和这些畜生把酒言欢？你这个骗子！”阿洛津确实被惯坏了，一直拿人皇当一起长大的小哥哥，即便嘴里跟着别人叫“陛下”，也都是类似过家家的心态，心里没当过真。

对着兄长大呼小叫，顶多挨俩耳刮子，可是对着统领百族的人皇口无遮拦，那就是大逆不道了。

盛灵渊对他固然是没什么脾气，但他要顾虑的事太多，在这个节骨眼上，人皇的尊严不能有损，不然以后队伍没法带了。他只好趁着众人没反应过来，拿下撒泼的阿洛津，关了小黑屋。本来是想等到夜深人静，他能短暂地从“陛下”的盔甲里逃脱一会儿，变回“灵渊”，再去哄阿洛津。

兵荒马乱地押走了阿洛津，年轻的盛灵渊被他气得心口疼，就听一个声音从帘幕后面响起：“陛下放心，少族长闯进来的时候，我已经让人屏退了左右，听到的人不多。”

这声音听得宣玑激灵一下，不知道是不是他的错觉，他觉得这声音里有种阴森森的……熟悉的死气。

面色铁青的少年天子撤去脸上强撑的威严，露出无奈的疲惫，低低地叫了一声：“老师。”

那人隐在帘幕后，还是不见人，只露出一条黯淡的影子，慢条斯理地对盛灵渊说：“少族长对妖族的仇视必成隐患，陛下，这话我当初和您说过了。”

“朕……我知道，”年轻的盛灵渊茫然地叹了口气，“但老族长……老师，您干什么？”

影子忽然在帘幕后面跪了下去，以头伏地：“陛下，还有一件事，您或许不知情。”

宣玑和记忆里的少年盛灵渊一起朝帘幕走去，少年天子是为了搀扶起自己的老师，宣玑则是抓心挠肝地想看看，这个丹离到底长什么样。

就在这时，旁边传来一声痛苦的闷哼，这个记忆场景陡然碎了。

盛灵渊死死地按住自己两侧太阳穴，踉跄了半步，正好撞在宣玑身上。宣玑本能地抬手接住，吃了一惊——这身体竟然是温暖而真实的，像每天在公交地铁上与他摩肩接踵的人类的身体，有血有肉。

“您这是……”

“孤魂野鬼当惯了，披上人皮……一时有些……唔……”盛灵渊艰难地挤出几个字，撑着宣玑的胳膊，想自己站稳，那手指布满冷汗，竟在打战。

宣玑突然想起有一本野史上考证，说武帝少年时经天纬地，后期却暴行连连，性情大变，这不太正常，所以很可能是因为有病——猜测症状应该跟神经衰弱差不多，包括睡眠困难、持续耳鸣，以及随时发作的偏头痛，等等。

那文章写得没凭没据的，宣玑当小说看了，难道……居然是真的?

不知道是不是因为突发的头痛，盛灵渊的记忆忽然不那么清楚了，“溯洄”空间里，两人周遭很多东西混乱起来，无数人来了又走，喧嚣叫嚷、哭闹、争执……

“陛下！”一个遥远的声音传来，宣玑怀里的盛灵渊下意识地一偏头，像是被那声音刺痛了一样，“阿洛津族长越狱跑了！”

“轰”的一下，宣玑的脚又落在实地上，换了新的记忆场景，周围又是一片漆黑，景物十分眼熟。

他俩回到了那个满地白骨的巫人冢。

只是这时的“巫人冢”还只是个山洞，没有铺满死人。宣玑耳边传来盛灵渊痛苦而压抑的呼吸声，接着，他手里一空，盛灵渊甩脱了他，晃了晃，站稳了。

“所以刚才丹离突然跪下，后来对你说了什么？”

盛灵渊沉默了一会儿：“巫人族老族长之死的真相——他向我坦白了，阿洛津的信使是他派的，所谓飞鼠族子虚乌有，那个‘信使’本身就是个人皮傀儡。丹离说，那时我们别无办法，拿不下巫人族，整个人族都是死路一条，他只能……”

宣玑手心上似乎还残留着方才那人的体温，被山洞中的风一扫，便迅速冷静下来，他叹了口气：“陛下，你们这些伟人，手真凉、心真脏啊。阿洛津知道这件事了吗？”

“他跑出去的时候不知，那时应该只是跟我负气，”盛灵渊低声说，“阿洛津啊……被我惯坏了，太任性了。出走后他一封令箭，把前线的巫人大军全部撤走，一气之下带领族人跑回东川，破了战场上的巫人法阵。原本在抵死反抗的妖族抓住机会，疯狂反扑，我军被迫连退六十里，两城十数村落，皆落入妖族手中，妖族屠城泄愤，沿途百姓几无活口。”

宣玑听得头皮发麻：“可是前线附近为什么还有居民？为什么没有撤走？”

“呵，战乱二十年，偌大天下，早无处容身，往哪里撤？”盛灵渊冷冷一笑，提步在山洞中缓缓地走着，他的声音有些虚弱，脚步却很稳，“那时巫人奉命镇守东南一路，以其神鬼莫测之咒术庇佑一方，很多走投无路的人族百姓喜欢跟着他们，巫与人两族交融处，衣饰言语都互相学，其乐融融。巫人镇守之处甚至形成了巫村，已可落地耕种……刚收完粮，丰收，献了一半给巫人守军。”

可是巫人那年少轻狂的族长抛弃了他们。

盛灵渊如刀刻般锋利英俊的侧脸在溯洄中的巫人冢里明明灭灭：“巫人爱吃鲜果，阿洛津尤喜食梨。巫村的人族为了讨好他，便把粮食和鲜果摞在巫人军帐外……我们后来打回去收尸的时候，粟谷与尘筛都筛不开，百姓精心选的果子给铁蹄踩成了泥，浸在血里。一个老妇死后被开膛破肚，周身被食人的妖物吮得只剩下碎骨……那些兽种畜生向来挑肥拣瘦，很少会吃不鲜嫩的老骨肉，你可知为什么？”

宣玑敏感地从那男人不灭的笑意中捕捉到了某种恶毒，忽然明白，这话不是说给自己听的，是给那“溯洄”外的人魔阿洛津听的。

“因为啊，她怀里抱着一罐献给少族长的梨花蜜，打碎了，流了她一身，”盛灵渊的声音越来越轻柔，越来越残忍，他说，“想必很甜吧。”

这都是什么事儿，宣玑听着都觉得太阳穴乱跳。

“群情激愤，所有人都逼我处置阿洛津。巫人族一时成为人族叛逆，被我强行压下。我连夜赶往东川，可到底还是慢了一步。半妖、对阿洛津不满已久的人族，先我一步围困了东川，巫人族很多阵法和咒术早在阿洛津归顺的时候就献了出来，东川的保护伞在自己人眼里自然是不堪一击，他们很快攻破东川屏障，有一支妖族浑水摸鱼……啊，对，就是这个，你听见了吗？”

宣玑猛地抬起头，“溯洄”空间的山洞外，传来的喊杀声，周遭岩壁上，沙砾被震得簌簌直落。

第十五章

盛灵渊呓语似的说：“如果是你，你打算怎么办呢？”

他似乎是在问宣玑，又像是在问虚空中某个不肯现身，但一直注视着他们的人。

宣玑朝着山洞口望去。在“溯洄”的记忆空间里，这山洞还不是后来的巫人冢，也没有被埋到地下。洞口映出微弱的光，把盛灵渊的脸打得半明半暗，露出皮肉下清晰又流畅的骨骼痕迹。

洞口突然传来脚步声，有人用撕心裂肺的巫人语喊了句话。

盛灵渊的头像是更疼了，他用力把额角抵在冰冷的岩石壁上。

宣玑：“他说什么？”

盛灵渊声音有些含糊地回答：“祭坛已经打开了，老人和小孩先进去。”

“祭坛？”

“祭坛是巫人族的禁地，”盛灵渊的声音要被嘈杂的人声和脚步声湮灭了，惊慌失措的巫人族人们像被洪水驱赶的动物，与几千年后的旁观者擦肩而过，“没有解咒的咒、古老的秘术……都在这里封存，外面有比东川屏障复杂得多的封印。祭坛上供奉的是他们的山神，巫人崇拜山水，认为山神是他们的母亲，能妥善保管人的恶念，包容自己子民的一切。”

洞口又传来凄厉的喊声，这一次，不用翻译，宣玑也能猜出那人是在催促族人快逃进祭坛。可能是在“溯洄”空间里听多了，宣玑虽然不懂，却已经开始渐渐能分辨出巫人语的发音和语气。随后，喊话的巫人的声音被惨叫打断，浓重的血腥味涌进了山洞，妖兽的咆哮仿佛近在咫尺。

一个巫人族小孩扑倒在宣玑脚下，他下意识地伸手一捞，手从孩子的肩头穿了过去。

宣玑呆了呆，讷讷地缩回手，抬头问："东川被围困，屏障又破了，巫人眼看顶不住，所以他们是想撤到一个地方躲起来吗？等……"

"等我。"盛灵渊低声说。

因为每一次，阿洛津和别人起冲突的时候，盛灵渊最后还是会不忍心跟他计较，千方百计地帮他把事情圆过去。

久而久之，他觉得这是理所当然的。

只要撑过去，灵渊就会来的。

只要灵渊来了，与他反目的人族会撤走，他就能腾出手，料理那些趁火打劫的妖族畜生。

灵渊就如同祭坛的山神一样，无所不能，既是他的信仰，也是牵着他走过月光的兄长……

"等我来救他。"

阿洛津带着巫人族的勇士，拼死给族人们争出逃进祭坛的时间。宁静的东川被战火点燃，火舌掠过山野，圆滚滚的木屋、成片的树林、载歌载舞的广场与浩瀚邈远的星空……一同被那大火吞噬了。

"族长，小心！"

断后的阿洛津闻声，头也不回地从马背上滚了下来，一条巨蟒随即追至，张开足有半个山洞那么大的血盆大口。腥风扑面而来，那畜生一口把阿洛津的马从腰腹咬断，马的内脏流了一地，两条前蹄却还在往前冲。

阿洛津咬破自己的食指，飞快地在半空画了个古怪的符号，猛地往前一推，那带血的咒文和大蛇头撞在一起，大蛇与阿洛津同时弹开。大蛇往后仰，砸断了一棵合抱粗的树，阿洛津横着飞进了洞口，守候在那儿的巫人立刻催动机关，洞口轰鸣着往下沉。

"快！快！关上山门！"

宣玑这才知道，原来"巫人冢"不是因为地壳运动被埋进地里的，这是一个可以从里面封口的机关。

洞口外的大蛇不甘心地撞着山岩，砸墙的声音听得人心惊胆战，几个巫人一拥而上，扶起脱力的阿洛津："族长，这里不宜久留！"

阿洛津剧烈地喘息着："族人……"

"四万多人都在这儿了，您快别担心了！"他的一个侍卫说着，弯腰把阿洛津背了起来，往里跑去。

一道接一道的石门在他们身后落下，外面的喊杀声听不见了，劫后余生的巫人族面面相觑。

祭坛的核心——也就是后来阿洛津陈棺的那个山洞，应该是不能擅入的，族人们都在外圈的山洞里休息，小声哭泣或者互相安慰。

阿洛津缓过一口气来，独自来到那山洞口，山洞口被那种会"流血"的小白花封着，只有从花藤的缝隙里，能看见一点粼粼的水光。

阿洛津神色发木，膝盖一软，颓然跪了下去。

他的父亲被妖族害死了，大圣也老了，郁郁于无可抵抗的命运，不久也撒手离去，没有留下只言片语指引他——阿洛津已经背弃先祖遗训，走上了一条布满荆棘的歧路。

他隐约觉得自己做错了什么，又不知道自己到底是怎么走到的这一步。他茫然地从怀中摸出那年驱秽节盛灵渊给他的木面具，像个找不到家的孩子，发了许久的呆，最后不知怎么想的，哆嗦着，把那代表父兄护持的面具扣在了脸上。

"那花叫作'生死花'，生在祭坛水潭中，可以清心凝神，月夜花蕊凝露如血，饮下对癔症有奇效，可使疯傻之人恢复神志……嗯，对，也能让记性不好的老东西想起生前事。"盛灵渊说，"水潭象征母亲，巫人族认为自己生于此间，死后也会回到这里，得到保护和安息。"

宣玑凑到洞口，从花藤空隙中往里张望片刻，又问："这里头有很多禁咒吗？阿洛津为什么不拿出来用？"

"他不敢，那是渎神。"盛灵渊说，"再说很多秘术杀伤力越大，付出的代价就越大。老族长走得太仓促，巫人族的咒术，很多东西阿洛津一知半解，他也怕弄巧成拙。”

宣玑抬头打量了一下周遭：“这地方躲一两天我看还不成问题——您是路上被什么耽搁了，没赶到吗？”

“不，我没耽搁，我来得正好。”

被围困了三天三夜的东川勇士们疲惫不堪，简单休整后，除了几个守夜人，其他的带着一身伤，躺得横七竖八，不省人事，连阿洛津也蜷在祭坛旁边睡着了。

山神在侧，生死花的微光照在他身上，他戴着面具，大概是感觉到了安全，睡得像婴儿一样。

宣玑眼看几个守夜人越来越困倦，然后他忽然闻到了一股有点甜的香味，很轻，掠过鼻尖时，像是百米外的花园被微风泄露的春色。宣玑立刻捏住鼻子，心里意外地想：“那时候就有‘带路党’了？这叫什么？‘巫奸’？”

果然，就看见几个守夜人摇摇欲坠了一会儿，都倒下了。

随后，一个阿洛津贴身的侍卫睁开毫无睡意的眼，缓缓地站了起来，宣玑对上他死气沉沉不像活人的眼睛，蓦地反应过来，飞快地问盛灵渊：“等一下，他不是叛徒对不对——之前说巫人族的老族长是被一个叫‘人皮傀儡’伪装的东西害死的，那这个……”

“小鬼，你的眼倒是尖。”盛灵渊说，“丹离那么个周到人，怎么会让什么东西脱离自己的掌控呢？”

宣玑一激灵。

“人皮傀儡”悄无声息地走到阿洛津身边，低头看了看一无所知的少年族长，无机质似的眼睛后面仿佛有另一个灵魂。

接着，他朝阿洛津弯下腰。

宣玑：“……”

这要是恐怖电影，他该开启“用眼角瞄”模式了。

可是出乎意料的，那人皮傀儡并没有趁机干坏事，他只是拉起一件斗篷，轻柔地盖在阿洛津身上，又把他蹭在脸上的一条脏辫拂开，像个温柔的父亲。

阿洛津感觉到了温暖，在斗篷里腻了一下，嘴里用巫人族语嘟囔了一句。

人皮傀儡似乎微微叹了口气，小心地从他腿上迈过去，朝祭坛走去。他一边走，一边从怀里摸出一根火折，手指在上面轻轻一弹，火折倏地着了，但那火看着很奇怪，不是普通的火焰色，近乎鲜红，像是快要落地的夕阳，分明是暖色，却又透着凉意。

封着祭坛的花藤好像碰到了天敌，火折一逼近，它们就飞快地退开，很快出现了一个能供一人通过的入口。

整个祭坛的全貌露了出来——水潭沉静，石台封存了大大小小的瓦罐和书写树叶。

这时，阿洛津可能是感觉到了光，迷糊地睁开了惺忪的睡眼，他整个人蒙了一瞬，终于醒了，震惊地看着自己朝夕相处的兄弟："你干什么？"

人皮傀儡没回头，一弯腰，把火折甩到潭水中，那火非但不怕水，还把水潭像汽油一样点着了！

阿洛津一跃而起，可还不等他抓住放火的人，那人的皮肤就迅速干瘪下去，贴着骨头，里头是一个木雕的傀儡娃娃。

阿洛津愣住了，突然之间，家书、被人害死的老族长，神不知鬼不觉地换掉自己从小一起长大的贴身侍卫……一切好像连成了一条线，隐约指向一个真相。

阿洛津大叫一声，扑进了祭坛。

可是已经来不及了。

背叛祖训的人，不再受山神的庇佑。神明将与泥塑共朽，或者，人们所信奉的，本来就是痴妄。

谎言终于浮起，而水在烧。

祭坛上封存的瓦罐一个一个崩裂，浮起的黑影像放出的幽灵，它们在祭坛里横冲直撞。阿洛津情急之下，只能用自己的身体堵住洞口，回头朝惊呆的族人喊："快走！离开祭坛！走！"

那些被恶毒的火焰催动的禁咒闻到了血肉的味道，贪婪地向他扑过来，阿洛津的声音陡然变了调——他的身体被一条禁咒撕裂，脸上没来得及摘下的木面具从中间裂开，只剩下半个，被血糊在了脸上。

然而眼睛还没来得及闭上，他又被下一个禁咒重新拼起，生死花由白转红，血似的流了他一身，撑着他灵台清明，他被不同的毒咒来回撕扯，生生死死、死死生生。

巫人们哭喊着往外逃去，紧闭的山门挨个打开，祭坛重新浮到地面，可是很快，冲在最前面的人就惊叫一声退了回来——洞口着着火！

那是妖火，竟烧成了纯白色，第一个上前的巫人族勇士咬了咬牙，想试着从大火里冲出去，可是才碰到那火，立刻就成了灰，火舌很快又朝山洞里卷来，见物即焚，连石头洞口都似乎要融入其中。

慌张的巫人们连忙又将祭坛沉入地下。

这时，堵在祭坛入口的阿洛津已经在“四分五裂”和“重新被缝在一起”中间来往了不知多少回，而折磨仍未结束，血顺着他的脚下流出来，凝聚在地面上一个洼陷的小坑里，接着，血上浮起芝麻大的蝴蝶幼虫，它飞快地长大，展开翅膀——和镜花水月蝶不同，这只沾着血的蝴蝶竟然在离开人体之后翩翩飞起，翅膀上闪着祭坛上邪火一样的红光，朝人群飞去！

“你不是想知道，那些不一样的人面蝶到底是什么吗？”宣玑觉得盛灵渊的声音在很远的地方响起，“喏，就是那个，是一种妖火烧不尽的恶咒。”

宣玑眼前猛地大亮，晃得他差点掉眼泪，半晌，他才发现自己的视角又颠倒到了山洞外，整个东川都被惨白的妖火包裹着，有人大喊了一声，就要往里冲。

宣玑循声回过头去，见一大群人七手八脚地按住了年轻的盛灵渊。

他其实只慢了一天……一个晚上。

“这场火烧了七天七夜，”宣玑听见身边的盛灵渊说，“没人能扑灭，你知道为什么吗？”

宣玑心头蹿起凉意。

不等他回答，情景再次崩塌，他们两人被迫随着踉踉跄跄的少年天子走进祭坛。

七天七夜之后，大火终于灭了，这里已经被烧得透透的，整个祭坛像个巨大的烤箱，四处泛着焦煳的肉香，里面的人早该被焖熟了，可那些焦尸却一个个都站着！

他们像没事人一样地谈笑风生，像盛灵渊记忆里，傍晚后的山顶广场一样。

完好无损的阿洛津在山洞尽头的祭坛门口，透过人群，意味不明地朝他望过来，像是在笑，又像是嘲讽，一歪头，头就掉在了地上。

阿洛津叹了口气，朝自己的头招了招手，那少年雌雄莫辨的大好头颅就滚了回去，被他拾起来，不甚灵便地安在颈上。他脸上的木头面具只剩一半，暴露在高温下的半张脸雪白无瑕，被面具保护着的半张脸反而焦黑一片、骨肉难辨。

阿洛津把面具扣回可怕的烧伤的脸上，张开嘴，声音在山洞里回响，他叫道："灵渊。"

年轻的人皇疯了，猛地甩脱随从，左右正要跟上，突然被一个声音喝止。

"站住！"来人说，"你们也想跟里面人一样吗？"

那是丹离的声音，宣玑蓦地扭过头去，见一个男人走出来，全身裹在长袍里，脸上蒙着面具。

一瞬间，宣玑脑子里串起了前因后果。

第十六章

数万巫人焦尸环绕在阿洛津身边，那些窃窃私语声停了下来，他们一起转向洞口，面朝着盛灵渊——记忆里的和记忆外的、三千年前的与三千年后的——无声诘问。

时空像是凝固了。

在这样的寂静里，扶着头的阿洛津站了起来，轻声细语地问："灵渊哥哥，我爹是怎么死的？”

蒙面的丹离大声说：“陛下，不可近前！”

“是他吗？”

阿洛津伸手一指丹离，他头上的眼珠就随着转了过去。与此同时，那些被烤熟的巫人也顺着他手指的方向一起偏过头。

“还是你？”

更瘆人的是，当阿洛津的头露出一个似笑非笑的表情时，所有巫人也都跟着露出了一模一样的表情。

那个明朗如艳阳的少年变成了一只蜘蛛，巨大的网上粘着无数任他摆弄的飞虫。

丹离断喝道：“陛下，阿洛津已经入魔，这洞中所有人的尸身都已经成了他的人面蝶傀儡！此地没有活人！”

阿洛津听了，纵声大笑，两行血泪从他怀里的头上流下来，所有巫人跟着他一起张开嘴。

“活人……活人就很高贵吗？”

记忆外的盛灵渊在人群外，远远地望着这出惨烈的悲剧，却不咸不淡地接上自己方才的话音：“方才那纯白之火，又叫作‘南明离火’，小妖，你自称‘南明守火人’，看不出来它和凡火有什么分别吗？”

宣玑却答非所问，苦笑道：“陛下，您这一辈子跟别人说过半句实话吗？”

盛灵渊闻声，缓缓转过头来，冲他笑了：“哦？何出此言哪？”

宣玑忽然发现，原来他左眼外眼角靠下一点的地方有个疤，基本长平了，平时看不出来，只有笑起来、卧蚕凸起的时候，才露出一点很小的白色凹痕，像一滴悬在那儿的眼泪。

这时，“溯洄”空间里，焦尸巫人们动了，他们随着阿洛津的心意往山洞外冲。另一边，蒙面的丹离飞快地结了个指印，纯白的火焰从他两袖中飞出，火焰凝成大鸟，尖唳一声，冲向死气沉沉的山洞和祭坛。

少年天子却以身体挡住火鸟，喉咙撕裂了，叫喊不似人声："住手！"

丹离咆哮道："陛下，若任凭他们离开此地，将亿万生民置于何地？"

这话一语双关——

变成恶咒的人面蝶一旦出去，不知道会有什么后果，因为这些蝴蝶明显和原有的品种不一样，弄不好会成为一场无声的瘟疫。

更不用提阿洛津，他还是个正常人的时候，性情就很偏激，他憎恨妖族，就不管妖族里是否分好坏、是否有自己的立场，凡是沾"妖"字的，他全不能容忍，凡所经妖族城池，非得屠城不可，不留一个活口。

那么……他的仇恨十倍转移到人族身上呢？

他被恶咒撕裂又拼齐无数次，求生不得、求死不能，已经活着入了魔，难道要让他杀遍天下人吗？

少年盛灵渊听懂了，"轰"的一声，那雪白的火鸟越过他，呼啸着冲进山洞里，落在千千万万个巫人傀儡身上，人们在烈火中哀号、惨叫……就仿佛他们还活着一样。

可就是焚不化、烧不死。

少年盛灵渊颓然跪下，他眼睁睁地看着那些焦尸在火海中挣扎、不得解脱，良久，蓦地从腰间拉出一把古怪的短刀，砍向离他最近的巫人头颅。直到头颅落地，巫人才挣扎了一下，颓然倒下，一只小小的人面蝶从他们身体里飞出来。

阿洛津被漫天的火光挡住视线，嘶吼道："丹离！你在哪儿？你这个骗子，你在哪儿？你不得好死啊！"

丹离的声音从山洞外传来："陛下！你将他纵容到如今地步，还要纵容他到什么时候？"

少年盛灵渊大吼一声，冲进了祭坛。暴虐的火像有意避着他一样，连他一个衣角都不燎，从被斩首的巫人身上飞出来的蝴蝶也避着他，那些蝴蝶汇成一道白光，朝阿洛津飞了过去，翅膀上无数张人面，凝成了一张似喜还嗔的脸，被随即追至的盛灵渊一刀劈成两半。

短刀去势不减，烈如白虹，捅穿了阿洛津的胸口。

那刃上寒光倏地一闪，刀柄上，一串巫人文字显露出来。

阿洛津难以置信地看着那刀：“这是我第一次带着族人……离开东川……从我爹那儿偷出来的那把……保平安、驱百邪……哥……”

我把它送给了你。

记忆里，少年天子痛不欲生。

记忆外，千年幽魂束手而立，浑似事不关己。

宣玑飞快地往后退去：“我可没得罪过您。”

盛灵渊眼角的笑意加深了些：“那你眼中为何会有一本《千妖图鉴》？你可知《千妖图鉴》是丹离亲手所做，不管尔等扣住朕的尸体有何目的，养魔尸就要做好被反噬的准备——”

“丹离”俩字话音没落，山洞里的烈火突然激起狂风，伴随着阿洛津撕心裂肺的吼声呼啸而出，卷起了蒙面的丹离脸上的面具。

丹离的面具被那狂风刮走了，面具下面，赫然是一张和宣玑一模一样的脸！

那张脸露出来的瞬间，宣玑身后，一只手就撕开虚空伸了出来，手心有个血窟窿，一把扣住了宣玑的脖子，而几乎与此同时，盛灵渊倏地动了，他以宣玑为盾，手里又不知什么时候多了一根钉子，也不管那只手是不是还扣在宣玑的脖子上，直接钉了下去。

宣玑心里大骂：“我就知道！”

指望老魔头饶他一命是扯淡了，千钧一发间，他只好自救，宣玑从兜里抓出一枚硬币，那硬币上沾着火光，猛地往那只掐住他脖子的手腕上一按，“刺啦”一声，那手差点被烫糊了。宣玑趁手松开时险险躲开，盛灵渊的钉子楔进了手心的血窟窿里，钉子这头进那头出，擦破了宣玑脖子上的一层油皮——幸亏他躲得快，不然得让老魔头一起穿成糖葫芦！

盛灵渊毫无诚意地说：“抱歉，事从权宜，没想伤你。”

宣玑对武帝最后的敬畏也灰飞烟灭了，从牙缝里挤出一句：“问候您。”

下一刻，一个人蓦地被盛灵渊从虚空中拖了出来，正是阿洛津——眉心有血洞，从棺材里爬出来的那位。

抓住阿洛津的一瞬，溯洄咒碎，周遭所有回忆的情景全部破裂，他们又回到了那个阴森的巫人冢里。

盛灵渊出手极快，而且毫不犹豫，一眨眼的光景，阿洛津四肢、胸口全被钉上了钉子，他怨毒的目光却瞪在宣玑身上。

“你瞪我干什么？！”宣玑气急败坏地捂着脖子，冤得胃疼，“还没反应过来吗？他就地取材，随手拿我当诱饵引你出来，那个记忆里的丹离根本就是他老人家自己精分的，丹离根本不长那样！怎么魔头圈里还有阁下这种傻狍子？”

阿洛津对这种现代汉语和网络流行语交杂的口音适应不良，一个标点也没听懂，依旧是仇恨地瞪着宣玑。

盛灵渊轻轻一挑眉：“聪明啊小鬼，什么时候看出来的？”

宣玑用力清了一下沙哑的嗓子，假笑：“您说自己因为留恋，容易被困在少年的记忆里，让我提问的时候，我就觉得不对——那一段真是您的记忆吗？”

溯洄里的记忆明显是有丰富感情背景的，恩怨情仇、爱恨交织，跟老魔头古井似的态度明显不配套，相识一场，宣玑早发现了，这老鬼根本一点人性也没有，哪儿来那么一大堆多愁善感的戏份？

阴沉祭文天打雷劈的反噬他都不在乎，区区一个溯洄咒就想让他乖乖把记忆亮出来？做什么美梦呢？

盛灵渊从宣玑的表情上判断，这小鬼虽然嘴里说的是人话，肚子里恐怕已经把自己祖坟都骂翻了，泰然道：“嗯，知己。”

“丹离这个重要人物不露面的时候，我就开始怀疑你打算拿这个人做文章。”

“丹离本来就不以真面目示人，”盛灵渊说，“就算不遮脸，也必戴着人皮面具，你们后世流传的‘面如好女’，只不过是他最常用的一张面具。阿洛津至死也没见过他的脸。我可没有那样神通广大，当着‘溯洄’咒主人的面捏造假记忆。”

宣玑冷笑：“是啊，要不然你拿什么钓鱼？可是不露脸归不露脸，这个人一直在你身边，扮演重要角色，在你记忆里却还不如侍卫存在感高，这说明你在压抑自己的记忆，避免过多地想起他，否则后面的戏容易唱砸——陛下，我就算数学不怎么样，好歹也经过九年义务教育，那记忆有三个人的视角，您是觉得我不识数吗？”

这个逻辑其实很简单——如果“溯洄”咒里是盛灵渊的记忆，那么全部的视角肯定都是盛灵渊本人。

可仔细分辨，方才他们俩经历过的记忆里却有三个视角：阿洛津、盛灵渊，以及一个最诡异的——丹离。

其中，丹离视角是最后才出现的，非常隐蔽，而且内容很少，就是巫人族躲进山洞，人皮傀儡点燃祭坛的那一小段——人皮傀儡是丹离操纵的，所以它的视角其实就是丹离的视角。

一个人的主观记忆都是从自己的角度出发的，肯定不会有视角变化，也不可能“记住”自己根本不在场的场景，何况是这种流畅如影视剧的视角变化。

所以这个“溯洄”里的记忆，绝不是一个人的。

他俩被卷进溯洄中记忆深渊里的时候，第一个场景是巫人族救受伤的小皇子，巫人族的少年族长和盛灵渊第一次相见。仔细想，那其实是阿洛津的记忆。因为当时盛灵渊是重伤状态，昏昏沉沉地被族长背上山，以他的状态很难记住被惊醒的巫人族的山坡全貌。

他俩在记忆里碰到的第一个主要人物也是阿洛津。

盛灵渊那老鬼何其敏锐，应该是那时就反应过来，这个“溯洄”里藏着施咒人。

所以一开始在少年鸡毛蒜皮的往事里逡巡不去的，根本就不是盛灵渊这个没心没肝的老鬼，而是阿洛津本人。难怪宣玑试图劝慰的时候，这“被困往事”的老鬼反应那么冷静。

盛灵渊让他“提问”，其实是给阿洛津提问的。

宣玑说："记忆里一些大事的时间点，跟我所了解的历史框架相符，所以我判断，记忆应该都是真的……不过大多数记忆都是他的吧？"

"哦，何以见得？"

"溯洄里的记忆虽然都是你与阿洛津之间的事，可你身边只有文武大臣之类面孔模糊的工具人。巫人那边却鲜活得多，巫人族各种风俗习惯展览得事无巨细，像是有人迫不及待地想告诉我巫人族兴衰起落的真相，几乎有一点'倾诉'的意思。陛下，您这样的人，知道'倾诉'俩字怎么写吗？"

盛灵渊不动如山地回答："嗯，不错。"

"而你除了压抑记忆，放空大脑，就是配合他的情绪，想方设法引他露面。"宣玑冷冷地说，"是我第一次多嘴，说你俩小时候从妖族手里逃跑这事不自然，给了您往我头上扣屎盆子的灵感吗？"

盛灵渊坦诚地回答："那倒不是，被拉进恶咒里是我的疏忽，实在局促了些，当然是手边有什么就拿来用什么。"

宣玑："……"

可真谢谢您抬举了！

"你知道巫人灭族是阿洛津最惨烈的记忆，他在这时最容易失去理智，故意不显山不露水地插了一段丹离视角。"

"这不难，想象我是他就好，"盛灵渊淡淡地说，"我本就是他一手教出来的。"

宣玑苦笑："是啊，溯洄里只有你、我和阿洛津三个人。阿洛津是溯洄咒主人，肯定能分清哪个是他自己的视角，哪个是你的视角。而突然出现的第三个视角，只可能是我的记忆——他自然而然地会认为那个人皮傀儡的视角是我的，一激动肯定会出来拿我当仇人灭，我就是你的饵、鱼漂和人盾！你给我发几份工资啊，陛下，让我一人分饰这么多角色？"

"丹离藏头露尾，一直生活在人皮面具下，"盛灵渊说，"直到朕将他下狱斩首，才揭下他的面具，下面是一张血肉模糊、五官难辨的脸，朕也不曾见过他的真实面孔，借你脸一用，多谢。"

他这句话用了字正腔圆的雅音，被他钉在那儿的阿洛津的眉目终于动了一下。

“丹离死了几千年了，”盛灵渊温柔地抬起手，盖在阿洛津的眼睛上，“你我也一样。这世间如今人与妖不分，近百年无战事。赤渊火也早就灭了，阿洛津啊……”

阿洛津嘴里吐出巫人语，说得很慢，一字一顿，以至于宣玑也分辨出来，这是记忆里他临死前说过的话。

宣玑：“他说什么？”

盛灵渊没回答，把最后一根钉子钉进了阿洛津眉心，阿洛津终于不动了，熠熠生辉的眼睛里，眸光渐渐黯淡下去，合上了。

盛灵渊抱起这具可怕的身体，飞身落入水潭中间的石棺里，重新将他放了回去。随即他一拂袖，石台上的阴沉祭文分崩离析。

宣玑没过去，脖子上还有一圈被阿洛津掐出来的印，远远地看着那魔头惺惺作态——盛灵渊伏在棺材上，注视了阿洛津很久。就跟他在意似的。

“我说，陛下，”宣玑双臂抱在胸前，半带嘲讽地说，“您这谢幕造型摆五分钟了，够观众合影的了，撤吧。”

盛灵渊这才如梦方醒，抬手推上了棺材盖，缓缓直起腰。

就在这时，撑在青铜棺上的胳膊肘一软，盛灵渊猛地扭过头，捂住嘴——

血从他的指缝里渗了出来。

第十七章

东川机场，写着“风神”字样的小飞机上下来几个人，都身着便装，低调地开车进了东川市区。

其中一个娃娃脸青年，打扮得颇为时髦，一边走一边嚼口香糖，脖子上挂着块秒表，正是风神第一支队的小队长张昭。他身边的女外勤戴着一副巨大的蛤蟆镜，长着一副好像总也睡不醒的眉眼。别看这位一脸亚健康，也是个人物——正是在赤渊医院支援过宣玑的二队队长谷月汐。

这二位放哪儿都能独当一面的特种外勤，这回出来却都是跟班角色——领头的那位猿背、宽肩、光头、古铜色的脸，嘴角要掉不掉地挂着根烟，让人一见，心里立刻能浮现出“老爷们儿”这个词来，整个人弥漫着一股越野气质。

这人姓王，叫王泽，水系特能，是现任特种部队“风神”的总负责人。

王泽神龙见首不见尾，很少回总部，一年到头流窜在全国各地。安全部的领导每次找他都逮不着人，气得直蹦，又抓不着他把柄——每次有什么地方需要“风神”支援，他们的人总能第一时间赶到现场，从没失过职。

“这个老肖啊，我看他自打升官，小脸越来越白，官威越来越大。”王泽嘴角的烟一翘一翘的，懒洋洋地抱怨说，“我风神十支特种队伍不够他调，还隔空直接支使起我来了。”

谷月汐正色说：“事关镜花水月蝶，现在局里人心惶惶，肖主任的意思是，这事知道的人越少越好。”

王泽从鼻子里哼唧了一声：“上面腐败让老子跑腿，烂到根里了，要不我懒得在总部待着……行吧，现在什么情况？”

张昭刚发完信息，闻声抬起头：“哦，就东川那老僵尸——月德老鬼，也不知道是火化的钱没攒够还是怎么，捞钱捞得丧心病狂。放手下一帮徒子徒孙，弄邪魔外道的玩意给人下套，再自导自演自己解。他们用的工具疑似是从一个古墓里挖出来的镜花水月蝶虫卵，搞不好那个会传染的幺蛾子就是从那里头飞出来的。”

谷月汐一板一眼地说：“月德公一共四个徒弟，现在都不怎么露面了。活跃的都是徒孙一辈，我们取得了其中几个重要人物及其家属名下的机动车行车记录，通过交叉对比，大致圈定了古墓的位置——应该就在‘东璧’山区里，正好跟善后科发来的定位重合。”

“奇怪了，姐姐，”张昭说，“善后科那帮废物怎么找到古墓位置的？”

“怎么说话呢？”谷月汐呵斥了他一句，又说，“善后科的负责人意外跟嫌疑人一起被拉到了古墓里。他们那儿有个年轻人的特能正好是‘视物寻人’，拿着宣主任的私人物品，一路追踪到的。”

张昭乐了：“我天，这特能太强了，能跟警犬选美。”

谷月汐面无表情，严厉的目光从蛤蟆镜后射出来。

“我错了。”张昭做了个鬼脸，在嘴上做了个拉拉链的动作。

“东璧山区是吗？让善后科的小萝卜头们乖乖等着，别乱动。”王泽叼着烟，笑出一口鲨鱼似的大白牙，“等着咱去解救他们爸爸——哎，我听说善后科这奇葩新主任也是个雷火系，月儿你见过是吧？怎么样？”

谷月汐若有所思地顿了顿，谨慎地说：“我说不好。”

王泽一愣：“嗯？”

谷月汐扶了扶脸上的蛤蟆镜：“我从他身上看见的能量特质是火焰色的，感觉他应该属于雷火系，偏火——但……当时在赤渊医院里，他还表现出了一点金属系的能力，应该是特殊武器。可是按理说，金火相克，武器和自己属性不合，战斗力会打折扣，一般雷火系的人会避开金属系和冰水系的武器。哦，对了，他手里还有一把剑，从脊骨里拔出来的，拿着那把剑能跟当时的人魔分庭抗礼。”

张昭“哇”了一声：“从后背里拔剑，听着好牛，什么样的剑？”

谷月汐摇摇头：“我看不透。”

张昭年纪小，嘴快：“姐姐你的‘透视眼’上一次看不透的还是……”

他说到这儿，猛地反应过来什么，闭了嘴。谷月汐皱了皱眉，车里一下安静，气氛忽然变得有些异样。

王泽脸色一沉，喷出一口白烟，白烟有灵似的逆着风飞到张昭面前，糊了他一脸：“就你有嘴，一天到晚舌头八尺长——肖主任来信了，看他说了什么。”

“哦，”张昭老老实实地拿起他的手机，“肖主任说‘月德公可能已经知道你们到东川的消息了，你们现在在别人地盘上，小心点’。”

“搞笑，山在，老子在，那僵尸老兔子还敢把我们一炮炸上天是怎么的？”王泽一脚踹进了油箱里，“咱走着瞧……”

“别走了队长！高速出口又开过了！”

罗翠翠发的定位是个很偏僻的地方，王泽长得像个越野旅行家，谁也不知道他私下里找不着北，在高速公路和盘山路间来回转了八圈，他才冲破“艰难险阻”，跟善后科聚齐。

“来晚了！不好意思，太不好找了。这种神神道道的古墓周围一般都有不明磁场，干扰导航。”王泽臭不要脸地给自己找理由，“哟……这怎么回事，怎么还有一位伤员？”

杨潮四仰八叉地摊在地上，脸上还有泪痕，仍在那儿奄奄一息地抽噎着——自从到了这一片山区，他就跟被鬼上身了一样，莫名其妙地哭，眼泪流得根本停不下来，这会儿已经连说话的力气都没有了。

“不知道，突然就这样了，”罗翠翠忧虑地回答，“可能考研压力太大吧。”

王泽：“……”

早听说善后科儿女多奇志，果然名不虚传。

“王总，这地方不对劲。”谷月汐忽然出声。

“怎么？”

谷月汐把她半夜三更也不摘的蛤蟆镜推到了额头上，一双瞳孔缩成了竖瞳：“你看那座山。”

这里曾是武帝魂牵梦萦的桃花源东川，巫人族的人阵早已湮灭在时光里，此地虽然经历了无数次战火洗礼、几千年地质变迁，气候已经大不相同，自然环境依然十分优越。已过中秋，夜凉了，山色犹媚，远近群山郁郁葱葱，水汽遇冷，就绕山浮起了白练似的薄雾，随风缓缓地流。

“确实……不对劲。”王泽顺着她手指的方向眯眼望过去，缓缓地吐出一口烟圈——只有一座山上没有雾。

一行人快速来到那没有雾的山脚下，植物系的罗翠翠突然一惊一乍地“啊”了一声：“这些树是假的！”

怪不得没有雾，纸扎的树不会呼吸！

王泽掰下一片树叶塞进嘴里嚼了两下，“呸”的一声吐在地上：“幻术，山上的树是纸糊的，江湖谣言说，月德老兔子祖上是给人出殡办大操的，我看不是空穴来风……跟紧我，别掉队。”

看来没找错地方，王泽一边吩咐平倩如随时注意联系宣玑，一边一马当先地沿着条人工痕迹很重的石子路走上了种满了假树的山。

就在他们几个人消失在树林中之后，几辆黑色的车停在了山脚下，一群人悄无声息地从车上下来，领头的是个老头，穿着一件深色的唐装，一举手一投足，完全像照着月德公长的。

“师父吩咐我妥善处理，那我就做主了。”老头沉声说，“既然异控局这么不把我们放在眼里，觊觎我派不传之秘，那也别赖咱们心狠手辣——灭口，然后烧山，要确保人证物证都不在，听懂了吗？”

几个徒弟从车的后备厢里扛出了几口箱子，里面装的东西像大一号的重机枪，但仔细看又不是，那东西“枪口”有碗那么大，刻着复杂的咒文，在月光下闪过冷冷的流光。

唐装老头面沉似水地一挥手，手下们抬着武器往密林里鱼贯而入。

纸糊的树丛深处有几间小屋。

“不是荒废的，”王泽在桌上抹了一把，“刚落上薄薄一层灰，前不久应该还有人在这儿住过，清空了，老东西挺狡猾……那孩子，你别坐井边上，一会儿再掉下去。”

院里有一口井，抽抽搭搭的杨潮可能是有点脱水，走不动了，顺势坐在了井边上。自从进了这片假林子，杨潮的鼻炎就犯了，不但是哭得停不下来，他还涕泗齐下，很是辛苦。听见王泽的叮嘱，杨潮红着眼圈抬起头，一脸如丧考妣的倒霉样，擤了一把鼻涕，正要从兜里摸出纸巾擦时，一不小心带出了什么东西，正是宣玑那块表。

杨潮连忙伸手去捞，不料一路哭上山来，人太虚了，他一时失去平衡，大头朝下就栽了下去。

王泽："……"

罗翠翠："哎哟，您没事咒他干什么！"

一帮人连忙围到井口查看，只见那井里居然还有水，杨潮在里面剧烈地挣扎着，王泽一撸袖子："没事，放心，让一让……宝贝儿，你先憋口气，别呛水哈。"

说着，这位资深的水系大佬就不慌不忙地打了个响指，井里的水顿时就像被什么吸了上来一样，听话地朝他手的方向涌起，井水温柔地托起了杨潮，其他人连忙七手八脚地把人往上拉。

就在这时，王泽忽然"咦"了一声，好像感觉到了什么，他一手按在了井边："这水下有什么东西。"

罗翠翠和张昭一左一右地抓住了杨潮的手，王泽松了手，井水被地心引力拽回原处，在狭小的井壁上撞出了起伏的涟漪，一直震到了地下。

"哗"的一声，巫人冢祭坛上，潭水细浪卷上石台，冰凉的水珠溅在了盛灵渊赤裸的脚踝上。

他想："一定是这具身体的原因。"

可能是被赤渊火毁过，后来又不知道被谁捡走，颠沛了几千年，破烂了……也可能生来就不是什么好东西。总而言之，这身人皮披在身上，不自在得很。胸口像是哪儿漏了，血往外涌，凉气在往里漏，血落入手心，立刻就变得同他本人一般冰冷起来。

他觉得心与肺都是空荡荡、轻飘飘的，而四肢百骸在往下沉。周遭像与他隔着一层什么，剧烈的头痛卷土重来，如同生前那样，又开始与他不死不休地纠缠。

盛灵渊膝盖一软，跪在青铜棺旁，视线模糊了，阿洛津的面孔也模糊了。棺椁上阴凉潮湿的气息透过生死花藤编织的破袍子，让他生出隐约的、朝着安息的向往。

宣玑心里一紧，先是下意识地朝他走过去。两步挪出去，他回过味来，又是一惊。

他是不爱生没必要的闲气，所以平时显得比较和气，但也绝对不是无条件热爱一切的“圣母”。根据宣玑对自己的了解，他虽不至于小肚鸡肠地趁机落井下石，肯定也没高尚到以德报怨——尤其这个人刚才两次蓄意谋杀他未果，差点把他跟诈尸的阿洛津一起装订成册。

可他看见那魔头吐血，第一反应居然是不合逻辑、也不合人性地焦躁心疼。

宣玑咬了一下自己的舌尖，企图抵挡这些魔物精神渗透的能力，冷眼看着这俩阴沉祭召唤出来的远古大魔头，心想：要是他俩能一口棺材埋了，不正好天下太平吗？

盛灵渊一直在耳鸣，有那么片刻的光景，他几乎完全失去了意识，目光难以聚焦，散乱在虚空中。从宣玑的角度，只能看见他被血糊得打绺的长发，无从揣测这皮囊下有心肝几钱。

宣玑不由自主地又走了个神，心说：“这头发洗一次不得两个小时？”

这么一晃神，他发现自己两条腿像生了反心，不等上级领导指示，就自作主张地挪到了棺材前。

盛灵渊被自己的血呛得咳了起来，他连咳嗽声都压抑，屏着呼吸，怕惊动什么似的。

宣玑一顿，警惕地扣住了自己的双手——因为他发现自己方才又有种古怪的冲动，想把那个人从棺材里抱出来。

要不是他体质特殊，他简直怀疑自己被镜花水月蝶寄生了。

宣玑尽力忽略魔头撕心裂肺的呛咳声，把自己的目光从对方身上撕扯下来，无意中低头一看，发现手机又有了几格微弱的信号。而就在这时，与他心有灵犀似的，平倩如的电话打了进来。

“通了通了！我们主任电话通了！”趁着王泽他们研究井，平倩如一直遵照肖征的指示，不停地尝试联系宣玑，功夫不负有心人，电话终于打通了一次，“喂，宣主任！听得见吗？我们正和‘风神’的同志在一起，马上就……”

平倩如话音突然哽住，她的脸色越来越白、越来越难看。

谷月汐忍不住回头问：“怎么了？”

在众人疑惑的目光下，平倩如缓缓地把手机放下来，按了免提——电话里没听见宣玑的声音，只有杂音，仔细听，那是哭声，幽幽的，不止一个人……

哭声穿过虚假的树林，挂在每一棵纸糊的假树上，纸片随着哭声一起瑟瑟地震，树林外，数十个碗大的炮口对准了他们所在的山。

唐装老头“呸”地往地上吐了口痰，打了个手势，一声令下，那些秘银炮同时开了火。

秘银炮暴风骤雨地冲击山体，地面开裂，正好将那井口撕成了两半，地下的井水受了惊吓，喷涌而出。

罗翠翠反应最快，连滚带爬地扑到了水系大佬王泽身上，没来得及脱离井口的杨潮被突然暴虐起来的水一下卷了下去，大水又劈头盖脸地冲向平倩如。

附近的谷月汐和张昭同时变色，一左一右地冲上去救反应不过来的文职后勤女孩，却已经来不及了。

地面分崩离析，然而平倩如不知道是体重压住了，还是运气格外好，一块东川的山石正好翘了起来，形成了一个小小的死角，替她挡住了暴涨的水，连带着过来救她的张昭和谷月汐也沾了光，三人一时面面相觑。

宣玑接通了和平倩如的电话，却只听见了“刺啦刺啦”的杂音，他举着手机原地转了几圈，实在找不到信号，正想挂断，突然传来一声巨响，宣玑一时没分清响声是电话里的还是电话外的。

什么情况？地震？

平倩如卡住的声音喷出来，“嗷”一嗓子：“你快……哔——”

整座山都震动起来，山上所有纸糊的草木簌簌作响，大地深处传来一声长叹——

祭坛里水潭中间的石台朝一边倾倒下去，祭坛顶上的巨石滚落，直接朝棺材旁边的两人砸了下来。宣玑来不及多想，一把拉开盛灵渊，昏昏沉沉的盛灵渊差点被他一爪子挠精神了——这混账拽的是他头发！

盛灵渊还没来得及吭声，整个祭坛就开始坍塌，巨石接二连三地砸下来，一下撞飞了阿洛津合上一半的青铜棺盖。

水潭中激起巨大的水花，潭水倏地冲上来，连人带棺材一起冲了下去。

石台上全是盛灵渊的血，让水一冲，把他俩劈头盖脸地浇了个痛快。

他俩一沾上对方的血，就被迫连上“脑电波蓝牙”，一时间，杂乱无章的心绪在彼此耳边炸开。

盛灵渊迷迷糊糊地听见宣玑心里冒出一串狂飙的脏话，差点呛死在水里。

潭水在把他们往一个方向冲，宣玑龇牙咧嘴地保持着平衡，一把抓住要随着棺材沉下去的盛灵渊，心说：“这老鬼是秤砣吗，怎么还往下沉？”

盛灵渊脸色惨白，神色平静。假如不是此时通过共感知道了他的真实状态，宣玑几乎会觉得这人没有感觉。

接着，他又从对方心里听见了遥远而模糊的歌声。

那好像是他从阿洛津和盛灵渊的记忆里听过的……巫人族的童谣。不知为什么，宣玑有种自己能听得懂那歌谣的错觉。

歌声循环往复，摇曳不去，随着潭水中巨大的漩涡流转。

宣玑想起自己看过的那本关于武帝的野史，那书的封面设计乏善可陈，没什么吸引人的，他记得自己当时停下来翻开它，是因为书封的文案。

那文案上写着——

你这一生，身陷重围时，有人能让你交付后背吗？

行至末路时，有人能让你托妻托孤吗？

万念俱灰时，有人能给你热一尊暖炉吗？

逢年过节、宫宴散尽时……

除了满墙风灯与寒鸦，有人能同你分一壶残酒吗？

盛灵渊显然是听见了，心里传来一声模糊的轻笑，像是觉得这些问题荒谬得很，不值一提。

他俩不知被水冲到了哪里，随万千白骨一起，无数镜花水月蝶在水中挣扎着，发出细小的荧光，又缓缓熄灭。像黎明时渐次沉默的星辰。

“哗啦”一声，宣玑的后背撞上了山岩，他一手扣住凸起的石头，挣出水面。

然后他看见了月光。

尘封了数千年的巫人族祭坛，缓缓上浮到了人间。

第十八章

可是宣玑无暇欣赏月光，他这会儿的心情就跟潭水一样，拔凉拔凉的。

这祭坛里可全是恶咒，比炭疽病毒恐怖多了，哪怕飞出一只蝴蝶，也能引发一场生化危机！

身边漂来一大团头发，宣玑正要伸手，意识里就响起盛灵渊咬牙切齿的声音：“再敢扯朕的头发，朕诛你九族。”

“诛诛诛，随便诛，我回去就把户口移到单位集体户口本上，”宣玑飞快地说，“但那蝴蝶不能跑出去啊！”

“朕知道，闭嘴别吵。”

“所以怎么办？陛下你好歹是人皇，总不愿意看着生灵涂炭吧？！”

这二位还没讨论出个所以然来，一个大型“野生动物”扑腾着狗刨，“吱哇”乱叫着被水冲了进来。

宣玑一抬脚挂住了那货，定睛一看，漂来的居然是他部门那个杨潮。

宣玑：“研究生？你怎么在这儿？”

杨潮好像刚切完一百个洋葱，生理性的眼泪还是停不下来，快哭瞎了。四肢并用地抱住了宣玑的大腿，险些将他们领导身上唯一完整的衣服也扒下去，哽咽道："主任……嗝……我还没考上呢！"

宣玑艰难地拉住腰带，怒道："你们在搞什么？哪个浑蛋炸山？知道这是什么地方吗？你们就炸！"

杨潮很冤，很想解释，可惜泣不成声。

盛灵渊忽然插嘴问："清平司来人了？多少人？"

宣玑顾不上纠正他的用词，迅速给翻译了过去。

杨潮哽咽道："五个……不是，嗝……六、六个……这谁呀主任？哪儿来的大美人？"

宣玑青筋直蹦："……你放尊重点。"

十以内的数也数不清，眼神也不好，还想考研？

现在的年轻人怎么想法这么多？

盛灵渊沉吟道："那么算上你我，正好八个人。"

宣玑好不容易保住了腰带，没防住鞋，说话间，一只鞋已经被杨潮扒了下去："您……嘶……确定吗，陛下？我可事先提醒您，我部门个别同学恐怕不论'个'，得论'头'，不一定能用！"

"活的就行。"盛灵渊抬手攥住宣玑肩膀，稳住自己，另一只手猛地按向潭水。

"什……嗷！"

盛灵渊手心像是有某种神秘的引力，往下一压，水面骤然下沉，出现了一个漩涡，漩涡越卷越大，转眼就把三个人一起卷了出去。

杨潮同学嘹亮的嗓音替他们预报了行程，王泽隔着老远就听见他的动静，喝道："冲下来了，都闪开！"

说话间他把自己外套扒下来，往水里一扔，衣服却不漂走，好像粘在了水面上。

王泽伸手拉扯起自己的衣服，手臂上肌肉隆起，水面就被他的外衣吸了起来，凭空做出了一道一米来高的"水堤坝"，"水堤坝"眨眼间凝固成冰，正好截住了被冲出来的三个人。

其他人连忙一拥而上，七手八脚地把水里的三位拉上了岸。

三人脚才落地，“哗啦”一下，冰堤坝被大水冲碎了，王泽这才看清自己拉上来的人，震惊得烟都掉了：“这……这是嫌疑人？现在的嫌疑人颜值都这么高了？”

他没见过盛灵渊，平倩如和谷月汐却都是在赤渊医院近距离围观过大魔头的，两人反应一致的激烈。

平倩如腿都软了：“妈呀！怎么又是他！救命！”

谷月汐厉声喝道：“王总小心！离他远点！”

盛灵渊没工夫理他们，一甩袍袖挥开碍事的王泽：“小妖，真火！”

“脑电波蓝牙”虽然侵犯个人隐私，但也不是完全没好处，至少在这种情况下，极大地减少了两个语言不太通的人之间的沟通时间。

盛灵渊不用开口，心念微动，宣玑已经明白了他要什么。

宣玑立刻划破了自己的中指指尖，挤出一滴血，那血珠脱离皮肤瞬间，旋即变成了一团真火，飞向半空。

盛灵渊就地取材，回头一招手，附近一排假树应声而倒。纸做的枝叶落下，就地卷成了人形，眨眼间八个假人成形。

盛灵渊：“借些活人气给我。”

他说的雅音，除了宣玑，谁也没听懂，全都呆呆地看着他。盛灵渊直接当他们沉默是同意，自便了——在场几个人同时感到一阵战栗流过全身，像是赤身裸体地站在寒冬大雪地里，西北风无情地卷走了他们的体温。

宣玑那团火突然碎成了无数光点，分别将那些鲜活的人气钉在每一个假人的五心处。

不知这是什么诡术，假人们空洞洞的眼睛里亮起了火光。盛灵渊抬手一挥，假人们齐刷刷地飞了出去，落到了半山腰八个方位上。

与此同时，每个人都有了一种奇异的感觉，仿佛自己突然长出了第二个视角，随着假人飞到了远处。

假人落地瞬间，巫人祭坛也已经完全浮在了水面上。

“轰隆”一声，大量的镜花水月蝶被淹在了潭水中，但仍有无数漏网之鱼，成群结队地从山洞里飞出。它们舒展而优雅地穿梭于虚假的草木中间，这山头林间就像是传说中的萤火森林。

风神也好，善后科也好，所有人都给这美景美得面无人色。

然而下一刻，却见那些让人毛骨悚然的蝴蝶像受到了某种指引似的，开始分流，朝那些假人飞去。

透过假人的眼睛，几个人能“看见”成群的蝴蝶在他们头顶盘旋，有些靠得很近，能看清翅膀上忽喜忽悲的人脸。

饶是经验丰富的外勤，这会儿也浑身直冒冷汗。

张昭梗着脖子，一动不敢动，喃喃地说：“这是什么噩梦啊？我要得昆虫恐惧症了。”

盛灵渊用有些生硬的现代汉语说：“诸位，跟我念一句话。”

接着，他说了一句巫人语。大概是怕他们学不会，他说得很慢，发音位置相对靠后，显得低回而又温柔。

跟着别人念自己听不懂的东西是有忌讳的，异控局员工入职培训第一课就讲的这个。可盛灵渊的声音却像是有某种诱惑力，连误以为他是嫌疑人的王泽都恍惚了一下，喃喃开口，跟着念了起来。

一出声，王泽心里陡然一惊，回过味儿来，不明白自己怎么就跟着念了。

这是什么级别的精神系的操纵？居然跳过他身上一沓护具！

王泽立刻要咬自己的舌尖，谁知牙关没来得及合上，就听盛灵渊吩咐：“反复念诵，不要停。”

他的舌头像生出了自己的意志力，不由自主地跟着他念了起来。

盘旋的蝴蝶像是听见了什么，星星点点地落在假人们身边，枝叶间、草丛中，仿佛镶了一片碎钻。

宣玑第一个把那句巫人语念出了声，不知是不是他跟盛灵渊心神相连的缘故，他莫名其妙地领会了那句巫人语的意思——那是一声呼唤，意思是

“回来”。

盛灵渊虽然心黑手狠，随时能反手坑死队友，但宣玑就是觉得他在这件事上不会搞什么小动作……毕竟，上一次的东川祭坛也是他亲手封印的。

巫人族的咒文从八个活人口中流出，假人们眼睛里的火光越来越旺盛，蝴蝶们渐渐被吸引，成群结队地钻进假人身体里。

远处的公路上，路灯准时亮了，无辜的城市与乡村正准备安眠，或是开启一轮狂欢。

华灯初上了，人间烟火迷离。

半山腰上，八个身体里装满了镜花水月蝶的假人被蝴蝶点亮，远远看去，就像是几尊镇山的神，它们神色肃穆，将本不该属于这个世界的恶咒牵制在山中。

“那山上是什么玩意？”

山脚下，月德公的徒子徒孙们也看见了这一幕，他们方才一炮轰出去，引发的动静却远超预期，好像有个深埋地下的庞然大物被惊动，咆哮着浮上了人世。

唐装老头立刻反应过来——坏了，他们家“矿场”地下禁地里的东西被翻出来了。

老头声音发涩：“不管他们翻出什么，不能让他们活着离开这座山。”

他们祖祖辈辈盘踞在这里，逢年过节供奉接不过来，凡尘名利简直已经是小儿科——这么多年，好多被大师们“救”过命的信徒都已经把他们当神崇拜了。

久而久之，“大师们”自己也产生了错觉，好像他们天生高人一等，已经超凡入圣。

山里的秘密泄露出去的后果，他们想都不敢想。

无论是身在蓬莱的月德公，还是他的徒子徒孙们，此时都恨不能把自家那个泄露“天机”的内鬼抓出来碎尸一百遍。

“开火……”唐装老头牙缝里挤出一句话，“开火！”

那些扛着特殊“秘银炮”的徒孙们接到命令，同时朝山顶开了第二轮火。

不用瞄准，碗口大的“枪口”里飞出流星似的白光，撕裂了夜色，朝山上砸了下去。

“轰”的一声，第二轮密集的白光落地，那一半山坡的假树林全给炸飞了，白光直接穿透了地面，砸在巫人冢的白骨堆上。

那些曾被蝴蝶寄生、又被离火焚烧过的白骨不朽，被惊起，天女散花似的炸得到处都是。

“秘银！”张昭蓦地睁开眼，“这是哪个队伍的人？谁让他们擅自行动的？”

宣玑：“什么？”

“研究所刚研发的大规模杀伤性武器，专门针对各种灾难级的变异物种，”王泽飞快地说，“我……见鬼了，不是还在试验阶段吗？！这不可能是我们的人。”

谷月汐：“不好！蝴蝶！”

那些已经被吸进假人身体里的蝴蝶被漫天的爆炸惊动，眼看就要从假人身上飞出来。

“闪开。”盛灵渊单膝跪地，念了另一段宣玑没听过的巫人语，很长，随着念诵，他挺拔的后背竟然隐隐地弯了下去。与此同时，被迫暂时与他分享感觉的宣玑感觉到了沉重的压力，像一座山落在了他的肩膀上，一时间，他竟有些呼吸困难。紧接着，他感觉盛灵渊在这样的重压下晃了一下神，心里不由自主地回想起阿洛津临死前说过的话。

那是一段巫人语，宣玑在这个诡异的“联机”状态下，无师自通了巫人语。

他发现阿洛津的遗言竟是一段祝词，说的是：“山神在上，祖先在上，伟大的人皇陛下，我阿洛津与巫人全族，祝您长生。

“赤渊火星不灭，陛下神魂不死、精魄不灭，血流不尽、身躯不朽。

“千秋万岁，超脱鬼神。”

分明是祝长生的好话，阿洛津的语气却让宣玑狠狠地打了个寒战，不等宣玑细想，下一刻，八个假人同时着起火来，将成千上万只变成恶咒的镜花水月蝶卷进了火舌里，蝴蝶上的小人脸全都化作怨毒。

杨潮突然莫名其妙地嘶声惨叫起来，倒在地上，不住翻滚挣扎，好像他也正在被火烧。

成片的“秘银”开始流星似的落下，王泽狠狠一拳砸向地面，山上所有的水全被他这一拳砸了起来，凝成几个大瀑布，正面迎向秘银子弹。

可惜秘银子弹不怕水，仅仅是稍微一滞，立刻就冲破了水流的屏障。

王泽咆哮一声：“张昭！掐点！”

张昭一抬手接下脖子上的秒表，众人只听耳边“喀”的一声，除了他们几个人，周围一切都静止了。

老罗和平倩如一左一右地扶起杨潮，宣玑后背双翼展开，一把薅起半跪在那里的盛灵渊：“走！”

这个张昭小小年纪，不愧是风神第一支队的负责人，他的特能居然是暂停时间！

可惜只有一瞬，下一刻，被停在半空中的秘银子弹以更快的速度砸向了他们方才的位置。

“他掐点只能掐住一秒！”王泽吼道，“一秒过后，后面会有很长一段时间两倍速快进，是根废柴，别太指望他！鸟人，你还能带人吗？”

宣玑：“……”

他感觉可能是属性的缘故，他跟这位水系同事一见面，气场就不大对付，于是吼了回去：“只要你们不怕烫！”

他话是这么说，下一刻，却仍是收敛了翅膀上的火，从高处一跃而下，俯冲着滑向地面：“跳上来！”

危急关头，所有人的潜能都被激发出来了，集体用跳崖的姿势纵身跃上宣玑的翅膀。

宣玑当时就觉得自己肩胛骨差点被这帮不要脸的玩意踩折了——尤其是平姑娘上来的一瞬间。

“你们……能不能往两边站站，把重量平均一下啊！”宣玑咬着牙蹦出一句话，“哪个浑蛋在跺脚？”

王泽：“我，烫烫烫啊！”

被迫与他共感的盛灵渊后背跟着一抽，仿佛也被压上了什么重物一样，猛地往前一扑，下巴砸到了宣玑的肩头。

两人同时闷哼一声，宣玑却突然发现，这种共感也不是完全没好处，好像能帮他分担一部分重量。

他深吸一口气，在张昭一秒钟的时间暂停里猛地往山下扎去，双翅如火，从第二拨落下的秘银子弹里蹿了出去。

秘银加速落下，山间亮如白昼。

方才重见天日的巫人族祭坛被笼罩在惨白的光里。

几个风神的外勤自发站在外圈，替手无缚鸡之力的后勤们挡住可能的伤害，平倩如略带惊慌的脸被白光定住，有那么一瞬间，她仿佛听见了山的悲鸣。

山……崩了。

第十九章

因为严重超载，宣玑到底还是“坠机”了，完全挥不动的双翅沿途挂了无数假枝枯叶，一伙人着陆的方式“硬”得不能再“硬”，不但撞碎了好几块石板，个别弹性比较大的同志还在地上弹了几下。

什么“帝王将相才子佳人”的，统统滚作了一团。

“我手机！新换的，又碎屏了！”

“车钥匙飞哪儿去了？快找找，那是公车。”

“谁往那钥匙扣上挂一铁球的？有病吧你们，脑壳都砸成爱你们的形状了……嘶，陛……前……你这头发怎么又缠住了！”

盛灵渊身上枯藤凑合编的袍子被平倩如的拉链钩了个口子，差点走光，好在又从罗翠翠那儿粘了一沓绿萝叶，勉强遮体，他的头发搅在了宣玑的翅膀上，打了个复杂的中国结，一时间，这两人一个翅膀收不回去，一个头发解不下来。

陛下可能已经没脾气了，穿着奇装异服，一身绿油油的，像环保大使似的坐在地上，面无表情地等着宣玑解头发……背对着被秘银炸得雪亮的群山。

秘银炮巨大的能量与燃烧的真火互相碰撞，山脊忽然发出恐怖的碎裂声，继而引发了局部地震。

巨响过后，祭坛所在的半个山坡整体滑落，无数白骨随着那些精巧的石头梁柱一同化为齑粉，呼啸的风声里夹杂着凄厉的呼号。

山上幻术破碎，纸糊的假树成片地倒伏，朝着几个人砸下来，众人抱头鼠窜，宣玑还没能把盛灵渊解下来，情急之下，只好一展翅膀，把两人都盖在下面。

周遭一下就安静下来，宣玑听见盛灵渊心里有很多杂音，但听不出来内容，他像是在拼命压制着千头万绪，露在外面的意识只在机械单调地数着数。

这会儿他俩姿势别扭得很，宣玑翅膀一展，被扯了头发的陛下就得被迫偏头，又差点撞在一起。

盛灵渊的嘴唇干涩，白得近乎透明，没有血色，却有血痕，让人想起远古传说中的“鲛人灯”。阴郁的鲛脂被火烤化，半透明的灯油中映出灯芯清冷的焰火，将灭未灭，但据说能烧上千万年。

两人心神连着，宣玑这念头才一动，盛灵渊就感觉到了。饶是陛下有一张能把人骗得死去活来的嘴，这话他也没法接，只好默默地把嘴唇和下巴上沾的血擦了。

尴尬……

宣玑连忙收回视线："都是这姿势太别扭了，那个……撞我眼里了。"

盛灵渊顿了顿，并指为刀，把缠在宣玑翅膀上的那一小撮头发划断了。

宣玑猝不及防地解放了翅膀，略微往后一仰，同时，心里又不由自主地想："不是说'身体发肤受之父母'，古人都忌讳断发吗？"

"父母"这词在盛灵渊心里一闪而过，勾起了一个模糊的冷笑，随即，又被他以强大的控制力压了下去。

这时，震动声暂停了。

盛灵渊抬手掀开宣玑的翅膀，拂开周遭的假树，回头看了一眼巫人族的祭坛，他虽然没弄清这事是谁干的，但这些藏在暗处的鼠辈误打误撞的一通乱炸，似乎也不是完全没好处。

至少随着巫人族祭坛倾覆，里面那些危险的咒术也跟着一起被炸飞了。

张昭艰难地从旁边爬出来，惊魂未定，打破了沉默："宣主任，那山底下埋的到底是什么？"

劫后余生的众人面面相觑，宣玑却看了盛灵渊一眼，盘算着把巫人族的事说出来合不合适。

他知道盛灵渊"听"得见，可是对方却全无回应，依旧是不慌不忙地往前数着，已经数到了一万三千多。

宣玑是个人精，一愣之后，立刻反应过来，盛灵渊这种"漠不关心"的态度，应该算是默许……他甚至有种感觉，盛灵渊其实是想把东川和巫人族的历史公之于众的，否则不会任凭他看到阿洛津那么多记忆。

依照这位大佬的脾性，要是不想泄露秘密，在巫人冢里就得把他灭口了。

但……既然这样，为什么当年巫人族被人从历史上抹去了呢？

张昭又指了指杨潮："还有，他没事吗？这哭得也太惨了……这位小哥，你到底怎么了？"

"我不……不知道……"杨潮半死不活地趴在地上抽噎，气如游丝地挤出一句话，"我好难过……难受……"

“各位，我心里现在也有十万个为什么，但我感觉这些事还是先放一放，咱可以回去再讨论，”王泽摘下头上掉的一根火红的羽毛，“鸟……宣主任？这是你抓的嫌疑人吗？”

他伸手一指盛灵渊，盛灵渊撩起眼皮看了他一眼，王泽莫名其妙地哆嗦了一下，不由自主地蜷起了手指。

刚数到一万四的盛灵渊中断了一下，心想：“鲤。”

宣玑：“……”

万万没想到，这位面如套马杆硬汉的老兄，居然有这么吉祥如意的血统。

“不是，他不是嫌疑人。我们遇到点意外，嫌疑人死地底下了，这事吧……说来话长。”宣玑摆摆手，又转头看了一眼盛灵渊，“他……”

盛灵渊垂下眉眼，似笑非笑地负手而立，坦然地迎着平倩如和谷月汐戒备的目光。

他身上分明是件枯藤扎的衣服，遮体都得靠绿萝叶补充，可是往那儿一站，却好像依然冕袍在身，有弹指间号令九州的气场。

宣玑又莫名想起那个雷电交加的楼顶，阴沉祭文铺得满地都是，看得人胆战心惊，那人却全不在意，一句“朕平生最忌束缚”，宁可天雷加身也没有半步妥协。

别人敬他、畏他，他都不甚在意。

“他是……”宣玑心思急转，话到嘴边，灵机一动，“剑灵。”

盛灵渊有些讶异地看向他。

风神的三个外勤听了“剑灵”俩字，像是受了什么刺激，集体一震，三双探照灯似的目光投向他。

“剑灵。”宣玑迅速组织好了一段鬼话，转向谷月汐，“我不是有把剑嘛，家传的，这位美女在赤渊医院见过，就它！唔，古董嘛，本来还想哪天实在揭不开锅就把它挂网上卖了呢。结果没想到上次在赤渊碰上阴沉祭，本人……那个，太过于身先士卒，离雷有点近，也不知道那八十多道雷跟我那古董剑起了什么能量反应……反正那以后就多了个剑灵。”

众人听得一愣一愣的，谁也没吭声。

“哎呀，别提了。”宣玑知道那个二队长谷月汐的特能大概能看出点什么，也不怕，毕竟赤渊那个人魔和现在的陛下真的不是一个身体，他现场表演唉声叹气，“你说他照着谁长不好，非得照那个被天打雷劈的大魔头长，也不知道要吓死谁。”

盛灵渊饶有兴趣地端详着他，在意识里说：“你为何帮朕遮掩？”

“嘘，”宣玑迅速跟他交换了一个眼神，“您不怕被关在实验室里二十四小时监控，我还怕您大开杀戒呢，配合点，别惹事。”

三千年前的人皇复活——人皇还是个魔物，这俩事随便哪件透露出去，都够兵荒马乱一阵的，不定颠覆多少人的三观。

这种活的社会不稳定因素，异控局会怎么处理？

宣玑不知道，并且不明原因的，他也不太愿意细想。

谷月汐仔细地盯着盛灵渊看了片刻，瞳孔的形状轻轻地变化着。片刻后，她不知看出了什么，神色有些疑惑，但耸起的肩头忽然略微放松了一些。

“我……看不太出来，”谷月汐带着点犹豫说，“但他跟我在赤渊医院看见的那把剑……确实有一样的气息。”

说完，发现别人都看她，谷月汐一垂眼睫：“我是‘透视眼’。”

罗翠翠和杨潮闻听此言，同时大惊失色，齐刷刷地捂住裆。

“透视眼不是视力，是能力。”谷月汐早习惯了人们这种反应，冷冷地补充了一句，“我只有在有必要的时候才开。”

“后勤的同志没见过世面，理解一下啊，哈哈。”宣玑顺口打了个圆场，又说，“我这剑灵什么都知道点，古代史尤其好，还记得好多失传的大招，不过现在普通话还不太行……还有就是性格稀烂。大家都尽量别招他，古董嘛，是吧，体谅一下。”

盛灵渊可有可无地在旁边听着，不知听懂了几句，既不捧场，也不拆台。

“没事，我知道，古刀剑灵刚苏醒的时候，普通话都不太好。”王泽有些出神地看了盛灵渊片刻，忽然反应过来自己不太礼貌，别开视线，清了清嗓子，对宣玑的态度好了不少，“我不爱在总部待着，宣主任以前没见过我，自我介绍一下，我是‘风神’的负责人，王泽——你叫我老王就得，以前跟老肖是同事，不过老肖他们‘雷霆’是走上层路线的。人家管的不是重大安保项目就是涉外事件，我们这种到处救场的杂牌军可比不上。”

同样是特种部队，王泽跟肖征风格完全不同。

肖征每次一亮相，就是制服手套大长腿，霸道总裁精英范儿，距离感十足，说一不二，带的队伍令行禁止。王泽就接地气多了，气质像个特别吃得开的大混混，四海之内到处有他的线人，一个电话能叫来一帮小弟解决问题。

一伙人简单认识了一下，张昭就说：“东川这边因为月德公那个老流氓，分局工作一直展不开，这帮地头蛇势力大得没边，门徒都跟黑社会似的，估计我们一下飞机就让他们盯上了……见了鬼了，他们从哪儿弄来的秘银炮？至不至于啊，不知道的还以为咱们跟他老人家有杀父夺妻之恨呢。”

宣玑很能体谅他人地叹了口气：“哎呀，断人财路如挖人祖坟嘛，那嫌疑人说的要是真的，咱现在查的这事不但是断人财路，还得让人身败名裂，狗急跳墙也正常，人家都不容易，互相理解吧。”

张昭：“……”

要不是相信谷月汐那双眼，他真不敢相信这位是个“雷火系”，雷火系不都是肖主任那样的炮仗脾气吗，怎么还能这么随方就圆？

这时，罗翠翠凑过来说：“同志们，我打断一下。我手机泡了水，你们谁的通信工具还能用？得跟总部报告一下这个情况啊！”

宣玑冲他摆了摆碎得一塌糊涂的手机，很替组织发愁：“上次在赤渊刚给我报销的，没一个礼拜，又坏了，再这么下去，组织会不会嫌我不好养活啊？”

罗翠翠一边接过张昭借给他的手机，往总局拨号，一边随口说：“主任，那您就想多了，局里有规定，像我们这种不在一线的后勤，为节约预算嘛，每人每年最多有一次贵重财物报销额度，您自己的东西得自己看好了。”

话音没落，几个风神就见方才还仿佛要普度众生的宣主任脸色一变，头顶幽幽地冒出了一缕穷凶极恶气：“这些人实在是相当的丧心病狂，我看咱们现在先把别的事放一放，一块去把那帮老东西干掉——王总，你觉得怎么样？”

“秘银”与“真火”撞在一起，叠加出的炸山效果，不但把异控局的外勤精英逼得跳崖，也把那些躲在暗处偷偷开炮的人镇住了，有几个跑得慢的甚至给埋在了山上。

“怎么回事！为什么这么大动静？”

领头的唐装老头根本没上山，一见事情不对，当即就要坐上车溜。

“师、师师父，咱们刚刚是把‘禁地’给炸了吧？”开车的徒弟把油门踩得一蹦一跳的，惊恐地说，“不会出什么问题吧？”

老唐装其实也是一后背冷汗，而且比半瓶水的徒弟们更敏感，方才，他隐约听到了山崩塌时那古怪的风声，感觉到了里面那些浓稠到化不开的仇恨与愤怒。

唐装老头色厉内荏地瞪了徒弟一眼：“闭嘴，能有什么问题？那可是秘银炮，山都炸塌了，就算山底下压着个孙悟空，也得跟着一起熟！我就不信了，厉鬼也得怕原子弹！世界上哪有鬼神？作孽的多了，就算有因果报应，也轮不到咱们头上，手机给我！”

唐装老头说着，劈手夺过一部手机，刚要给蓬莱的月德公发信息，就被急刹车用力一搡：“干什么？作死吗？”

“师父……”司机惊恐地转过头来，“那……那……”

只见大路中间，站着一排树枝草木扎的假人，手拉手并排站着，正好挡住了行车道。

两侧的路灯早不亮了，假人们眼睛的位置闪着微微的火光，在夜色深沉处格外瘆人。隔着几百米，还能听见它们七嘴八舌地叽咕说笑。

司机不由自主地想起关于“禁地”的种种传说，一阵尿意上涌。

紧接着，那些假人好像“看”见了他们，突然不吭声了，周遭一片寂静。

下一刻，不知哪里传来一声猫头鹰的笑声，那些假人倏地动了——它们不是走动跳动，而是凭空往前“瞬移”了几米，越来越近，就像鬼片里的经典镜头！

司机惊恐之下大脑一片空白，本能地挂上倒挡，疯狂后退，正好同后面赶上来的徒弟们撞作一团。

唐装老头的腰差点被连环车祸颠断了，大骂一声：“废物！跑什么跑？！带着秘银炮，怕什么妖魔鬼怪，炸碎了他们！”

第二十章

人对于无形的、肉眼看不见的东西的恐惧，大概能追溯到智人起源时代。细菌、病毒、毒素、噩运，以及后来基于以上几种东西，自己想象出来吓唬自己的鬼魂——都比有形的巨怪更让人胆战心惊。月德公这帮很有出息的徒子徒孙，七手八脚地把秘银炮从后备厢里请出来，然后怀抱大杀器，肩并肩地互相挤着往后缩。

盛灵渊冷眼旁观，觉得很有意思，因为这些人拿来炸山和对付稻草人的“兵器”居然是同一种。还没等他打量清楚这些所谓“秘银炮”，就感觉那小妖心里又滋出了一截小坏水，他回头一看，见宣玑对着罗翠翠打了个手势。

罗翠翠屏住呼吸，脸红脖子粗地摆了个憋长屁的姿态，片刻后，他手腕处“伸”出了几根绿萝茎，绿油油的藤落到地面上，竹叶青小蛇似的，窸窸窣窣地靠近了端着秘银的徒弟们，悄悄绕过了几个人的脚踝。

宣玑冲罗翠翠一点头，又示意平倩如——平倩如可能才是真锦鲤体质，一个没什么战斗力的后勤，这么险象环生地跑了一圈，非但毫发无伤，连手机都还有百分之六十的电量。

罗翠翠猛地一拽藤条，与此同时，平倩如按下手机里事先下载好的音频，一段女鬼尖叫的音频正好踩上鼓点。

“鬼！有鬼抓我的脚！”

人群一嗓子炸了锅。

紧接着，“轰”的一下，秘银炮走火了！

盛灵渊伸手一挡眼，手心几乎触碰到了秘银爆发出来的热度，一方面，他从来没见过这样的东西，被当代科技强大的能量和简易的操作震了一下；另一方面，近现代的恐怖片里的老梗他看不懂，没跟上剧情，满头雾水，不明白这些人怎么就吓成了这样。

唐装老头和他的徒子徒孙们虽怀抱秘银，却像学步的小儿怀揣利刃，真遇到危险，武器非但不能防身，还不够他们自杀的。走火的秘银把一道流星似的白光直接射向远处，划出绚烂的抛物线，之后砸在了公路上，整条路从中间截成了两段，惊慌失措的徒弟们乱成一团。

王泽：“张昭！”

张昭“咔”的一下，按下时间暂停，月德公的徒子徒孙们定格，王泽与宣玑同时出手，节奏感卡得非常精准……就是太精准了，这二位水火不容，事先没商量过，配合也不太默契。

王泽一打指响，东川湿润的空气中立刻凝出水珠，迅速结成膜，糊向唐装老头和他的徒弟们，一碰到人，就结成了一层透明的手铐，把他们牢牢地“铐”住，这样就没法再开火了。

而宣玑却打算直接加热“秘银”枪筒，烫得这帮孙子自己松手。

他俩思路相近，目的相同，做法却相反，同时动手的结果就是正好来了个“水火相抵”——王泽的“水手铐”让宣玑烤蒸发了！

王泽青筋直跳：“宣主任，你还记得你是个后勤吗？”

宣玑：“全世界都忘了，就我自己记得，有用吗？”

盛灵渊："……"

他的偏头痛还没过去，被这二位一边一嗓子叫得太阳穴直跳。

珍贵的一秒暂停就这么跳过去了，唐装老头立刻回过神来："谁？"

张昭非常绝望，光阴无情，他用特能抢来的一秒，相当于在时间的大网上楔下根钉子，有一个凹陷点的"网"会在凹陷点周围扭曲很久才能恢复平滑，这意味着，一秒暂停后很长一段时间，周围其他的东西的时间流速都会增加，他们要集体变成慢动作选手！

而那唐装老头作为月德公的徒弟，毕竟是有两把刷子的，眨眼工夫已经明白自己被人坑了，平倩如方才吓唬人的鬼叫音频正好泄露了他们的位置！

唐装老头："鼠辈！"

他猛地从袖子里抖出一块东西，有手绢那么大，灰扑扑的，长得像块抹布。

"抹布"落到地上，立刻朝周围蔓延开，异控局一行人脚下的地面全变成了沼泽，除了有翅膀的宣玑，其他人都被沼泽往下拽去。

平倩如反应最快，第一时间卧倒在地，直挺挺地躺平，正好铺在盛灵渊脚下。

盛灵渊眨眨眼，平倩如仿佛是想确认这位是所谓"剑灵"不是那个天打雷劈的大魔头，壮着胆子跟他解释了一句："增加受力面积会减少压强。"

宣玑："我知道你初中物理满分了，还不快闪开！"

同时，唐装老头劈手抢过一把秘银，瞄准了被沼泽"捕获"的几个人。

盛灵渊叹了口气，大概能明白"清平司"后来为什么关张大吉了。

他抬起一只手，当空结了个手印，低低地念了一句巫人语。因为时间流速不同，他的动作被拖慢了，却显得尤其不慌不忙，话音没落，他们脚下的那片沼泽就像个听话的孩子，应声从地面上"卷"了起来，毛毯似的腾空而起，劈头盖脸地朝唐装老头和他那一群徒弟反噬回去。

唐装惊吓交加，秘银炮一下走了火，砸在附近的山坡上，巨石纷纷滚落。

王泽狼狈地避开一块滚石："主任！您家这位放大招之前能不能先通知我等凡愚一声？"

宣玑笑得苦如黄连："您看我这凡愚像能管得了他的样子吗？"

外勤们分别携起自己周围的后勤人员，就地抱头鼠窜。

唯独平倩如还铺平在地面，身边只有个盛灵渊。她吓傻了，一动不动，她身边的盛灵渊也一动不动，既不救人，也不躲闪，甚至微微阖目，像是在仔细听呼啸而过的山风。宣玑把杨潮从山体滑坡里拎出来，一把推给张昭，正要飞过去捞平倩如，却发现山石好像有灵一样，纷纷以不自然的轨迹滑开，避过了两人所在的位置。

平倩如呆住了：这是什么特能？

盛灵渊却朝她摆摆手，她觉得周身一轻，好像身化氢气球，被空气温柔地托了起来，直到双脚着地。平倩如惊讶地看向盛灵渊，却见一直面无表情的盛灵渊竟对她笑了一下，用很不熟练的普通话说："此地山水很喜欢你。"

平倩如："……啊？"

一口普通话说得跟外国友人似的，居然还会用拟人的修辞方式？

宣玑正好过来，一把将平倩如推到安全地带，心里不由自主地泛了点酸：怎么，小姑娘就能得到区别待遇了？

盛灵渊似笑非笑地瞟了他一眼。

宣玑立刻规范思想，问盛灵渊："刚才那个沼泽也是巫人族的'咒'吗？"

盛灵渊"嗯"了一声。

宣玑："但那老头怎么会用？难道他们破译了巫人语？"

盛灵渊没回答，宣玑却从他心里看到了一个画面——少年人皇伏在石桌上，用鱼骨蘸着特殊的花汁，在那不腐不锈的叶子上，一笔一画地把巫人语译成古人语。

古人族文字不同于巫人语，尤其那时代的文字，多是写在竹简与石碑上的，横平竖直、有棱有角，一不小心就会划伤叶片，得像在蛋壳上雕花一样仔细才行。小阿洛津撑着头在旁边看，被他的慢动作催了眠，眼皮越来越重，左摇右晃了一会儿，一头栽进了写字用的花汁里，花汁四溅，盛灵渊被他连累得满身“桃花”，好不容易写好的树叶也姹紫嫣红起来，于是盛灵渊捉起他一顿暴揍。

这画面一闪而逝，快得宣玑几乎以为是自己的错觉。

人皇……亲自翻译了一部分巫人文献?

巫人族，历史上都没有记载，仿佛从来没有存在过。只有诸如“镜花水月蝶”之类的东西流传下来。人们“谈蝶色变”，如果知道它的出处，大概“巫人族”又要进入小说电影的反派素材库。

月德公们大概也以为他们挖出来的古墓属于某个风俗诡异的古代部落，这部落喜欢摆弄巫蛊之术，没什么文化传承，悄无声息地出现，搞不好没来得及从愚昧的奴隶社会进化到封建社会，就消失在了历史的波涛里。就算东窗事发，人们关心的也只是月德公欺世盗名，危害公共安全，没人知道他们毁掉了一个什么样的文明遗迹。

这些念头在宣玑心里一闪而过，他自己都没来得及思量清楚，就见盛灵渊脸色忽地一冷。

反噬的咒文将唐装老头，连带着一伙徒子徒孙全被掀翻，还不等他们恢复视力爬起来，唐装老头就觉得自己握着秘银的手腕“嘎啦”一声响，他先是愣了一下，随后剧痛才袭来，他惨叫出了声。

白光散去，众徒弟愕然地发现他们师父跪在地上，折断的手腕被一个人用绿萝藤条缠着吊在身后，脖子不自然地仰着，已经给掐得翻了白眼。

那人一身破破烂烂的袍子，长发湿淋淋的，目似寒星，仿佛山精水鬼一流。

宣玑感觉到他又动了杀心，连忙在心里叫道：“陛下，留人！”

同时，他冲愣住的众徒弟们喝道：“放下武器！不然把你们师父脑袋拧下来！”

唐装老头应声抽了过去，众徒弟们手里的“秘银”掉了一地。

虽然已经是深夜，但东川山崩的动静还是吵醒了大半个城市，当即上了夜猫子们的热搜。

东川周围省份调集的异控局增援终于到位，逮了月德公的几个大徒弟，并同步通知公安机关。

月德公盘踞东川近百年，徒子徒孙无数，尾大不掉，各种转账记录、交易记录、搜出来的“咒”术证据确凿。蓬莱会议室里，跟异控局叫板的各路大佬全部失了声，生怕引火烧身——他们没有月德公那么得天独厚的作案条件，没有古老的巫人咒术，所以也没有形成这么丧心病狂的“盈利模式”，但如果深究起来，谁也不敢担保，自己门下就没做过类似的事。

肖征拿到直接证据，当机立断撕破脸皮，把等在附近的外勤召来拿下了月德公，保护着黄局扬长而去。随后，他从“雷霆”和“暴雨”中调了两支特种特能小队，连夜从永安总部飞往东川。

次日天亮前，宣玑他们终于把差事交接了出去，一行人横七竖八地被送到市区的宾馆。

东川尽头，山间起了迷茫的雾，被秘银撕裂的山体砸穿了盘山路，白骨暴露。青铜棺也随着滚落的山石一同沉入水潭深处，阿洛津眉心钉着暗红色的钉子，让他原本舒展秀气的眉目多了几分局促，平添了妖异的狰狞气质。

他就像是被困在一个永远也醒不了的噩梦里。

一串气泡从水中升起来，滑入虚弱的晨曦之中。滚滚的乌云从四方起，开始朝山崖汇聚。

宣玑从接到这个倒霉任务开始，先是发现自己的剑不是自己的了，随后又被搅和到陛下跟巫人族长的恩怨情仇里，感觉前半辈子的三观都被来回推倒了好几次，筋疲力尽，路上就睡着了。

一道白光从西方飞来，快得像路上时而闪过的车灯，在宣玑身上一闪而没。

本来闭目入定的盛灵渊忽然被什么东西惊动，睁眼四望，可是除了一车鼾声大作的“清平司后辈”，再没别的了，他有些疑惑地皱了一下眉，总觉得空气中飘过了一股熟悉的气息。

那是什么？

盛灵渊有几分生疏地试着放出神识，可是周遭只有变得陌生的东川有些浑浊的风。这时，他注意到与他心神相连的小妖被拖进了梦境。

盛灵渊离“圣人君子”有十万八千里远，一点也不讲究“非礼勿视”，梦境中人心最易失守，机不可失，他当然要乘人之危。

毕竟他也很疑惑，什么族这样胆大包天，竟敢养他的尸。

盛灵渊收回流连东川的神识，循着宣玑梦里外溢的呓语，潜入宣玑的意识深处，不等闯入，他却感觉到了什么，蓦地撤回，方才退开，就见宣玑意识深处一座火墙冲天而起，火光雪白，竟是南明离火。

相传，南明离火是神鸟朱雀的本命真火，可以焚烧一切，是万魔克星，盛灵渊被火光余温一冲，喉头有些发腥，他强行咽下一口血，犹疑不定地盯住小妖那被烈火裹挟的识海。

朱雀……盛灵渊忍不住伸手按了按自己闷痛的胸口——朱雀一族早就已经魂飞魄散，哪来的后人？

更何况，哪怕朱雀是妖族，盛灵渊也不得不承认，那是妖族中最有神性的一族。这小妖虽然看着疏阔豪放，一身真火驱邪镇宅，但身上总是隐约带着点挥之不去的邪气。

识海深处有烈火护持，养尸的本命属性又似乎是“金”……可金火相克啊，这到底是只什么？

盛灵渊皱起眉，被离火灼得难受，正要退开，却听见小妖梦境中泄露的只言片语。

人在乱梦里是没有理智的，因此梦话往往是胡说八道，没多大价值。

可盛灵渊却忽然一顿——因为那断续不成句的梦话并不是这里人说的……那种叫“普通话”的语言，是大齐雅音！

不怀好意的魔头在侧，宣玑本来是拒绝入睡的，可还不等他挣扎，耳畔忽然传来一声类似石头碎裂的幻听，他就跟被人“拍了花”似的，一歪头“晕了”过去。梦里，他好像回到了九州混战的年代，他的视角不停地变，时而是人、时而是什么东西，不是在逃命，就是在打仗。

有时他好像浸在血海里，冲天的腥臭气息黏稠地裹着他，有时他心里充满杀意，咆哮着砍下一个又一个不认识的头颅。

他在烈焰与杀戮中浑身发冷，本能地朝唯一的热源靠过去，那是一双手，刚开始是孩子娇嫩但布满伤痕的小手，手指慢慢拉长、掌心磨出层层的茧。恍惚中，他好像与那双手相依为命了好多年，从未分开过。

忽然，那只手像是遭到了重创，有力的手指蓦地松了，从他身上脱离开，依旧艰难地、挣扎着够向他，宣玑却身不由己地与他越来越远，一阵说不出的悲意涌上心头，无处不在的剧痛流向四肢百骸……

宣玑一身冷汗地惊醒过来，送他们的车已经停在了宾馆门口，撕心裂肺的痛苦仍然徘徊在他胸口，他的目光呆呆地对上靠在车窗的盛灵渊。

可能是刚从颠倒的噩梦中挣脱，他看见盛灵渊，一时竟有种想落泪的极度庆幸。

然后就听盛灵渊似笑非笑道："你这梦倒是很有趣。"

宣玑："……"

三姑老爷的，他脑子现在是个敞篷，旁边有个不怀好意的恶棍！

宣玑神魂归位，一咬牙把所有念头强压下去，开始在脑子里报菜名清空思绪，把自己报得饥肠辘辘。此人是个不挑食的馋痨，人间十年，攒点钱就出门吃喝玩乐，什么"酱鸡腊肉松花小肚儿"全尝个遍，报菜名的时候，他脑子里能全方位地浮现该菜的色香味。

盛灵渊："……"

他们的车很快驶进了酒店服务区，接待人员早早地等在门口。盛灵渊本来还想逗逗这小妖，无意中一瞥车窗外，被酒店金碧辉煌的大堂晃了眼，一时竟然忘了要说什么。

事实证明，远古人——就算是人皇陛下，到了物质极大丰富的当代，也得变成个没吃过、没见过的土包子。

盛灵渊下了车，震惊之余，竟还没忘了矜持地跟拉车门的门童道谢："多谢……此地是什么殿？"

“酒店啊。”打着哈欠的王泽从车里钻出来，好不容易自以为听懂了一个词，跟他搭了句话，“剑老兄……哎，什么破称呼，怎么听着像骂人——欢迎你来到新世纪！”

盛灵渊来的日子不短了，但他先是被拉到一个县医院里隔离了起来，随后又变成了一把剑，虽然看哪儿都新鲜，那也只限于“看”。

直到这会儿，他才真正“下了凡”，被十丈软红尘扑了个满头满脸。

第二十一章

盛灵渊花了好一会儿，才弄明白此地虽然叫“酒店”，却原来不是专门卖酒的。

他们到的时候，已经是半夜三更，东川竟是金吾不禁，大堂里依然有风尘仆仆的来客人来人往。

他先是看见一群老头老妇“叽叽喳喳”地经过，个个都年过花甲，却都十分“不庄重”。老头们推着有轮的箱子，老妇人们争奇斗艳似的围着五颜六色的头巾，远看像一群雌雄颠倒的鸟类。一个老妇人手里拎着个“盒”，左右踅摸片刻，老远看见人群里格格不入的盛灵渊，眼睛一亮，大步流星地冲他走过来：“那小伙子，你帮大妈在这儿拍张照片……”

宣玑刚从同事手里接过房卡，听见这一嗓子差点吓尿，手忙脚乱地截住这位连人皇都敢调戏的彪悍老阿姨：“我来我来，我来给您拍，我朋友技术不行，拍出来的人都半拉的。”

盛灵渊没听懂他俩在说什么，侧身让到一边，忍着四处嘈杂的人声去看数码相机的小屏幕，见那几寸大的“法器”上映出清晰的人影，“咔嚓”一声就定格在了上面，不知是个什么摄魂物件。他下意识地往后一躲，不等看仔细，一个十分瘦弱的年轻姑娘又风风火火地与他擦肩而过。

那姑娘拖着个快有她半个人高的箱子，举着手机，不知对谁说：“对……我出差呢，这就回永安，夜里的航班……您放心，上飞机之前一定让您看到最新版的方案！”

盛灵渊被吸到数码相机上的目光又被她手里的滚轮箱牵走了，只见那姑娘身边既没有护卫，也没有随从，她独自一个，众人都对她熟视无睹，甚至没人帮她扶一把箱子。从东川到永安，足有千余里，深夜赶路，一小队披甲执锐的骑兵都得分外警醒，孤身上路的姑娘家岂不是得九死一生？

盛灵渊忍不住疑惑：难道这凡人女子是什么稀世罕见的高手？

“什么高手，一看就是个苦逼乙方。”宣玑打发了大妈，“听见”他的疑惑，顺着他的目光瞟了一眼。

作为离职的“前乙方”，他很有经验地说：“自己出差、没人接待、二十四小时连轴转，当然要赶夜路啦，红眼航班省钱嘛……哦，‘红眼航班’就是半夜三更才起飞的飞机——飞机您知道的，咱们来时候坐的那个。”

小姑娘在酒店大堂门口被夜风吹得哆哆嗦嗦，果然不像有什么神通的样子。片刻后，一辆黄色的车开过，她随意伸手拦下，连问都不问一句，跳上去就走了，心大如海的样子。

烟火气一熏，宣玑忽然发现老魔头身上的血腥气和戾气都淡了，像回到属地的凶兽，收敛了爪牙、按捺下无常的喜怒，近乎温柔地避开了那些受他庇护的草木，难怪方才的大妈居然敢直奔着他来。

直到这时，宣玑才有了点“这是人皇”的真实感。

“那个黄的叫‘出租车’，”宣玑忍不住多嘴给他介绍，“司机——就是车夫，专门拉着人走的，按远近收钱，有机会带您体验……陛下，这边请，咱移驾客房了。”

盛灵渊忍不住问：“她不害怕吗……那个小姑娘？”

“怕也不行，要讨生活嘛。不过东川治安出了名的好，半夜赶飞机，除了过劳肥，没什么危险。”

盛灵渊忍不住赞叹了声“善”，又问：“凡间是哪朝哪代？”

“没有朝代……”

正说话间，本地异控局的一个接待员走过来，拎着几个大包。他们一行人又是“坠机”，又是在沼泽里就地十八滚，狼狈得没个人样，安排他们住宿的接待员很周到，去取了点衣服和日用品过来，还顺手在二十四小时店打包了点快餐。

接待员说："这都是咱们去年单位组织运动会买的，多买了几件，都是新的，没人穿过，本来总局领导过来，应该给大家伙买点好的，但也不知道您几位的号码，怕衣服不合适，这些都是运动服，大点小点的问题不大，几位领导先凑合凑合。"

"客气客气，帮大忙了，辛苦你们，大家伙半夜三更不能下班，还得跟着我们转。"宣玑热忱地跟人道过谢，又回头叫仍在发呆的盛灵渊上楼。

盛灵渊刚从他脑子里看见滚滚更迭的时代，纷繁复杂的当代社会制度，闻所未闻的世界版图，目不暇接。

宣玑一口灌了半杯可乐，喟叹道："饥寒交迫，还是亲同事救我狗命——陛下，来一瓶尝尝？"

盛灵渊没反应过来，就被塞了一瓶可乐，神色严峻地盯住了那瓶冒着泡的小黑水。

陛下"下凡"以后第一口人间烟火，就是"肥宅快乐水"，仿佛奠定了他以后再也高不起来的生活格调。

"我跟人说您是我剑灵，今天您也只能先跟我凑合一宿儿了，其他的事以后再说。"宣玑把他带上了三十一楼。

酒店是富丽堂皇的 KTV 土豪风，装修得有点土，但条件很好。楼道打扫得非常干净，花香调的香薰不浓不淡，从电梯一下来，迎面就是一幅《傲雪寒梅图》，头顶一片晃眼的水晶灯，盛灵渊小心地踩了踩那条吸音的地毯，宣玑听见他心里说："主人家倒是有心……就是这驿站房间排得太密集了。"

酒店房间隔音效果有限，以盛灵渊的耳力，没走出电梯井，他就能听见临近几间房里的各种动静。

有个屋里传来惊天动地的呼噜声，那里的人好像呼吸有点不畅，时不常地停上几秒，随时断气似的。

隔壁，一帮人正不知道玩什么游戏，七嘴八舌的又笑又闹，天都快亮了也不睡觉。

还有他右手边的房间里，一对狗男女正忙得热火朝天，话还不少，边干边聊。陛下现代普通话还在学习中，听力水平一般，也不敢说自己听准了，但连猜带蒙，他分析这二位好像是在商量怎么药死彼此的原配。

与他共享思绪和部分感官的宣玑被迫听了“实时播报”，刷房卡的手一哆嗦：“您还是赶紧移驾吧，陛下！”

他好奇心怎么那么重？也不怕耳朵里长火疖子！

不知道是不是生前职业缘故，盛灵渊这个人不管看到什么，神色都淡淡的，一脸处变不惊，绝不露出一点少见多怪，要不是他俩心里连着“蓝牙”还没断，宣玑大概就被他糊弄过去了。

这位陛下适应新环境的能力让人叹为观止，进门之后，先不动声色地把每一样东西都摸了一遍，并迅速对它们的用途作了个大致推断。别说，猜得八九不离十，除了个别东西稍有误差——

“那是肥皂，洗手的，不是点心。

“墙上的窟窿电源……也没有，还是挺安全的，毕竟家家都有。里面没有引雷符……对，也不是肖征施的法，是发电厂统一配送的。

“那是空调风口……不用堵，没人往里投毒。

“水龙头里的水不是喝的，不干净。”

盛灵渊接了一捧自来水，惊奇地看着清冽的凉水从指缝间漏下去，不知道如果这都不算干净，还要怎样……这水里起码没有药味。

宣玑：“您这是在侮辱我们的快乐水吗？”

说着，他又拆开了一袋炸鸡，浓重的香味肆无忌惮地冲出来，饶是盛灵渊不重口腹之欲，还是被当代垃圾食品的味道勾去了注意力。

他在剑里的时候，见过宣玑在家做饭，丰盛得不可思议。那时他觉得这小妖本领出众，又是罕见的先天灵物，平时生活“奢侈”些也没什么。直到这时，他才隐约觉得，这里的人好像都是这么“奢侈”的。

只见那些吸饱了油的肉被草率地摞在一起，很不讲究，旁边也没副碗筷，只在外面包着一层花花绿绿的皮，被宣玑撕下来随手团在一边。

盛灵渊仔细一看，震惊地发现那“皮”上居然有字！

他生前的年代还没有纸，写字都是用简牍石板，非常隆重。而就算是用树叶写字的巫人族，那些记录过文字的叶片也都是珍贵神圣的……这些人居然拿来包饭擦油！

盛灵渊没有贸然开口评价，却不由得一皱眉，心想：“别处奢靡成风就算了，这就不成体统了。”

宣玑：“……”

“我们不单擦油的纸上有字，有些擦那什么的草纸上也有字。这都是批量印的，不是奢侈品，以后跟您慢慢解释，”宣玑早饿得前胸贴后背了，“我说陛下，您不饿吗？”

盛灵渊想起方才那药味冲天的什么“快乐水”，决定不为难自己，矜持地一摇头：“唔，多谢，我已‘辟谷’，不必，倒是你……”

这小妖会飞，有翅膀，想必是属于有翼一族，吃这些……

宣玑 口咬掉了半个鸡翅，毫无“物伤其类”的感觉，丁点也不嘴软：“啊？吃这些怎么了？”

那些黄澄澄的皮不知道是怎么做的，酥脆非常，咬起来“咔咔”作响。盛灵渊耳边就跟闹耗子一样：“……没什么。”

觉得盯着人吃东西不雅，陛下于是挪开视线，打量起周遭来。

房间很小，是个“标间”，两张雪白的单人床进门就能看见。床褥松软、衾枕洁净，即便以盛灵渊的标准看，也不能说简陋了，可是偏偏又颇不讲究，顶上连个床帐也没有。

落地的窗是封死的，但没拉帘，这里是三十一层，站在窗边，能眺望见万家灯火。跟赤渊附近那小县城不一样，东川的夜里霓虹满地，连群星也黯然失色，城市依山而建，大片的高楼随着地势连绵起伏，壮观极了，公路与高架桥盘根错节，被高挑的路灯勾勒出身形，看得人头晕目眩。

已经更深露重，不堵车了，但街上依然有不少行人。

酒店楼下就有个大剧院，正不知是演唱会还是演出，后半夜才散场，一大群观众从里面涌出来，马路边上站满了晃着灯牌的小女孩，三五成群，又蹦又跳。

盛灵渊忍不住被吸引到窗边，目不转睛地望着霓虹灯下的人群。

他看着窗外，宣玑则在打量着他的背影。就在方才那一瞬间，宣玑第一次在盛灵渊平静的心绪里分辨出了一点正面的情绪。

可能也谈不上很高兴，只是盛灵渊心里那些暗潮似的、不断涌起又不断被强行压抑的黑暗杂音消失了片刻，心里冒出半带感慨的疑问："这东川到底有多少人？"

"东川啊？"宣玑叼着根薯条，想了想，"不清楚，不过我估计怎么也得有千百来万吧。"

盛灵渊呆了呆，宣玑感觉他心里十分茫然，可能是想象力限制了他的数学，人皇陛下一时没能构建起对这个数量级的概念。

这罕见的糊涂终于让他有了点稀薄的人味——很多国家民间的鬼怪故事里都有这么个设定，说人间烟火气对于阴间的鬼怪来说是不可抗拒的诱惑，有些阴灵甚至会为了还阳、尝一口食物的味道杀人作恶。

故事里鬼怪的欲望就是人的欲望，而盛灵渊没有这样的欲望。

他目睹古人无法想象的声色不留恋，嗅到闻所未闻的美味不垂涎，他甚至不打听大齐怎么亡的国，后辈儿孙下场如何。宣玑觉得，他对活人的世界没有向往。

可是……人魔是因执念而起的，无欲无执不成魔。

他的执念到底是什么？

宣玑心里转了很多有的没的，有一点刺探的意思，盛灵渊却全不理会，仿佛没听见。

宣玑于是挑明："陛下，您生前……咳，这么说有点不礼貌，您领会精神哈——以前有什么未竟的愿望吗？说出来，或许我可以帮忙。”

盛灵渊一笑：“不曾有。”

“那您未来有什么打算？呃……想去什么地方看看？故都啊皇宫什么的——您那皇宫叫什么来着？”

“度陵宫。”盛灵渊淡淡地说，“度陵宫乃是凡石破瓦所建，数千年过去，早该朽成渣了，你们如今能看见的也大抵是后人多次翻新，狗尾续貂而已，随便看看就是，不必太当真。”

宣玑：“……哦。”

他“天真”得被古人教育了。

盛灵渊：“你不必担心，我只想揪出那个以阴沉祭扰我的妄人，入土为安而已，无意久留人间。”

宣玑试探的目的被当面拆穿，他也不尴尬，没事人似的笑眯眯地说：“我知道，那要不然您先去洗个澡吧，正好趁咱俩现在这倒霉状态还没过去，方便我告诉您怎么开淋浴——换洗衣服在那边的袋里。

“那个喷头出水，开关在这儿，往红的那边拧是加热水，另一边是加凉水……那几个瓶里装的是洗发水、沐浴液什么的，瓶子长得都差不多，里面装的东西我看也都差不多，随便挑一瓶抹完冲水就行了……”

宣玑给他指点着卫生间里的盥洗工具，盛灵渊自然能从他脑子里“看见”这些东西的使用情景，倒是不用废那么多话，挺省事。可新鲜东西实在太多，几千年过去，他生前熟悉的一切都被推翻，饶是陛下接受能力惊人，还是不免应接不暇，目光总是比宣玑的手指慢上几秒，显得有些茫然无措。

他有一双近乎剔透的眼睛，仿佛从未经过风吹日晒、不知善恶的孩子的眼睛。

一看见那双眼睛，即使明知道这是个危险品，宣玑的语气也不由自主地柔软了几分：“其实都不复杂，用两次就习惯了……有什么问题叫我一声就行。”

“嗯。”盛灵渊装作若无其事的样子，把目光从洗发水上挪下来，点点头，“好乖巧。”

“行吧，”宣玑无奈地想，“甭管死后变成个魔物还是仙物，毕竟当了一辈子皇帝，面子最大。”

这念头刚一起，下一刻，他就碰到了那人皇陛下似笑非笑的视线。

宣玑心头一紧，立刻弹出一级警报，毫无预警地，他耳畔“嗡”的一声蜂鸣，一缕薄薄的黑雾从他脚升起，笼罩了他全身。宣玑的思维突然变得无比迟缓，大脑像是变成了一本打开的书，任由别人翻阅。

而本应与他心神相通的盛灵渊的想法，他一个字都没听见——对方不知道用了什么方法，居然已经单方面地屏蔽了他，方才他从盛灵渊心里听见的无关紧要的心音，都是对方迷惑他的！

盛灵渊慢条斯理地问：“小鬼，你多大了，怎么还这么容易饿？你们先天灵物不都从小就‘辟谷’吗？你到底是什么？”

这句话好像一把稳准狠的钩子，宣玑一时没提防，放松过了头，猝不及防地被他勾起了无数记忆画面——

第二十二章

十年沉浮，凡人一样鸡飞狗跳的工作，捉襟见肘的月底，半夜下酒的世界杯和小龙虾，大学城里烟熏火燎的烤串和麻辣烫，人间游客似的尽情尽兴……往前，是他如何小心翼翼地改掉不小心划出来的繁体字，小心翼翼地和自己“家人”相处，暗中观察模仿其他年轻人的行为举止，学着他们打游戏、赶时髦、开玩笑、抽烟，定期更新流行词库……再往前，是他在赤渊深谷祭坛中混沌地生、混沌地长……

盛灵渊忽地意识到了什么，一惊，这时，宣玑识海深处，一道暴虐如朱雀真火的白光蓦地破瘴而来，逼得他急急退出，宣玑蓦地挣脱他的桎梏，带火的长锁链从手心里飞出去，朝盛灵渊当头砸下。

宣玑心神一动，杀念已起，白光与黑雾狠狠地撞在一起。与此同时，一道惊雷落下，将三十多层的窗户震得“簌簌”作响，两人同时回过神来——此地是闹市区高楼！

两人蓦地分开，宣玑背靠落地窗，盛灵渊抬手按在酒店房间门上，他俩反应居然出奇一致，一黑一白两道几乎互相复制的符咒同时落在门窗上，各自包裹住半个房间，首尾相接，宛如一个太极的球，将整个空间与外界严丝合缝地隔开。

屋里一声惊天动地的巨响，盛灵渊脸色一白，宣玑很轻微地一侧头，耳朵里被震出了一行细细的血迹。

两人合撑的结界倏地散开，隔壁正好有赶红眼航班的游客滚着行李箱匆匆经过，毫无觉察的脚步声消失在电梯间，一点也不知道一道薄薄的木板门后面发生了什么。

赤渊祭坛上，以刀一为首，所有器灵全都聚集在了碑林附近，这些废铜烂铁在刀一的指挥下，吃力地结成了一个阵，试图守护已经碎了两块石碑的碑林，血一般的妖异月色从山巅探出头来，洒向藏在赤渊深处的祭坛。

“咔啦”一声，在刀一惊骇的注视下，第三块石碑瞬间灰飞烟灭，这次竟快得一点预警都没有。

宣玑和盛灵渊之间相连的意识断了，两人一靠门、一靠窗，隔着不到十米对峙，酒店房间已经给震成了一片废墟。

“我很尊敬您，陛下，”不知过了多久，宣玑才一字一顿地开口打破沉寂，“我觉得终结九州混战的人是个英雄，哪怕您表现得一直像个人渣。”

随着白光落下，盛灵渊收缩的瞳孔重新放大。

同时，他近乎错愕的表情收敛得一丝不剩，微微笑了一下，说道：“那可实在抱歉得很。”

宣玑耳朵方才被震出血，这会儿漏音了似的，不停地“嗡嗡”响，头开始跟着犯晕，深更半夜，这酒店大楼几乎住满了，里面凡人没有一千也有八百，连大魔头都知道投鼠忌器撑个结界，实在不适合你死我活地干一架。宣玑沉默僵立片刻，一言不发，拎起快餐袋开门走了。

盛灵渊十分有风度地侧身让开门，错身而过的时候，他略带深意的目光一直落在宣玑身上，直到那小妖的气息消失在电梯间，他才敛去微笑，一抬手，一片黑雾在狼藉的屋里弥漫开，黑雾分成小缕，钻进方才被他俩打坏的家具里，碎木烂玻璃像是有了生命，自发地往一起聚拢，片刻，就拼拼凑凑，恢复如初——退房的时候也挑不出一点错来。

黑雾尽忠职守地修理完家具，原地消散，仿佛从未存在过，而房间外，半个酒店的观赏植物瞬间全部枯死，一只趴在花盆上的秋虫忽然不动了，风一吹，化作了一把尘埃。

盛灵渊放松肩背，靠在门上，仰头望着“嗡嗡”吹风的空调口，还是很想给它堵住。

他终于知道那小妖来历了……还真是一笔说来话长的乱账。

史书上说，九州混战是平帝盛钧发动的。

作为始作俑者，此人在后世编的故事里只扮演过两种角色：青面獠牙的贪婪野心家、不知天高地厚的二百五。

其实一场战争旷日持久、生灵涂炭，是不能归咎于一个凡人的。

此事涉及上古秘史，现如今的后生们是一点都不知道了——

三千年前，赤渊还不叫“赤渊”，叫“南明谷”，是神鸟朱雀一族的栖息地。

神鸟朱雀地位很特殊，一方面在妖族中地位尊崇，另一方面也被人族奉为南方大地的守护神，严格意义上说是妖族，却享受神明待遇，世代有神庙供奉，位列四圣。

据说南明谷底有地火岩浆，温度极高，除了烈火鸟，众生都难以靠近，是条天堑。人族和妖族就被这条天堑分隔开，泾渭分明，本来好好的日子，各过各的。

大混战的起源，算来应该是天灾。

第一次平渊之战前，南明谷发生过的一次大地震。据说那场地震把整个南明谷翻了个底朝天，北至京城，南至妖都，全都有强烈震感。随后异象频频——当年冬天，妖都的冰就比往年厚了两寸有余，到了次年，都已经是人间芳菲尽的四月，妖族境内的杨柳仍迟迟不绿。

到了第三年，连南明谷的温度都降了下去，妖族境内的灵气不明原因地大量流失。

妖族跟人不一样，不是往地里插根秧种点粮就能凑合活的，妖族——特别是一些比较高贵的族群，子嗣本来就困难，因为妖境气候大变、灵气流失，当年出生的小妖数量骤减，四成多的妖族幼儿落地就是死胎。

正好南明谷降温，火海变得不那么暴虐，许多妖族纷纷祭出看家的本事，越过天堑，想要迁徙到人族的地盘讨生活。人族也面临同样的问题，人不用“灵气”，但是得吃饭。气候突然大变，地里庄稼歉收，自然要闹饥荒。

大家衣食富足的时候，外来客是“有朋自远方来”，大家都揭不开锅的时候，外来的自然就成了“不速之客”。而且人族和妖族差异巨大，又彼此隔离了成千上万年，本来就尿不到一个壶里，产生冲突简直是理所当然的。

南明谷的神鸟朱雀就被两族夹在了中间，左右为难。

朱雀一族的族长没办法，眼看双方三天两头打一场，有爆发大战的风险，只好“请”出了族中的离火，强行点燃了南明谷，把人族和妖族隔开。

而就在这时，好大喜功的平帝不知被什么玩意蒙了心，干了件很缺德的事，这也是后世常常把九州混战的屎盆子往他头上扣的原因——他搞了一支由人族修士组成的“平乱军”，瞄准了那些偷渡过南明谷，又因为通道封闭暂时回不去的妖族，仗着自己人多势众，对这些妖族大肆屠杀围猎，并且放出话去：“妖族踏入王图半步，必诛。”

妖王被激怒，妖都沸腾，群妖八十一部战意熊熊。

朱雀可能是香火吃饱了撑的，还真以为自己是神，到了这种地步，他们仍然想以一己之力斡旋于人、妖二族，阻止战争，断然不肯让路。

当时的妖王实在是个狠角色，一个无底线的无神论者——被“神”阻在南明谷过不去，于是假意服软，趁参拜设套暗算，直接灭了朱雀全族，史称

“屠神之役”。

神庙崩塌，正式开启了魍魉横行的乱世。

那天神鸟的血染红了南明谷，妖王抢夺赤渊权柄，妖军度天堑，打响了第一次平渊之战，十万人族与妖族死在其中，包括平帝，从此南明谷成人间火狱，更名“赤渊”。

及至大混战随着妖王陨落结束，愤怒的赤渊烈火仍在烧。

赤渊之所以要神鸟一族世代看守，是因为相传赤渊地火其实是“魔气”来源，掌控赤渊者即可手握群魔，如果赤渊没人节制，火气与魔气就会散入众生身上，除凡人先天七窍不通外，诸族都会为魔气所役，战事必然再起。这事真的假的，武皇帝自己说不好，自古以来，但凡活物干点龌龊事，不是怪神明不保佑，就是赖鬼怪欺人心。

不过赤渊确实会加持除人族以外的其他生灵战力，这是真的。这也是妖王夺走赤渊之后，人族毫无还手之力的原因。

人族不为天地山河眷顾，怎么办呢?

身为人皇，当然也只好劈山填海——他平定四方后，为灭赤渊火，扒了朱雀神鸟的祖坟，翻出赤渊火烧不化的骸骨若干，以非常损阴德的秘法，刻了三十六道封火令，镇在赤渊之中。

封火令脱胎自神鸟骨，经年日久泡在天地之心，遂生灵。

那小妖应该就是从封火令中生出的灵。

三十六根封火令，三十六个“守火人”，三千年里，赤渊每动荡一次，就有一枚封火令粉身碎骨将其镇住，如果这也能叫一“族”……

那么守火人一族，就是他亲手做出来的，诞生就是为了牺牲的祭品。

难怪死都不让他安生，敢情是债主。

不过盛灵渊一出生就是个倒霉破落户，早习惯了诸事不顺，既没把这小“债主”放在心上，也不在乎别人亵渎自己尸身，只是觉得有点啼笑皆非。

他一笑，不知道牵扯了哪里，胸口一阵尖锐的刺痛，像是有什么不属于他的东西卡在那儿，融不进血脉也拿不出来。

什么东西？

盛灵渊一皱眉，五指按住胸口，倏地刺了进去，不知痛痒似的在自己心口翻了一会儿，却什么都没抓住。

他依稀觉得自己知道那是什么，皱着眉思量片刻，一时又想不起来。

“真是老了，”陛下叹了口气，缓缓按着自己的太阳穴，“记性也这么差……不好！”

他突然想起了什么，蓦地一抬头。

宣玑下了楼，等人重新给他开房间，在门口抽了根烟。

他有点想吐，可能是被翻过脑子的后遗症，这会儿大脑里总有些不受控制的画面闪过——不是血流成河就是尸体成山，不是废墟就是焦土……也不知道是他从哪部电影里看见的记忆片段。

他搓了一下自己的太阳穴，在冰冷的夜色里长长地吐出口烟。

盛灵渊封印阿洛津的时候，宣玑其实想说，相传人魔不死，为了保险起见，最好还是把尸体直接毁了。可看见对方盖棺时吐出的那口血，他居然没忍心说出口。

他可能是对历史上的人皇滤镜太厚，以至于对此人产生了点不合逻辑的期待。

其实冷静下来想一想，千秋不世之功跟卑鄙不择手段，本来就不冲突。

有些人鳏寡孤独是命运的悲剧，有些人就纯属活该。像盛某这样的，挂在历史书上受人膜拜就挺好，实在没必要下凡深交。

宣玑是个情绪很稳定的人，非常想得开。遇到事他会先试着解决事，发现事解决不了，他就解决自己的态度——找个好姿势躺平接受。

天大的喜事他不会忘形，地大的愤怒，一根烟也就过去了。

可是今天不知道怎么回事，这烟他越抽越躁，耳鸣越来越重。焦油和尼古丁确实是有毒有害物质，短暂地涌入呼吸道，让他忽然有种窒息的感觉。宣玑眼前一花，恍惚间有种错觉，他身处一片火海中，面朝着赤渊祭坛，眼睛被一片血色糊住了。只依稀看见大火外，刀一他们焦急地冲他喊着什么。

他听不见，也不想理，珍而重之地从后脊中取出本命剑——那剑出来进去向来随他心意，不痛不痒的，可是抽出剑那一刻，他仿佛挖出了自己的心，说不出的绝望灌进了他空荡荡的后脊，他颓然跪了下来，像是被抽掉了骨。

“这回是两百……三十二年，”他跪在地上，自语似的，拼了命地想把嘴角往上挑，“差不多是坚持最长的一次了……但涅槃石破……我实在……”

他喘不上气来，哽在喉咙里的声音变成了尖锐的颤音，却居然还在试图保持微笑：“实在是……走不下去了，对不起，真是……我真是废物……对不起……”

宣玑意识到，他自己好像是在对那剑说话。

这是谁的视角？

等等，两百三十二年……这个数字好熟。

宣玑心里飞快转念，突然想起来，赤渊祭坛旁边那三十多块祖宗牌位上，最长寿的一位正好活了两百三十二年！

这是巧合，还是……

下一刻，幻觉中，他听见自己全身骨头碎裂的声音，一声清越的鸟鸣声冲破了业火，宣玑狠狠地一晃——

“宣主任！”

宣玑茫然地扭过头去，盯着拉他的人半晌，才勉强认出这是安顿他们的本地异控局接待员。接待员大概是匆匆赶来的，一脑门汗，举着一部手机，手机微信不停地跳，原来刚才那刺得他一哆嗦的鸟鸣声是信息提示音。

接待员来得挺着急，旁边又黑灯瞎火，所以一时没注意到他脸色不对：“我还正要上楼找您呢，谁知道在这儿碰上了，快，肖主任找您，急事！”

说着，手机上来了个电话，那接待员迅速接通，把屏幕递到宣玑耳边。

“……是我，”宣玑迟钝地应了一声，电话里传来一长串话，他神志终于缓缓回笼，茫然的目光重新聚焦，“什么？”

第二十三章

巫人冢上这会儿一片灯火通明，山脊给秘银炮轰坍了一半，掩人耳目用的假树和假草几乎都已经被烧秃了，祭坛里涌上来的潭水流向低洼处，冲进被狂轰滥炸出来的几处凹陷，积水临时形成了“湖”。

特种部队就是特种部队，肖征直接从特种部队“暴雨”里调了六个水系精英，分别由三架直升机搭载，盘旋在巫人冢上方，合力“拉扯”起地面的水，那潭水就像一整块布，被他们几个“拽”上了天。

地面上的外勤们分了几组，在“水帘”两侧进行地毯式搜索。

肖征紧急把附近几个省市里能调的外勤都征召来了，一半去抓捕月德公的徒子徒孙们，剩下的都聚集在巫人冢，封锁了整个区域。东川人口多游客多，他们得尽快排查现场、处理危险的巫人族遗物，确保再有人来时，这里不会留下任何安全隐患，以及最重要的——找到那口被震到水下的青铜棺。

又是一个被阴沉祭文唤醒的魔头，比之前那位还诡异、精神状态还不稳定，这事细想起来瘆人。

首先，阴沉祭文不是什么烂大街的东西，就连异控局的绝密档案里，也只有寥寥数语，连王博士都是一知半解。那毕春生、小胡子季清晨他们，不是成年后才觉醒特能，就是混混人渣盗墓贼，他们又是从哪儿接触到这种东西的呢？

而所谓“巫人族”也好，之前在赤渊出现的那一位也好，除了极端危险，还都来历成谜。如果阴沉祭文是被人在后面操纵的，那这人绝对有资格当个考古系的博导——他到底是怎么知道这些大魔头都埋哪儿的？

而现在最要命的问题是，根据宣玑的描述，现场调查小组计算出了青铜棺可能滚落的位置，肖征已经带人在附近来回搜了八圈，连块铜锈都没找着！

“你确定吗？”肖征举着电话，深一脚浅一脚地迈过碎石和白骨，问宣玑，

“我现在就在石台的遗迹附近，这些碎石块上还有祭文的痕迹，可棺材呢？”

宣玑叼着根烟，借尼古丁强迫自己冷静，他耳朵里都是血痂，痒得很，脑震荡后遗症没过去，电话里老肖的声音忽远忽近的，反应也慢半拍：“……应该吧，要么你再好好找找？”

肖征气结：“咱俩到底谁是外勤谁是后勤？”

宣玑幽幽地叹出一口雪白的烟圈，拿着陌生的手机，沧桑道：“可说呢。”

“肖主任！”忽然，不远处的一个外勤举起手里的探灯，“您快看！”

异控局的外勤配备的是“第四代探灯”——家用手电那么大，能打出柔和的白色光束，如果碰到异常能量物体，光就会由白转红，这东西灵敏度相当高，据说从地面上往下照，能检测到地下百米处的一株变异草。

肖征一抬头，只见几个探灯的光束集中在一块空地上，白光下，地面上有一块长方形，突兀地变成了血红色，看尺寸，正好像口棺材。

“这是不是那棺材留下的印？”提灯的外勤凑过去，“可是主任，这不对啊！”

这当然不对，“探灯”是检测异常能量反应的，就算那青铜棺是一团火，挪开这么半天了，也早该凉了，最多检查出一点能量残余，怎么会是这个颜色？而且那么大的一口青铜棺，不管是被水冲走，还是被人挪走，地面总该留下点拖拽的痕迹，这也太整齐、太方正了。

“小心点，地面上可能有东西。”

肖征话音刚落，山巅的乌云正好被风吹开，微弱的月光从云缝里漏了下来，不偏不倚地落在那棺材印上，地面像起了什么反应一样，倏地生出一层白雾，外勤们集体往后退了两米。

只见那些白雾一开始像舞台上喷的干冰，随即可能是搅进了更多的水汽，质地忽然变得浓稠起来，翻滚片刻，白雾开始凝出人和物的形象。

像立体的沙画。

白雾先是凝结出棺材的形状，严丝合缝地对上了地面的痕迹，紧接着，更多的白雾在“棺材”旁边聚集，凝出一个人形的影子。

“这是什么水系特能……还有声音？”

“这说的是什么，不会是宣主任提到过的巫人语吧？”

“嘘……”

白雾中的人影围着棺材打转，极细的吟唱声随着水波流淌过来，针尖似的轻轻敲打在棺材四壁。

咚——咚——

白雾凝出的棺材四壁开始渗出液体，不与周围的水相容，并无视物理规律，在那棺材内勾勒出了阴沉祭文。同时，吟唱和敲打棺材的声音越来越急，青铜棺每响一声，棺材里的阴沉祭文就清晰一分，完全凸显出来后，那些祭文忽然动了起来，从四壁“游”到了棺材底，钻进了棺材中阿洛津的身体。

咚——

阿洛津手心的钉子轻轻往上一跳，他的手指也跟着狠狠一颤。

绕着棺材转圈的人伸出手，抚过阿洛津的额头，水声中夹杂着古老而未知的语言，声音在缭绕的森森雾气中盘旋，越来越高、越来越尖锐，虽然听不懂内容，但其中似乎承载着巨大的愤怒。

咚——阿洛津腿骨上的钉子也松了。

紧接着，青铜棺里发出让人牙酸的“咯吱”声，阿洛津眉心的钉子被血色的阴沉祭文一点一点顶了起来。

那气泡凝成的“人”俯下身，在阿洛津耳边一字一顿地说了一句话。

阴沉祭文像血一样从阿洛津身上扩散出去，那戴着半个小面具的男人缓缓从棺材里坐了起来，青铜棺倏地分崩离析。

异控局的外勤们集体目瞪口呆——原来那棺材是这么没的，怪不得地面上一点痕迹都没有！

紧接着，白雾中阿洛津的影子仰起头，似乎是面朝巫人冢的方向，突然，他做了一个仰天长啸的姿势，但并没有发出声音，腾空而起。

众外勤本能地四散躲开，那代表阿洛津的白影似乎是到达了水面，飞掠而去——往东川市区的方向！

与此同时，白雾盘旋而下，落回地面，原地搅动片刻后，再一次凝出了那唤醒大魔头的罪魁祸首。那白影站在原来放青铜棺的地方，站姿闲适，双手抱在胸前，像是在等待着什么，跟众外勤大眼瞪小眼。

肖征蓦地转头："你们有人把刚才的画面拍下来了吗？给我！"

他挑了一段拍得最清楚的视频，同时发给了总部的王博士和宣玑。

王博士正在总部待命，接到视频以后，老头很快打了电话过来。

"这个啊，叫'显影术'，"王博士拖着腔，颤颤巍巍地说，"是一种古老的技术，古人经常拿来防盗用。唉，旧社会的治安……"

"博士，重点。"

"哦，这个显影术啊，就是事先给某个东西打下'标记'，之后一段时间里，那记号附近发生的所有事都能被'显影'记下来——你们刚才看见的就是。就好像那个……叫什么玩意来着？哦，摄像头！毕竟是古术法嘛，不能像摄像头那样把人脸拍得那么清楚，而且能量散了就没了，对施术人的要求也特别高，可不是一般的特能办得到的，再说现在电话机不都能录像了吗，现在还知道这个的人不多啦……"

肖主任被他老人家三纸无驴的长篇大论科普出了一脑门青筋。

还不等他再次打断老王博士，白雾的范围忽然开始扩大，把半个山头都笼罩进来，接着，边缘处传来嘈杂的人声，白雾里凝结出了直升机和吊车，然后是一队一队的人。

"主任，"旁边一个外勤轻轻地说，"那好像是我们……是我们刚到这里的情景。"

"等等，也就是说，我们在旁边收拾现场，这个……这个……"另一个外勤指着那抱臂而立的白影，惊恐地说，"这不知道是人是鬼的……就在旁边看着我们？可是警报器为什么没动静！"

一阵恶寒流过，外勤们集体绷紧了后背，就在这时，只见一团应该是代表某个现场外勤的人无知无觉地走了过来，刚巧来到那唤醒了阿洛津的白影身边，白影倏地一闪，没入那外勤的身体，两个人影合二为一了！

“等等，这什么意思？”

肖征缓缓转过头来，脸色青里泛白，目光扫过全体同事：“意思是，那个用阴沉祭文搞事的罪魁祸首，就附在我们当中某个人的身上！”

宣玑差不多和王博士同步接到肖征在现场传回来的视频，看完以后，他随手把烟头拧在旁边的垃圾桶里，脸上露出了一个很古怪的自嘲的笑：“我说呢。”

他不知道自己怎么让盛灵渊给忽悠瘸了，居然觉得那位陛下是“不舍得”毁掉阿洛津的尸体。

他老人家什么不舍得？

巫人一族如逝水东去，死后又不能复生，还假惺惺地保护什么尸体？那老魔头哪有这种凡夫俗子的多愁善感？盛灵渊分明是算准了，用阴沉祭文的人一见他“不忍心”毁掉阿洛津的尸体，等他们一离开，一定会按捺不住，再来搞一次小动作。

毕竟，谁会舍得放弃巫人族的力量呢？

一阵夜风吹来，风里飘来了一股花香——甜得过了头，隐约带了点腐臭的腥气。

“扶棺吐血，我居然还以为这个老戏精会伤心。啧，我怎么想的？”

吐血也没耽误他在棺材里做手脚。

宣玑插着兜，冲身边的分局接待员晃了晃手机：“这个借我用一下。”

“出什么……”接待员话没说完，就见宣玑又摸出根烟，手指一捻，一簇小火苗就从他指尖弹了出来，他眯着眼点着了烟，朝接待员喷出一口白烟，接待员整个人一轻，风筝似的被那白烟卷进了酒店大堂。

“进去躲一躲，没事别出来。”

接待员惊魂甫定，却见宣玑话音没落，身影一闪，已经不见了。

宣玑纵身上了六楼的露天观景台——不远处有座高架桥，一个单薄的身影风筝似的立在桥上的路灯上，视线正好跟宣玑齐平……那人长发、长袍，身形单薄如纸，清秀的眉目间，有个可怕的血洞。

阿洛津，就是个勾出幕后黑手的鱼饵。

“可在那位眼里，谁还不是鱼饵呢。”宣玑几不可闻地叹了口气——阿洛津再次被钉进棺材，心里的怨恨值一定爆表了，一定会追着他们的踪迹找过来。在幕后做阴沉祭文的人，大概会混在异控局的外勤队伍里，否则不会对异控局的内幕那么熟悉。

幕后黑手知道他们回东川市区休整，会放松警惕。

他身负朱雀离火，与诸邪相克，半夜三更往路边一站，相当于一个显眼的大火堆，对各路幺蛾子有极大的吸引力，再次复活的阿洛津百分之百会被他引过去。

这样一来，一方面，盛灵渊能腾出手去对付幕后做阴沉祭的人；另一方面，有他牵制阿洛津，能让阿洛津暂时顾不上去祸害人间。

“给我留了这么个光荣而艰巨的任务，行吧，还挺看得起我。”宣玑苦笑，算是明白了什么叫“无所不用其极”。

他弹了弹烟灰，老远朝阿洛津一摊手，没有刻意大声说话，声音却随着朦胧的烟火凝聚不散地刮过了宽阔的马路和街区，像跟那青铜棺里的人魔面对面说话：“我澄清过了，族长，我真不是那个丹离。您看看本人这张充满了胶原蛋白的脸，我长得像有那么老吗？”

可能是他模仿盛灵渊的古语说得不标准，阿洛津没听懂，不为所动，冷冷地看着他。

那本《东川巫人书》的残卷里说，因为一个念头入魔的人，此后躯壳里就不再是原来的人了，他会变成被那个“念头”驱使的行尸走肉。

现在看来，那本残卷写的可能就是阿洛津。

未署名的作者想必是那个年代熟悉巫人族前因后果的人，记录了这一族的始终，只是不知道为什么，没有流传下来……可能也是被那个霸道诡异的武皇帝禁了吧。

阿洛津明显是有记忆的，按理说，也应该保存了一部分他作为人时的思想，只是成魔之后思维方式不能用常理度量。

宣玑不指望他能遵纪守法，只希望他那血肉模糊的脑子里能保存点逻辑，听他讲两句道理。

“当然，您要是想来跟我组成‘反盛潇诈骗’联盟，我还是很欢迎的，”宣玑说，“咱俩同属于受害人，确实有话聊……”

“朱雀。”这时，阿洛津忽然字正腔圆地吐出了人族的古语，声音割裂了凉如水的夜色，飞掠过大街。

宣玑一愣：“什……”

“你身上，跟他一样，有朱雀一族的……”那半面的魔头话音没落，突然消失在宣玑的视野里，下一刻，诡异的少年音在宣玑耳边炸起，“臭味。”

第二十四章

宣玑想也不想，并指如刀，回手划向身侧。

他左手夹着半截烟，右手竟直接金属化了，锋利如刀，指尖上凝着火光。

阿洛津尖厉地笑了一声，“呼啦”一声，诡异地翻上半空，一只巨大的白骨蝴蝶无端从夜色中现身，稳稳当当地托在他脚下。骨翅扇起烈风，烟头上一点微光挣扎着明明灭灭。

宣玑先是被这出场造型震撼了一下，随即，终于后知后觉地想起了自己的岗位职责。

“等等！”宣玑的脸都青了，心想，“这巫人族长不会就是开着这玩意，一路从郊区飞过来的吧？”

虽说是半夜三更，可大城市里，夜猫子遍地都是，路网监控也都没关！

明天要是上了头版头条，这事儿算谁的？怎么圆？

阿洛津才不管这些，脚踩蝴蝶，招摇过市地挂在半空。这酒店正好在市中心，挨着个交通枢纽，前面有三层高架桥，不时有车经过，过往司机只要一抬头，就能看见这个诡异的大风筝。这会儿车虽然不多，可万一真有人想不开抬了头，窥见阿洛津和他老人家的“坐骑”，非得引起交通事故不可！

上次人皇陛下和这位动手，震塌了一座山，山里都是骷髅头，塌也就塌了，没人投诉，这四十层的大酒店可不能塌。

得把他引走。

宣玑心里转念，掉头就跑，直接从六层的观景台上跳了下来。

为防被人看见，他没拉开那对拉风的火翅，落地时却极轻盈，好像骨头都比别人轻几分似的，顺势一滚就卸了力，毫发无伤，而后一头扎进了酒店旁边的小窄巷里，用接待员的手机登了自己的微信，找到了平倩如的电话，直接拨了出去：“拉个群！快，把‘风神一’的那几个都拖进来——让这帮人出来搭把手……睡什么睡！人家魔头都起来嗨了！”

他话音没落，脑后就有厉风打过来，宣玑头也不回，一步蹿上了面前的垃圾桶，几毫米厚的塑料桶盖把他往上弹了一米来高，却居然没被他踩裂。

有什么东西擦着他的裤脚飞了过去，“呜”的一声，削进了旁边的水泥墙上——那居然是风！

风刃把水泥墙砍了条缝，随即消散。宣玑借着一扇打开的窗户的倒影看了一眼，只见阿洛津的“坐骑”因为太过炫酷，进不了狭窄小巷，两边的翅膀各自被卡掉了一半，成了只“截图不全版”的蝴蝶，他毫不吝惜“坐骑”，形象越发骇人。

蝴蝶残破不堪的骨翅，忽然让宣玑想起了巫人冢里那些身首分离的骸骨，心里泛起一点说不清的滋味。

“少族长，我知道你冤，你全家都冤，”宣玑脚下不停，嘴里也不停，“你有什么委屈跟诉求，大家坐下聊聊不行吗？到底为什么非得跟我过不去？你清醒一点啊，我身上哪来的朱雀味，明明只有炸鸡味！”

可惜，他的古语水平只限于勉强能听，口语真的不行，几句话说得“古今结合”，完全不在调上。阿洛津没有陛下那么逆天的语言天赋，不会自己掂量着翻译，于是免疫了他的一切“花言巧语”。他袍袖一展，被猎猎的夜风鼓起，第二把无形的风刃眼看就要成型，足有两米多长，横过来能把窄巷给豁开。

宣玑情急之下，突然大叫一声：“丹离！”

阿洛津终于听懂了一个词，“丹离”的名字让他动作微微一顿。

“我就不信，今天这事还说不清楚了，”宣玑喘了口气，脚尖轻轻地一点地，转过身面对阿洛津，拿出了跟外国友人沟通的那套肢体语言，指着自己，“我——真的不是——丹离。”

阿洛津歪头凝视着他手舞足蹈，不吭声。

“对啊！你哥骗你的！你那个哥的良心——”宣玑在自己胸口比画了一下，代表“心”，他一时想不出来该用什么手势形容这颗良心，于是一只手捏住鼻子，另一只手拿着“良心”，伸得离自己远远的，仿佛拎起了一块热气腾腾的尿布。

你哥的良心就是这么骚！

阿洛津双手伸开，面具上的鬼脸眉目拉平了，喃喃地说：“你不是丹离。”

宣玑差点热泪盈眶：“对对对，总算说明白了，我……”

他的头还没点完，三道风刃当头劈下，差点把他削成花刀。

“你是‘守火人’，”阿洛津阴冷的目光锁定了他，双手再次凝起风刃，“他说过，要让赤渊重新烧起来，就要先结果‘守火人’，我要杀了你。”

宣玑：“他？他是谁？”

毕春生阴沉祭成功以后，对她召唤出来的盛灵渊提出了几个要求——对了，前几个要求还是报私仇，最后一个“重燃赤渊火”的说法却十分诡异，也正是那句话，真正激怒了大魔头。

这么看来，两起阴沉祭背后果然是同一个人，目的就是“重燃赤渊火”。

阿洛津没回答，双手再次凝起风刃。

“等等！”宣玑忙叫道，“我还有话说！等……”

阿洛津哪肯听他废话，风刃转瞬横扫到他面前。宣玑本想躲开，可他背后是个民宿——就是那种旅游区常见的小旅馆，统一装成古色古香的样子，朝向小巷这边有窗户。

可能是隔音不太好，民宿里住的客人被阿洛津那一嗓子凄厉的大笑惊动了，开灯凑到窗口。宣玑余光瞥见窗户后面一个人影，正晃晃悠悠地要伸手拉窗帘……

他要是闪避，那人非得被腰斩不可！

宣玑来不及多想，蓦地背过身去，翅膀弹开当成盾牌，挡不挡得住也就是它了！

同时，他抬手撞开民宿窗户，把窗帘糊在了那游客的脸上，一枚硬币飞过去把人打晕了。

游客晃了一下，就要栽倒，冰冷的风刃已经擦到了宣玑翅膀上的羽毛。

就在这时，突然有人大喊道：“一秒！”

时间停了。

队友到了！

宣玑弹到半空中的硬币立刻变成铁链，一下把那游客拉倒在地，他拔地而起。

时间暂停失效，被强行停下的风刃以两倍的速度飞过，民宿的墙像豆腐一样被切开了半边。

几道人影同时落在窄巷，三个“风神”连睡衣都没换就跑出来了，一时间场面如同枕头派对。

“善后科留下处理现场，其他人跟我把他引开！”王泽再次遗忘了宣主任的后勤身份，朝他喊道：“主任，你怎么手无寸铁的，剑呢？”

宣玑气不打一处来：“卖废铁了！”

王泽可能是头一次听说还有人跟剑置气，好心劝道：“哎呀，别介呀，谁还不是凑合过啊，还能离咋地？”

“还废话！先把他引出闹市区！”

“好嘞，”王泽大言不惭地指路，“跟着我，往南！”

宣玑哪知道堂堂风神老总竟然会是个地面路痴？无条件相信了他，二话不说，腾空而起，飞向南边。

阿洛津那“豁牙露齿”的白骨蝴蝶撞碎了大半，居然并不比他飞得慢，穷追不舍而去！

巫人冢上，白雾显影里的故事发展把所有外勤都定在了原地，一时分不清旁边人是敌是友。就在这时，白雾竟然忽地收缩，凝成了一把犹如实体的剑，剑上咒文翻滚，隐约带着电光。

“显影”上还叠加了别的符咒！

与此同时，天骤然阴了下来，浓云密布，闷雷声从远方传来，和那把白雾凝成的剑发出了共鸣。

剑尖缓缓地偏转，指向人群中的一个外勤。

陛下挖出来的坑，当然不可能只是个“摄像头”，他在第二次封印阿洛津时，就在尸身上留下了“显影”和一道“九天神雷”。

阴沉祭文幕后的人这么大费周章，说明他行动一定是受限制的，甚至可能没有身体，如果是这样，他在再一次拔掉阿洛津身上的钉子后，最大的可能就是留在原地，混进异控局的队员里，附在某个人身上——这样不但能掌控全局，还方便避开盛灵渊。

至于阿洛津……盛灵渊本想让那诡计多端的小妖暂时吊住阿洛津，自己去做那在后的黄雀，逮那胆敢扰他安眠的鼠辈，万万没想到小妖的“守火人”守的居然是赤渊火——最麻烦的是，他在小妖的记忆里看见了赤渊祭台边上的三十五块石碑。

也就是说，那小鬼是最后一道封火令了，朱雀骨封印已剩残阵，难怪什么魑魅魍魉都出来了。

那小鬼要有个三长两短，赤渊岂不是要着火？

智者千虑，必有一失。

盛灵渊气飞了宣玑，总算想起了这茬儿，终于顾不上装神弄鬼了，转身追了出去。

可是当代超高层的豪华酒店，不少土生土长的当代路痴尚且五迷三道，岂是区区一个远古人能走明白的？

盛灵渊先被弯弯绕绕的走廊绕得眼花，被迫听了一大圈墙根儿，好不容易摸进了电梯，复杂的楼层又给他看得一头雾水——这宾馆坐落在一个城市综合体上，四层以下全叫“某某大厅”，阿拉伯数字和英文他也不认识，只好依着直觉按了最底下一层的按键。

一般来说，一个人要是心机太深，什么事都琢磨，直觉通常不准。

盛灵渊先让一碰就亮的电梯按键吓了一跳，然后直接被拉到了漆黑一片的地下停车场里。

扑鼻的汽油味把陛下熏得头疼，一时更茫然了，正好这时值班保安起夜，顺便例行巡视一圈，老远看见有个人影，就举起手电筒来晃。

这可要了亲命了，保安这一晃，一眼晃见个披头散发的，半夜三更站在空无一人的停车场，身上还有血！

保安给吓得魂飞魄散，还不等盛灵渊开口问路，他就怪叫一声，四肢在空中扑腾出了狗刨的姿势，一边号，一边像鱼雷似的“游”走了。

盛灵渊：“……”

几个“风神”不知道从哪儿弄了辆车，以能被吊销八次驾照的速度贴地直飞。宣玑紧跟着他们，为了防止阿洛津到处放刀，他在半空上下起伏地吸引火力，一会儿飞成蛙泳式，一会儿飞成仰泳式，狂风把他的头发吹成了背头，竟不耽误他说话。

“族长，您生前就一直被人骗，身不由己，怎么现在还这样？您知道召唤您的人是什么玩意吗，就敢这么相信他？您看看现在，要不是因为有人设计用阴沉祭文吵您安息，好好的巫人族祭坛能塌吗？”

“巫人族祭坛”几个字一出，在他身后穷追不舍的阿洛津的眼睛里就掠过血色。

宣玑：“我就不明白了，你们这帮以毁灭地球为毕生事业的反派想什么呢？世界散摊子了你们有钱赚怎么的？赤渊一座好好的休眠火山，为什么你们非得要把它弄喷发？地质灾害到底……闪避啊宝贝们！”

说话间，迎面正好飞来一个鸟群，猝不及防地跟着追逃二人组遭遇到了一块，几乎同时，左、右两道风刃削了过来，宣玑骂了一句，迅速熄灭了翅膀上的火，翅膀猛地一拢，将惊慌四散的小鸟全拢进了双翅里，自由落体往下落去。

一双风刃擦着他的翅膀尖掠过，擦掉了两根火红的长羽，宣玑蓦地放开翅膀，群鸟四散，他像流霞似的冲向南方。

宣玑：“赤渊招你惹你了？！”

阿洛津轻轻地用巫人语说了一个词，顺着风扫过宣玑的翅膀，但他没听懂：“什么？”

“妖族通天彻地，影族行走阴阳，高山族赋生凡铁，我族得山水庇佑，都源于赤渊。可是他利用了我们，让几族互相掣肘、彼此消磨，用禁术将我们的亡魂与力量填入赤渊火狱，将人间一点灵气涤荡殆尽，从此世间只剩下尔等庸常凡人！”阿洛津的声音在狂风中走了调，“我要你们还回来！”

宣玑一分神，险些被背后飞来的风刃割成两半，狼狈地在空中滑开，他艰难地抓住了阿洛津话里的重点：“等等，你的意思是，赤渊是异常能量之源？”

也就是说，特能越来越稀有，异控局招来的新人一代不如一代，月德公们甚至完不成 KPI、开始琢磨起邪魔外道来……都是因为赤渊被封印了，世界上的异常能量才越来越少？

“‘异常’……”阿洛津脸上的面具牵起似哭还笑的脸，随后，面具与主人一起纵声大笑起来。

这就是几千年后的世界，没有妖，没有类人族，法与术大部分都成了纸页上不知真假的传说，赤渊源源不断地吸收着灵气，偶有遗落，就会成为让当局如临大敌的“异常能量反应”。

这人间，踩在巫人全族的尸骨上，如此繁荣，如此太平。

凭什么？

“赤渊重新烧起来，世间就会恢复原样。”阿洛津喃喃地说，“东川的山神会孕育出新的巫人族，我们是……”

山神的孩子啊。

宣玑眼看他要魔怔，忙叫道：“想什么呢？你有科学依据吗？你以为人是萝卜，还能从地里长出来吗？你……”

阿洛津：“闭嘴！闭嘴！”

宣玑头皮一麻，立刻有了种不祥的预感，下一刻，以阿洛津为中心，半空中凝聚出一个巨大的旋涡，宣玑瞳孔剧烈地收缩，再要躲已经来不及了——细碎的风刃瓢泼大雨似的倾盆落下，将他整个人笼在了其中！

第二十五章

阿洛津出现在酒店附近的时候，盛灵渊立刻就感觉到了，当时他已经在谜一样的地下车库里转了八圈。他本不想太惹眼，情急之下也顾不上那么多了。阴沉祭文背后的人如果知道守火人的真实身份，阿洛津那疯子非得手撕了小妖不可。

盛灵渊抬头一拂袖，地库天花板顿时塌了一大块，各种警报声齐刷刷地嘶吼起来，他直接从窟窿里钻了出去，来到一楼的商场大厅，拍碎玻璃，破窗而出。

谁知道这还不算完，他刚脱困，几道强光就冲他扫了过来，警笛叫唤了两声：“不许动！举起手来！”

原来陛下被关在地库的这会儿工夫，宣玑他们已经完成了一拨“民宿拆迁”，带着“大风筝”阿洛津往南边转移了，留下了一个鸡飞狗跳的现场……以及三位欲哭无泪的善后科人员——善后科的临时工领导还被临时征调成外勤了。

旅游旺季，东川各大安全部门本来就绷着神经，听说民宿一条街上有人半夜拆房，丧心病狂的“歹徒”居然还入室行凶，打晕了一名游客，非常震惊，立刻出警。才刚到案发地点，警车都还没停稳，旁边酒店的地下车库就炸了。

警察一看，居然还有没跑干净的“同党”，好大狗胆，逮回去！

于是就这样，盛灵渊在闹市区的大综合体门口，被一圈闪着红蓝光的警车团团围在了中间。

行动负责人借着同事的手电光，探头看了一眼“落网嫌疑人”，见这位穿着一条空荡荡的“裙子”，材质有点像草绳编的，也不知道是什么行为艺术，一头“假发”打着绺，仪态还颇佳。

“嫌疑人这个……是不是精神有点问题？”这位警察同志对旁边人说，“把商场地板炸那么大一个窟窿，可能携带了杀伤性武器。快，来点支援！”

盛灵渊：“……”

平倩如、杨潮和罗翠翠躲在旁边，不敢冒头，不知道应该先联系谁。

异控局属于秘密部门，他们请求公安部门合作，要走“自上而下”的正规流程才行，跟基层民警亮工作证，人家非但不会认，大概还得以为他们有病。而他们的正经部门领导正处于“飞行模式”，一时半会儿指望不上。

罗翠翠眼看自己头上两根宝贵的头发岌岌可危，欲哭无泪地摸出电话，打给肖征，电话接通，刚响半声就挂断了——

肖征那边，白雾凝成的剑颤颤巍巍地指向了人群中的一个外勤，但还不等其他人反应过来，那外勤就狠狠地哆嗦了一下，腿一软跪在地上，嘴里大叫："什么东西？！"

他话音没落，指向他的剑尖微动，又转向了他旁边的人。第二个外勤僵直了一下，直到剑尖再次指向别人，他才惊恐地跳了起来："刚才有东西从我身上过去了！"

众外勤一片哗然，人群里就像有一个看不见的幽灵，正拿外勤们的身体当跳板，跟那白雾凝成的剑捉迷藏。

而那把白雾凝成的剑上，缭绕的火花越来越大，天上的雷鸣声也越来越近，几道闪电接连划破夜空，一道长似一道，好像马上就要跟"剑"上的电光相接，在场外勤们惊悚地发现，自己简直像在玩一场致命的"击鼓传花"，不知道哪个倒霉蛋会跟着那看不见的敌人一起遭雷劈。

肖征一咬牙："除了雷电系特能，其他人快散……呃……"

话没说完，他身上就漫过一阵冰凉的感觉，肖征觉得自己整个人像是浸入了凉水里，一下没了顶，七窍和五官似乎都被什么蒙住了，他无法控制自己的四肢，可能感觉到手上的汗毛集体竖了起来，好死不死，就在这时候，遭瘟的罗翠翠打了他的电话！

肖征只来得及在心里骂善后科，整个人被电光淹没了，周围一圈都是同事，他别无选择，只能竭尽全力地收拢雷电能量，尽量减少电弧攻击范围，暴虐的雷电瞬间冲破柔弱凡人之躯的四肢百骸，他有种筋脉尽断的错觉。

而在炸裂似的雷声里，夹杂着一声惨烈的咆哮，一道白影灰飞烟灭了。

罗翠翠也不知道自己一通电话，把能给他们结拆迁赔款的金主给劈了，联系不到肖征，他只好六神无主地冲平倩如和杨潮挤眼睛，无声地用口型说："现在怎么办？"

平倩如比他还慌，她怕那个长发的男人。

虽然他们宣主任声称这人只是"剑灵"，并且经过风神的透视眼特能鉴定无误，但出于某种直觉，平倩如一看见那男人的样子，立刻就想起同一张脸谈笑间杀人抛尸的情景。总觉得这位大佬一个不高兴，就会当场大开杀戒。

不过出乎她意料，被警察团团围住的盛灵渊并没有什么残暴的反应，他只是往几个善后科员们躲藏的方向瞥了一眼，随后还居然配合地举起了手——虽然动作不标准，人家让他举手，他只给人举了一只手。

警队负责人气坏了，这神经病大半夜破坏公物就算了，被当场抓住，居然还敢嘲讽警察!

“我让你举起手，谁让你上课回答问题了？！”

平倩如冷汗滚滚而下，简直想扑过去捂住那位警察同志的嘴。

就在这时，盛灵渊平静的声音忽然在她耳边响起，问：“遇到这种情况，你们一般怎么办？”

那声音像一根极细的线，她知道它是从远处飞过来的，却又清楚得像打电话，精确地穿过她的耳郭，旁边人没有一点察觉。

平倩如一激灵。

“传音入室而已，莫慌。”盛灵渊用生疏的普通话说，“你小声回答就是，我听得见。”

平倩如探头看了一眼，她藏身的地方跟盛灵渊至少有五十米远，欲哭无泪，心说这得雷达才能听见吧？

可是都已经这样了，她没别的招，也只能死马当成活马医，耳语似的压低声音说：“以前要是有人看见不该看见的东西，我们都是用‘回响音’处理的，就是一种特殊的音波，能快速修改人的记忆。”

盛灵渊看着几个警察上来，铐住了他的手腕，没反抗：“那为何不用？”

“不行啊，”平倩如小声说，“使用‘回响音’设备对环境要求很高，要先通过谈话勾起当事人的记忆，然后再放音频。回响音的原理是大脑共振，削弱当事人和这段记忆有关的神经突触，再刺激海马体，把修改过的记忆输入进去重新黏合。很复杂的，因为要修改的记忆一般带着好多强烈情绪，当事人回忆起这些事的时候，还会有其他的生理反应——杏仁核活跃，HPA 轴持续亢进什么的，有时候即使修改了一段记忆，人其他的神经活动不能一起协调过来，当事人之后会产生不明原因的惊厥和恐惧，弄不好会崩溃，想处理好，就算是最有经验的人，也得返工很多次……唉，其实毕姐——毕春生来了以后，用她的特能就方便多了，可是……”

盛灵渊："……"

这小姑娘是何方人士？她们老家的"方言"怎么这么难懂？

盛灵渊："你简单点说，差什么？"

"没时间了，再说我们人手不够。"平倩如说，"小杨的特能容易'共情'，他根本干不了这事，总被当事人带过去。以前从来没上过'回响机'，就我跟罗哥两个，我经验也不怎么丰富……"

盛灵渊打断她："无妨。"

平倩如忙说："而且回响音得在封闭的环境里才能放，要不然声波辐射范围太大了，随便一个路人的大脑都会被共振进来，操作人员的精神受不了。"

盛灵渊："装上，我来。"

平倩如想了想，也没别的主意，只好听话。咬了咬牙，她从包里翻出了一个巴掌大的小圆盒，戳在地上，小圆盒四角立刻伸出几根天线一样的"触角"——出门在外，善后科只能带简易便捷的"回响机"，这种"旅行装"只能在非常有限的范围内、针对一两个目标操作，就这，还得用精神力增幅器。

罗翠翠和杨潮面面相觑，杨潮："倩如，你干什么？"

平倩如顾不上回答，把特制的屏蔽耳塞分给罗翠翠和杨潮，嘱咐他们戴好，然后揭开圆盒盖子，从里面取出一副长得很像无线耳机的仪器："我只带了一副十倍的增幅器，怎么给你？"

盛灵渊戴着手铐，被一个警察推了一把，踉跄了半步，却没有发脾气的意思，声音和语气依然十分平静，问："增……那是什么？"

增幅器都不知道是什么，普通话都说不好，这样的人怎么操作回响音？

平倩如十分绝望："简单说，就是让你的意识在回响音影响范围内占主导地位的道具。"

盛灵渊："不必，你作法吧。"

平倩如心说作什么法，作死还差不多。然而就在她犹豫不决时，赫然发现自己的手不听使唤了，仿佛"双十一"时伸向打折品的鼠标，她惊恐地睁大了眼睛，眼睁睁地看着自己戴上耳塞，按下了播放指令。

特殊的声波"呜"的一下，随风而起，朝四面八方辐射开，迅速笼罩了整片区域。

“回响音”是什么玩意，盛灵渊到底也没听明白，但他会类比。

假如“回响音”跟毕春生的能力异曲同工，那他大概就理解怎么操作了——平倩如提到的毕春生有一点“魇兽”的血统，血脉相当稀薄，几乎淹没在了凡人的肉身里，要不是她走火入魔，他还真不一定能闻出来。

真正的“魇族”可是难缠极了，魇兽一族中的高手能单枪匹马地把一整支精兵困在它捏造的梦境里，分不清真实与幻觉，直到活活困死。当年为了对付魇，人族修士与巫人族想尽办法，最后联手做了一种“防风石”——用特殊的方法炼制后，切成两半，一半随身带着，另一半交给其他军中同僚，若其中任何一方被困魇阵中时，另一方便能通过“防风石”感应到，并且借助“防风石”让阵中人保持清醒，里应外合破阵。

“防风石”被激起时，拿着同一块石头的两人能同喜同悲，与平倩如说的“回响音”异曲同工。

只不过这“回响音”精巧多了。

音频一起，盛灵渊耳畔瞬间响起了无数杂音，音波所到之处，所有的仍在活动的脑电波都被捕捉了进来，有醒着的，也有睡着的。

平倩如睁大了眼睛，她的仪器上分明没有接入“增幅器”，增幅器指示灯却亮了。

这是……她脑子里飞快地回忆起入职培训时学过的增幅器原理——增幅器中有个能量转换装置，可以扩大回响音机的影响范围。这个“剑灵先生”有某种精神系特能，直接用自己的特能模拟了回响音机的信号，他把自己当成了增幅器。

回响音的影响范围一下扩大了百倍……不止，甚至更多！

还能这样操作？！

铐着盛灵渊的民警只见被他们抓住的人抬起头来，微微一愣，随即对上了一双深渊似的眼睛。

民警一看那双眼睛，脑子里“嗡”的一声，失魂似的呆在了原地。“嫌疑人”朝他一笑，无声地念了句什么，手腕轻轻一抖，精钢的手铐就像大了三号的手镯，轻飘飘地从他手上滑了下来。

所有人都听到有个如梦似幻的声音说：“方才，诸位都看见什么了？”

那声音带着强大的蛊惑力，像《浮士德》里蛊惑垂死者的恶魔，一时间，听见这个声音的人都跟着回忆起方才发生过的事。

盛灵渊屈指掐了个手诀，无声的幻术与回响音波交叠在一起，飞散出去，无数人被拉进了幻术里，那里面夜色平静，万千紊乱的心绪沉浸其中，被强行安顿下来。

一些不甘心被蒙蔽的意识开始本能地挣扎，通过回响音反噬了回来。盛灵渊轻轻一皱眉，脸上的血色又稀缺了几分，他像平静的大海一样接纳，随后吞噬了无数惊恐的思绪。

不知过了多久，反抗越来越微弱，“回响音”像一条细线，刺激着盛灵渊的太阳穴。与此同时，周围人们先是茫然、呆滞，随后神色渐次平静下来。

离盛灵渊最近的民警第一个一头栽倒，盛灵渊顺手接住，轻拿轻放地把他靠在旁边的车上，紧接着，人们像被传染了瞌睡病一样接二连三地倒了下去，回响音范围里终于一片静默。

闹哄哄的酒店大门前，只有长袍男人一个站着的身影。

堵住耳朵的善后科们看得目瞪口呆，盛灵渊背对着他们摆摆手，示意平倩如关了回响音。罗翠翠一脚踩上了播放回响音的小盒子，猛地把耳塞扯下来：“牛啊！主任他们家的剑到底是什么牌的？这功能也太强大了！”

话音没落，就见盛灵渊晃了一下，勉强撑住了旁边的车前盖才没跪下。

杨潮同时哀叫一声，蹲下去抱住自己的头。

杨潮的特能反应非常微弱，只会被异常强烈的感受共情，可见回响音反噬的强度。

平倩如连忙上前：“你没事……”

可她话没说完，盛灵渊的人影已经瞬间挪到了十米开外。

平倩如："哎，等……"

盛灵渊侧身冲她一点头："其他事有劳了。"

话音未散，人已经不见了。

平倩如一愣，她以前工作中，不是没接触过有类人意识的"非人类"，那些东西或强大或古怪，智商也有高有低，可是无一例外，都不太尊重人类社会法则——有些甚至根本理解不了。

但这把"剑"却不一样，她有种奇怪的感觉，仿佛他对异控局的保密条例非常熟悉似的。

"这么有灵性吗……"

"别感慨了，快快快！"罗翠翠叫道，"我收拾现场，小杨你给事故现场编个故事，倩如，你负责处理监控和各种行车记录什么的！"

十多根绿萝藤从罗翠翠身上脱落下来，落地迅速生根，很快长成了茂盛的一大团绿萝。老罗咬牙切齿地搬起一个体重差不多是他两倍的警察，绿萝们连忙试图上前帮忙，可惜后勤植物系真的干不了体力活，那位颇为健壮的警察同志无知无觉地往前一扑，把罗翠翠并一堆茎叶一起压在了下面，压出了一片植物的芬芳。

杨潮连忙跑过来，手脚并用地把满头草汁的罗翠翠解救了出来，一起连拖带拽地把警察同志们分别塞上了车。

平倩如："罗哥，您还行吗？"

罗翠翠碧绿碧绿的，脖子上挂着一条黏糊糊的绿萝断茎，强行扯出个笑容："这才哪儿到哪儿？看哥的本事。"

他说着，用力屏住呼吸，脸色由绿转红，生生憋出了便秘的表情，一拨新的绿萝藤从他身上爬了出来，就地滚成了几个草人。

罗翠翠转身钻进了一辆警车，草人们学着他的动作钻进了另外几辆警车，完全复制了他挂挡踩油门的动作，将警车们从哪儿开来回了哪儿去。

善后科这边得到了神一样的队友，工作顺利得超乎预期，相比起来，宣主任那里就险象环生了。

阿洛津被他的话刺激，突然爆种，下了“风刀雨”，宣玑眼看没地方躲，一双巨大的翅膀突然凭空蒸发，然后他身体表面迅速金属化。

风刃落在他身上，“叮当”一通乱响，却穿不透他的“金身”。与此同时，金身没有能对抗万有引力的功能，直直地从半空中掉了下去。

张昭半个身体从车里探出去，一把按住自己的秒表。

所有的风刃都被钉在半空，宣玑在下落同时依着原来的速度在水平方向滑行，瞬间滑出了风刃区，他在半空中打了个滚，距离地面不到十米处猛地抽出翅膀，惊险地拉起了自己。

“漂亮！”开车的王泽叫唤了一声。

“谢谢！”宣玑的声音从半空传来，“但能劳驾你告诉我，这是哪儿吗？”

宣玑轻信了王泽，这蹩脚的导航一路往南带着他离开市区……而东川市南边是一大片森林公园。

东川的生态环境真是没的说，唯一的问题是——

“王总，哈喽？您还记得我是个放火的吗？把我往森林公园里带，您怎么不干脆把我五花大绑，直接给对面送人头啊？”宣玑忍无可忍地质问，“你到底哪边的？！”

“不是啊，”王泽惨叫，“上北下南左西右东——地图上说南边是个内陆湖啊，宣主任，你是不是也找不着北？”

谷月汐凝神于眼，目光穿透他们老大的肉体，看见了他手机上的地图，无言以对：“老大，是你看错咱们初始位置了。”

王泽：“不可能，实时位置有标志的！”

张昭：“酒店那边信号不好，实时位置有延迟。”

宣玑：“……”

想带着阿洛津飞出这一片森林已经是不可能了。阿洛津虽然有点轴，但毕竟是乱世长大的，十几岁就跟着人皇征战四方，第一次交手就发现宣玑会被环境掣肘，虽然不明白为什么，但他感觉得出，宣玑不敢在森林公园里放火，当机立断，脚下的白骨蝴蝶蓦地分崩离析，像一大把乱箭，射向宣玑平展的翅膀。

宣玑这才看清那些骨头的形状——都是人骨，不用想也知道是哪儿来的，他起了一身鸡皮疙瘩，猛地往下俯冲，“骨头箭”就跟巡航导弹似的，跟着他拐了个弯，穷追不舍。

第二十六章

骨头像雨点似的往下砸，“笃笃”地钉了一地，差点把宣玑钉成标本。他落地点正好还有点下坡，收了翅膀后，因为惯性，往前又足足滚出了二十米，一道风刃紧跟着打了过来，合抱粗的大树树冠被一刀劈开，当头砸向他。

宣玑：“……”

可是把阿洛津钉在棺材板上好几千年的又不是他，这跟谁说理去？！

王泽：“看车！”

三个“风神”的队员开着辆面包车冲了过来，张昭踩下刹车，猛打方向盘，车尾横扫出去，正好撞开了那掉落的树冠，谷月汐扒开车门，把宣玑拉了上去：“坐稳了！”

宣玑余光扫见车身上“某某海鲜供货”几个大字，心里顿时生出不祥的预感，“等会儿，你们几个哪儿弄的车？”

“路边征用的，情况紧急嘛，”王泽亮出了自己的脚丫子，只见他一只脚上有鞋，另一只脚上挂着酒店的一次性拖鞋，“我连鞋都没穿好。”

宣玑震惊了：“现在异控局的外勤还得会溜门撬锁？”

“她，”王泽冲谷月汐一抬下巴，“透视眼，撬锁专家。”

宣玑刚想无脑赞叹两句，余光却瞥见谷月汐神色有些闪烁，生硬地避开了自己的视线，微微一愣，又把话咽了。

就在这时，面包车狠狠地晃了一下，一侧的车窗被白骨洞穿，白骨上还连着半根指骨，瘆人地乱动，王泽一肘子把它撞了出去，偏头见阿洛津也落了下来，就在飞驰的面包车旁边。他双脚略微离开地面，身如鬼魅，仿佛感觉到了王泽的目光，扭过头来，面具和脸上同时露出一个诡异的微笑。

王泽：“这笑容也太销魂了，老子腿毛都竖起来了！”

谷月汐飞快地说：“他身上那几处有血洞的地方就是能量核心。”

王泽冲她一伸手，谷月汐默契地递过一把枪。王泽直接把枪口“怼”进了车窗破口处，稳准狠地照着阿洛津连开三枪。他虽然找不着北，但射击技术绝对是国手级别的，特殊的子弹闪着灼眼的白光，没入阿洛津的身体，其中一枚正中他眉心那个钉子钉出来的血洞。

宣玑：“好球！十环啊，兄弟！”

可他话音没落，就见子弹炸出来的血窟窿飞快地愈合了，那些特殊处理过的子弹像投进大海里的沙子，连个涟漪都打不起来就被吸了进去。阿洛津速度不减，又一道风刃在他手上成型！

“这到底是个什么玩意儿啊？我的妈！”王泽号道，“宣主任，你除了放火，还有别的大招吗？实在不行你烧他一把试试，要是不小心把森林点着了，我给你灭！”

宣玑：“别扯淡！”

不是他素质高讲究环保，连棵树也舍不得烧，实在是这片森林公园离城区太近了。像阿洛津这种离火里炼出来的魔头，耐火程度大概要远高于石棉，赶得上炼丹炉里滚过一圈的猴哥，普通的火喷他身上，基本就是给他暖个手。

能伤到他的火，也够把整个东川烧成烤箱了，那哪是老王一条杂交鲤鱼灭得了的。

与此同时，一个疑问飞快地从宣玑心头闪过——怎么会这么强？

他看盛灵渊用棺材钉钉魔头，几乎不比楔几根钉子往墙上挂油画难，简直到了轻而易举的地步，以至于一度让宣玑产生错觉，好像这个人魔只会玩弄一些风声大、雨点小的咒术。

只是因为他和阿洛津属性相克吗？

可他已经来不及细想了，眼看阿洛津手上又一把风刃成型，气流卷过，发出类似金属摩擦的声音，他这一“刀”大概能把小面包削成吐司片。

“枪给我一把。”宣玑说完，一抬手按在张昭肩上，“刹车！”

张昭一脚把刹车踩到底，阿洛津没提防，仍然往前冲去，飞过来的风刃擦着前挡风玻璃掠过。

宣玑手掌抚过谷月汐给他的枪，那枪身上刻满了铭文，随着他手指掠过，铭文被激活似的，发出火焰色的光。

“帮个忙，”宣玑沉声对王泽说，“用水流裹住我打出去的子弹。”

王泽匪夷所思道：“什么？”

用水膜包裹住飞行中的子弹与掀起一片水幕不同，如果说后者只是扛桶水爬楼，前者就是在苍蝇翅膀上雕《清明上河图》，眼力、反应速度、对异能的掌控程度必须精细到登峰造极的地步。

“千万不能漏火星，东川一年GDP将近两万个亿，咱俩砸锅卖铁也赔不起。”宣玑飞快地说，“王总，风神第一水系高手，我相信你！”

王泽：“可我没自信啊……喂！”

大魔头不给他们太多的交流机会，阿洛津伸手钩住一棵大树，以树为轴，把自己转了一圈，面朝他们。曾经的巫人族族长脸上尚且有几分稚拙，长发与袍袖跳跃着，穿花绕树的蝴蝶一般，几乎显出几分天真烂漫的美感。

“水火不容”二人组同时从面包车两侧滚下车。

宣玑一抬头，眉心露出了火焰色的纹路，那是已经流传了三千年的古老图腾，从烈火与枯骨中诞生，又悲伤、又肃穆。于是当他不说不笑、面无表情地站在那里时，那妖异、古怪又矛盾的神性，就再次穿透时光浮现出来。

阿洛津看见宣玑额头上的图腾，森然一笑，推着一把风刃，整个人朝宣玑压了下来。

宣玑一跃而起，脚尖点过风刃——他太轻了，像能在风上行走似的，抬手扣动了扳机：“王泽！”

子弹带着火光，弹出去的瞬间，周围的空气里就凝出了一层水膜，牢牢地将迸起的火花裹在了中间，可是火焰温度太高了，水不断地蒸发，王泽只能不停地攫取着周围的水汽，汗都下来了。

谷月汐往四下看了看，透视眼落在了面包车后面的货厢里，隔着车身，她一眼看见了里面的东西，利索地撬开货厢，从里面翻出了一箱矿泉水，挨个儿拧开盖，往天上扔："接着！"

可惜宣玑这枪没打中，充足的水源裹着那枚流星似的子弹与阿洛津擦肩而过，射进了地里，可不知为什么，子弹里的火不灭。火不灭，王泽也不敢撤回隔离的水球，只好对谷月汐说："水别停！"

宣玑落下时一脚踩在阿洛津的肩膀上，阿洛津狠狠地攥住了他的脚踝，想把他抡下去，宣玑居高临下地朝他开了第二枪，随后另一条腿狠狠一别阿洛津的手腕，脱身后，惯性仍带着他旋转了大半圈，姿势优美得像花样滑冰……除了准头略差——还是没打着，子弹再一次镶进了地里。

不等队友抗议，宣玑紧接着又开了第三枪、第四枪……王泽要崩溃了，因为每颗"入土"的子弹里火星都不灭，每多一颗子弹，他的压力就大一分，快带不动了！

谷月汐："王总，矿泉水没了！"

"想办法！"王泽号道，"宣主任，兄弟！您是负十环选手吧？我求您了，去得个帕金森治疗一下手抖吧！你……怎么还来？！"

说话间，宣玑已经面不改色地打出了第六枚子弹，也不知道怎么心理素质那么好。王泽："给我水！"

矿泉水彻底找不着了，情急之下，谷月汐悍不畏死地顶着满天飞的风刃，直接从车里爬了出来。

张昭急道："姐姐你也太虎了，你……"

谷月汐没理他，三下五除二拆了发动机，翻出了车里的水箱："这个还能用！"

第六枚子弹差一点就把地面上的树藤燎着，王泽匆忙地从水箱里汲出水流，险而又险地裹住了它。

宣玑被阿洛津和风刃追得天上地下一通乱窜，几次都是在千钧一发间惊险地闪过，游走在风口刀尖上，突然，他没注意脚下，被一根树藤绊了一下，虽然没摔倒，但整个人一踉跄，节奏立刻乱了。

“再烧一次吧，”阿洛津狠狠地盯着他，喃喃地用巫人语说，“再烧一次吧！”

发音温柔又低沉的巫人语在他的嗓子里破了音，听起来让人遍体生寒，他双手凝出了一把三米来长的风刃，像座小山似的朝着宣玑推了下去，宣玑狼狈地滚开，脖子上刮破了一个破口，正好跟盛灵渊在巫人冢里用钉子划的那个对称。

而下一道风刃在上一道没有完全推出去之前就已经成型，随即追至，这回宣玑像是实在没地方躲了。王泽变了脸色，谷月汐忍不住别过头去，张昭情急之下，掐了一秒的表。

时间暂停，可宣玑却没有躲，他居然用这宝贵的逃生一秒向阿洛津脚下开了一枪，全然不管逼到面前的风刃！

王泽想扑开他时已经来不及了：“你疯……”

第七颗子弹落地的瞬间，跟其他六颗埋在地里的子弹产生了某种联系，一张火焰色的大网浮了出来，阿洛津正好在网中心。

宣玑断喝一声：“收！”

阿洛津此时惊觉，已经来不及躲了，那张“大网”以七枚真火作基，分别对应了阿洛津几个被钉子钉出来的血洞，火光像细线，从阿洛津身上穿过去，把他“缝”在了地面。

凶险的风刃烟消云散，只在宣玑衣服上留了一道浅浅的痕迹。

阿洛津狠狠一挣，却挣不开，那些“线”纹丝不动，先是他身边乱蹦的白骨都落下来，随后，“细线”一收，把他的腰压弯了，阿洛津痛苦地嘶吼了一声，身体开始僵直起来。

王泽愣愣地看着被网困住的魔头，本打算偏头跟宣玑说句什么，一眼看见他眉心的图腾，心里无端生出一点畏惧，居然一时忘了词。

森林公园上空只剩下一颗启明星，东方隐约泛起了白。

这兵荒马乱的一宿终于就要过去了。

宣玑神色一闪，眉心的纹路消失了，光洁的额头一亮出来，他整个人的气质就变得和气明亮了起来。他脱力似的，往后退了半步，筋疲力尽地往身后的大树上一靠，开了句玩笑："王总，你可真是大自然的搬运工啊，非得有现成水源才行吗？好，现在水箱放空了，咱们几个怎么回去？"

王泽欲言又止地看了看他。

宣玑一眼看穿了他在想什么："做梦，滚蛋！我又不是客机！"

谷月汐和张昭下车，没敢靠近阵中的阿洛津。

远远地看了一眼，张昭问："宣主任，这……怎么处理？"

"那谁知道啊。"宣玑叹了口气，俩手往袖子里一揣，他发愁地看着被困阵中的阿洛津，"也不能移动，我就会这么一个阵，一挪就破了。"

这是前两天他刚从《东川巫人书》里看的。

王泽："……"

他目光落在宣玑身上，起了点兴趣——宣玑不言不笑、额间火焰色族徽现身时，给人的感觉非常疏离，像是离整个世界都很远，然而一开口说话，又总带点辛酸苦楚的逗乐气质。

"我看先把他撂这儿吧，"宣玑想了想，露出更加闹心的表情，"回去咱们问问那个……那个谁。"

唉，还要跟那位打交道。

一想起那位，宣玑就跟十天半个月没睡觉一样累。他吐出口闷气，不知道现在辞职，异控局能不能先把他第一个月工资结了。

“真是厉害，阵法是您自己研究的，还是家传的？”张昭仔细研究着他的阵法，越看越觉得精致——在他眼里，地上的七颗子弹形成了一个闭环，巧妙地把阿洛津穿在了中间，这样一来，就算阿洛津有搬山移海的力量，也只是自己在跟自己较劲。他越是挣扎，就越是自我消耗。阿洛津脸上的面具表情狰狞，内外眼角不断渗出血，顺着脸颊流下来。

张昭小心翼翼地隔着几步远，打量这个上古魔头，被困住的阿洛津对上少年人那双无辜又好奇的眼睛，突然撕心裂肺地咆哮起来。

张昭吓了一跳，只见那可怕的魔物绝望地想从网中挣脱出来，那些“细线”勒进了他的皮肉里，东川的群山在晨雾中沉默着。

从他第一次带着年轻的族人们出走的那一刻，故乡的山水就再也没有回应过他的声音。

人的一生，总会有遗恨与后悔，很多人都做过“假如一切能重来”的白日梦，然而梦醒了，知道不可能，也就算了。于阿洛津，他幼年被人间浮华的大梦吸引，少年叛逆，是热血燃烧下生出的妄念。他在花团锦簇之地长大，不知寒暑、不知疾苦，游走在无数不切实际的梦想中。然后那些梦一个接一个地破碎，只有最后这个有毒的不会醒。

“只要赤渊火烧起来，东川会恢复原样，只要……”

因此他走火入魔，不得善终。

张昭无端心生戚戚然，不由自主地耸起后背，往后退了几步：“还是尽快联系总局，叫人想办法处理吧——哦，对了，宣主任，他是棺材里封的那个人吗？怎么会跑出来？肖主任他们那边什么情况？我联系一下……”

还不等他解锁手机，一个电话就打了进来，陌生号码，但看前缀，是总局的内线电话。

张昭顺手接起：“喂，‘风神一’张昭，我们这里正好有情况要向上级汇报……喂？”

电话里只有“沙沙”的风声。

“喂？”张昭皱眉，“是信号不太……啊！”

旁边谷月汐朝他看过来，不知怎么发现不对，开启了透视眼。瞳孔蓦地收成一条线，她倒抽了口凉气，抬手打落张昭的手机。

然而已经晚了，张昭手心突然传来剧痛，那手机忽地冒出漆黑的火光，把触碰手机的两人都腐蚀掉了一层油皮。

手机滚落在地，里面传来一个沙哑的声音，念着听不懂的词。

那是……

“祭文，让开！”宣玑先是一愣，随后一把推开身边的王泽，同时，一枚硬币从他指尖飞了出去，砸烂了地上的手机，但已经来不及了——

漆黑的阴沉祭文从手机里钻出来，瞬间沉入地面，七颗子弹中的一颗被震出了地面半截，阿洛津怒吼一声，抵死一挣，直接把它薅了出来，精巧的阵法顿时破了，那些火焰色的“细线”带着魔的愤怒，加倍地朝着宣玑反噬过来。

宣玑眼前一白，完蛋，第一个月工资还没发就要殉职……

然而就在这时，一道人影掠过，正正地挡在了他面前。

宣玑的瞳孔突然放大，那些火焰色的细线全都穿进了那人身上，来人微微颤动了一下，却一声没吭。

直到这时，他带来的微风才迟到半拍地掠过宣玑的头发。

风里有那股陈旧又奢靡的味道。

是……他？

阿洛津看清挡在他和宣玑中间的盛灵渊，当即一愣。盛灵渊却抬起手，攥住了扎进自己胸口的“细线”，血忽地顺着“细线”涌了出去，那血竟是黑的。

疯狂的阿洛津忽然像是碰到了天敌似的，连忙往后退去。

原本晴朗的夜空蓦地一沉，瞬间星月全隐没，以那长发男人为中心，绝对的黑暗蔓延开。无论是十年以上经验的精英外勤，还是神秘的民间高手，瞬间毫无还手之力地被那黑暗笼罩进去。

宣玑头皮发麻，却被无法言语的恐惧牢牢地钉在地上。

这是什么力量？

对了，赤渊医院里那个仿佛不能战胜的魔头只是一个通心草人偶，而此时站在他们面前的是本尊！

一瞬间，宣玑后脊蹿起巨大的凉意，不祥的预感像冰水，灌进了他失去了本命剑的后脊："住手！"

话音没落，他就感觉全身的汗毛都竖了起来，紧接着眼前一片雪亮，所有人近乎失明，暴虐的雷光直接撕裂盛灵渊的黑暗领域，人们的视网膜重新开始有模糊的影子时，炸裂似的雷声方才响起。

就像……某个被世界规则所不容的东西，突然闯进了这个时空，天地惊怒交加，落下天罚。

盛灵渊却不躲不闪，生生受了这一下，竟纹丝不动，他的血像是有生命一样，迅速盖过了细线上的火光，随之穿透了阿洛津。

黑气顺着阿洛津的眉心、四肢、胸腹弥漫开，在他脸上留下蛛网似的裂痕。

仿佛天道见他丝毫不知畏惧，更加愤怒，一道更粗的雷当空劈下。

宣玑不知道自己是怎么想的，竟然冒着被天打雷劈的风险，蓦地上前一步，将盛灵渊拽离原地。那惊雷险而又险地被盛灵渊避过，一下劈断了盛灵渊和阿洛津之间的血线，顺着那血线击穿了阿洛津。

阿洛津狠狠地哆嗦了一下，却痴痴地看着盛灵渊，穿透了电闪雷鸣，他忽然一笑，用巫人语说："灵渊哥，我听他们讲了你的下场……堂堂人皇，到头来，却连他也保不住……其实你也一样吧？"

盛灵渊可能是真正的强大，心理素质奇佳，不管对方说什么，他的眼神都毫无波动。

阿洛津全身跳跃着电光，像个行将破碎的旧娃娃，几不可闻地说："要不然，阴沉祭文为什么能唤醒你？你一出生就被人绑着，生死不为天道容……你甘心吗？"

阿洛津的话没说完，就像干裂的泥坯，顺着那些黑色的纹路裂开。

“你这一辈子，”他僵住了，喉咙里发出干涩暗哑的声音，脸上凝固着诡异的笑意，“一无所有……痛快过……一天吗……”

盛灵渊不回答，只是闭上了眼。

“噗”的一声轻响，少族长灰飞烟灭了。

那一刻，东川的森林公园里，所有沉默的鸟雀一起哀叫着冲上天空，山间的晨雾忽地飞散了，露出清晰的山脊。

盛灵渊面不改色地扯下扎进他胸口的几条“细线”，手指过处，已经被烧成一片焦黑的衣服与伤口一起飞快恢复、愈合。

他不痛不痒地瞥了宣玑一眼，淡淡地说：“我留下的雷符被人触动了，但看来引出来的只是个分身，此前不知你身份，抱歉，失策了。”

宣玑嘴唇动了动，还没从方才的惊愕里缓过来。

他什么身份？

这人……方才被火线穿心，又被雷劈，没事吗？

盛灵渊看也不看阿洛津化为飞灰的地方，抬腿往来路走去，走了几步，他又忽然想起什么似的，扶着一棵树站住了，宣玑以为他有什么话要说，就见盛灵渊膝盖一弯，顺着树软了下去。

第二十七章

宣玑一步抢上前：“喂，你……”

谷月汐一眼看过去，不知道从盛灵渊身上透视到了什么，脸上露出极惊骇的表情。

“别碰，”盛灵渊周身经脉尽断，气息都在颤抖，却挡开了他的手，“有……咯，有血。”

宣玑一哽，已经碰到他肩膀的手指又缩回了袖子里，转头喊："老王，过来搭把手！"

可他话没说完，盛灵渊就彻底失去了直觉，砸在了他手上。

宣玑本该躲开，手却违背意志，下意识地迎了上去，一把接住盛灵渊。

好烫。

"需要我干什么？要不要送医院？不过医院专业好像不对口啊，治不治得了剑灵？"王泽凑过来，抓了抓头发，他不知哪根脑回路又短接了，"这个……像他这种情况，是不是不能做核磁共振啊？"

"还不能放微波炉里呢。"宣玑回过神来，没好气地说，"快去帮我开一下车门。"

说完，不等王泽伸手接，他就小心地留意了一下盛灵渊身上有没有漏出来的血迹，俯身把盛灵渊抱了起来，放进了面包车里。

王泽缩回伸出去的手，莫名其妙地嘀咕了一句："喊我的时候不是说让我'搭把手'吗？"

面包车不知道是给哪个餐厅送海鲜的，里面味道不太好。好在即使是人造革的座椅，在古人看来也足够软和了。盛灵渊被搬动的时候无意识地睁了一下眼，身体本能地紧绷，然而从艰难地撩开一条缝隙的视野中，他正好看见了东川的晨曦，一时间恍惚了一下，忽然忘了此时是何时、自己身处何地，继而又陷入了更深的昏迷中。

半放倒的汽车座椅温柔地包裹着他，他的神思随着那一把被风吹走的灰烬，回到了遥不可及的巫人族。

幼年的记忆像寒冬腊月的海水，随着浪潮飞溅起来。

他记得那一次自己身上也有伤，不像这次五脏被烧焦，浑身火烧火燎——那一回他觉得很冷，觉得自己的血快要流干了。巫人族的老族长把他罩在斗篷里，一路小心地背上山。大圣的小木屋里温暖干燥，充斥着甘草的气息……太温暖了，一下拉断了他心里紧绷的弦。

不知过了多久，他被清脆的童音唤醒的，有个小孩装作漫不经心的样子，在他窗根下走来走去，哼唱着他听不懂的童谣，企图吸引他的注意。那也是个黎明，他一睁眼，就看见灿烂的朝阳从山巅抽挑出一条金线，继而一发不可收拾，奢侈地泼满了半个山坡，小木屋后窗有一棵粗壮的梨树，不分季节地茂盛着，一半开着花，一半挂着果，然后外屋开始有人进出，木门“吱呀吱呀”地响，每次一开门，诱人的果香就一股脑地趁机往屋里钻，像那唱着歌的小孩一样，唯恐别人不知道他可爱。

大圣种的梨树结的果有拳头那么大，一半分给了族人，另一半给阿洛津偷吃了。

那小子爬起树来像个猴，每次都连吃带拿——吃饱了，就把衣服一扒，露出被太阳晒成小麦色的脊背，光着膀子兜着走，把梨拿到祭坛外面的小山洞里风干成梨干，自以为谁都不知道。

祭坛底下有寒潭，盛灵渊贪凉，喜欢在那附近消遣，读书读累了，就去阿洛津的“宝库”里摸走一把梨干，陛下不肯做贼，摸得光明正大，从不刻意隐藏形迹，可惜阿洛津从小心大如斗，压根没发现他的藏品少了。

“灵渊哥，快来看，我把大圣的人面蝶偷出来了！”

“什……你怎么还淘出圈来了，赶紧还回去，找打呢？”

“哎，你别告诉我爹不就得了，我就拿来看看，不放出来。哥，你说这玩意真能召唤鬼神，让死人复活吗？”

“死了就是死了，人死如灯灭，鬼神都是人们编来骗自己的。”

“那……死了，岂不是就什么都没有了？可以不死吗？”

“说什么呢，人人都有一死，除非……”

“除非什么呀？”

“除非生人入魔。”

“真的！”小阿洛津吃了一惊，眼睛一闪一闪地问，“那不是很厉害？”

“孩子话，这有什么厉害的？”少年老成的人族太子一哂，阿洛津却不肯放弃这个话题，执意追问，纠缠得他连书也看不下去。

“为什么呀？灵渊哥哥，能长长久久地活着，怎么不厉害了？”

“因为世上的好东西没有能长久的，听说最美的花要等很久才开，一生开一次，片刻就谢；最高寿的人死到临头，回忆起自己一辈子，也只有几件快乐的事，都像电光石火一样稍纵即逝。我的老师说，只有求生不得、求死不能的人，才会不老不死——快别废话了，你快把蝴蝶给大圣送回去，小孩子没事妄谈生死，不知道忌讳吗？你离死还早着呢。”

“灵渊哥，为什么要忌讳生死？为什么不能长久？哎呀，你把我说糊涂了，哥你再给我讲讲，什么叫‘生人成魔’……别走啊，哥！”

但那是很久……很久以前的事了。

谁知这一生这么短、又这么长。

宣玑放下盛灵渊，发现那人方才睁眼时，眼神迷茫了一瞬，随后眼睫缓缓地沉下，眉目舒展起来，嘴角竟隐约露出了一点笑意。

宣玑一怔，但还不等他看清，那笑容就又消失了，就像一生开一次、弹指便凋零的花。

他耳朵非常灵，凑近了，听见盛灵渊身上传来奇怪的声音，像春暖时河面最后一层薄冰融化破碎的窸窣声，宣玑隔着袖子伸出手去，想找声音来源，却被谷月汐一嗓子叫住：“等等，宣主任，别碰！”

谷月汐一步踏上车，隔着半步，有些敬畏地看着安静地蜷在后座上的盛灵渊。

“怎么了？”王泽闻声，立刻从车窗外探头进来，“月儿，看见什么了？”

“他骨骼内脏都被雷电烧焦了，”谷月汐半跪下来，声音压得很低，像是怕惊动什么似的，“现在正在飞快地自我修复，经脉在重塑……太神奇了，器灵的身体不应该和人差不多吗？”

宣玑心里打了个突：“你很了解器灵？”

炼器为灵的古法已经失传几千年了，他以为现在没人了解了才顺口胡诌，不会被看出什么吧？

“不，现存资料很少了，我只是以前认识一个刀灵……原来器灵和器灵也是不一样的，”谷月汐目不转睛地注视着盛灵渊，“我的眼睛能看见特能人身上的异常能量，不同谱系有不同颜色和质地，从来没见过这种纯黑的异能。”

宣玑心理素质极佳，勉强保持住了微笑——纯黑的异能……那不就是魔头身上的魔气吗？

不等宣玑调整好心理状态，旁边张昭就没心没肺地问：“姐姐，你不是说赤渊医院里那个阴沉祭召唤出来的魔头的能量也是黑的吗？”

“不一样，那个人身上的异能就是一团空荡荡的黑雾，就像方才那个追着我们的魔头一样，但是他……”谷月汐看着盛灵渊，喃喃地说，“他身上的异能黑得更纯，质地更浓稠，是很多很小的黑字组成的，密密麻麻的，我看不清……嗯？这是……”

这么三言两语的工夫，盛灵渊被雷劈得一塌糊涂的身体已经自我修复了七七八八。谷月汐逐渐看见了清晰的血流和逐渐成形的心脏，那心口突然露出了一点火焰色，不知是什么。

透视眼不由自主地被那炽烈的光吸引，还不等她看清楚，谷月汐眼睛突然一阵尖锐的刺痛，好像钢针直接戳进了眼球，饶是她稳重镇定，非常能忍痛，也短促地惊叫了一声，一把捂住眼睛。

“月汐姐！”

“月儿！”

谷月汐生理性的眼泪瞬间涌了出来，这么一冲，尖锐的刺痛稍加缓解，她小心地眨了几下，睁开眼，却露出了一个惊愕的表情——眼前只剩下男人看不出伤痕的身体，透视眼再也看不到任何东西了。

禁止窥视。

谷月汐张了张嘴，想跟担心她的同事解释两句，却发现自己失了声。

禁止泄露。

连人魔都不能禁止她窥探，这到底是把什么剑？

宣玑疑惑的目光落在她身上：“二队长？”

“没什么，”谷月汐忽然不敢再多看盛灵渊，“我今天透视眼用太多了，有点透支——他的自我修复快完成了，应该没事，主任您别担心……咱们先想办法把车修好。”

宣玑布阵的时候蒸发了整箱矿泉水并一辆面包车的水箱，周围弥漫着温热的水汽，像个蒸笼。王泽把水蒸气聚集在一起，悬在面包车顶上，等凉凉了，又把它们重新注回汽车水箱里。

这面包车虽然外表看着老成了一点，但居然意外地“老当益壮”，连蹦带跳地跑了一路，被谷月汐开膛破肚又给重新装回去，回程居然还能运行良好。

“听说肖主任被雷劈了。”王泽给清理现场的同事打完电话，回过头来对其他人说，见众人纷纷露出诡异的表情，他连忙指了指自己的脸，“不是……同志们，麻烦你们看看本人严峻的表情，我说的是字面意思，没骂他。”

宣玑夹烟的手一顿。

张昭纳闷地翻了翻手机：“我早想说了，东川这几天都是大晴天，这都哪儿来的雷？再说肖主任自己不就是雷电系吗，怎么还能被雷劈？”

“这不是重点，”谷月汐皱眉，“人怎么样？”

“幸亏是个雷电系，不然明天大伙就得给他开追悼会了。”王泽叹了口气，“现在送医院了，不过刚才陪着过去的同事说情况挺稳定，问题不大。”

众人听说，集体松了口气，宣玑看了看他们，欣慰地想：“特种部队总算还是有点战友情的。”

就见张昭拍了拍胸口：“吓死我了，万一肖爸爸真有什么三长两短，以后咱们行动预算超支可怎么办啊，拜谁去啊？”

宣玑：“……”

王泽三言两语，大致把巫人冢发生的事讲了一遍，又回头问宣玑：“对了，宣主任，你剑灵刚才是不是说他放了个什么雷符？我没听错吧。”

宣玑揉了揉眉心：“嗯，他应该是在阿洛津的尸身上做了手脚，故意留在那儿等那个操纵阴沉祭的人上钩，不过看来钓上来的好像只是个分身，分身被雷劈了，真身还能打电话坑咱们一回。回去可以先查查方才那通电话是从哪儿打出来的。"

谷月汐见他脸色不对，敏感地问："怎么了？"

"阿洛津——就是刚才那个魔头，他说布下阴沉祭文的人想让赤渊火重新烧起来，当中提到了很多名词，我没太听懂，发音接近于'妖族''影族'和'高山族'……别问我这些都是什么，我也不知道，"宣玑心事重重地摇摇头，"我怀疑这事还没完。"

赤渊火重新烧起来，真的会像阿洛津说的那样，回到九州混战前那样吗？

他忍不住看了盛灵渊一眼，盛灵渊安静地蜷在半放倒的座椅上，闭着眼，头却偏向窗外，留恋着什么似的。

东川的一天已经开始了，各大早点摊位蒸腾起烟火，早高峰初见端倪，让他们的回程速度慢了不少。

到了酒店，老远就看见楼下商场里围了一大帮人，好像在说什么地板"塌陷"的事，几个外勤都是管杀不管埋的老手，纷纷假装没看见，神不知鬼不觉地还了车，悄悄溜了回去。

宣玑作为善后科负责人，因为自觉已经承担了不属于自己的职责，这会儿公然玩忽职守，也跟着几个风神一起溜了。

他把盛灵渊放回酒店，试了一下他的体温，已经不烫了。

还好，宣玑想，不然真不知道该怎么处理。

盛灵渊这具躯壳说强也强，说弱也弱。比起赤渊里那个玉雕人偶，他会流血、会受伤、会发烧，肉体凡胎得遭的罪，他一样也躲不过。可是赤渊火烧不化，把同为魔物的阿洛津克得死死的，会招来天地之怒，甚至能在无意识的情况下，阻止透视眼窥探——谷月汐用透视眼能力的时候，瞳孔会变形成竖瞳，可是她方才盯着盛灵渊看了一半，眼睛突然刺痛，然后竖瞳就恢复了正常状态，宣玑猜，她的透视眼应该是被强行阻断了。

这位人皇陛下非神非人，非生非死，简直不知道是什么。

宣玑给自己泡了杯茶，又在凌晨时分简单洗了个澡，靠在另一张床上，本想闭目养神片刻，一闭上眼，眼前却总是浮现出那个挡在他面前的背影，挥之不去。

他为什么要挡过来？

翻来覆去地睡不着，于是他摸出了手机，在阅读软件上搜到一本《齐武帝记事》，付费买了。

据说这虽然是本通俗读物，但是一位古代史方面的老专家写的，考证扎实，还算靠谱。一翻开书封，历史书上武帝那张五大三粗的画像就跳了出来，宣玑忍不住瞄了盛灵渊一眼，把手机往被子里缩了缩，暗搓搓地握在手心里看……明明是本正经八百的科普读物，他的阅读姿势却活像是在地铁上偷看小黄书。

“……武帝盛潇出生在第一次平渊之战时，有人说他是‘应劫而生’，那场惨烈的战役拉开了战乱二十年的序章，亲征的平帝战死，王朝凋零，初生的小皇子也在帝王将相们的仓皇溃败中失落，两年后才被大臣们寻回。

“其中经历过什么样的过程不得而知，当年的朝臣们又是怎样确定小皇子的真实身份，也没找到相关史料，学界一直流传着一派说法，认为武帝并非平帝陈皇后的嫡子，否则他后来弑母的行为就太过反人性了。

“笔者个人认为这种推测缺乏证据。

“首先，《齐书》中确实有‘陈皇后有孕’的相关记载，按照生产时间推断，与盛潇的出生记录对得上。另外，‘狸猫换太子’的说法也很难立住脚，因为在盛潇之前，陈皇后另有一子，名叫盛唯，武帝这位亲兄长比他还要年长三岁，体弱多病，但运气很好，在乱世中磕磕绊绊地活到了成年，后封宁王。陈皇后没必要为了巩固地位，冒领别人的孩子。舍弃亲子，传帝位给冒领的孩子就更加不合常理。

“综上所述，虽然一些‘粉丝’情感上不能接受盛潇杀母的行为，提出各种假说来试图将其合理化，但都没有足够的证据支持。纵观武帝的一生，有敌军围城时以身为饵、让一城百姓免遭屠戮的高光时刻，也有暴虐嗜杀、六亲不认的黑暗一面，我们应该以更加客观公正的角度看待历史人物……”

后面一大段作者的史学观点，宣玑一目十行地跳过了，翻到下一章，见作者引述了一个人格心理学家的评价——

“相传，盛潇虽然是在战乱中出生、行伍间长大，但个人生活习惯非常考究，控制欲很强。《齐书——武帝篇》里提到过，盛潇非常讨厌衣冠不整，除了少年时颠沛流离的日子，即使是自己的生母求见，也必要让她等自己沐浴更衣、打理整洁后才肯露面。有一次重病，昏迷三天，他醒来后第一件事仍是屏退左右，打理个人形象。这似乎是对他早年居无定所、环境无限失控的某种补偿……”

宣玑的目光在“非常讨厌衣冠不整”上停留了片刻，目光又飘到盛灵渊那草编的毛边烂袍子和乱发上。然后他鬼使神差地爬了起来，进了浴室，找水浸湿毛巾，一边调水温一边想：这算什么？我是不是有病……啧，不对，我这属于有恩报恩、有仇报仇。

“恩怨分明”的宣主任严肃地想着，“伟光正”地捧着湿漉漉的大毛巾来到床边，仔细研究了半天“古人”这件草编袍子是怎么系的，终于找到了那复杂的腰带扣。

“我这可不是耍流氓。”宣玑一边解一边想，“我就顺便看看他刚才被阵法反噬时候刺的伤……”

一只苍白的手突然扣住了他的脉门。

宣玑：“……”

这位陛下还能不能好了？来得不是时候，晕得不是时候，血流得不是时候，“蓝牙”断得也不是时候……连醒过来都不是时候！

第二十八章

宣玑脑子里，一万个尴尬互相拉扯着呼啸而过，他想解释，但被尴尬践踏过的脑子忘了词，一时间，“废话上车拉”的人设竟然岌岌可危，结结实实地体会了一回社交恐惧症患者的感受。

谁知盛灵渊的反应异常平淡，他也不知醒了没有，看清眼前人，就放开宣玑，又轻描淡写地摆摆手：“不必伺候。”

宣玑：“……”

盛灵渊有些吃力地坐了起来，不知牵动了哪里，起身时肩背一紧，手往上抬了半寸，像是想捂住哪里，随即又忍住了。然后他默默坐了片刻，动作迟缓但沉稳地站了起来，指了指床单，态度很自然地吩咐：“叫人撤换了吧。”

宣玑匪夷所思地瞪着他，见陛下脸上全是理所当然，一点也没有剥削劳动人民的羞愧，于是半带嘲讽地问：“要不要小的服侍您沐浴更衣啊？”

盛灵渊翻了翻扔在墙角的衣袋，被里头的几件衣裳寒碜得眼疼，这回连手都懒得摆，只是懒洋洋地弹了一下手指——不必，你下去吧。

宣玑：“……”

万恶的封建统治阶级，什么态度！

衣裳盛灵渊是会穿的，刚从赤渊醒来的时候，他正好碰上了那几个游客，那会儿他什么都不记得，见此地风土人情十分古怪，就暗中跟了那些人一段路，然后照着那几个人的装束，用树叶和简单的幻术给自己捏了一身——初来乍到，怕无意犯忌讳，盛灵渊研究了每个人穿着的特点，总结出了共性和他们身上几种最常见的颜色拿来己用。

不过现在他明白了，当时他谨慎过了头，这里的人简直百无禁忌。

“活得真放肆啊。”陛下又艳羡又嫌弃地想，“就是自由过头了，有点不知美丑。”

这两年正流行“大长腿”，人们都在想方设法地拉高所谓“腰线”，上衣要么短小，要么就塞进裤子里，这在陛下眼里简直就是“衣不遮体”，就算干苦力穿的“短衣”，那也没有这么短的！

盛灵渊把一件电光蓝的“超人”背心丢在一边，骚气绿的那套他可能是怀疑有毒，碰都没碰。最后矬子里拔将军，他捏着鼻子，拣了一身白色运动服，凑合拿走了。

卫生间的门有锁，但盛灵渊不会上，于是没管。带上门后，他生疏地拧开了水龙头，手指将水流引出，回手点在卫生间的门上，水流迅速在门上爬出了一道禁制，继而在他手心凝结成冰，卫生间里的温度直线下降，整扇门都给冻住了，空调热风“嗡”的一声，自动运转。

几个简单的动作，盛灵渊额角已经冒出了冷汗，他伸手撑住水池，手抖得不成样子，衣带拽了几次，才磕磕绊绊地解开。

生死花藤织就的袍子一离开他的身体，立刻委顿成了一把烧焦的枯草。

盛灵渊扣住胸口，把一声闷哼锁进喉咙里——他的胸口上并没有血迹，而是黑气缭绕，几根火焰色的“线”若隐若现地卡在他的胸口里，周围的血肉不断被腐蚀，又不断自己愈合，反复拉锯，看起来格外触目惊心。

其他的伤倒是还好，就这几根线与他相克，有点麻烦。盛灵渊扣在胸口的手指骤然发力，直接杵了进去，掏心似的揪住一根“线”，强行往外拽去。

浴室外的宣玑百无聊赖地打开电视，随便挑了个台，当背景音效，然后拿出早餐菜单叫客房服务。叫完，他就彻底没事干了，五脊六兽地在屋里晃了几圈，他拿出手机，把刚下的那本破历史读物……以及几本不知道怎么混进来的小说删了。

自然界里，但凡是长了翅膀的，大部分都好臭美、好色。宣玑虽不是什么真鸟，但因为后背上多了这么个不正经的器官，所以也没能免俗——男色女色各种色，他都有胃口欣赏。

“可是好归好，”宣玑把手机翻来覆去地盘，语重心长地劝自己，“还是得有理智啊。”

说着，“理智”的宣主任竖起耳朵，听了听隔壁卫生间的声音。

没动静。

听说这些腐败糜烂的封建统治阶级连饭都要别人喂，生活到底能不能自理？

“我说陛下，是不是忘了怎么开热水了？墙上那个不锈钢——就那个铁把手，抬起来，往红的那边拨一点！”

盛灵渊没理他。

宣玑跷起二郎腿，仰头靠在沙发上，盯着电视上又唱又跳的女团看了一会儿，这是他最喜欢的一个组合，但今天不知怎的，半天也没听进去她们唱了什么。

他把这兵荒马乱的几天里所有的事飞快地过了一遍，渐渐皱起眉。

他跟这位伟大的皇帝之间到底有什么联系？世代养尸，沾上对方的血就会被迫共享大脑……还有盛灵渊窥到他记忆之后突然改变的态度。

这时，宣玑借来的手机一振，有个人要加他微信，是谷月汐。

宣玑顺手点了接受，谷月汐是个效率型人才，从来不寒暄，直奔主题，很快敲来一大段话：“宣主任，可能是我多嘴，但我想了想，以防万一您不知道，还是跟您说一声。今天您剑灵身上的烧伤会自愈，反倒是被您阵法刺穿的部分一直被腐蚀，伤处有类似于被‘净化’的能量反应——我没别的意思，就是提醒您小心一点，毕竟是剑，武器接触过的东西很多，有可能会被污染的。”

谷月汐话里有话，绕着弯地提醒他“剑灵”有问题，像是有什么话说不出来的样子，既然透视眼可以被禁用，那么她被“禁言”也不意外。

宣玑假装没看出来，礼貌地跟谷月汐道了谢。

大魔头被腐蚀是正常的，他那本命真火烧的法阵本来就是辟邪的，不过……

宣玑站起来走到卫生间浴室门口：“陛下，您真不用帮忙吗？”

说话间，他的手按在了门上，门上传来的刺骨寒意让他手指一缩。

宣玑一眯眼，上面有禁制。

就在这时，卫生间里突然爆出一阵压抑的低咳，宣玑明显感觉那禁制松动了，他拍在门上的手掌腾起火焰，火光下，酒店的卫生间门透明起来，清清楚楚地映出了那一边冰封的禁制，宣玑并指如刀，隔着门，冰碴一下被他划开，禁制破了，门猛地向里面弹开——

盛灵渊正好从自己胸口抽出了最后一根“线”，人仍站着。

但镜子、水池、地板上，洒满了血迹，一串一串，像凄艳的红梅。

此情此景一下撞进宣玑眼里，他好像突然被吊在了万丈深渊上，一时间，心居然发抖似的狂跳起来。

他眼前掠过一个画面——周围都是滚滚的岩浆，他的视线里一片死亡一样的灿烂，一个人影从空中落下，笔直地砸在他面前，被岩浆吞下又抛起。他惊慌失措地扑了上去，一把抱住那人，用尽全力想保护他，却反而将人往地火更深处拖去。

最后一根“线”应该是扎在肺腑上的，伤口愈合之前，盛灵渊有点喘不过气来，声音都不对了：“出去……沾了血，我不好过，你就……就舒坦吗？”

宣玑回过神来，一身冷汗地落回人间，下意识地抬起的腿僵住。

好一会儿，盛灵渊才算攒够了一点力气，伸手在空中虚虚地抓了一把，水龙头里的水流就随着他的手势开始冲刷周围溅上的血。

“不用……咯，”宣玑发现自己声音很涩，连忙清了清喉咙，“不用这么费事，把那花洒摘下来冲一下就行。花洒就是……唉，算了。”

他弹出一枚硬币，硬币变成了一根很细的小铁链，缠住了花洒，轻巧地摘了下来，又用另一枚硬币隔空撞开了淋浴热水，感谢便捷的当代科技，周围溅上的血珠很快冲干净了，并且不像盛灵渊预想的那样满地积水，而是自动顺着角落里的下水道流走了。

盛灵渊忍不住赞叹了一句：“这倒方便。”

他一出声，不知道走什么神的宣玑吓了一跳，手一哆嗦，喷头里的水一多半喷在了陛下身上。

盛灵渊的头发顿时被打湿成绺，原本能遮体的长发分开，露出半个肩膀。

宣玑整个人都石化了。

“啧，”陛下看起来倒不太介意，可能是战争年月不能太讲究，手比脚还笨的废物仆人经历过不少，只是随口抱怨了一句，“怎么毛手毛脚的——过来，小妖，帮朕沐浴。”

宣玑像误食了自己的羽毛，一口气呛在嗓子里，咳嗽不止。

盛灵渊作为封建社会的最高统治者，洗澡的时候没弄来一帮大美人捶背揉肩，已经属于比较朴素正派的皇帝了。随口一句使唤，其实并没有多想，不料招来这么大反应。他诧异地一侧头，发现宣玑碰到他的目光，还下意识地往后退了一步，一下撞在了衣柜上，样子就像个惨遭调戏的幼崽。

这位本来就不是什么好东西，察觉到宣玑的窘迫，立刻起了拿人家消遣的心思，不怀好意地一笑，故意压低了声音，问："怎么，怕水？"

盛灵渊的身体像是已经习惯了毁伤之后快速修复的过程，把那几根致命的"线"拔出去，脸色顿时和缓了不少，这会儿浴室里逼人的寒意也被空调热风吹散了。这么一笑，周身灰败的神气立刻被冲散了，又是一副随时准备坑蒙拐骗的德行，看着让人牙根痒。

宣玑："……"

惯得他毛病！

宣玑于是定了定神，把花洒上的铁链一撤，铁链弹回手心。

卫生间对面就是衣柜和小吧台，宣玑干脆往衣柜上一靠，顺手从小吧台的冰箱里摸了罐啤酒，一边"不看白不看"地拿美男下酒，一边嘴很欠地说："陛下，这您就得接受一下我们新社会的价值观洗礼了　　您看您，有手有脚，挺大　人，吃喝拉撒这样的日常小事还要别人帮忙，不觉得很羞愧吗？"

"唔，"盛灵渊捡起被他撂下的花洒，试了试水温，又把龙头往凉水一边拨了拨，从容不迫，一点也不在意有人看，"我为何羞愧？"

宣玑嗓子又开始发痒，连忙灌了一大口冰啤，才维持住了正经严肃，人五人六地说："你们这些旧社会的剥削阶级，压迫劳苦大众，把自己的快乐建立在别人的痛苦上，不值得羞愧吗？世界上有那么多高尚的精神追求，你们却每天耽于物质享受，奢靡浪费、自命不凡，像话吗？再说了，人人平等，凭什么别人就该为你们服务呢？"

"有饭吃，有份例，有所求。"盛灵渊磕绊都不打一下，回答他，"你住这房，难道要自己铺床扫地？"

宣玑冷漠地说："哦，那我没领你工资，少来使唤我。"

盛灵渊一秒就猜出了"工资"是什么意思，好整以暇地冲着自己的发梢:“那你说说看，想要什么，万一我有呢。”

宣玑:“……”

他被那男人的样子激得战栗了一下——就为了找人给他洗头，这位陛下会不会也太没下限了?

这破酒店的啤酒质量不行，干得噎嗓子，于是宣玑又用力清了一下，正经严肃地谴责道:“陛下，只有伤病残疾或者其他生活不能自理人士，才需要别人照顾，您属于哪一类?”

话没说完，盛灵渊为了冲头发，往上抬了抬花洒，胳膊一提牵动了胸口的新伤，他动作一滞，虽然没吭声，却轻微地抽了口气。

宣玑:“……”

哦，对了，他老人家属于“伤”。

一瞬间，宣玑方才那点脾气就烟消云散了，认命地挽起袖口裤腿，又把空调调高了几度，走进了浴室。

不管因为什么，人家方才为他挡了一下。

宣玑从盛灵渊手里接过花洒，用紧绷的下巴一点浴缸，又非礼勿视地只把目光放在他肩膀以上:“先说好，我可就管洗头。”

不知道理发店里的洗头工都是怎么工作的……可能是每天面对太多脑袋，已经麻木了，但对于“偏好不明”的宣玑来说，此时此刻，他很难不心猿意马。

在这个小说里男女主第一章就恨不能“带球跑”的时代，很多东西开放得有些无聊，大家都学习紧张工作忙，凡事喜欢直奔主题，一对一对的红男绿女要么尽快“走肾”，走完一拍两散;要么坐在一起互相盘算家底、展望未来，仿佛两位促膝长谈的会计。

于是很多幽微的美感丧失殆尽，“暧昧”也成了贬义词。

然而在宣玑看来，人身上最幽微暧昧的地方有两处，一个是手，另一个就是头发——自古“青丝”通“情丝”，早有“结发”的说法，慢慢捋过另一个人的头发，会让他有种直接碰到对方万千思绪的错觉……尤其盛灵渊的头发又长又密，被水浸湿，就千丝万缕地纠缠在他手指间，旖旎得过了火。

当然，宣玑也承认，这只是他个人的隐秘情结，并不被社交礼仪广泛接受，不然“Tony 老师”们工作没法干了。

所以更气人了，因为此情此景，只有他一个人尴尬。

哦，这帮糜烂的封建贵族以前还用侍女呢，当着一排大姑娘裸奔，也没见他们谁不好意思过。

万恶的旧社会，真不要脸！

阶级矛盾尖锐了起来，及时地驱散了他不合时宜的绮思，他无端而起的“心猿”就这样骑着“意马”跑了，仇恨且专心致志地做起了洗头工。

又过了半个小时，他脑子里非但已经毫无杂念，还想把陛下剃成秃瓢——这头秀发实在太难洗了！

那头发又厚又多，发丝细软，光是用水浸透就得冲好半天，一捧攥不过来，比牛仔裤还难搓！而抠门的酒店给每个房间配的洗漱用品是旅行装的，那小瓶洗发水全折在他头上根本不起沫，宣玑只好把什么洗脸的、沐浴液……一股脑地掺和在一起，胡抹乱揉一通。

狭小的浴室里没有洗头凳，宣玑一直弯着腰，腰弯了，他的思想直了，累得半死，正要站起来活动一下，顺手拎过方才放在一边的啤酒罐，还没来得及往嘴里送，浴缸里那位快睡着的爷就忽然睁开眼，问了他一个灵魂问题。

“我忘了问，”盛灵渊说，“你怎么称呼？”

宣玑一时举棋不定，没想好到底是把啤酒浇在这货脸上，还是把这个气死人不偿命的脑袋按进浴缸里。

第二十九章

“咱们在东川森林公园里抓魔头的时候，打给张昭的那通神秘电话是总局总调度室的号。”当天下午，伺候完陛下，小宣子就跟王泽一起去了医院，探望惨遭雷劈的肖征。路上，王泽说："问题是当时总调度室根本没人，总调度肖爸爸还横在现场呢——我说宣主任，你怎么回酒店也没睡会儿，哈欠连天的？"

宣玑一脸苦大仇深："别提了，我就没受过这么大的委屈。"

王泽一头雾水。

宣玑不想多说，摆摆手，又问："总调度室不是有特殊监控吗？"

早听说异控局用的监控系统不是普通系统，能拍到多种异常能量体，鬼影子都不放过。

"没有，"王泽摇头，"所有监控我都叫人查过了。"

宣玑叼了根烟，站在医院门口沉默地抽完——这里面有两个问题，第一个是那通电话来的时机太巧了，正好是阿洛津被阵法困住的时候。幕后黑手如果不是能未卜先知，那就只能是……他通过某种方法，"看"到了当时的情况。

第二个是，阴沉祭文，真的能远程用无线电控制吗？

要是这样，那也未免太逆天了。

所以在他看来，最大的可能性是，不是来电有问题，而是接到电话的手机有问题。手机属于"风神"的支队长张昭……按理说不该有问题。

可是毕春生都在异控局二十多年了，不是照样捅破了局里的天吗？

与王泽不方便交浅言深，宣玑把烟头捻灭在垃圾桶里，揭过了这话题："回去再说吧，走，听说老肖被雷劈了个'泰迪卷'，咱先参观参观去。"

"哎，"王泽两步追上他，忽然想起了什么，又说，"还有件事，宣主任，我不知道你们后勤部门怎么规定的，但我们安全部的外勤是这样，要是自己的特能或者特殊武器出现变异，得正式打报告备案——你那剑灵是刚冒出来的吧，现在跟你算什么关系？有什么打算？"

宣玑被他问得一愣，感觉老王这话问得很不像人话。

特能变异需要跟局里打声招呼就算了，后面那俩问题又算怎么回事？

公家要打算给安排婚假怎么的？

宣玑："我什么……什么打算？"

“打算用哪种方式备案，”王泽大喘气，“你知道咱们局里有个‘类人审查量表’吧？满分一百，超过六十的，就是‘高类人度’，会被重点关注，像你家剑灵这样比你还像人的，我估计他能拿一百一。”

宣玑眼角一抽，感觉这话不像夸他。

“这种情况，有两种备案方式。要么你签‘全责协议’，由局里给他办一张特殊的身份证，外面看就跟普通人的身份证一样，拿去银行开户都行，但其实跟你的身份信息是连着的，以后他所有事，都得你负责。”

宣玑有种不祥的预感：“也就是说……”

王泽：“也就是以后他欠债你还钱，他杀人你偿命。”

宣玑：“等等……王兄，你快帮我看看，我后背上是不是趴着‘专业背锅’四个血字？”

王泽一摊手：“你剑灵要是不太听你的，那确实就不好办了。那要不然，我劝你选第二种，‘普通备案’——只要告诉局里有这么个事就行了。”

宣玑刚想说选这个，就听王泽又补充：“然后你得把他送到总部大楼地下六十层，隔离审查，六个月起步，类人度越高，审查时间越长，最后得经过一系列实验和安全测试，由三个主任级以上的专家签字才能放行。”

宣玑：“……”

借他个胆也不敢！

“为什么这么严？”宣玑问，“器灵应该还挺常见的吧，你们二队长不是都见过？”

王泽一顿。

宣玑敏感地问：“怎么？”

“就是……”王泽避开他的视线，有几分不自在地说，“为了安全嘛，器灵毕竟不像人，出了问题连送哪个医院都不知道，很容易被污染，所以……”

宣玑打量着他的神色：“以前局里是不是有器灵出过事？”

王泽：“……”

王泽哑然了好一会儿，跟宣玑要了根烟，低头点了，摇摇头：“这事不是秘密，你在局里待久了也能打听到，只是我们都不愿意提，不过你这器灵太像人了……跟他们太像了。”

宣玑：“谁？”

“前任风神的负责人，就是我当年的老大，金属系，姓燕，叫燕秋山，他当年就有一把长刀，刀铭‘知春’，现在那把刀的碎片就在总部地下六十层。”

“二队长说的刀灵就是他？”

“对，知春那刀灵性，刀身特别亮，能照出人影的那种，但你要是从里面看见自己的倒影，就能感觉到不对。因为你看见自己的脸，总感觉不像在照镜子，而是那里头其实有一个人，正用你的脸在往外看……你明白我的意思吧？”王泽轻声说，“我第一次见他，是我们过年搞团建。那是我头一年进风神。大伙儿喝多了，我们水系的比一般人酒量大点，喝到最后，也就我还能站着，就挨个儿给他们家属打电话叫人来接。当时燕队家来了个男的，我到现在都记得他长什么样——大高个，模特似的身材，看着文质彬彬的，特别有气质。燕队大着舌头，开玩笑让我管他叫‘嫂子’。我虽然吓一跳，但是借着酒劲，嘻嘻哈哈地就叫了，也没往心里去……可是帮他扶燕队上车的时候，我听见燕队叫了他一声‘知春’。”

“他就是刀灵？后来呢？”

王泽叹了口气。

“后来有一回，南海漂来一座‘蜃岛’——你知道什么是蜃岛吧？”

蜃岛就是一种海上漂的小岛，传说有种叫“蜃虫”的海洋生物，可以理解成是一种海里的屎壳郎，喜欢各种脏东西，经常是一大群聚在一起，把那些沉船、海里的尸体、垃圾什么的……都攒在一起，抱成团，远看就像个会移动的小岛。

但大海深处，未知的东西太多了，除了脏，蜃岛里还往往藏着其他一些致命的东西，目前人们无法做出准确的区分和定义，只好把它们统称为“海毒”。

“蜃岛一般是在深海活动，那次不知怎的，漂进了大陆架。近海还有好多渔船和工作船呢，这东西靠近太危险，于是我们‘风神一’接到紧急任务，要把它迁移走。燕队带着我们本来都控制住了，可是当地有一帮不开化的渔民，以讹传讹，说那里头有沉船和宝藏，偷偷把蜃岛挖了。里头的海毒大量泄漏，燕队为了捞那几个傻瓜，也被困在岛上了，我们都以为他要殉职，结果刚哭到一半，就看见知春背着燕队出来了。他把自己的刀鞘化成了一个保护罩，燕队一口毒气都没吸到，他自己却……”

“被蜃岛里的海毒腐蚀了。”身后有人插话说。

原来说话间，他俩已经进了住院大楼，宣玑和王泽听见人插话一回头，看清来人，这二位反应出奇的一致，齐刷刷地往后退了一步。

宣玑大吃一惊：“阿弥陀佛我的妈！”

王泽无缝衔接：“善哉善哉是我爹！”

肖征：“……”

不知道城郊墓地能不能加入“第二个半价”套餐，真想把他俩一起下葬。

接话的正是肖主任，只见异控局的“自动提款机”先生夹着拐、吊着脚……剃了个秃瓢。

宣玑跟王泽两人交换了个眼色——看来“肖主任的头发被雷劈成泰迪卷”这事不是谣传。

好在肖征头型颇为圆润，剃秃了也不寒碜，像一颗不苟言笑的煮鸡蛋。

严肃的水煮蛋冲他俩一抬下巴：“进屋说。”

肖主任的病房是单间，门口摆着一个巨大的能量检测仪，门窗上画满了镇邪安神的符。肖征被隔离在病房里二十四个小时，这会儿才确认他身上已经没有其他异常能量，刚恢复自由不久，出去溜达放风。

“没事，光头挺好的。”宣玑想起自己当“洗头工”的悲惨经历，搓了搓被水泡出白印的手指腹，真心实意地说，“又省水又省事，我还想过两天就去把头发剃了呢。”

肖征这会儿看他就气不打一处来——就是这个不靠谱的坑货！

在异控局里，他讲完历史，信誓旦旦地声称自己能把变异的镜花水月蝶查明白，结果非但没查明白，还被他查成了一团乱麻。

“你干脆把脑袋也剃了算了，反正肩膀上扛的那球也不琢磨正事。”肖征冷冷地看了他一眼，“青铜棺消失的地方留下的显影和引雷符是不是你干的？留下那么大一个坑，跟同事提都不提一句，宣主任，你是不是也太不把同事的命当人命了？”

宣玑愣了一下，才发现肖主任把那位陛下干的倒霉事也记在自己账上了，简直千古奇冤：“不是……我没……那个他……”

他结结巴巴地哽了好一会儿，发现这事一时说不清楚，别无他法，只好闷闷地接过这口硕大的黑锅，扣在头顶：“我不能提，怎么提？说句阴谋论的话，在我看来，这个操纵阴沉祭的人知道的内幕太多了，不可能是外人，百分之百就是自己人里的内鬼，而且咱都不知道这内鬼是自愿的还是被什么附身的——那道雷劈下来之前，谁能知道它还能在不同的人身上转移？我刚来不到一个月，整个总局认熟脸的一只手能数过来，你让我相信谁不相信谁？”

王泽连忙在旁边打圆场：“咱哥儿几个也没闲着啊，老肖啊，你是没看见，那从棺材里飞出来的大‘幺蛾子’追了我们好几十里地，那一道一道风刀骨头箭的，我们差点让他片成刀削面。”

宣玑：“……”

那么狼狈到底是因为谁带错了路？！

肖征冷笑一声：“那请问算无遗策的宣主任，您现在能让我知道一下，我这道雷挨得值不值吗？”

宣玑和王泽你一言我一语，对口相声似的，把森林公园的经历简单说了一遍。

宣玑：“第二处阴沉祭文唤醒的巫人族长，暂时是死了，以后还活不活，可能得看他老人家心情，我不敢保证。”

肖征咽下一口怒火：“附在我身上的那玩意呢？”

宣玑搓了搓手：“不好意思哈，那个好像只是个分身。”

反正挖坑的老魔头本人是这么说的。

肖征强压下去的怒火彻底喷发了，单间病房里电闪雷鸣一片，把所有头顶尚有寸毛挡风的全都电成了“杀马特”，王泽作为一个水系，电阻本身就比普通人小，眼见雷公秃了之后发威更强，立刻脚下抹油，溜之大吉。

转眼，病房里跑得只剩下宣玑一个，宣玑带着一身噼里啪啦的静电退到门边，却没开门跑出去，反而回手带上门，在门上贴了张防窃听符。

屏退左右，方才还愤怒得仿佛失去理智的肖征一摆手，屋里乱窜的电荷立刻各归各位，安静下来，肖主任面沉似水，眼神却十分冷静，压低声音问宣玑：“你有大致的怀疑方向吗？”

宣玑脸色凝重下来，摇摇头——理论上说，如果在森林公园里，阿洛津没骗他，那么其实每个人都有嫌疑。

赤渊里封的是九州混战之前，乱窜在世界各地挑起战火的“异常能量”，妖族与众多类人种族都能利用这种力量，凌驾于众生上……虽然“力量”这个词对当代人来说太抽象了——毕竟三千年过去了，当代特能人无限接近于凡人，已经没有人记得当年那些高手通天彻地的本事，那些古老的传说，听着都更像是陈词滥调的破旧神话，没有真实感，远不如工资单和房产证有吸引力。

“我有一种感觉，”宣玑说，“使用阴沉祭文的这个人，并不仅仅是到处点火，他还在分化‘特能’和普通人。”

肖征一眯眼：“什么意思？”

“你看，第一次的阴沉祭文选址赤渊，毕春生干的，完事毕春生怎么样已经没人关心了，所有人的注意力都被镜花水月蝶丑闻吸走了。这个案子里的最后一个受害人正好是东川阴沉祭案里的主犯之一，这事就蹊跷了——小胡子和那个被他害了的男孩干扰了我们的调查，尤其那小胡子，简直是用生命给毕春生打了掩护，这才把我们勾搭到东川，揭开了月德公家的龌龊事。否则镜花水月蝶寄生症状那么隐蔽，巫人冢又在地底下埋着，就算阿洛津横空出世，谁知道他是什么？谁找得着他的老窝？这两起事件，尤其第二起，给我的感觉是，幕后的人在引着我们发现他的阴谋，顺便拔出萝卜带出泥地牵连出一帮违法犯罪分子，如果不是阴沉祭太丧心病狂，我可能会觉得这个幕后人是正义感十足的活雷锋。”

月德公这事绝不是孤例，私下里缺乏约束、谋财害命的特能不止他一家，现在月德公东窗事发，那么那些没被发现的呢？担惊受怕之余，他们会干出什么事？再说异控局，镜花水月蝶的事情不断发酵，闹到这种地步，已经不是“内部处理”可以解决的了，姑且不说黄局打算怎么处理，那些做贼心虚，参与过瞒报伤亡人数的外勤又会怎么想？

宣玑想起从宾馆出来之前，那位陛下跟他说过的话——

盛灵渊说：“你和贵司统领……唔，叫什么？哦，局长，你们想把人面蝶一事盖住，这打算十分明智，但也别忘了，此事并非偶然，而是背后有人处心积虑，不是你们想盖就能盖的。何况你们想息事宁人，下面那些各怀鬼胎之徒未必能体会你们的苦心，小心他们‘恶向胆边生’，先下手为强。”

肖征问：“你的意思是？”

“快刀斩乱麻。”宣玑从兜里摸出一张纸，就是从酒店便笺本上撕的，上面用铅笔写着一种非常圆润的未知文字。

肖征接过去的瞬间，纸面上发出荧荧的白光，刚被雷劈过的肖主任心有余悸，脱手把字条扔了：“这又是什么？”

“巫人古咒，你干什么？它又不咬人，”宣玑“啧”了一声，捡起字条，吹了吹上面的灰，“镜花水月蝶又叫人面蝶，也是古巫人族的一种咒术，古巫人族大部分咒术有解，禁止用恶咒害人，相传他们认为这种蝴蝶能沟通死者，而生死是很神圣的事，除了族中领袖，任何人不能随意植入这种蝴蝶。这道咒就是用来检查的，凡是滥用过蝴蝶的人，碰到这道古咒，眉心都会露出蝴蝶纹路，最适合查内鬼——你很干净啊，肖主任。”

肖征：“……”

打从他认识宣玑那天开始，想砍了这货的心愿就一天强似一天。

“不用谢。”宣玑做了个“嘘”的手势，一笑扯下房门上的符咒，“这张咒天知地知，你知我知——好了，希望老王还没走远，我还得蹭他车回去呢，顺便听他讲完‘刀灵知春’被海毒腐蚀的故事。”

“后来那把叫‘知春’的刀就被销毁了，残片收到了地下六十层的隔离室里。”酒店餐厅里，平倩如依宣主任的指示，带陛下去楼下吃饭——以免他再把停车场拆个洞出来。

餐厅是自助餐厅，但陛下并不肯“自助”，他像大爷似的往那儿一坐，一点也不觉得自己一个有手有脚的大老爷们儿使唤小姑娘有什么不好意思。好在平倩如脾气好，也愿意照顾人，团团转地照顾他。

盛灵渊饶有兴致地观察茶壶里的茶包，随口问：“那是为何？”

“海毒成分不明，我们没法彻底根除。当时想尽了各种方法，净化速度跟不上腐蚀。而且那个海毒的腐蚀性还不单是物理方面的，知春后来就失控了，他越来越不清醒，燕队只能把他锁了起来。没想到有一次还是被他劈开禁制，跑到了闹市区，伤了六个路人，还有一个差点没命，当时闹得挺大的，没办法，只能销毁知春。燕秋山也因为这件事不辞而别了，到现在下落不明——所以现在局里对你们剑灵管控很严。”

“啊，”盛灵渊擦了擦手，心想，“那就更不便久留了。”

平倩如说：“其实我觉得，局里有时候挺能和稀泥的，有时候又挺无情的，处理什么事，不是看对错和情理，就只是看结果。不好收场的，就拉一条被子盖住，等实在盖不住了再说，比如这回的蝴蝶事件，就要讲什么‘大局为重，慎重处理’，至今还想隐瞒。至于那些处理了也不会有什么后果的，销毁决定下得可麻利了——反正知春不就是一把刀吗？燕队一条光棍，也没有什么背景，销毁就销毁了。”

说话间，她看见盛灵渊瞄了旁边的小牛排好几眼，都快放凉了也不动一下，就知道他是嫌牛排块大，于是端过来帮他切了。切完，平倩如发现盛灵渊有些惊诧地打量着她，脸又一下红了，小心翼翼地问：“您是要吃这个吗？我那个……顺手就……”

她怯懦又内向，长得也不好看，从小到大，好像总是和周围的人格格不人，如果不肯夹着尾巴小心做人，就有要沦为“怪胎”的风险。她不想显得不合群，所以总是小心翼翼地试图团在别人身边，默不作声地伺候一个又一个“公主病”。

本以为进了异控局就好了，反正这里都是怪胎，她可以回到“怪胎星”做自己了，没想到“怪胎们”的明暗规则也并不比普通人少。

方才盛灵渊那个“我想要那个，但是我不说，你得领会意思，主动给我送过来”的矜持眼神太熟悉了，平倩如一不小心就把大佬当“公主病”对付了。

盛灵渊眼角轻轻一弯，平倩如脸更红了，甚至有点耳鸣。

“您……您有剑铭吗？”她结结巴巴地说，说完，又觉得“剑铭”这词的发音听着像骂人，又慌慌张张地改口，“不是，我、我是说您怎么称呼？”

盛灵渊想了想，“灵渊”这名字，当时他在赤渊报过了，既然宣玑那小妖替他遮掩身份，他也没必要在后面拆台，于是说了自己的另一个名字：“吾名‘潇’。”

好在平倩如是个学计算机的理科生，早在高中会考过后，历史就还给老师了，“盛潇”她还能想起是跟齐武帝重名，单独说个“潇”，她就一点也反应不过来了。

盛灵渊温声问：“你也是‘特能’吗？”

“是啊，身份证上是这么说的，不过我也不知道我的特能是什么，他们稀里糊涂地把我招进来了。”平倩如苦笑，“搞不好是那天检测仪器坏了——要不然我现在应该留校做研究员了。对了，您不知道什么叫研究员吧……”

盛灵渊好像从头到尾也没说几句话，但一顿饭以后，平倩如莫名其妙地把自己生平都交代了，连隔壁家狗的“个狗隐私”都没保住。

她性格内向怯懦，一开始明明很害怕这个男人，相处一段时间后，却莫名忘了她最初的恐惧。吃完饭去签单，平倩如整个人还晕晕乎乎的，怀疑自己有什么隐秘的花痴倾向，遇见个长得帅的就刹不住舌头。签单的时候，她无意中一回头，看见那个自称“潇”的剑灵若有所思地注视着自己，但目光并没有停留在她身上，而像是在透过她看着别的什么。

那眼神平静而欣慰，但似乎又含着一点邈远的悲意。

平倩如一愣，再要仔细看的时候，男人已经回过神来，冲她笑了一下，注意力被一个小孩手里的冰激凌球吸引走了，好像方才只是她的错觉。

十分钟以后，盛灵渊终于在平倩如的指点下，明白了怎么从酒店正门出去。他举着个花花绿绿的冰激凌，坐在酒店楼下城市综合体前的小广场上看人。

商场拜他所赐，地板漏了个洞，紧急施工队正在抢修，但这天是周末，广场上来来往往的市民还是络绎不绝。

盛灵渊将长发绑成一束，坐在喷泉旁边，他的模样实在太扎眼，弄得来来往往的人都忍不住回头看他。陛下是从小在众人视线焦点里长大的，不怕人看，谁对上他的目光，他还会冲人家一笑。

半个广场的路人都被他把脸笑红了，没一会工夫，好几个女孩走过来问他要“微信号”。盛灵渊不知道“微信号”是什么，但不妨碍他巧妙地跳过话题，照样跟人相谈甚欢。

宣玑从医院回来，从停车场坐电梯上了露天吸烟区，靠着栏杆往下一看，一眼就看见了此情此景。

他摸出从肖征那儿新蹭来的手机，不熟练地用工号登录了异控局的内网。

总局的电子办公做得还不错，架构清晰，“器灵”备案登记可以直接在线填表，宣玑一目十行地看完了那个“全责协议”，看得胃疼。

真是全责，事无巨细，连“出差时额外食宿费用由负责人自理”这种规定都写上去了。

“什么鬼东西。”宣玑没骨头似的往栏杆上一趴。

这玩意他是绝对不可能签的，“负责”，前提得是他能控制。

控制人皇？想什么呢？！

再说盛灵渊又不是真剑灵。

至于把陛下送到总局隔离室，那更是开玩笑，他老人家一个不满意，还不得把总部大楼掀个底朝天？

这时，他看见盛灵渊冰激凌吃完了，有个小姑娘被朋友推出去，上前羞羞答答地问了句什么，盛灵渊欣然点头应允，那小姑娘就捂着脸跑了，一阵风似的颠到附近的甜品摊上，点了一大杯热饮，塞给他，又一阵风似的跑了。

宣玑："……"

他感觉陛下也不用有什么身份了，以后在路边卖笑就能活。于是他退出了系统，把手机锁了屏，决定干脆不备这个案。

反正盛灵渊也不会老老实实地留下，到时候就说自己剑丢了就得了。

他没再问盛灵渊以后有什么打算——问也没用，那老鬼不可能说实话，一不小心还会被对方套走不少信息。他俩虽然一起进出巫人冢，又几次被迫战斗在同一阵营，但到目前为止，基本还是一搓就裂的塑料友谊。更麻烦的是，他俩一沾上对方的血，大脑还会自动连蓝牙，混在一起本身也不方便，宣玑推己及人地想一想，如果他是盛灵渊，那巫人冢的事情一了结，他应该就准备走了。

这时，盛灵渊好像感觉到了他的目光，抬起头看了他一眼。

宣玑耳边就响起那人的声音："多谢款待。"

宣玑一愣，趴在栏杆上没动，垂下视线注视着盛灵渊。

"人面蝶的查验方法给你们留下了，记得快刀斩乱麻，以免夜长梦多。"盛灵渊站起来，"小妖，不如就此别过吧。"

他说完，端起那杯热巧克力，抿了一口品了品，不知尝出了什么心得，眉梢微微一翘，然后转身汇入了茫茫人海，显眼的白色运动服和长发闪了几下，旋即不见了。

宣玑没反应过来之前，已经先一步站了起来，下意识地就想追上去，可一条腿刚跨上栏杆，他又回过神来，心想："这不是正好吗？"

这神鬼莫测的人皇暂时看来没有要和他们敌对的意思，打也打不过，控制也控制不了，还不如干脆互不干涉，万一将来有缘，查到阴沉祭文的幕后黑手，还能借一借对方的力量。

历史书上的功勋，就留在高台上受人敬畏挺好的。

就在这时，肖征发来信息——被隔离了二十四小时的肖主任这会儿刚想起来问他剑灵的事。宣玑一边走一边把电话打了回去："我正要跟你说这事呢，老肖，本命兵器丢了需要备案吗？唉……可说的呢！一回来就找不着了，大概是嫌我穷，离家出走了吧……你说这事……我第一个月工资还没领，已经赔进去好几身衣服、好几部手机外加一把剑了！能不能报销？我看月德公他们偷出去的'秘银'就不错，比我那破剑炫酷多了……"

图书在版编目（CIP）数据

烈火浇愁 / Priest 著 . — 广州 : 广东旅游出版社 , 2021.9
ISBN 978-7-5570-2333-1

Ⅰ . ①烈… Ⅱ . ① P… Ⅲ . ①幻想小说 – 中国 – 当代 Ⅳ . ① I247.5

中国版本图书馆 CIP 数据核字 (2020) 第 185109 号

烈火浇愁

LIEHUO JIAOCHOU

出版人：刘志松
责任编辑：梅哲坤
责任技编：冼志良
责任校对：李瑞苑

广东旅游出版社出版发行
地址：广州市荔湾区沙面北街 71 号首、二层
邮编：510130
电话：020-87347732
印刷：河北鹏润印刷有限公司
（地址：河北省沧州市肃宁县工业聚集区）
开本：700 毫米 ×980 毫米 1/16
字数：314 千
印张：21.75
版次：2021 年 9 月第 1 版
印次：2021 年 9 月第 1 次印刷
定价：55.00 元

如发现图书质量问题，可联系调换。质量投诉电话：010-82069336